DE LA MORALE

DE

PLUTARQUE

PAR

OCTAVE GRÉARD

DE L'ACADÉMIE FRANÇAISE
VICE-RECTEUR DE L'ACADÉMIE DE PARIS

OUVRAGE COURONNÉ PAR L'ACADÉMIE FRANÇAISE

CINQUIÈME ÉDITION

PARIS

LIBRAIRIE HACHETTE ET Cie

79, BOULEVARD SAINT-GERMAIN, 79

1892

DE LA MORALE

DE

PLUTARQUE

OUVRAGES DU MÊME AUTEUR

PUBLIÉS DANS LA BIBLIOTHÈQUE VARIÉE

PAR LA LIBRAIRIE HACHETTE ET Cⁱᵉ

L'Éducation des Femmes par les Femmes. Études et portraits 5ᵉ édition. 1 volume.

Éducation et Instruction. 4 volumes.
    Enseignement primaire; 2ᵉ édition, 1 volume.
    Enseignement secondaire; 2ᵉ édition, 2 volumes.
    Enseignement supérieur; 2ᵉ édition, 1 volume.

Edmond Scherer, 2ᵉ édition, 1 volume.

Chaque volume se vend séparément, broché. . . . . . fr. 50

23749. — Imp. Lahure, 9, rue de Fleurus, à Paris.

DE LA MORALE

DE

PLUTARQUE

PAR

OCTAVE GRÉARD

DE L'ACADÉMIE FRANÇAISE
VICE-RECTEUR DE L'ACADÉMIE DE PARIS

OUVRAGE COURONNÉ PAR L'ACADÉMIE FRANÇAISE

———

CINQUIÈME ÉDITION

———

PARIS

LIBRAIRIE HACHETTE ET Cie

79, BOULEVARD SAINT-GERMAIN, 79

———

1892

Tous droits réservés

PRÉFACE

DE LA TROISIÈME ÉDITION

Depuis que cette étude a paru pour la première fois, il a été publié en Allemagne, en
Angleterre, en Amérique, des travaux qui attestent en faveur de Plutarque un retour d'attention presque universel ; et ce qui caractérise
cette sorte de renaissance, c'est que, contrairement aux traditions de la critique qui s'est
de tout temps attachée de préférence à l'historien biographe, le moraliste en est l'objet.
M. Volkmann, dans son Traité didactique,
M. Trench, dans ses Conférences, M. Emerson,
dans son Introduction à la réimpression de la
traduction de Dryden, — pour ne citer que les
publications les plus considérables, — laissent
de côté l'écrivain des *Vies parallèles* pour s'occuper de l'auteur des *Œuvres morales*.

a

La première en date et la plus importante de ces publications est celle de M. Volkmann.

Sous ce titre : *La vie, les écrits et la philosophie de Plutarque*[1], l'ouvrage comprend une biographie du sage de Chéronée, un examen de ceux de ses traités dont l'authenticité a été contestée, et un exposé général de ses idées. Plus sévère encore que Niebuhr pour l'historien, M. Volkmann ne trouve dans les *Vies des hommes illustres* d'autre intérêt que celui des considérations morales qui sont mêlées au récit. C'est le philosophe pratique dont il se propose de faire connaître la doctrine. « Jusqu'ici, dit-il, Plutarque n'a été sous ce rapport l'objet d'aucune étude spéciale en Allemagne; le cadre de l'histoire générale de Zeller ne se prêtait pas à l'analyse détaillée que comportent des traités de morale appliquée. » C'est cette étude analytique qu'il se propose de faire, et il y déploie une science remarquablement étendue et sûre. Il n'avance rien qu'il ne prouve. Les discussions de pure érudition l'attirent et quelquefois l'entraînent. Entre les deux chapi-

1. *Leben, Schriften und Philosophie des Plutarch von Chæronea von Richard Volkmann*. Neue Ausgabe Berlin, 1873.

tres où il retrace l'image de l'homme et du philosophe, il ne craint pas d'intercaler un mémoire d'un intérêt presque exclusivement phi-
lologique. Qu'un nom propre se présente sous
sa plume, il ne peut se retenir d'en faire l'histoire. Cette solide et savante diffusion n'est pas
dans le sujet une disconvenance. Ses procédés
d'analyse serrée et grave sont moins conformes
au génie de Plutarque; il n'y faut pas chercher
la grâce piquante de l'aimable moraliste. Il
arrive même qu'en voulant établir trop *ration-
nellement* la philosophie de Plutarque, M. Volkmann se trouve conduit à lui prêter une sorte
de système, bien qu'il sache comme personne
que nul moins que le sage de Chéronée n'a
porté dans ses écrits une pensée systématique.
Mais ni Reiske, ni Wyttenbach, ne lui sont supérieurs pour la connaissance des textes, la précision du commentaire, la sagacité de la critique. Son livre, parvenu à sa deuxième édition en 1873, — la première est de 1869, —
est devenu pour les Allemands classique en la
matière[1].

---

1. Voir le rapport annuel de Bursian, Berlin, 1875.

Rien de plus modeste que l'origine des Con-
'érences de M. Trench[1]. En 1872, le savant ar-
chevêque de Dublin avait été invité à entretenir
de Plutarque une petite société littéraire. On
lui demanda de publier ses entretiens. Il se mit
à les reviser; et, d'un point à un autre, cédant
au charme, il en vint sans le vouloir, presque
sans le savoir, à faire un livre. Un doute le
retint avant de le donner à l'impression. Ce qui
le rassure, dit-il, c'est que les *Traités moraux*,
si dignes d'être lus, le sont en réalité si peu
que l'idée de les étudier paraîtra nouvelle. —
« Les *Vies parallèles*, écrit-il ailleurs, montrent
ce que la société antique a visé et accompli
dans le monde de l'action; les *Morales*, ce
qu'elle a visé et accompli dans le monde de la
pensée. » On ne saurait mieux définir le sujet,
et rien ne manquait à M. Trench pour le traiter. Il a la connaissance profonde et le respect
de l'antiquité. Si, comme on en a fait la remarque, on retrouve çà et là dans sa critique
les habitudes d'esprit du théologien, elles n'al-
tèrent en rien l'indépendance de son jugement.

1. *Plutarch. His life, his parallel lives, and his morals. Five
lectures by Richard Chenevix Trench, D.D. archbishop of Dublin.*
Second edition, London, 1874.

Il ne lui déplaît pas d'appliquer à Plutarque le mot de Tertullien : « O testimonium animæ naturaliter christianæ » ; mais il sait combien cette âme est imprégnée des idées et des croyances du paganisme. C'est le sage qu'il aime en lui, l'homme qui a décrit avec un agrément incomparable les éternelles passions du cœur humain. Il ne se propose point d'ailleurs de faire un examen complet de l'œuvre morale de Plutarque ; il n'en prend que la fleur. Il ne s'appesantit sur aucun traité ; mais il donne de tous ceux auxquels il touche une idée juste et fine. C'est un psychologue de l'école écossaise. Ses analyses, rapides et pénétrantes, sont appuyées de citations bien choisies. Plutarque aurait aimé, j'imagine, cette science sans pédantisme, ce goût délicat et élevé des choses de la conscience, ce ferme courant de bon sens, et jusqu'à cette forme de la Conférence où les remaniements de l'étude ont laissé subsister dans son naturel le mouvement de l'improvisation.

L'admiration de M. Emerson l'aurait peut-être, à quelques égards, embarrassé davantage. L'étude de l'éminent critique n'est qu'une notice du genre de celles de Boissonnade et

de Villemain [1] ; mais une notice très complète
dans son cadre restreint et d'une franchise
pleine de saveur. Le sage de Chéronée y est
traité avec une liberté tout américaine.
M. Emerson se raille de l'érudit « à l'omni-
science scolastique, philosophe avec les philosophes, naturaliste avec les naturalistes,
mathématicien avec les mathématiciens, tant
et si bien que de temps à autre ses lecteurs
sautent respectueusement un chapitre, heureux
de penser d'ailleurs qu'il se comprend toujours
lui-même » ; il s'amuse à poursuivre de ses
traits le croyant « qu'inquiètent les présages,
les sortilèges, le mauvais œil, les revenants,
et qui aime mieux n'en parler qu'au grand
jour, le matin » ; il ne ménage même pas le
moraliste trop tolérant « qui n'hésite pas à faire
au diable la part qui lui est due ». Mais cette
familiarité hardie, cette verve humoristique
tourne plus souvent à l'éloge qu'à la critique.
On n'a jamais parlé avec une émotion plus
communicative du don de sympathie univer-

1. *Plutarch's Morals translated from the greek by several hands,
corrected and revised by William W. Goodwin, Ph. D., professor
of greek litterature in Harvard university, with an introduction
by Ralph Waldo Emerson. Boston, 1874.*

selle qui distingue Plutarque de tous les écrivains de l'antiquité et qui constitue le fond de
son génie. Nul non plus n'a mieux caractérisé
que M. Emerson cette puissance d'assimilation
qui fait que citations, allusions, emprunts de
toutes sortes se fondent dans le tissu de son
discours. « Tout est Plutarque, dit-il, par privilège d'occupation souveraine; c'est le droit
de César. » Observation d'un enthousiasme un
peu vif, mais qu'il ramène avec bonheur à la
mesure, lorsqu'il ajoute : « C'est lui qui nous
a conservé, embaumés dans sa prose, les
fragments précieux des ouvrages perdus, les
nobles sentences, les sages apophtegmes qui
sont devenus les proverbes de l'humanité moderne. » On sent les affinités qui le conduisent.
Ce qui lui plaît dans Plutarque, c'est le peintre
et le conseiller de la vie. Il se défie de la métaphysique et des métaphysiciens, « à moins
qu'ils ne soient toujours inspirés de la muse,
comme Platon, Aristote, Spinosa ou Kant ». Aux
déalistes qui raisonnent obscurément sur la
juintessence, il préfère les observateurs sincères et généreux, « que les réalités du monde
intéressent et émeuvent, qui s'accommodent
des institutions de leur pays et prennent les

hommes pour ce qu'ils sont, qui vivent comme leur voisin, font et reçoivent des compliments, dînent en ville, et se trouvent par là exposés à quelques compromis, mais qui tiennent toujours ouverte la source des préceptes de la sagesse et de la santé ». A ses yeux Plutarque se place au premier rang dans cette catégorie des maîtres de la morale d'expérience et de raison. Il le lit et le cultive à la manière de Franklin. Il ne connaît pas de meilleure école pour les jeunes Américains qui ont l'ambition de monter sur la plate-forme.

M. Emerson poursuit donc bien le même objet que M. Volkmann et M. Trench. Si le caractère des appréciations de ces trois critiques varie suivant leur tempérament national, ils ont un point de vue commun : c'est le moraliste qu'ils s'attachent à mettre en lumière.

Nous avions été le premier à frayer la voie, ainsi qu'ils veulent bien le reconnaître. Nous nous sommes à notre tour aidé de leurs travaux. Leurs recherches nous ont permis de rectifier quelques indications de détail; leurs conclusions nous ont surtout fourni l'occasion de confirmer nos observations, leur jugement sur tous les points essentiels étant d'accord avec le nôtre.

Nous avons également mis à profit les autres travaux de la critique contemporaine [1]. Il en est résulté dans cette revision nouvelle quelques additions et aussi quelques suppressions. On ne trouvera plus, par exemple, en tête de cette troisième édition la lettre d'Henri IV à Marie de Médicis que nous avions prise pour épigraphe. Le texte en est décidément apocryphe, il faut y renoncer [2]. Longtemps encore, toutefois, il en sera de ce charmant pastiche, comme de ces légendes populaires dont Plutarque disait avec tant de grâce que, s'il est devenu impossible d'y croire, il n'est pas interdit de les aimer.

1. Voir entre autres travaux *Symbolæ criticæ et palæographicæ in Plutarchi Vitas parallelas et Moralia*, par Grégoire Bernardakis.
2. Voir E. Bersot, *Études et discours.* Lettres intimes de Henri IV. Pages 258 et suivantes

1880.

PRÉFACE

DE LA DEUXIÈME ÉDITION

En appréciant cet ouvrage, le secrétaire perpétuel de l'Académie française, M. Villemain, disait que Plutarque y était peint avec vérité[1]. Le jugement avait d'autant plus de prix, que M. Villemain avait lui-même fait de Plutarque une étude particulière. Dans cette deuxième édition, qui a été entièrement remaniée, nous avons fait un nouvel effort pour le justifier. De bienveillantes critiques nous y ont aidé[2]. Nous sommes surtout très redevable à M. Ch. Lévêque qui a consacré à l'examen de notre travail un Mémoire savant et délicat[3].

1. Rapport à l'Académie française sur les prix Montyon, 1867.
2. Revue d'Édimbourg, janvier 1869 ; Cf. Revue britannique, janvier 1870 ; Revue de Bonn, septembre 1869 ; Revue contemporaine, 30 novembre 1868. *Journal des Débats*, 18 janvier 1867, etc.
3. Comptes rendus des travaux de l'Académie des sciences morales et politiques, t. LXXXIV, p. 169; t. LXXXV, p. 285; Cf. Revue des Deux Mondes, 1er octobre 1867.

En revoyant nos textes à quelque temps d'intervalle, nous espérons en avoir tiré des lumières nouvelles et une vue générale plus ferme. Plutarque comparait les grands écrivains à ces horizons qui ne se découvrent au voyageur que peu à peu à mesure qu'il avance, et il ajoutait qu'en présence des maîtres de morale l'homme trouve en soi ces changements de point de vue dans les progrès de l'âge, et comme dans les degrés chaque année plus élevés de l'expérience de la vie. C'est la bonne fortune qui lui est échue à lui-même : l'admiration croissante de ses lecteurs familiers, d'Amyot, de Montaigne, de J.-J. Rousseau, en fait foi. Toujours utile à relire, Plutarque est particulièrement bon à méditer dans les temps de crise. Il enseigne à prendre conscience de soi-même, à s'affermir dans le sentiment du devoir, à ne s'attacher qu'à la justice, à la vérité, et à ce qui est le caractère essentiel de la vérité et de la justice, à la modération. Les Grecs qui avaient étudié et représenté sous toutes les formes les trois grandes expressions des besoins éternels de l'âme humaine, le vrai, le beau, le bien, en rattachaient la règle supérieure au même principe : la mesure, l'harmonie. L'es-

prit de mesure était devenu, dans leur simple
et profond langage, la marque de l'honnêteté,
ou plutôt l'honnêteté même; le nom qu'ils appliquaient à l'homme de mesure leur servait à
caractériser l'homme de bien. Plutarque est un
des représentants les plus autorisés de cette
sagesse, hors de laquelle il n'y a, pour les sociétés, comme pour les individus, ni vraie dignité, ni force durable.

1875.

INTRODUCTION

« Si nous voulions entreprendre de sonder le fond que Plutarque a eu de la mer des lettres humaines, dit emphatiquement un de ses biographes, nous nous engagerions sur un océan sans port ni rivage[1]. »

Plutarque, en effet, est un polygraphe. Le nombre de ses ouvrages égale ou dépasse le nombre des ouvrages des écrivains les plus féconds de l'antiquité[2]. Toutefois, dans la variété

---

1. Frédéric Morel, *Vie de Plutarque*, en tête de la traduction des Hommes illustres, par M. Amyot, 1619. Cf. la Vie en latin, par le même, 1612 — 2 Voir le *Catalogue de Lamprias*. Le nombre des Traités plus ou moins considérables que nous aurions perdus, d'après ce catalogue, s'élèverait à plus de 150.

des sujets sur lesquels son talent s'est dispersé, il est aisé de reconnaître une pensée unique.

Des trois branches d'études qu'on reconnaissait chez les anciens, mathématiques, rhétorique, philosophie, il n'en est aucune qu'il n'ait cultivée. Mais il nous apprend que, de bonne heure, il avait mesuré aux mathématiques son application et son temps [1]. C'est en passant qu'il traite des matières de rhétorique, et non sans dédain [2]: louer chez un philosophe les grâces de la diction lui paraît une injure; c'est, dit-il, placer sur la tête d'un athlète une couronne de roses [3]. Même en philosophie, il distingue et choisit. Toutes les études, en un mot, ne sont à ses yeux qu'un moyen. La morale, telle est pour lui la fin de la science. Toute poésie est pernicieuse, à son sens, qui ne se rattache pas directement à la morale [4] : à Eschyle il préfère

1. Propos de table, IX, 14, § 3. — 2. Propos de table, III, 1 ; V, 1; VII, 8; VIII, 6; IX, 2, 4. De la Cessation des oracles, 6. — 3. De la Manière d'écouter, 15, 9. Cf. Du Bavardage, 5. — 4. De la Manière d'écouter les poètes, 1, 2, 4, 8, 14, etc.

Sophocle et Euripide, à Sophocle Euripide, parce
que Sophocle est plus riche qu'Eschyle et
Euripide plus riche que Sophocle en règles de
conduite et en préceptes de vertu [1]. C'est de la
morale qu'il déduit ses préceptes oratoires [2] et
ses règles de critique historique [3]. Se trouve-
t-il en présence d'un phénomène physique qui
l'étonne, ou d'une question d'érudition qui l'embarrasse, aux explications que son savoir lui
suggère il ne peut se retenir d'ajouter celles
que les principes de la morale lui fournissent [4].
Ses préceptes de santé ne sont, pour la plupart,
que des observations d'hygiène morale, et les
médecins lui reprochent « de franchir et de
bouleverser les limites de leur domaine [5]. » S'il
attaque les Stoïciens et les Épicuriens, c'est
surtout pour défendre contre leurs doctrines le
principe de la Providence et de son action morale sur le monde [6]. La politique enfin, telle

1. De la Gloire des Athéniens, 5; du Progrès dans la vertu, 7. —
2 Comment on peut se louer soi-même, 4. — 3. De la Malignité d'Hérodote, 3 à 10. — 4. Vie de Nicias, 23; de Pélopidas, 18; Propos de
table, III, 5; VIII, 7; Questions grecques et Questions romaines, *passim*.
— 5. Préceptes de santé, 1. — 6. Du Bonheur dans la doctrine d'Épicure; Contre Colotès; Des Notions du sens commun contre les Stoïciens, *passim*. Voir plus bas, ch II, § 3.

b

qu'il la définit d'après Platon, n'est que le plus
haut et le plus complet exercice de la morale
appliquée à l'amélioration des sociétés[1].

Aussi voyons-nous que, dès l'origine, tous ses
Traités, si divers de sujet et de forme, ont été
réunis sous le titre commun d'*Œuvres morales*.
Les *Vies parallèles* n'en sont que la suite et le
couronnement. Plutarque n'écrit pas pour prouver ou pour peindre ; la vérité historique n'est
pas l'objet qu'il se propose ; l'histoire n'est pour
lui qu'une école de mœurs : ce qu'il cherche
dans l'exemple des grands hommes, c'est une
leçon[2].

Considérés dans leur ensemble et dans leur
esprit, les *Traités* et les *Vies parallèles* ont donc

1. Du Commerce que les philosophes doivent avoir avec les princes, 1, 3 ; A un Prince ignorant, 3. — 2. Vie de Paul-Émile, 1 ; d'A-
lexandre, 1. Cf. *Mémoires de l'Académie des inscriptions et belles-
lettres*, 1753, t. XXV, p. 32. Mémoire de Bougainville ; Schoell,
Histoire de la littérature grecque profane, liv. V, ch. LIV, p. 121 ;
Clavier, traduction d'Amyot, *Préface*, 2ᵉ édit., 1801 ; Heeren, *De
Fontibus et auctoritate Vitarum parallelarum Plutarchi*, commentatio prima ; proœmium, p. 5, etc. « Le but de Plutarque est
éthique, non historique. » Trench, p. 43

pour commun objet la morale. Lettres et sciences, histoire et philosophie, érudition, méde-
cine, philologie, critique, Plutarque a touché
à tous les sujets; la morale n'est pas seulement
une des applications de son génie : c'est son génie même.

Et tel est le fondement de sa renommée. Dès
les temps les plus anciens, on se plaît à voir dans
Plutarque « le maître de morale supérieure, le
type gracieux et enchanteur de la sagesse[1] ».
Mais jamais ce caractère de sa popularité n'é-
clata plus manifestement qu'à la renaissance
des lettres en France. « Ce sont les bonnes et
louables disciplines du doulx Plutarchus[2] » qui
charment tous les esprits et enivrent tous les
cœurs; c'est « aux Moraulx que Rabelais se dé-
lecte[3] »; que la Boétie emprunte « la mattière et
l'occasion de ses discours[4] »; Montaigne, « les
despouilles dont sont purement massonnés ses

1. Eunape, *De Vitis sophistarum*, proœm., p. 11. — 2. La Croix
du Maine, *Bibliothèque*; Brantôme, *Vies des dames illustres*, préface.
— 3. *La vie de Gargantua et de Pantagruel*, II, 8, — 4. Montaigne,
Essais, I, 25.

Essais[1] ». Le premier traducteur des *Parallèles*
invite, en vers et en prose, les lettrés et les il-
lettrés à venir étudier dans sa traduction des
modèles de vertu[2]. On ne lit pas Plutarque, on
le pratique; on « le réduit en rhythme fran-
çoise[3] », pour le faire apprendre aux enfants;
« après les saintes lettres, on ne connoît pas de
plus digne lecture[4]. Les dames « en régentent
les maistres d'eschole »; on ne peut plus
« s'en deffaire[5] ». Il est le bréviaire du siècle,
sa lumière, sa conscience.

C'est au même titre que les traducteurs du
siècle suivant le placent entre Épictète et
Marc-Aurèle; les érudits, à côté de Pline, d'Aristote et de Sénèque, dans la famille des bons livres [6]; les délicats, parmi les maîtres de la

1. Montaigne, *Essais*, 1, 52. — Plutarchus totius sapientiæ ocellus,
dit Scaliger.— 2. *Las Vitas di Plutarcho*, per Alessandro Baptista Iaco-
nello di Riete. Aquila, 1482. *Ep. dédicatoire* et *Sonnet*. — 5. *Préceptes
nuptiaux nouvellement traduits*, par Jacques de la Rapée, 1530. —
4. Amyot, *Epître au roy très-chrestien, Charles IX° de ce nom...*
Cf. Tallemant des Réaux, *Mémoires*, édit. Monmerqué, t. X, p 70. —
5. Montaigne, *Essais*, II, 10. — 6. Gui-Patin, *Lettres*, 77, édit.
Reveillé-Parise, t. I, p. 354. « L'histoire de Pline est un des plus
beaux livres du monde. C'est pourquoi il a été nommé la Bibliothèque des pauvres. Si l'on y met Aristote avec lui, c'est une bi-

vie[1]. Au dix-huitième siècle, hommage insigne, Montesquieu lui emprunte la définition de la loi[2]. Hommage plus caractéristique encore, Rollin fait presque textuellement passer les récits des *Parallèles* dans les descriptions de ses *Histoires*. Rousseau le cite parmi les rares auteurs qu'il lit encore dans sa vieillesse, « à cause du profit qu'il y trouve[3] ». Il est la dernière consolation de Bernardin de Saint-Pierre[4]. On s'appuie sur son autorité, « comme sur la meilleure garantie de tout ce qui mérite le nom de bon et d'honnête[5] ». « Plutarque, dit La harpe[6], est peut-être l'esprit le plus naturellement moral qui ait existé. » De nos jours, enfin, un critique pénétrant a écrit avec une grâce ingénieuse : « Plutarque, dans ses *Morales*, est

bliothèque presque complète. Si l'on y ajoute Plutarque et Sénèque, toute la famille des bons livres y sera, père, mère, aîné et cadet. » Cf. Gassendi, *De Vita Epicuri*, lib. III, ch. VII; Ménage, *Menagiana*, II, § 06.

1 Saint-Évremond, œuvres diverses, *Du Choix des lectures*, t. III, édit. 1753. — 2. Montesquieu, *Esprit des lois*, I, 1, et *Défense de l'esprit des lois*. Cf. Encyclopédie méthodique, *Histoire*, t. IV, p. 525. — 3. *Les Rêveries d'un promeneur solitaire*, 4e Promenade. — 4. « Toutes mes amours se réduisent aujourd'hui à un vieux Plutarque et à un petit chien. » *Lettres* inédites à M. Duval, 5 déc. 1768. — 5. Tissot, *La Santé des gens de lettres*, préface. — 6. *Lycée*, livre III, ch. II, sect. II.

l'Hérodote de la philosophie. » et ailleurs : « Je
regarde les *Vies* comme un des plus précieux
monuments que l'antiquité nous ait légués. La
sagesse antique est là tout entière[1]. »

Le but que je me propose est de recueillir les
traits épars de cette sagesse qui a nourri tant
d'éminents ou de charmants esprits, d'en rechercher l'origine et le caractère, d'en expliquer
l'action. Cette étude portera donc plus particulièrement sur les *Traités ;* ce sera sa nouveauté.
Les *Vies parallèles* ont été, dans notre siècle
même, l'objet d'intéressants travaux[2]. Les
Traités n'ont été étudiés jusqu'ici que dans
des Mémoires détachés[3]. Peut-être nous saura-
t-on gré d'en présenter le premier un examen
d'ensemble.

Dans les choses de Plutarque, comme dans les
choses d'Homère, il entre de la religion, a dit

1. Joubert, *Pensées, essais, maximes et correspondance,* t. II, titre
XXIV, § 1, nᵒˢ 41 et 42. — 2. Voir notamment Michelet, *Examen des
Vies des hommes illustres de Plutarque,* 1819. — 3. *Mémoires de
l'Académie des inscriptions et belles-lettres,* t. V, VI, X, XIV, XXV,
XXX, XXXI, XXXVIII.

Sainte-Beuve[1]. Me dégageant de tout sentiment préconçu, je voudrais produire Plutarque, ou mieux encore le laisser se produire lui-même dans son attitude naturelle. Parmi les notes de reconnaissant souvenir que Marc-Aurèle a consacrées à ses maîtres, voici celle que nous trouvons sur Sextus de Chéronée :

« De Sextus, j'ai appris ce que c'est que la bienveillance, une famille paternellement gouvernée et le vrai sens du précepte : vivre selon la nature ; la gravité sans prétention ; la sollicitude qui devine les besoins de nos amis ; la patience à supporter les fâcheux et leurs propos irréfléchis ; la faculté de s'entendre si bien avec tout le monde que son simple commerce semblait plus agréable que ne peut l'être aucune flatterie, et que ceux qui l'entretenaient n'avaient jamais plus de respect pour lui que dans ces rencontres ; l'habileté à saisir, à trouver, chemin faisant, et à classer les préceptes nécessaires à la pratique de la vie ;

1. *Causeries du lundi*, t. IV, p. 33 et suiv. (2ᵉ édition), article sur Amyot

le soin de ne jamais montrer d'emportement ni
aucune autre passion excessive ; le talent d'être
à la fois le plus impassible et le plus affectueux
des hommes ; le plaisir à dire du bien des gens
mais sans bruit ; enfin une instruction immense sans ostentation[1]. »

Ce portrait du neveu de Plutarque, héritier
de sa doctrine, semble fait pour Plutarque lui-
même ; et nous pensons qu'une sagesse si
ferme, si honnête et si douce n'a pas besoin
d'être surfaite pour être goûtée.

Quel temps d'ailleurs que celui où Plutarque
a vécu, et quels sujets que ceux auxquels son
génie s'applique ! Pénétré par les études de
toute sa vie des idées et des croyances de l'antiquité profane, grand prêtre du dieu de Delphes, et, au jugement d'un évêque, philosophe
presque chrétien ; vivant de cœur et d'imagination au sein des fières républiques de la Grèce
triomphante, et citoyen, sous l'Empire, de la

1. *Pensées*. I, 9, traduction de J. Barthélemy Saint-Hilaire.

Grèce asservie, Plutarque réunit, dans sa vie comme dans ses œuvres, tous les contrastes qui donnent à l'histoire philosophique et sociale des deux premiers siècles de l'ère chrétienne un si puissant intérêt.

Aussi, n'est-ce pas seulement l'interprète des principes éternels de la morale, c'est en même temps, c'est surtout le représentant du mouvement des idées d'une époque instructive entre toutes, que nous voudrions faire exactement connaître. On ne s'étonnera donc pas que nous commencions par chercher dans sa vie des lumières sur l'esprit et la portée de son œuvre, et que nous rattachions l'exposition critique de ses préceptes aux besoins qui en ont été l'occasion ou le but ; nous étudierons ensuite les causes de l'universelle efficacité de ses leçons.

C'est toujours une entreprise délicate que de rendre compte de la doctrine d'un moraliste. On peut analyser un livre de philosophie dogmatique. Pour faire comprendre et goûter des traités de morale pratique qui valent surtout par le détail, il faut entrer dans le détail. Plutarque, particulièrement, est de ceux dont il est malaisé de resserrer la pensée. Comment soumettre à un résumé aride, sans craindre de la flétrir, toute cette fleur de comparaisons, de traits, de souvenirs, d'exemples, qui font le charme inimitable et l'originalité de son talent? « Le jour, dit-il, où Thémistocle exilé arriva à la cour du roi de Perse, Artaxercès lui ayant demandé de lui dire avec une entière liberté ce qu'il lui semblait des affaires de la Grèce, Thémistocle répondit que, de même qu'une tapisserie, le discours a besoin d'être développé pour étaler les figures qui en font la beauté; qu'il lui fallait donc du temps pour exprimer sa pensée[1]. » Lui aussi, il ne saurait se passer de temps ni d'espace pour déployer les figures de ses discours et en dérouler la riante tapisserie.

Grouper les remarques de détail les plus saillantes autour des observations fondamen-

---

1 Vie de Thémistocle, 29.

tales ; indiquer le lien psychologique qui les unit; faire ressortir l'esprit qui les anime, telle est la façon dont nous avons compris notre tâche. Heureux si nous sommes parvenu ainsi à laisser à l'aimable et judicieux moraliste une physionomie vivante et son vrai caractère!

1860.

DE LA MORALE
DE PLUTARQUE

CHAPITRE PREMIER

LÉGENDE ET VIE DE PLUTARQUE.
PRINCIPES ET CARACTÈRE DE SA MORALE.

§ I

LÉGENDE ET VIE DE PLUTARQUE.

1. — LÉGENDE DE PLUTARQUE

Ce que nous connaissons exactement de la vie de Plutarque se borne à quelques indications éparses dans ses œuvres.

Il était né dans une petite ville de Béotie, à Ché-

1

ronée[1]. Son bisaïeul s'appelait Nicarque[2], son aïeul,
Lamprias[3]. Il parle souvent de son père, mais sans le
désigner par son nom[4]. Il avait deux frères : Timon[5]
et Lamprias[6]. Parmi ses maîtres, il nomme le médecin Onésicrate[7], un rhéteur, Émilianus[8], et le philosophe Ammonius[9]. Il étudiait les mathématiques à
Athènes, sous la direction d'Ammonius, l'année où
Néron visita le temple de Delphes[10]. Ses relations
d'études, de fonctions et d'amitié le conduisirent dans
la plupart des villes de la Grèce[11], à Alexandrie[12],
et peut-être à Sardes. Athènes lui avait conféré le
droit de cité[13]. Il fit plusieurs voyages en Italie[14] et
séjourna à diverses époques à Rome, où il tint école[15]
et rassembla les matériaux de ses Parallèles[16]. C'est
à Chéronée qu'il se maria. Il avait épousé une femme
d'une famille honorable, Timoxène, qui lui donna cinq
enfants : quatre fils, Soclarus, Autobule, Plutarque,

1. De la Curiosité, I; Vie de Sylla, 15 et 16; Vie de Démosthène.
2. Nous suivons le texte de l'édition Didot. — 2. Vie d'Antoine, 68.
— 3. Propos de table, livre I, 5; Cf. V, 5; IX, 2; IV, 4, § 4; V, 6,
§ 1; 8, § 3; Vie d'Antoine, 28. — 4. Propos de table, I, 2, § 2; II, 8,
§ 2; III, 7, § 1; 8, § 1; Corsini suppose, avec raison, que le père de
Plutarque s'appelait Nicarque du nom de son aïeul (*Vita Plutarchi*,
2). Cette vie se trouve en tête d'une édition du Traité des *Opinions
des philosophes* (1750). —5. De l'Amour fraternel; 16. Propos de
table, I, 2, § 1; II, 5, § 1; Des délais de la justice divine, I, 4, 12. —
6. Propos de table, I, 2, § 5; 4, § 4 et 5; 8, § 3; II, 2, § 1; IV,
4. § 4; VII, 5, § 1; 10, § 2; VIII, 6, § 5; IX, 6, § 1, 15; § 1, 5, § 1;
14, § 2; de l'Inscription du temple de Delphes, 3 et 4; de la Cessation
des oracles, 1, 5, 7, ?, 22. — 7. De la Musique, I, 2; II, .4; XLIII,
2; Cf. Propos de table, V, 5, § 1. — 8. De la Cessation des oracles,
17. — 9. Du Flatteur et de l'Ami, 31. Voir plus bas, chap. I, § 2. —
10. De l'Inscription du temple de Delphes, 1. — 11. Vie d'Agésilas,
19; Propos de table, II, 2; IV, 1, 2, 4, 5; V, 2, 3; VII, 2, 5; VIII, 4,
10; de l'Amour, 2. — 12. Propos de table, V, 5, § 1. — 13. Propos
de table, I, 10, § 3. — 14. Propos de table, VIII, 7, § 1; Vie de Démosthène, 2. — 15. De la Curiosité, 15. — 16. Vie de Démosthène, 2

Chéron, et une fille qu'il perdit en bas âge, ainsi que le dernier de ses fils[1]. Envoyé, tout jeune encore[2], en mission auprès du proconsul d'Illyrie, il fut aussi chargé, pendant ses séjours en Italie, de suivre les intérêts de sa ville natale[3]. A Chéronée même, il commença par remplir un obscur emploi de police municipale[4], puis il devint archonte[5]. Enfin pendant plusieurs pythiades, il exerça près du temple de Delphes les fonctions de grand prêtre d'Apollon[6].

Tels sont, dans leur brève simplicité, les renseignements sans lien ni date que Plutarque nous fournit sur les circonstances de sa vie, et nul écrivain, grec ou latin, n'a fait pour lui ce qu'il avait fait pour tant d'autres : le biographe de l'antiquité n'a pas de biographie.

Cependant, s'il convient de chercher dans l'histoire d'un écrivain des lumières sur l'esprit de ses œuvres, c'est particulièrement, sans doute, lorsqu'il s'agit d'un moraliste qui faisait profession d'étudier « dans les moindres propos des hommes les signes de leur âme[7] ; » et il est d'autant plus utile de faire à Plutarque l'application de sa propre méthode, qu'une tradition, qui aujourd'hui encore n'a pas perdu tout crédit, nous semble avoir dénaturé le caractère de sa vie.

Vers le milieu du moyen âge, en effet, et sept ou huit cents ans après la mort du sage de Chéronée, deux compilateurs en renom, Georges le Syncelle[8] et

1. Lettre à Timoxène, 5. — Quant à Lamprias, l'auteur du catalogue des œuvres de Plutarque, c'est à tort que Suidas le comprend parmi ses enfants. — 2. Préceptes politiques, 20. — 3. Vie de Démosthène, 2. — 4. Préceptes politiques, 15. — 5. Propos de table, VI, 8, § 1. — 6. Quelle part le vieillard doit prendre au gouvernement des affaires publiques, 17; Propos de table, VII, 2, § 2. — 7. Vie d'Alexandre, 1. — 8. Πλούταρχος Χαιρωνεὺς φιλόσοφος ἐπίτρο-

Suidas[1] alléguèrent, sans appuyer leurs assertions d'aucune preuve, que, dans sa vieillesse, Plutarque, élevé au consulat, avait été investi par Trajan d'un souverain pouvoir sur les magistrats de l'Illyrie et sur la Grèce. Deux siècles plus tard, dans un livre, où *à la vanité des cours* était opposée *l'utilité qu'on peut tirer de l'étude des philosophes*, un ancien moine anglais, disciple d'Abélard, secrétaire et ami de Thomas Beckel, Jean de Salisbury, évêque de Chartres, personnage non moins considérable par son savoir que par son rang, rapportant comme un fait avéré que Plutarque avait été le précepteur de Trajan, donnait tout au long l'analyse d'une *Institution* dictée par le maître à son élève, en la faisant précéder d'une lettre dans laquelle le philosophe félicitait le prince de son élévation à l'Empire[2]. Cette lettre, écrite en latin, n'avait aucun caractère authentique, et la seule présomption qui parût exister en sa faveur, c'est que, parmi les œuvres attribuées à Plutarque, il existait un recueil d'Apophthegmes en tête duquel se trouvait une dédicace en grec adressée à Trajan. Vers le même temps néanmoins, et sans plus d'examen, Vincent de Beauvais et Pétrarque reproduisirent, l'un les textes mis au jour pour la première fois par Jean de Salisbury[3], l'autre le fait que ces textes semblaient

---

πεύειν Ἑλλάδος ὑπὸ τοῦ αὐτοκράτορος κατεστάθη γηραλέος. (Georges le Syncelle, *Chronographia ad annum post Christ. nat.* 109.)

1. Πλούταρχος, Χαιρωνεύς, τῆς Βοιωτίας, γεγονὼς ἐπὶ τῶν τοῦ Τραιανοῦ τοῦ Καίσαρος χρόνων, καὶ ἔτι πρόσθεν· μεταδοὺς δὲ αὐτῷ Τραιανὸς τῆς τῶν ὑπάτων ἀξίας, προσέταξε μηδένα τῶν κατὰ τὴν Ἰλλυρίδα ἀρχόντων παρὲξ τῆς αὐτοῦ γνώμης τι διαπράττεσθαι (Suidas, nomine Πλούταρχος). — 2. *Policratici, De Curialum nugis,* l. V, *Prologus.* — 3. Vincent de Beauvais, *Speculum majus vel historiale nuncupatum,* lib. X, cap.

établir[1]. Et dès lors il passa pour constant que Plutarque, précepteur de Trajan, avait été, dans sa vieillesse, honoré par ce prince des fonctions du consulat avec de pleins pouvoirs pour le gouvernement de la Grèce.

Toutefois, ce n'était là que le couronnement de la carrière de Plutarque ; il fallait mettre en harmonie le reste de sa vie. Ses éditeurs ou traducteurs de la Renaissance, Xylander, Amyot, S. Goulard, Féd. Morel, Decius Celer et Ruauld s'en chargèrent à l'envi[2]. Le récit biographique qu'ils s'empruntent successivement l'un à l'autre en l'amplifiant ne manque pas d'agrément, et nous devons en reproduire textuellement les principaux traits :

« Noble et né de nobles parents, encore que nous ne sçachions le nom de son père qui ne laissoit pas d'être très célèbre philosophe, Plutarque fit ses premières études à Alexandrie ; puis il visita toutes les villes de la Grèce et particulièrement Athènes ; de là il se transporta de nouveau en Égypte, pour y apprendre les mystères de la théologie. D'Égypte, il poind sa route à Sparte, chez les Lacédémoniens, pour

XLVII, De Plutarcho Trajani præceptore. Cf. cap. XLVIII, De libro Plutarchi misso ad Trajanum.

1. « Plutarchus siquidem Græcus homo et Trajani principis magister..... » (Pétrarque, *Epistolarum tertia, ad Senecam.*) Dans l'intervalle, la tradition avait été reproduite par l'impératrice Eudoxie Macrembolitissa, femme de Constantin Ducas, empereur d'Orient (1059), dans son recueil polygraphique intitulé *Ionia* et publié par Villoison (*Anecdota græca*, Venise, 1781, in-4, p. 361). Cf. Wyttenbach, préface, LXIII. — 2. Xylander, *Vita Plutarchi* ; Amyot. *Épistre aux lecteurs ;* S. Goulard (le Senlisien), en tête de l'éd. de la trad. des *Vies* d'Amyot de l'année 1583 ; Fed. Morel, Vie de Plutarque ; Decius Celer, *De Plutarchi Chæroneæ philosophi gravissimi vitâ libellus ;* Ruauld, *Vita Plutarchi.*

prendre l'instruction de leurs préceptes moraux; puis, chargé de ces honorables dépouilles, il s'en retourna en son païs, riche d'un thrésor incomparable; et là, il commença de paroistre, comme un beau soleil esclatant et lumineux, sur tout le reste de la Grèce..... Mais comme son bel esprit ne le pouvoit laisser croupir en un lieu si bas, touché d'une noble ambition, il se délibéra de voir l'abrégé du monde en une ville, ou plutôt une ville qui contenoit en soy l'estendue de tout le monde; il s'achemina donc à Rome. Estant là, il commença de faire profession de la philosophie, et d'en tenir escole ouverte, où il ne manqua pas d'avoir incontinent une grande chaisne d'amis, qui s'estudièrent à le pousser en avant sur les aisles de son grand mérite et de son expérience; jusques à tel degré qu'il vint à estre précepteur de Trajan et son amy fort particulier et intime; mesme que Trajan usoit particulièrement de ses conseils et advis en ses affaires les plus importantes, tant pour les domestiques que pour celles qui touchaient l'administration de l'Empire. Ainsi écrivit-il pour lui les vies des hommes illustres, les dicts des Grecs et des Romains, le traicté qu'il est réquis qu'un prince soit savant, les instructions pour ceux qui manient les affaires d'État et le discours qu'un philosophe doit converser avec les princes... Du depuis, Trajan estant venu à mourir, et luy jugeant bien qu'il ne pourroit pas faire grande fortune de là en avant à Rome, joinct qu'il étoit content de la sienne et qu'il commençoit à tirer sur l'aage, il se souvint qu'il avoit une patrie... Il y avait quarante ans qu'il avoit quitté Chéronée, et il avoit près de soixante-dix ans. Durant cette lon-

gue absence, il avoit franchi tous les degrés des magistratures romaines, depuis la préture jusqu'au consulat. Phénix également habile à bien faire et à bien
dire, il vaquoit à ses devoirs d'homme public pendant
le jour, il travailloit la nuit. » ·

Ainsi étaient reliés les différents points de la carrière de Plutarque. Achevée, en partie, dans les
conseils de l'Empire, comme celle de Sénèque, la vie
du philosophe de Chéronée avait commencé par des
voyages, comme celle de Pythagore, et s'était poursuivie tout à la fois à travers la politique et la philosophie, comme celle de Platon. La légende était complète.

Il était, il est vrai, plus séduisant d'y croire qu'aisé
de la justifier.

Amyot lui-même ne peut s'empêcher de trouver
« la missive rapportée par Jean de Salisbury un petit
suspecte, pour ce que il ne l'a point trouvée entre les
œuvres grecques de Plutarque, joinct que elle parle
comme si le livre estoit dédié à Trajan, ce qui est
manifestement dédiet par le commencement du livre,
et pour quelques autres raisons... Encore toutefois,
pour ce qu'elle lui a semblé sagement et gravement
escripte, » il la cite; et dès qu'il l'a citée, il est sous
le charme. Rapprochant la lettre de Salisbury du
texte de Suidas : « Il me semble bien, dit-il, que
Trajan, si sage empereur, n'eût pas faict à Plutarque
ce grand honneur de la dignité consulaire, s'il ne se
fust senty tenu à luy de quelque obligation notable.
Ce qui plus encore me semont à le croire, c'est que
l'on voit en plusieurs faits et dicts de Trajan la
mesme droiture, bonté et justice naifvement me-

praintes, dont le moule et la forme est, par manière
de dire, engravée ès œuvres morales de Plutarque;
de sorte que l'on remarque notoirement que l'un a
bien sçu faire ce que l'autre lui a sagement enseigné[1]. » Et de l'appui que ces assertions se prêtent
l'une à l'autre, il conclut à la confirmation des
deux.

« Je comprends qu'on puisse révoquer en doute
l'authenticité de la lettre de Salisbury et du texte de
Suidas, dit à son tour Ruauld : la lettre n'est point
en grec et Plutarque ne fait aucune allusion, dans
ses ouvrages, à ses relations avec Trajan... » Mais
qui sait? ajoute-t-il bien vite, ce n'est pas nier une
chose, que de n'en point parler. Sénèque nous dit-il
quelque part qu'il ait été le précepteur de Néron?
Peut-on affirmer d'ailleurs que Plutarque ne faisoit
aucune mention de ses rapports avec Trajan, dans
ceux de ses ouvrages qui ne sont pas arrivés jusqu'à
nous[2]? » Puis il poursuit la biographie de son auteur,
en l'accommodant au rôle qu'il se plaît à lui laisser.

La tradition trouvait donc, en définitive, un appui
même chez ceux dans l'esprit desquels elle avait d'a-
bord éveillé quelques doutes et le nom de Plutarque
avait fini par devenir inséparable de celui de Trajan.
Bien plus, c'est au précepteur qu'était rapportée la
gloire du prince. « Si la fortune a fait régner Trajan
sur les hommes, disait Féd. Morel, c'est Plutarque
qui l'a fait régner en homme de bien et qui luy a fait
emporter la gloire que les âges suivants luy ont
rendue. »

1. Amyot, *Épistre aux lecteurs.* — 2. Ruauld, *Vita Plutarchi,* 15

Tacitement ou explicitement acceptée pendant le
dix-septième siècle[1] par les érudits et les lettrés,
cette biographie idéale rencontra pour la première
fois dans Dacier un critique résolu à dire la vérité[2].
Mais la vérité, quand il s'agit de combattre une erreur
séculaire, a besoin tout à la fois d'être présentée avec
ménagement et placée hors de contestation. Dacier
eut le double tort de porter dans son argumentation une sorte d'impatience, et de la faire reposer en partie sur des calculs erronés[3] ou sur des
raisonnements en contradiction avec les faits[4].
La tradition subsista. Dryden[5], Fabricius, Corsini,

1. Voir Samuel Petit, *Observationes*, lib. II, cap. x, p. 230; *Journal
des Savants*, année 1677, p. 7; M. Hanckius, *De romanarum rerum
scriptoribus*, p. 84; G. J. Vossius, *De historicis Græcis*, II, x; J. Jon-
sius, *De scriptoribus historiæ philosophicæ*, lib. III, p. 28; Dryden,
Vie de Plutarque. Une traduction de cette Vie a été insérée dans un
Recueil de pièces d'histoire et de littérature, publié par le Père Granet et le Père Desmolets (1731). — 2. *Vie de Plutarque*. Édition de
1778, p. 68. Cf. 64-65. — 3. Ibid. p. 65 et 66. Dacier part de ce point
que « la pythiade était un espace de quatre ans, comme l'olympiade ».
« Les jeux Pythiques, » dit M. Maury, « revenaient d'abord tous les
huit ans, et il en demeura ainsi jusqu'à la 48e olympiade; mais, à da-
ter de la 3e année de cette même olympiade, leur cycle fut réduit à
cinq ans, et ils tombaient à la 3e année de chaque olympiade. » (*Histoire des religions de la Grèce antique*, tome II, ch. xi, p. 79.) —
4. Ibid., p. 62 et suiv. « Ceux qui ont écrit que Plutarque voyagea
en Égypte et à Lacédémone, l'ont avancé sans fondement, » dit Dacier.
Or Plutarque parle expressément de ces deux voyages. *Propos de
table*, V, 5, § 1; *Vie d'Agésilas*, 19. — 5. « Je ne crois pas, dit Dryden qui restitue de toutes pièces cette partie de la légende, je ne
crois pas que personne avant moi ait dit ou avancé que Plutarque fut
chargé des affaires de l'Illyrie, aujourd'hui l'Esclavonie; mais cette
opinion paraîtra plausible, si l'on considère que Trajan eut une guerre
importante à soutenir contre Decebalus, roi des Daces, et qu'après la
mort du prince dace, la sagesse d'un homme tel que Plutarque était
nécessaire pour pacifier et civiliser l'Illyrie. J'ai fait cette remarque
en passant pour montrer que l'auteur français qui a écrit la vie de
Plutarque a eu tort de s'étonner qu'on eût confié l'Illyrie aux soins

Brucker, Ricard la reprirent. N'osant plus simplement l'adopter, mais osant encore moins la détruire, on chercha des moyens termes pour l'expliquer. « Peut-être, insinua Ricard, pourrait-on concilier les sentiments opposés de ceux qui veulent que Plutarque ait été le précepteur de Trajan, et de ceux qui le nient, en disant que, si Plutarque n'a pas été l'instituteur de Trajan, ce qui, en effet, n'est pas aisé à prouver, il a pu, pendant son séjour à Rome, donner à ce prince, qui aimait à s'instruire, des leçons particulières de philosophie et de politique, soit avant qu'il montât sur le trône, soit depuis qu'il fut parvenu à l'Empire[1]. » D'autres cherchèrent à interpréter le texte de Suidas. « C'est d'Adrien, dit Fabricius[2], que Plutarque a été le précepteur, non de Trajan, Adrien ayant pris, par suite de son adoption, le nom de Trajan : de là l'erreur de Suidas. » L'erreur fût-elle prouvée, ou seulement rendue vraisemblable[3], — et les renseignements précis que l'on possède aujourd'hui sur la vie d'Adrien sont formellement contraires à cette hypothèse, — il resterait à l'accorder avec la seconde moitié de la tradition qui n'est que la conséquence de la première, je veux dire avec le consulat de Plutarque. Or c'est à l'année 109 que Georges le Syncelle rapporte expressément la date

de notre philosophe, sous prétexte que cette province n'avait aucun rapport ni à Chéronée, ni à la Grèce. »

1. Ricard, *Vie de Plutarque*, § 10. Cf. Amyot, éd. Cussac, 1783-1787, réimprimée en 1801-1806, avec des notes de Clavier. — 2. Fabricius, *Bibliotheca Græca*, édit. Harles, liv. IV, ch. IX; Corsini, déjà cité, § 8; Brucker, *Historia critica philosophiæ*, tome II, p. 178. — 3. Voir Tennemann, *Manuel de l'histoire de la philosophie*, trad. V. Cousin, I, 3; Schœll, *Histoire abrégée de la littérature grecque profane*, liv. V, ch. LXV; *Nouvelle Biographie générale*.

de ce consulat, et l'on sait qu'Adrien ne parvint à l'empire qu'en 117.

Poser la question en ces termes, c'était donc seulement en compliquer la solution; et pour la résoudre, n'eût-il pas suffi d'examiner les textes qui avaient donné lieu à la discussion?

La Dédicace du recueil des Apophthegmes, les deux phrases de Suidas et de Georges le Syncelle, la Lettre de Jean de Salisbury et l'analyse de l'*Institution* de Trajan que cette Lettre précède, tels sont les textes sur lesquels reposait la légende dont nous venons de résumer rapidement l'histoire. Or, dans l'opinion même de ceux qui ne voulaient pas en ébranler le fondement, quelle était la valeur de ces documents?

La plupart d'entre eux ne parlent pas de la Dédicace du recueil des Apophthegmes. Ceux qui en discutent l'authenticité, — Xylander, Ruauld, Corsini, Wyttenbach, — inclinent à croire que ni la dédicace ni le recueil ne sont de Plutarque[1]. Qu'est-ce, en effet, que cette dédicace et ce recueil? L'accumulation des anecdotes, l'intention accusée de chercher le caractère des hommes dans les paroles qui peignent l'âme plutôt que dans les faits qui relèvent de la fortune, rappellent sans doute la manière de l'auteur des Parallèles. Mais les Parallèles y sont jugés comme une œuvre terminée, quand il est clair que c'est une série d'études qui n'a jamais dû être close. En outre, on y chercherait vainement la moindre allusion à des rap-

1. Xylander, *Ad lectorem litteræ* : — « Ego neque præfationem hanc, neque opus ipsum magni esse Plutarchi credere possum. » Ruauld, 21. Cf. Corsini, 8; Wyttenbach, Animadversiones in Apophthegmata, p. 1040. — Videntur ea Plutarchi esse junioris, dit Vossius

ports avec Trajan. Enfin, s'il faut descendre au détail
du style, le tour de la phrase trahit manifestement la
gaucherie de l'imitation ; c'est le langage du plus
humble des sujets ; combien différent du langage
d'un ancien maître et d'un ami !

L'hésitation n'est pas moindre sur les textes de
Georges le Syncelle et de Suidas. Quelques-uns
seraient disposés à en tirer les conséquences les plus
étendues, Ruauld par exemple, qui induit de la
phrase de Suidas que Plutarque a été investi du consulat à Rome, et Vossius, qui ne dit pas que Plutarque
ait exercé le pouvoir consulaire à Rome, mais qui
admet qu'il en a effectivement possédé l'autorité en
Grèce. D'autres, au contraire, en restreindraient volontiers le sens : il ne s'agit, selon Fabricius et
Corsini[1], que d'un consulat honoraire. Au fond, les
uns et les autres ne rapportent les textes qu'avec
toute sorte de réserves : On dit...; on croit...; c'est
une tradition[2]. Et quelle pouvait être, à la vérité,
l'autorité de deux compilateurs, rapportant sans
preuve, à plusieurs siècles de distance, un fait contraire à l'esprit même de la politique de Rome ? Sans
doute, il n'est pas sans exemple qu'au deuxième
siècle de l'ère chrétienne, des Grecs aient été investis
par les empereurs de certaines charges. Tels furent
notamment Appien et Dion Cassius. Mais on sait que

1. Quod... Plutarcho ipsi consulares honores concessit, non ita profecto intelligi debet, ut observavit Fabricius, quod Plutarchus Hy-
pathiam Thessaliæ urbem Lares transtulerit, ut ineptissime interpre-
tatur Petitus, aut aliquando consul processerit, sed quod eo solum
consulatus genere decoratus fuerit, qui honorarius dicebatur... »
Corsini, § 10. — 2. « Opinio vetus occupavit... » (Ruauld). — « Fama
est... » (Decius Celer), etc.

la famille de Dion était devenue presque romaine[1]; on sait aussi que c'est un emploi purement administratif qui fut confié à Appien par Antonin. Il le dit lui-même : Né à Alexandrie, et des premiers de sa patrie, il plaida dans Rome devant les empereurs, jusqu'au moment où il leur parut digne d'être leur procurateur[2]; et cela, malgré l'illustration de sa naissance, malgré l'éclat de son talent, et après deux ans de sollicitations pressantes de Fronton ! Ajoutez que, pour exercer, au nom du peuple vainqueur, le moindre office de judicature, il fallait parler la langue du peuple vainqueur[3]; or Plutarque déclare qu'il n'a jamais su le latin[4].

Quant à la Lettre qui précède l'analyse de l'*Institution de Trajan* et à cette *Institution* même, ceux qui les invoquent, en passant, pour le besoin de la cause, n'insistent point ; leur bon sens s'étonne et résiste. « Ce ne peut-être qu'une œuvre apocryphe, laissent-ils échapper non sans quelque impatience de regret, l'œuvre de quelque sophiste du Bas-Empire[5]. »

1. Sam. Reimar, *De vita et scriptis Cassii Dionis*, édit. Sturz, tom. VII. Cf. Egger, *Examen critique des historiens anciens de la vie et du règne d'Auguste*, ch. VIII. — 2. Préface, § 7; Fronton, *Lettres à Antonin*, IX. — 3. Suétone, *in Claudio*, 18. — 4. Vie de Démosthène, 2. — 5. « Præfationem ab aliquo ne superioris quidem, ut suspicor, ævi, concinnatam. » (Ruauld, 21.) Cf. Wyttenbach, *Préface*, p. LXIX. — C'est aussi l'avis de M. Chassang, *Histoire du roman dans l'antiquité grecque et latine*, chap. VIII, p. 456-8. En acceptant le fond de cette opinion, j'inclinerais seulement à croire, d'après les sentiments répandus dans le traité, tel que Jean de Salisbury nous le fait connaître, que l'auteur de la traduction latine était quelque homme d'Église des premiers siècles qui aura modifié le texte primitif, conformément à l'esprit de son temps. Jean de Salisbury nous avertit d'ailleurs lui-même qu'il ne se pique de rien moins que d'exactitude littérale dans son analyse.

On a dit, il est vrai[1], — et c'est le dernier retran
chement des partisans de la tradition, — que, pour
avoir plus d'un motif de ne pas accepter ces textes,
nul n'avait le droit de les rejeter absolument : n'avons-
nous donc, en effet, rien à leur opposer?

C'est d'abord, assurément, une chose digne de remarque que l'incertitude à laquelle nous réduit, au
sujet d'événements si considérables dans la vie de
Plutarque, le silence absolu des témoignages contemporains.

Eh quoi! Plutarque aurait vécu, hors de sa patrie, pendant quarante-sept ans; il y serait parvenu
aux honneurs, à la réputation; selon Ruauld, il aurait vu, « dans tout l'éclat de leur génie, en sa jeunesse, Perse, Cornutus, Lucain, Sénèque; dans sa
maturité, Quintilien, Valerius Flaccus, Martial, Pline
l'Ancien; dans sa vieillesse, Tacite, Suétone, Pline
le jeune et Florus[2]; » il aurait été le maître, l'ami,
le ministre du plus populaire des empereurs; et « de
cette existence passée tout entière au grand jour
de la vie publique[3] », il ne serait pas demeuré trace
dans les œuvres de ses contemporains! C'est jusqu'au troisième siècle qu'il faut descendre pour rencontrer la première mention de sa renommée pendant sa vie; et quelle mention! « La 14e année du
règne de Néron, dit Eusèbe, Musonius et Plutarque
étaient fort connus chez les Romains[4]. » Or Plutarque

---

1. Traduction d'Amyot, *Vies.* Édition de Clavier (1818). Épître aux
lecteurs, note de l'éditeur. — 2. Ruauld, 4. — 3. Ruauld, 16.
« .... Plutarchum in publica luce tota fere vita occupatissimum... »
— 4. « En l'an 120, » dit ailleurs Eusèbe, « sous l'empereur Adrien,
le philosophe Plutarque de Chéronée, Sextus et Agathobulus étaient

qui, en 68, ne pouvait avoir, ainsi que nous l'établirons tout à l'heure, plus de dix-huit ans, n'avait pas encore dû, à cet âge, quitter sa patrie ; et y a-t-il quelque apparence qu'à peine arrivé à Rome, il eût, pour ainsi dire, balancé la réputation du grand Stoïcien ? Jalousie, dit-on, des écrivains latins qui avaient vu avec peine un Grec, né dans une chétive ville de Béotie, s'élever à une si grande réputation[1]. Mais les écrivains grecs, intéressés à la gloire de leur compatriote, nous en apprennent-ils davantage? — Ils ont pensé qu'il n'estoit besoing de faire mention d'ung qui se faisoit cognoistre par ses escripts[2]. — Jalousie bien puérile, confiance non moins singulière! Ces explications fussent-elles acceptables, quel motif aurait arrêté les effusions du panégyriste si ingénieux à célébrer les vertus de Trajan? Trajan allant chercher à Chéronée ou tirant de l'ombre des écoles de Rome le modeste philosophe; Trajan élevant à lui, presque jusque sur le trône, l'humble maître de sa jeunesse; Trajan poursuivant de ses fidèles hommages le vieillard qui s'y dérobe. Quel sujet d'antithèses pour Pline, quelle riche matière à amplification !

Mais ce ne sont là que des arguments extrinsèques, pour ainsi dire, et c'est des sentiments intimes de Plutarque que nous voudrions tirer nos preuves.

Tous ceux qui se sont occupés de la vie du sage

fort célèbres. » Texte bien vague, et qui se rapporte d'ailleurs à l'extrême vieillesse de Plutarque.

1. Dacier, *Vie de Plutarque*, p. 94. — 2. Dion, cité par S. Goulard. — Emerson dit à ce sujet avec un sens pratique tout à fait américain: « Il est évident que l'échange des lettres et des nouvelles privées était plus rare encore en ces temps-là que ne le donnerait à penser la non-existence de l'imprimerie, des chemins de fer et des télégraphes. »

de Chéronée en ont fait la remarque[1] : il n'a pas de
meilleur témoin de lui que lui-même. « Ses escripts,
à les bien savourer, dit Montaigne, le font cognoistre
jusque dans l'âme[2]. » Or il n'est pas, suivant une
autre expression de Montaigne[3], grand enlumineur de
ses actions. Cependant, s'il est un sentiment qui se dé-
gage de l'ensemble de ses œuvres, n'est-ce pas celui
de la satisfaction du rang qu'il tient et du rôle qu'il
joue?

De bonne heure, ses services et ses vertus l'ont mis
en lumière parmi ses concitoyens; le succès de ses
négociations politiques, la renommée qu'il a rapportée de ses voyages, ont accru, parmi eux, le prestige
de sa sagesse; les charges civiles et religieuses auxquelles il a été élevé en ont consacré le caractère; et
l'on n'est pas, sans en jouir, le premier citoyen d'une
petite ville. On vient le voir, et il se plaît à faire les
honneurs de son temple, de sa cité[4]. Il est tout fier
d'avoir été surpris par des étrangers, dans l'exercice
d'une humble fonction de police, faisant mesurer de
la tuile et voiturer de la chaux[5]. Il ne connaît rien de
supérieur aux fonctions d'agonothète, de béotarque,
de grand prêtre d'Apollon. Il s'honore, en un mot, de
servir sa patrie et ses dieux. Et avec quel superbe
mouvement il repousse les insinuations de ceux qui
semblent lui conseiller la retraite ou voudraient pré-

---

1. Ὁ θεσπέσιος Πλούταρχος τόν τε ἑαυτοῦ βίον ἀναρράγει (Eunope,
De vitis sophistarum, procœmium.) Cf. Dacier, Vie de Plutarque,
p. 66, et Ruauld, 15 : « cætera, quæ moribus Plutarchi manifestandis
usui esse possunt, ejus libri abunde utique subministrant.. » —
2. Montaigne, Essais, liv. II, chap. xxxi. — 3. Id., Ibid., I, 25. —
4. De la Cessation des oracles, 1; des oracles en vers, 1, etc. — 5. Préceptes politiques, 15.

maturément l'y condamner : « Un archonte éponyme
se réduire, quand l'âge n'a fait que mûrir son expérience, à ne plus vaquer qu'à des soins domestiques,
à vendre de la laine, des raisins et des blés[1] ! » D'un
autre côté, il n'ignore pas ce que vaut l'honneur
d'avoir eu pour auditeur, à Rome, Arulenus Rusticus[2]; il ne lui est pas indifférent d'avoir reçu plusieurs fois à sa table et compté parmi ses hôtes, au
mariage de son fils aîné, Sossius Sénécion[3]. Sa vie
enfin a été heureuse ; comme dans un livre bien écrit,
il y trouve à peine une rature[4] ; et tous les souvenirs
un peu marquants de cette existence bénie des dieux
lui sont chers, tous les hommages rendus à son autorité lui sont doux. Il aime le silence qui se fait à table
quand il prend la parole, et il ne céderait à personne
le privilège de présider le repas. C'est pour que sa
petite ville natale ne devînt pas plus petite encore par
son absence, nous dit-il[5], qu'il se plaît à l'habiter ;
c'est aussi parce qu'il s'y sent maître et roi. Étroit
royaume sans doute, mais que le sentiment qu'il y
porte agrandit. Le jour où on l'a vu livré au plus modeste emploi, ce qui l'a enivré d'un touchant orgueil,
c'est que, dans son imagination ravie, ce trait de
simplicité l'égalait à ses héros de prédilection, Épaminondas et Caton[6].

Et cet aimable et naïf vieillard, si jaloux des plus
modestes dignités, si heureux des moindres préroga-
tives, qui a, comme on l'a dit[7], « une bonne vo-

1. Quelle part le vieillard doit prendre au gouvernement des
affaires publiques, 4. — 2. De la Curiosité, 15. — 3. Propos de table,
préface, et liv. IV, quest. 3, § 1. — 4. Lettre à Timoxène, 8. — 5. Vie
de Démosthène, 2. — 6. Préceptes politiques, 15. — 7. Trenth, p. 2.
Cf. p. 10.

lonté si agréable à parler de lui-même », aurait été
honoré de l'amitié, de la confiance de Trajan, sans
que nulle part la pensée d'avoir travaillé par son
élève au bonheur de l'humanité, — pour me servir de l'expression qu'il applique au gouvernement des
bons princes[1], — se fût fait jour par quelque effusion !

Toute existence, d'ailleurs, a son unité. Ce qui caractérise particulièrement les mœurs des philosophes
contemporains de Plutarque, c'est une certaine humeur errante et voyageuse. Apollonius de Tyane, Dion
Chrysostome, Euphrate de Tyr, Aristide, Musonius
même, se font honneur d'avoir parcouru le monde et
répandu en tous pays les lumières de leurs conseils.
L'habitude était passée en institution. On sollicitait
auprès des empereurs des missions d'exploration
philosophique et religieuse[2]. C'était à qui visiterait
les pays les plus lointains[3]. Tel avait mérité par ses
excursions le surnom de Planétiadès[4]. Le philosophe,
disait le Stoïcisme, n'a point de patrie.

Ce n'est pas ainsi que Plutarque entendait ses
devoirs. En maints endroits de ses ouvrages, il s'élève
contre ces prédicateurs de morale, inconséquents ou
ambitieux, qui vont chercher, hors de leur pays, les
satisfactions d'amour-propre ou les agréments que
leur pays ne pourrait leur donner : semblables, dit-
il avec une énergie familière, à ces hommes de mauvaises mœurs qui abandonnent leur femme légitime
pour aller vivre avec une maîtresse[5]. Quels avantages

---

1. Du commerce que les philosophes doivent avoir avec les
princes, 3. — 2. De la Cessation des oracles, 18. — 3. Ibid. 2. —
4. Ibid., 7. — 5. Des Contradictions des Stoïciens, 4. Cf. De l'exil, 8

il trouverait pour ses études et sa renommée à habiter
Rome ou Athènes, il le sait. S'il se flatte, à juste titre,
de la pensée que la vertu, comme une plante vivace
et vigoureuse, prend racine dans toute espèce de sol
où elle trouve un fonds heureux, il ne se dissimule
pas que les arts qui ont pour but la richesse ou la
gloire ne sauraient se développer aisément dans une
petite ville[1]. Heureux, disait-il, ceux qui, ayant
entrepris d'écrire l'histoire, demeurent dans une
grande cité, riche en livres, en monuments de toute
nature, et où le souvenir des hommes entretient et
explique les traditions! Mais l'intérêt de sa réputation
le touche moins que le sentiment de ce qu'il croit devoir à sa ville natale. C'est par une négociation dont
elle l'a chargé auprès du proconsul d'Illyrie qu'il
entre dans la carrière des charges civiles[2]. S'il n'a
pas eu le loisir d'apprendre la langue latine pendant
son séjour à Rome, c'est qu'indépendamment de ses
conférences de philosophie, il avait à s'occuper, dans
la Ville même et dans d'autres villes de l'Italie, des
affaires de ses concitoyens[3]. Hors de Chéronée, il n'a
jamais cessé de les servir; du jour où il revient parmi
eux, il se dévoue à l'administration de leurs intérêts,
à leur instruction, à leur bonheur. C'est à Chéronée
qu'il remplit les seules charges publiques dont il
nous ait conservé le souvenir[4]. C'est à Chéronée, — sur
ce point tous ses biographes sont d'accord[5], — qu'il rédige ses ouvrages, d'après les notes sur lesquelles il

1. Vie de Démosthène, 1. Cf. De l'Inscription du temple de Delphes, 1. — 2. Préceptes politiques, 70. — 3. Vie de Démosthène, 2.
— 4. Voir plus haut, page 3. — 5. Rualdl, 2; Corsini, 10. « Uni-
versa fere quæ ab ipso litteris consignata sunt, Chæroneæ scripta videntur. »

avait fait ses leçons ou avec les matériaux qu'il avait recueillis[1]; et le premier Parallèle qu'il ait écrit est consacré à la mémoire d'un protecteur de Chéronée[2].

Bien plus, autant il tient à honneur les moindres distinctions qu'il doit à sa ville natale ou dont il peut lui rapporter le profit, autant il témoigne peu de goût pour la fortune plus ou moins brillante que ses compatriotes venaient chercher à Rome, trop souvent au prix de leur dignité. Rome, sous l'empire, au premier siècle de l'ère chrétienne, était devenue une ville grecque[3]; ce qui restait de vieux Romains par l'imagination ou par le cœur en gémissait publiquement[4]. Mais, dans cette sorte de représailles exercées par les vaincus sur les vainqueurs, les vaincus avaient conservé la marque de la servitude. Ames et maîtres des grandes maisons[5], les Grecs, pour la plupart, ne s'y glissaient qu'en parasites et n'y régnaient qu'en flatteurs. Ce triste rôle est visiblement pénible à la fierté de Plutarque. Ce n'est pas qu'il interdise au philosophe l'accès des grandes

1 Il le déclare lui-même pour le plus grand nombre : De la Tranquillité de l'Ame, 1 ; De l'Amour fraternel, 4 ; Préceptes politiques, 15, 19 ; Lettre à Euphanès, I ; Préceptes de mariage, I ; Consolation à sa femme, I ; Propos de table, préfaces ; De l'Amour, I ; Du Babillage, 22 ; De la Curiosité, 1 ; De l'Envie, 2 ; Des Délais de la justice divine, 1, 13, 16 ; Du Démon de Socrate, I ; De l'Inscription du temple de Delphes, I ; De la Cessation des oracles, I ; Des Oracles en vers, I ; Du Bonheur dans la doctrine d'Épicure, 2 ; Vie de Démosthène, 2 ; Vie de Cimon, I. Sur les Vies, Cf. Albertus Lion : *Commentatio de ordine quo Plutarchus vitas scripserit*, Gottingæ, 1819 ; et P. Kremer, *Inquisitio inauguralis in consilium et modum quo Plutarchus scripsit vitas Parallelas*, Groningæ, 1841. — 2. Vie de Cimon, 2. — 3. Juvénal, *Satir.*, III, 60 et suiv., VI, 185 et suiv. ; Cf. Horace, *Epîtres*, II, 1, v. 156-157 ; Voir *Journal des Savants*, mars 1855, article de M. Patin. — 4. Tacite, *Annales*, XIV, 20. — 5. Juvénal, *Sat.*, III, 71.

maisons; il l'invite, au contraire, à s'en faire ouvrir les portes; il veut qu'il s'y établisse, mais en conseiller, en directeur, non en courtisan; il entend qu'il se prête, non qu'il se livre; qu'il se donne, non qu'il se vende[1]. Lui-même, pendant son séjour à Rome, il avait contracté avec quelques personnages distingués des relations intimes, mais il traite avec eux d'égal à égal; admis à la table de S. Sénécion et de Fundanus, il les reçoit à la sienne : il est, suivant l'expression la plus élevée du mot et dans les termes de la plus honorable réciprocité d'égards, leur hôte, leur ami. S'il jouit de la considération qu'ils lui témoignent, c'est le seul prix qu'il attende des services qu'il leur rend. Nous venons de voir qu'il n'avait même pas appris leur langue. J'accorde que, dans la façon dont il se défend de savoir le latin, il y ait quelque exagération d'orgueil national[2]. Toujours est-il qu'on ne trouve dans ses œuvres si considérables aucun emprunt aux moralistes de Rome, Cicéron, Horace ou Sénèque, qui lui offraient des trésors d'observations toutes faites; à peine cite-t-il leurs noms[3].

Au reste, si nous avons perdu une grande partie de ses ouvrages, une heureuse fortune nous a con-

1. Du commerce que le philosophe doit avoir avec les princes, 2. — 2. Vie de Démosthène, 2. Cf. E. Egger, *Mémoires d'histoire ancienne et de philologie*, X, p. 259 et suiv. — 3. Deux passages de la *Vie de Cicéron* (24, 40) donnent lieu de penser qu'il connaissait ses écrits philosophiques. Il invoque une fois le témoignage d'Horace. (*Vie de Lucullus*, 39). Il cite deux fois Sénèque, mais comme précepteur et comme ministre de Néron. (*Des moyens de réprimer la colère*, 13. *Vie de Galba*, 20. On sait d'ailleurs que l'authenticité de la *Vie de Galba* est contestée). Il ne fait mention ni de Virgile, ni d'Ovide, dont les *Fastes* lui fournissaient tant de ressources pour la discussion des *Questions romaines*.

servé tous ceux que, selon ses biographes de la
Renaissance, il aurait composés pour l'éducation de
Trajan. Or en est-il un seul où il rappelle par un trait
par un mot, ses prétendus rapports avec ce prince?
Les Préceptes politiques notamment et la Lettre à Euphanès sur la question de savoir quelle part le vicil-
lard doit prendre au gouvernement des affaires publiques peuvent être considérés comme son testament
politique [1]. Il avait là une occasion naturelle de se glo-
rifier des charges insignes dont à ce moment même,
d'après la légende, il devait être investi ! Bien loin
qu'il en soit ainsi, nulle part, peut-être, le patriotisme du citoyen fidèle à son pays ne se montre
avec plus d'élévation et de vigueur. Que, dans d'autres traités, il accepte la domination de l'Empire
comme un fait providentiel, c'est l'esprit de sa
philosophie de l'histoire; que, dans ses Parallèles,
il cherche, plus ou moins, à maintenir la balance
entre les Grecs et les Romains qu'il compare, il faut
en faire honneur à la délicate courtoisie de l'étranger
reconnaissant envers la ville qui lui a donné l'hospitalité, au talent de l'artiste habile à apparier ses
portraits et plus encore à la sincère impartialité du
moraliste [2]. Mais le cœur de l'homme n'y est pour
rien. Où il se montre, c'est quand, dans ces deux
ouvrages, traçant à ses concitoyens leurs devoirs

---

1. Les Préceptes politiques sont antérieurs à la Lettre à Euphanès;
ils paraissent se rapporter aux premières années du règne de Nerva
ou de Trajan (§ 19) ; mais on ne sait vraiment où les biographes de la
Renaissance ont pu prendre qu'ils avaient été spécialement écrits
pour Trajan : ils sont adressés à un jeune homme d'Érétrie, à Mene-
machus, qui les avait demandés à Plutarque (§ 1). — 2. Voir plus bas,
chapitre III, § 2.

envers la patrie, le noble vieillard les exhorte à ne
pas livrer aux magistrats romains ce qui leur reste
de la conduite de leurs affaires ; quand il les adjure
de ne pas se laisser attacher aux pieds les fers qu'il
porte déjà si durement rivés au cou[1]. Certes, Plutarque n'a pas le tempérament d'un tribun ; mais à
l'accent ému, à la pénétrante énergie de ces admo-
nestations, on sent que le joug étranger lui pèse :
ne pouvant l'alléger, il ne veut pas, du moins,
qu'autour de lui, par une négligence ou par une
ambition également coupable, on travaille à en augmenter le poids.

De tels sentiments n'ont-ils pas une grande valeur
de témoignage ? Si dans l'imagination complaisante
des érudits de la Renaissance, les allégations de Georges
le Syncelle, de Suidas et de Jean de Salisbury semblaient se prêter un mutuel appui, combien mieux,
dans cet ensemble d'arguments tirés de l'âme de Plutarque, la vérité ne soutient-elle pas la vérité ! C'est
son œuvre entière, sa vie entière qui dépose pour lui-
même. Quelles que soient donc les obscurités chrono-
logiques qu'il nous reste à éclaircir dans sa biographie, il est un point capital que nous avons dès ce moment le droit d'affirmer : c'est que, s'il fit un voyage
à Alexandrie et des excursions dans la plupart des
villes de la Grèce, s'il parcourut l'Italie et séjourna
à Rome, à diverses époques, il n'eut jamais l'ambition de jouer aucun rôle hors de Chéronée, et revint, jeune encore, consacrer à ses concitoyens le
fruit de son expérience et de son talent.

1. Préceptes politiques, 19.

La légende ainsi écartée, et Plutarque rendu à sa ville natale et à lui-même, nous pouvons chercher maintenant dans le détail de sa vie sous quelle influence son génie de moraliste se développa.

2. — VIE DE PLUTARQUE.

Aucune chronologie ne donne exactement la date de la naissance de Plutarque. Mais il raconte qu'à l'époque où Néron vint en Grèce, il étudiait les mathématiques avec ardeur. Pour avoir commencé ces études et en être arrivé à un degré de progrès tel que son maître le laissât s'engager dans une discussion grave, il ne pouvait avoir moins de dix-sept ou de dix-huit ans. Or le voyage de Néron se rapporte à la 12e année de son règne, c'est-à-dire à l'an 66 de l'ère chrétienne. Plutarque serait donc né vers l'an 48 ou 49 après Jésus-Christ [1].

Nous avons sur son éducation des renseignements plus précis. C'est un grand bonheur pour des jeunes gens, écrivait-il aux descendants d'Aratus en commençant la Vie du chef de la ligue Achéenne [2], d'entendre raconter les belles actions de leurs pères. Plus heureux encore que les descendants d'Aratus, Plutarque paraît avoir eu longtemps sous les yeux les vivants exemples de sa famille. On ne saurait affirmer qu'il ait connu son bisaïeul Nicarque : mais Lamprias, son aïeul, existait encore à l'époque où il revint d'un voyage à Alexandrie [3]; et il conserva

1. De l'Inscription du temple de Delphes, 1 et 7. — 2. Vie d'Aratus, I. — 3. Propos de table, V, 5, § 1.

son père au moins jusqu'à l'époque de son mariage.

Sa famille était une ancienne famille de Chéronée[1], dans laquelle les habitudes de fidélité au sol natal s'étaient fidèlement transmises. Nicarque était à Chéronée, au moment où avait éclaté la dernière lutte d'Octave et d'Antoine ; à la veille d'Actium, il avait vu ses concitoyens contraints, le fouet dans les reins, de porter sur leurs épaules chacun une charge de blé jusqu'à la mer d'Anticyre[2]. C'était surtout une famille de sages ayant le goût des doctes entretiens. Plutarque appelle son aïeul le vieillard, comme on appelait Homère, par une suprême distinction d'honneur, le poète[3] ; et l'aimable vieillard, qui n'avait jamais l'esprit plus fécond qu'après quelques libations, se comparait lui-même à l'encens qui n'exhale que sous l'action de la chaleur ses parfums les plus exquis[4]. Tel il nous apparaît, en effet, dans les Propos de table, la parole vive, la mémoire sûre, posant les questions avec précision ou les résolvant avec autorité[5]. D'un esprit moins brillant, le père de Plutarque excellait aussi à éveiller la curiosité de la jeunesse dont il aimait à s'entourer, et ses conseils laissaient dans l'esprit une trace durable[6]. A plus de soixante-dix ans, Plutarque se rappelait encore la leçon qu'il avait reçue à ses débuts dans la vie. « Il me souvient, dit-il[7], que, estant encore bien jeune, je fus

1. Propos de table, II, 8, § 2. « Il était gentilhomme, dit Trenth, et de fortune indépendante. » — 2. Vie d'Antoine, 68. — 3. Propos de table, V, 6. § 1 ; 9, § 1. — 4. Ibid , I, 5, § 1. — 5. Ibid., IV, 4, § 4 ; V, 8, § 3 ; IX, 2, § 3. Cf. Vie d'Antoine, 28. — 6. Ibid., II, 8, § 2 ; III, VII, § 1 ; III, 7 à 9 ; I, 2, § 2. — 7. Préceptes politiques, 20. Traduction d'Amyot.

envoyé avec un autre en ambassade devers le proconsul, et ce mien compagnon estant ne sçais pour
quoy demeuré derrière, j'y allay seul et feis ce que
nous avions commission de faire : à mon retour
ains que je voulus rendre compte en public et faire
le rapport de ma charge, mon père se levant seu'
me défendit de dire : je suis allé, mais nous sommes
allez ; n'y j'ay parlé, mais nous avons parlez, et faire
mon récit en associant toujours mon compagnon à ce
que j'avois faict. »

Deux frères, Timon et Lamprias, partageaient
avec Plutarque ces graves et douces leçons du foyer
domestique : Timon, qu'une certaine réserve de
caractère semble retenir un peu à l'écart, esprit
judicieux d'ailleurs et orné[1] ; Lamprias, le plus
jeune, qu'une humeur vive, enjouée, prompte à l'attaque et à la riposte, lance parfois témérairement au
milieu des discussions[2] : aimable et gai compagnon
au surplus, tenant bien sa place à table, dans les
chœurs de danse, dans les jeux, partout où sont de
mise la verve et l'entrain[3]. Mais c'est Plutarque qui
par les avantages d'une intelligence ouverte et réfléchie, non moins que par le privilège de l'âge, attire
particulièrement à lui les égards et les soins. Dès ce
moment, il se produit avec les mérites qui de-
vront plus tard le distinguer : une merveilleuse

1. Propos de table, II, 5, § 1 ; Des Délais de la justice divine, I, 4,
12 ; Dialogue sur l'âme, 1 (fragments) ; De l'Étymologie des mots
appliqués à la mort, 2 (fragments). — 2. Propos de table, I, 2, § 5 ;
4, § 5 ; 8, § 3 ; II, 2, § 1 ; IV, 4, § 1 ; VII, 5, § 1 ; 10, § 2 ; VIII, 6,
§ 5 ; IX, 5, 1 ; 6, 1 ; 14, 2 et 4 ; De la Cessation des oracles, 1, 5, 7,
9, 22, etc. ; De l'Inscription du temple de Delphes, 3 et 4. — 3. Propos de table, II, 2, 1 ; IX, 15, 1.

facilité à s'approprier le fruit de ses lectures, un penchant marqué à ramener toutes les questions aux applications morales, et une précoce maturité de bon sens. S'inclinant devant cette supériorité, ses frères ne le traitent qu'avec une sorte de respect. On l'appelle le philosophe; et à la table de famille, son père, le prenant pour arbitre, lui renvoie la solution des questions sur lesquelles il hésite à se prononcer[1].

Nul doute qu'il ait été à Athènes dans sa jeunesse. Il nous rappelle lui-même qu'il fit ses études de philosophie sous la direction d'Ammonius, avec un condisciple nommé Thémistocle[2], et il semble qu'il ait retrouvé dans la maison d'Ammonius la vie de famille à laquelle il était habitué. Ammonius n'est pas seulement pour lui un maître, comme Onésicrate[3] ou Émilianus[4] auxquels il rend hommage, en passant: c'est un précepteur[5]; au rôle qu'il lui attribue dans ses ouvrages[6], à l'importance du Traité qu'il lui avait dédié[7], il est évident qu'il dut avoir sur le développement de son intelligence une influence profonde.

Qu'était-ce donc que cet Ammonius et quelle était la direction de son enseignement? Eunape prétend que son histoire se trouve tout entière dans les

1. Propos de table, I, 2, § 1. — 2. Vie de Thémistocle, 31. — 3. De la Musique, I, 2; II, 4; XLVIII, 2; Cf. Propos de table, V, 5, 1. — 4. De la Cessation des oracles, 17. — 5. Du flatteur et de l'Ami, 31 Il l'appelle καθηγητής ἡμέτερος. « Καθηγητής honestiore nomine dicitur pro διδάσκαλος. » (Wyttenbach.) — 6. De l'Inscription du temple de Delphes, 2; De la Cessation des oracles, 8, 20; Propos de table, IX, 14, § 6 et 7; Cf. de la Cessation des oracles, 4, 33, 37, 38, 46; De l'Inscription du temple de Delphes, 17 à 20. — 7. Catalogue de Lamprias, nº 83. Ἀμμώνιος, ἢ περὶ τοῦ μὴ ἡδέως τῇ κακίᾳ συνεῖναι.

œuvres de Plutarque[1]; ce qui est beaucoup dire.
La vérité est que les écrits de Plutarque sont la
source unique des renseignements que l'antiquité
nous ait transmis sur son compte; et dans le
silence du témoignage de son élève, on ne saurait
même affirmer que, comme le dit Eunape, il fût
d'Alexandrie[2]. Quant à son enseignement, il paraît
avoir professé les principes de l'Académie[3]. Cependant nous voyons que Thémistocle, celui de ses
disciples avec lequel Plutarque avait partagé son
toit et sa table, devint plus tard une des gloires du
Lycée[4]. Il semble donc que ses opinions n'avaient
rien d'absolu[5]; ce qui n'était pas incompatible, il
est vrai, avec les doctrines de l'Académie. Homme
érudit d'ailleurs, et sensible au plaisir de montrer
son érudition, versé dans la mythologie, goûtant les

1. De Vitis sophistarum, proœmium. — Au dire de Patricius,
se fondant sur un texte de Suidas (nomine Ἀμμώνιος), — Discussions
péripatéticiennes, tome I, livre X, p. 139, — Ammonius serait un
philosophe alexandrin, celui-là même qui succéda à Aristarque dans
la direction de l'école d'Alexandrie, avant l'avènement d'Auguste à
l'Empire. Mais comment admettre que le maître, qui était dans la
vigueur de son talent, en l'an 31 avant J. C., ait présidé à l'éducation
d'un jeune homme né au plus tôt vers l'an 48 après J. C.? Cf. Ruauld, 7; Fabricius, note h; Bayle, Dictionnaire philosophique, art.
Ammonius; Brucker, Histor. critic. philosoph. déjà cité; Dictionnaire
des Sciences philosophiques. — D'après Corsini (Vita Plutarchi, 6),
ce serait le même Ammonius que l'Ammonius dit de Lampra, auteur
de différents traités sur les Dieux et les cérémonies de leurs cultes.
— 2. Dans le traité de la Cessation des oracles, Ammonius discute
avec vivacité une opinion sur les coutumes des prêtres de Jupiter
Ammon, sans faire la moindre allusion à l'origine égyptienne qu'Eunape lui attribue, § 4. — 3. Propos de table, IX, 14, § 7; De la Cessation des oracles, 8, 20, 37, 38; De l'Inscription du temple de Delphes, 2, etc. — 4. Vie de Thémistocle, 32; Cf. Propos de table, I, 9.
— 5. Patricius en fait le chef de la secte des philosophes syncrétiques.
Cf. Brucker, déjà cité. « Præceptorem habuit Ammonium, philosophum
doctum, sed syncretismi jam tum peste afflatum. »

mathématiques, ne répudiant aucun des exercices de l'intelligence[1], Ammonius ne manquait ni d'élévation d'esprit, ni de finesse. Plutarque lui prête des réflexions agréables sur le charme de la danse[2]; et les développements sur l'existence de Dieu qu'il place dans sa bouche, peuvent compter parmi les plus belles pages qu'ait inspirées la métaphysique de Platon[3]. Ajouterai-je que, s'il faut attacher quelque idée au choix de l'ouvrage que lui avait dédié son disciple, c'est à l'étude de la morale qu'Ammonius paraîtrait s'être particulièrement voué[4]?

Ce qui ressort clairement des allusions de Plutarque, c'est qu'Ammonius ne se tenait pas enfermé dans le domaine de la spéculation. Il serait difficile de dire au juste quelle part il prit au gouvernement des affaires d'Athènes. Mais nous voyons que les Athéniens l'élevèrent d'abord à la préture, puis par trois fois à l'archontat[5], et à l'époque du voyage de Néron en Grèce, ce fut à lui que l'on confia le soin de faire à l'empereur les honneurs du temple de Delphes[6].

Mais c'est sur le caractère de l'homme qu'il nous importe surtout d'être éclairé; et voici ce que Plutarque nous en apprend. Il paraît qu'Ammonius ne répugnait point à une certaine sévérité. Un jour, ayant remarqué qu'à dîner quelques-uns de ses disciples ne s'étaient pas contentés de mets sim-

---

1. De l'Inscription du temple de Delphes, 6, 17. — 2. Propos de table, IX, 15, § 2. — 3. De l'Inscription du temple de Delphes, 17 à 21. — 4. Voir page 27, note 7. — 5. Propos de table, IX, I, § 1. Cf. VIII, 3, § 1. — 6. De l'Inscription du temple de Delphes, 1.

ples, il fit, en notre présence, dit Plutarque, battre
de verges un esclave, sous le prétexte que celui-
ci avait besoin d'assaisonnement pour sa nourriture, et en même temps il jeta sur nous un regard
destiné à nous faire sentir la leçon[1]. Un autre
jour[2], à une table qu'il préside, des jeunes gens
ayant choisi, parmi les couronnes qui leur étaient
présentées, des couronnes de roses, il leur reproche
d'avoir préféré la rose au laurier, qui seul est viril;
et les jeunes gens, tout décontenancés, se hâtent de
détacher furtivement leurs couronnes. Dans maint
autre trait cité par Plutarque, on sent le maître[3].
Mais c'est un maître qui aime la jeunesse. Il se plaît
à faire rejaillir sur ceux qui, comme lui, l'instrui-
sent, la considération que lui valent les dignités
dont il est revêtu[4]. Il sait rendre son autorité aimable, bienveillante, enjouée même[5]; et rassemblés
à sa table, les esprits les plus divers, les moins disposés à s'entendre, se trouvent des points de contact
et d'accord qu'ils ne soupçonnaient point[6]. Plutarque
qui lui fait plus d'une fois exprimer ses propres
idées, ne lui prête-t-il pas aussi quelque peu de
son caractère? Il l'a certainement beaucoup aimé; et
l'on voit qu'il était lui-même son élève de prédilection[7].

Dans quelles circonstances Plutarque revint-il plus
tard à Athènes? Il ne le fait pas connaître. Les ques-

1. Du Flatteur et de l'Ami, 31. Sur ce mode d'éducation, voir
Pollux, *Onomasticon*, IV, 140. — 2. Propos de table, III, 1, § 1 et 2.
— 3. Propos de table, IX, 14, § 2; De l'Inscription du temple de
Delphes, 4, 17. — 4. Propos de table, IX, 1. — 5. Ibid. § 2; 2, § 1;
5, § 1; De la Cessation des oracles, 46. Propos de table, IX, 1. —
6. Propos de table IX. — 7. Ibid., IX, 2, 13, 14 et passim.

tions qu'il raconte avoir traitées à la table de divers
amis attestent seulement que le droit de cité dont il
jouissait dans la tribu Léontine n'était pas purement
honorifique[1]. On ne saurait dire non plus à quelle
époque précise se rapporte le voyage qu'il fit à
Alexandrie; il semble seulement qu'il dut le faire
d'assez bonne heure; car dans le repas où l'on fête
son retour, l'interlocuteur principal est son aïeul
Lamprias[2]. On peut croire aussi que c'est en compagnie de Théon, un autre disciple d'Ammonius,
qu'il l'entreprit[3]. Quant au voyage de Sparte, il le
mentionne comme lié à un détail relatif à la composition des Parallèles, œuvre de sa maturité, sinon de
sa vieillesse[4]; mais sur ce point aussi, on est réduit
aux conjectures.

D'Athènes, c'est à Rome seulement qu'il est possible de le suivre avec certitude. Il est constant qu'il
alla plus d'une fois en Italie et qu'un assez long intervalle sépara ces voyages. Le premier ne dut guère
avoir lieu avant l'avènement de Vespasien (70 av.
J.-C.). En effet, nous venons de voir qu'il était en
Grèce deux ans avant la mort de Néron. On sait, de
plus, qu'il fut, tout jeune encore, envoyé en mission
auprès du proconsul d'Illyrie[5], mission qui dut vraisemblablement précéder les négociations plus importantes dont il fut chargé en Italie. Enfin, sous le règne
éphémère et troublé de Galba, d'Othon et de Vitellius,
le moment eût été mal choisi pour venir à Rome.
Il est donc vraisemblable qu'il attendit le rétablisse-

---

1. Propos de table, IX. — 2. Ibid., V, 5, 12. 1, 4, 9; VI I, 6, etc. —
3. Ibid., I, 4, 9; VIII, 6, etc. — 4. Vie d'Agésilas, 19. — 5 Préceptes politiques, 20; de l'habileté des animaux, 19.

ment de la paix. D'un autre côté, il atteste indirec-
tement qu'il était en Grèce peu après la mort de Domitien[1]. Quelle fut, dans cet intervalle de vingt cinq
années, la durée de ses divers séjours, il est absolument impossible de le déterminer. Nous avons dit
que les négociations publiques d'intérêt municipal
qu'il eut à conduire y remplirent une partie de sa
vie[2]; tout le temps qu'il demeura en Italie, il fut, en
quelque sorte, le chargé d'affaires de sa ville natale.
Il serait curieux de connaître quelles étaient ces affaires; mais il n'y fait aucune allusion. Ce qu'on peut
affirmer seulement, c'est qu'elles lui laissaient beaucoup de loisirs, qu'il consacrait à des travaux et à des
leçons. C'est lui-même qui nous l'apprend : il tint
école à Rome[3]; à cet égard, les renseignements ne
nous font pas défaut.

Le moment n'avait jamais été plus propice au métier de sophiste. Si par littérature, en effet, il fallait
entendre le goût du bel esprit, le règne des Flaviens
mériterait assurément d'être compté parmi les époques les plus mémorables : abondance, variété, célé-
brité bruyante des productions, émulation des auteurs,
rien n'y manque de ce qui semble constituer un grand
mouvement d'intelligence, et ce qui caractérise ce
mouvement entre tous, c'est qu'il est essentiellement
littéraire[4]. Les écrivains de la République étaient, avant
tout, des hommes d'État : le vieux Caton, Cicéron, Cé-

1. Préceptes politiques, 15. Cf., de la Curiosité, 15. — 2. Vie de Démosthène, 2; de la Curiosité, 15. — 3. Vie de Démosthène, 2. —
4. « Si quando urbs nostra liberalibus studiis floruit, nunc maxime
floret, » dit Pline fièrement (Lettres, I, 10); et ailleurs : « Magnum
poetarum proventum hic annus tulit. » Ibid., I, 13. Cf. VI, 21.

sar, ne donnaient aux lettres que leurs heures de délassement. Même sous Auguste, alors que dans la
désoccupation politique la littérature commençait
à n'être plus que la distraction et la parure d'une
société pacifiée et vieillie, un puissant intérêt national, politique ou religieux, soutenait les créations
de l'art; le sentiment du patriotisme inspirait les
recherches de Varron, les récits de Tite-Live, la muse
de Virgile et d'Horace; n'en sent-on pas encore
le souffle amolli dans les vers d'Ovide? Sous les
Flaviens, héritiers de la politique du fondateur de
l'Empire, ce caractère disparaît. La philosophie était
bannie de Rome. L'histoire allait trouver des ressources nouvelles dans les documents recueillis au
Capitole par l'administration éclairée de Vespasien;
mais les grandes familles n'y cherchaient encore que
leurs titres de noblesse, leur généalogie. A part quelques hardiesses généreuses, la poésie n'était plus
qu'un amusement de désœuvré ou un gagne-pain de
courtisan, l'éloquence une arme mercenaire ou
un instrument de parade. Une protection habile et
magnifique encourageait politiquement cet inoffensif essor des esprits, multipliait les bibliothèques, fondait et rétribuait des chaires publiques,
instituait des concours, mettait aux prises Rome et
la Grèce, s'ingéniait à occuper les talents. C'est
proprement l'âge des gens de lettres. Le nom
apparaît alors dans la langue latine, consacré tout
d'abord par un traité spécial et par d'illustres
exemples[1].

1. Pline, *Lettres*, III, 5; VIII, 12. Cf. Aulu-Gelle, *Nuits attiques*, IX 16.

Quelle émotion produisaient dans ce monde de beaux esprits l'attente et l'arrivée d'un sophiste grec en renommée, vingt endroits de la correspondance de Pline le jeune en témoignent. Ne pas aller l'entendre, dût-on venir des extrémités de la terre, comme jadis cet habitant de Cadix qui fit le voyage de Rome pour voir Tite-Live, c'était une honte, un crime de lèse-littérature[1].

S'il fallait en croire Ruauld[2], Plutarque n'aurait pas plus tôt paru à Rome que la ville entière, saisie d'un de ces enthousiasmes, se serait empressée à ses leçons. « Pouvait-on longtemps ignorer qu'il était arrivé, non un homme, mais une bibliothèque parlante ? » Pour un jeune homme de vingt ans — Plutarque n'avait pas davantage à cette époque — le prodige vraiment passe la mesure. Pourquoi ne pas en convenir ? Plutarque, il est vrai, ne paraît pas avoir commencé, comme un trop grand nombre de ses contemporains les plus célèbres, par faire l'éloge du vomissement ou de la fièvre, de la mouche ou de la puce[3]; mais ses premières œuvres, celles qui, selon toute apparence, se rapportent aux premières années de son séjour à Rome, ne sont que des œuvres d'école. Le *Traité sur l'utilité comparée de l'eau et du feu* est une pure déclamation. Rien ne prouve, sans doute, qu'il ait été l'objet d'une leçon. Comme dans le morceau sur la *gloire littéraire et militaire des Athéniens* dont le tour est plus brillant, sinon plus naturel, peut-être faut-il n'y voir qu'une composition

---

1. Pline, *Lettres*, II, 3. Cf. I, 10. — 2. Vita Plutarchi, 13. — 3. Voir ce qu'il dit lui-même de ces sortes de sujets. (De la Manière d'écouter, 13.) Cf. Talbot. *De Ludicris apud veteres laudationibus*, 1850

d'élève, quelques pages conservées d'un cahier de
rhétorique. Il n'en est pas de même des Traités
*sur la fortune des Romains et sur la fortune
d'Alexandre*; ici la marque d'origine est restée.
« Jamais plus grand débat fut-il institué, dit l'auteur,
entre la Fortune et la Vertu se disputant l'œuvre de
la grandeur romaine, ou plutôt réunissant leurs
forces pour fonder cette merveille, cette reine, Rome,
le lien des nations, la clef de voûte de l'univers,
l'ancre immobile du monde incessamment agité[1]? »
N'est-ce pas là un langage destiné à un auditoire
romain et comme un langage de bienvenue ? Or, s'il
est juste de reconnaître que le moraliste se révèle
dans ces deux discours par un fond d'ingénieuses observations, l'érudit, par une science abondante et va-
riée, l'écrivain par un certain éclat de style, il faut
bien l'avouer aussi, les allégories ambitieuses, les
comparaisons outrées trahissent une imagination encore en effervescence et mal réglée. C'est également,
semble-t-il, à cette période d'essai qu'il y a lieu
de rapporter les deux Traités sur *l'usage des viandes.*
Plutarque raconte que, pendant son séjour à Rome,
il s'éprit d'une belle ardeur pythagoricienne, et ces
deux traités témoignent effectivement de l'émotion
sincère d'un néophyte[2]. Néanmoins, et bien que l'é-
loquente traduction de Rousseau en ait inopinément
renouvelé la fortune[3], il est difficile d'y trouver autre
chose que le développement d'un lieu commun.

   Plutarque a donc débuté à Rome comme débutaient

---

1. De la fortune des Romains, § 2 ; Cf. 13. — 2. Propos de table,
II, 3. — 3. *Emile*, liv. II.

les hommes d'école. Mais il ne dut pas tarder à chercher dans une voie plus féconde l'inspiration de son talent. A côté de ces sophistes, dont le métier était de faire assaut d'éloquence ou d'esprit sur tout sujet, d'autres, animés d'un sérieux esprit de propagande philosophique, se donnaient la tâche d'éclaircir les vérités de la morale pratique et de diriger les consciences. C'est à cette origine, évidemment, qu'il convient de rattacher la plupart des traités de Plutarque. Paresseux à écrire, si l'on doit l'en croire[1], il parlait d'abondance, sur des notes; et comme il n'a mis ses notes en ordre qu'à Chéronée, en les complétant suivant les besoins de ceux pour lesquels il les rédigeait, il est impossible de distinguer ce qu'il prononça de verve à Rome de ce qu'il ajouta plus tard après de nouvelles réflexions. Ce dont on ne peut douter, c'est que son enseignement ait été suivi. « Un jour que je déclamois à Rome, raconte-t-il lui même[2], Rusticus, celuy que Domitian depuis feit mourir, pour l'envie qu'il portoit à sa gloire, y estoit, qui m'escoutoit ; au milieu de la leçon, il entra un soudard qui luy bailla une lettre missive de l'Empereur ; il se feit là un silence, et moy mesme feis une pause à mon dire, jusques à ce qu'il l'eust leue : mais luy ne voulut pas, n'y n'ouvrit point sa lettre, devant que j'eusse achevé mon discours et que l'assemblée de l'auditoire fust départie... » Toutefois, si sa parole était religieusement écoutée, il ne paraît pas que, même alors qu'elle eut acquis le plus d'autorité, le retentissement en ait jamais été bien grand. Nous

1. Du Destin, 1. — 2. De la Curiosité, 15. Traduction d'Amyot, 26.

avons vu que son nom n'est même pas cité dans les lettres de Pline, qui fait un si brillant éloge d'Isée[1]. Il
semble seulement qu'il passa pour posséder entre
tous l'expérience des affections de la vie domestique et
le tact du cœur : c'est à sa médiation que les familles
en mésintelligence ont recours pour se réconcilier[2].

En même temps qu'il éclairait et instruisait les
autres, Plutarque poursuivait ses propres études ; il
fouillait les bibliothèques, réunissait les matériaux
des *Questions grecques* et des *Questions romaines* et
préparait ses *Parallèles*. Le soir, il se délassait de ces
travaux dans la société de quelques amis. Des cama-
rades d'école et des parents que nous retrouvons
partout à sa suite, Théon, Soclarus, Philinus, Thémistocle, Patrocléas, Firmus, Craton, en formaient
le noyau. Autour d'eux venaient se grouper, tantôt
l'un, tantôt l'autre, divers membres de la colonie
grecque de Rome[3] : Protogène, l'ami de Thespesius,
Diogenianus de Pergame, l'épicurien Alexandre, Eu-
strophe d'Athènes, Empédocle, Nestor le Syrien, un
médecin de Thasos, Athryllatus, un autre médecin
de Nicopolis, Nicias, le Pythagoricien Lucien, Apollo-
nide, Éros, Sylla, etc. Unis par la communauté d'origine et peut-être de profession, une amitié, commune aussi, les rassemblait à la table hospitalière de
quelques Romains, plus ou moins connus dans l'histoire politique de leur temps, mais tous distingués
par leur goût pour les lettres et par la dignité de leur
vie. Parmi eux, Plutarque nous fait connaître Mestrius

1. Pline, *Lettres*, I, 10 ; II, 5. — 2. De l'Amour fraternel, 4. —
3. Propos de table, *passim*.

Florus[1], un savant, un puriste, qui régentait même
Vespasien[2]; Paccius, un brillant avocat[3], auditeur
assidu des cours de morale; l'ami de Pline et de
Tacite, Fundanus[4]; Quintus, un magistrat qui, pré-
teur sous Domitien, se serait, au rapport de Macrobe,
conduit d'une manière irréprochable, chose rare
pour le temps[5]; l'illustre et vertueux conseiller de
Nerva et de Trajan, Sossius Sénécion[6]. C'est dans
l'intimité de cette élite généreuse que Plutarque paraît avoir passé, à Rome, tout le temps que lui laissaient les affaires de ses compatriotes, ses conférences
et ses études; c'est avec ces honnêtes ou nobles esprits que les *Propos de table* nous le montrent dis-
cutant familièrement, comme autrefois chez son père
ou chez son maître Ammonius, des problèmes d'érudition morale, historique et littéraire.

Les entretiens de table avaient toujours été en
faveur chez les Grecs[7], et les Grecs en avaient accli-
maté à Rome l'usage et le goût[8]. Au premier siècle
de l'ère chrétienne, dans l'oisiveté politique à laquelle étaient réduits les esprits, c'était une distraction à laquelle ne dédaignaient pas de prendre part

---

1. Propos de table, I, 9; III, 3, 4; V, 7, 10; VII, 1, 2, 4, 6; VIII,
1, 2, 10. — 2. Suétone, *in Vespasiano*, 22. — 3. De la Tranquillité
de l'âme, 1.— 4. De la Colère; Cf. Pline, *Lettres*, I, 9; IV, 15; VI, 6.
— 5. Propos de table, II, 1. — 6. Propos de table, I, 5; II, 3; IV, 3;
V, 1; Cf. Tacite, *Vie d'Agricola*, 2 et 25; Pline, *Lettres*, I, 13; IV, 4.
— 7. Voir les Banquets de Platon et de Xénophon et les Problèmes
d'Aristote. Cf. Athénée, *Le Souper des Sophistes*. — 8. Plutarque : *Vie
de Caton l'Ancien*, 25; Propos de table, livre VII, préface. — Cf. Cicéron, Lettres familières, IX, 24 : « Remissio animorum maxime effici-
tur sermone familiari, qui est in conviviis dulcissimus, ut sapien-
tius vocant nostri quam Græci : illi συμπόσια, id est compotationes
aut conccenationes, nos convivia, quod tum maxime simul vivitur. »

les intelligences les plus élevées[1]. Les empereurs
s'y adonnaient eux-mêmes avec passion. Quelle mesure de liberté était laissée aux convives à la table
de Tibère, Suétone nous le laisse assez clairement
entendre : à César appartenait le dernier mot, et malheur à celui qui avait deviné ou surpris la solution
proposée par César! il n'était rien moins qu'exposé à
payer de sa vie cette imprudence[2]. Par les dispositions souveraines que ces tout-puissants érudits
apportaient dans les discussions, on peut juger de
l'intérêt qu'ils y attachaient. Sous une forme plus
douce, ce plaisir n'était pas moindre dans les
cercles où le recueil de Plutarque nous introduit.
L'usage des entretiens de table avait pris racine dans
les habitudes de la vie privée. Tout en était réglé
avec précision : le nombre, la place, la tenue des convives, le rôle du président, la nature, la marche, le
ton de la discussion, le genre des matières qui devaient être traitées pendant le repas, celles qui n'étaient de mise qu'au dessert[3]. Certains anniversaires

1. Martial, *Epig.* IX, 77 ; Cf. VII, 76 ; X, 97 ; Juvénal, *Sat.* IX
40 ; VI, 453 et suiv.; Pline, *Lettres*, I, 15 ; Pétrone, *Satyricon.* — Un
grammairien du sixième siècle cite, parmi les ouvrages aujourd'hui
perdus de Tacite, un recueil de facéties, qui, vraisemblablement,
n'était pas autre chose que des mélanges d'observations morales et
littéraires discutées dans des réunions de table. — 2. Suétone, *in Tiberio*, 56 : « Quum soleret ex lectione quotidiana quæstiones super
cœnam proponere, et comperisset Seleucum grammaticum a ministris suis perquirere, quos quoque tempore tractaret auctores, atque
ita præparatum venire, primum a contubernio removit, deinde etiam
ad mortem compulit. » Cf. ibid., 70 ; Tacite, *Annales* IV, 58 ; XIV,
16. 3. Marc-Aurèle, *Pensées* I, 16, donne comme une preuve de sa bienveillance de n'avoir jamais fait à ses amis une obligation de partager
ses repas. — 3. *Propos de table*, I, 1, 2, 3, 4 ; II, préface, 1 ; III,
préface, 1 ; V, 5, 6 ; VII, 4, 5, 7, 9, 10 ; Les Animaux de terre sont-

politiques, certaines fêtes religieuses étaient l'occasion d'entretiens plus solennels ; on y invitait des magistrats, des personnages[1]. Parfois aussi, on s'assignait entre amis une maison commune, une promenade aux montagnes ou à la mer, en emportait avec soi le livre dont on avait dessein de s'occuper, et après que le repas avait réparé les forces et mis les esprits en éveil, la conversation s'engageait[2]. Le plus souvent, c'étaient des réunions toutes domestiques auxquelles les jeunes gens prenaient part et dont les femmes n'étaient pas exclues[3]. Le goût en était répandu jusque chez les artisans[4]. Suivant l'aisance de la maison et le degré d'éducation des convives, des morceaux de musique et de chant, des chœurs de danse, des représentations de mimes, des scènes dialoguées tirées des œuvres de Platon, des séances d'art plastique, variaient ou suivaient l'entretien ; chacun y apportait les connaissances de sa profession : les neuf Muses y présidaient[5]. La tragédie toutefois et la comédie ancienne en étaient proscrites, l'une, à cause des sentiments pénibles qu'elle pouvait exciter dans l'âme, l'autre, à cause des obscénités dont elle aurait souillé les oreilles de la jeunesse et des difficultés d'interprétation qu'elle eût présentées à l'intelligence des hommes les plus éclairés;

ils mieux doués que les animaux de mer, 2. Cf. Martial, *Epig.*, IX, 77 ; Aulu-Gelle, *Nuits att.*, XIII, 2.

1. Propos de table, IX, Préface; I, 10; II, 10; III, 1, 7; IV, 1, 3, 4; V, 1, 2, 3, 5; VI, 8; VII, 5; VIII, 1, 4; IX, 3. — 2. Propos de table, VIII, 10. Cf. De l'Amour, 2. — 3. Propos de table, III et *passim*. Préceptes de santé, 20; le Banquet des sept Sages, 5 et suiv. Cf. Juvénal, *Sat.*, VI, 433 et suiv. — 4. Propos de table, V, Préface. — 5. Propos de table, VII, 8. Préceptes de santé, 20. Cf. Pline, *Lettres*, I, 15; IX, 17, 40; Martial, *Epig.*. V, 78; Perse, *Sat.*, I, 30 et suiv.

mais on s'y serait passé de vin plus aisément que
de Ménandre[1] : les actions simples et aimables du
poète de la vie privée en étaient l'attrait le plus
goûté.

Rien de plus séduisant, assurément, que le cadre
de ces entretiens. Il n'y faut point chercher, cependant, le charme sérieux et la grâce solide des banquets de Xénophon et de Platon. D'abord, pour peu
qu'on considère les matières qui y étaient d'ordinaire traitées, on cherche quel agrément devaient y
trouver les femmes. Qu'elles trouvassent quelque
profit à entendre discuter « *pourquoi les étoffes se
lavent mieux dans l'eau douce que dans l'eau de mer;
pourquoi les chairs se corrompent plus vite exposées à
la lumière de la lune qu'aux rayons du soleil; pourquoi la chair des moutons qui ont été mordus par un
loup est plus tendre, et d'où vient que les truffes paraissent produites par le tonnerre; s'il faut clarifier
le vin*[2], etc.*, on le conçoit; mais on se demande
quelle pouvait être leur attitude, pendant qu'on examinait, à grand renfort de science, *pour quelle raison l'a tient le premier rang parmi les lettres, quelle
est la proportion des voyelles et des sous-voyelles, si
les étoiles sont en nombre pair ou impair, et ce que
signifie, dans Platon, le mot cerasbolus...*, ou d'autres questions d'une nature embarrassante pour une
pudeur délicate. Il semble, il est vrai, qu'elles n'assistaient pas à toutes les discussions, ou qu'elles quittaient la table à certains moments du repas[3]. Quoi

---

1. Propos de table, VII, 8. — 2. Ibid., I, 9; III, 10; II, 9; IV, 2;
VI, 7; IX, 2, 3, 7; VII, 2; III, 6. — 3. Le Banquet des sept
Sages, 13.

qu'il en soit, ce n'était pas trop d'une représentation
de Ménandre pour les dédommager de telles leçons.
Quant à la jeunesse, ces savants débats étaient pour
elle un véritable complément d'études ; quelquefois
même ils tournaient en une sorte d'examen. Mais
l'intérêt réel était pour les hommes, pour les maîtres, auxquels la discussion fournissait une occasion
de produire tous leurs trésors.

Tel est, du moins, le rôle que Plutarque y joue
avec un singulier mélange de vivacité et de bonhomie.
Quand les autres ont discouru à l'envi et épuisé le
chapitre des banalités, c'est pour lui le moment d'entrer en scène. Il met son honneur à paraître en savoir sur toute question plus que tout le monde ;
il n'ouvre la main que peu à peu et de façon à faire
sentir à l'avance la valeur des arguments et des exemples qu'il tient en réserve ; il a des défaillances de
mémoire calculées ; rien n'égalerait pour lui la peine,
disons mieux, la honte d'être pris au dépourvu de citations ou d'autorités. Pour rétablir ou pour commencer une discussion, le moindre prétexte lui
suffit : un incident de table, l'événement du jour, la
présence d'un étranger, un mets que l'on sert, le vin
que l'on boit, le retard d'un invité, un bruit entendu
du dehors, l'appétit d'un convive[1]. Un jour, à la fin
d'un repas qu'il préside, il vient en tête à un grammairien de se demander tout haut pourquoi, à
Athènes, dans le dénombrement des chœurs, celui
de la tribu Æantide n'occupait jamais le dernier

1. Propos de table, I, 10 ; II, 2 ; III, 5, 7, 9, 10 ; IV, 2, 3 ; VI, 4, 10 ;
VII, 5 ; VIII, 3, 6.

rang. — Mais, d'abord, le fait est-il vrai? objecte quelqu'un. — Vrai ou non, qu'importe? répond un autre. Et s'emparant de la parole : « Le sage Démocrite mangeant une figue, dit-il, lui trouva le goût du miel. Aussitôt il demande à sa servante où elle l'a achetée. Celle-ci lui nomme le jardin. Il se lève de table et lui ordonne de le conduire à l'arbre. La servante s'étonne. Il faut, lui dit-il, que je trouve la cause du goût de cette figue, et j'y arriverai, dès que j'aurai sous les yeux le terrain qui l'a produite. — Remettez-vous à table, dit la servante en souriant : c'est moi qui, par mégarde, ai mis la figue dans un vase où il y avait du miel. — Malheureuse! s'écrie le philosophe en colère, tu ne sais pas le mal que tu me fais; mais je n'en suivrai pas moins mon idée : je chercherai la cause du goût de cette figue, comme s'il lui était naturel. » Les discussions de cette espèce ne sont pas absolument rares à la table de Plutarque; et quand la question a été une fois soulevée, il faut qu'elle fournisse son contingent d'observations et d'anecdotes. L'objet de l'émulation commune, c'est d'avoir sur tout sujet la mémoire meublée et l'esprit dispos[1].

Toutefois, quel que fût pour Plutarque l'attrait de ces joutes d'érudition, elles ne paraissent pas lui avoir jamais laissé oublier le sérieux dessein auquel se rapportent tous ses ouvrages. En adressant de Chéronée à S. Sénécion le résumé des propos tenus à Rome en grande partie chez l'illustre consulaire, il distin-

1. Propos de table, I, 1; IX, 4. Cf. Épictète, *Entreliens*, I, 26, II, 19

que ce qu'il approuve de ce qu'il rejette dans les usages de ces entretiens ; et nous voyons qu'en principe il proscrivait sévèrement de sa propre table et de la table de ses amis les représentations de mimes et les farces, les danses efféminées, la musique voluptueuse, tout ce qui était de nature à enlever à ces réunions leur caractère de simplicité intime, tout ce qui ne présentait pas quelque utilité. Bien plus, tandis que certains amphitryons prétendaient que la philosophie, telle qu'une respectable matrone, doit garder le silence dans les repas, il l'y produit à la place d'honneur et lui réserve la décision de presque toutes les questions[1].

Telle nous apparaît, à travers ses œuvres, la vie que Plutarque mena à Rome : vie laborieuse et active, non sans honneur, mais sans éclat, partagée entre la défense des intérêts de ses concitoyens, l'enseignement privé ou public de la morale, des recherches d'érudition, et le commerce de quelques amis. Ce sont ces habitudes d'intimité familière et d'études paisibles qu'il rapporta à Chéronée. Magistrat et grand prêtre, maître de philosophie accrédité, il a un rang à tenir et il le tient. Convié aux fêtes d'Athènes, sa seconde patrie, de Corinthe et d'Élis, il se fait lui-même un devoir de recevoir à sa table, soit à Delphes, soit à Chéronée, les grands de passage et tous ceux qui viennent lui rendre visite ou le consulter[2]. Parmi ses hôtes et ses clients, il compte

1. Propos de table, I, 1, VII, 8; VIII, Préface. Cf. Martial, *Epig.*, IX, 77, 5. — 2. Propos de table, II, 2; IV, 1, 5; V, 2, 3; VII, 2, 5; VIII, 4, 10; IX, 1, 10. Cf. De l'Amour, 2; Pourquoi les oracles ont cessé, 1; Des Oracles en vers, 1; De l'Inscription du temple de Delphes, 1

des fils de famille et des descendants de race royale ;
ceux qui ne peuvent s'éclairer directement de ses lumières lui écrivent, et il met pour eux ses notes en
ordre [1]. Mais le caractère de sa vie demeure grave
et modeste. Bien que sa famille fût une des premières de Chéronée, sa maison ne se faisait remarquer que par sa simplicité [2]. C'est à de vieux amis
surtout, à Sossius Sénécion, à Florus, à Sérapion,
à d'anciens condisciples, aux compagnons de toute
sa vie, qu'il aime à rendre l'hospitalité qu'il a reçue
d'eux [3]; c'est autour de lui qu'il cherche d'abord
à faire goûter le fruit de ses études et de son
expérience. Timoxène, sa femme, son beau-père
Alexion, Timon, son frère [4], dont il mettait l'amitié
inaltérable au nombre des plus grandes faveurs que
la fortune lui eût faites [5], ses enfants, auxquels
on aime à réunir par la pensée le futur héritier de
ses doctrines, son neveu, Sextus de Chéronée, en
avaient, pour ainsi dire, les prémices. Il en ré-
servait aussi le meilleur à sa petite ville, apportant
à la gestion de tous ses intérêts une sollicitude
infatigable. Un critique éloquent nous le représente racontant, au milieu de ses concitoyens émus,
les traditions de l'ancienne Grèce et les exploits des
héros [6]. Ce n'était là qu'une des occupations de sa

1. De l'Utilité des ennemis, 1 ; Du Flatteur et de l'Ami, 1; Cf. Propos
de table, I, 10 ; De la Tranquillité de l'âme, 1 ; Préceptes politiques,
1 ; Propos de table, I, Préface; Cf. du Destin, 1. — 2. Lettre à Timoxène, 5. — 3. Propos de table, IV, 3 ; VII, 2, 4 ; VIII, 7, 10, etc.;
Cf. De l'Inscription du temple de Delphes, 1, etc. — 4. Il semble que
Lamprias, son autre frère, soit mort de bonne heure : il n'est question, dans ses œuvres, que des études de sa jeunesse. — 5. De l'A-
mour fraternel, 16. — 6. Villemain, *Notice*.

verte vieillesse. Il interprétait et défendait le culte du
Dieu dont il servait les autels ; il traçait les règles
d'administration publique ; il expliquait la part qu'à
tout âge on peut prendre à la direction des affaires
de la cité. « Le gouvernement d'un État, disait-il,
ne consiste pas seulement à aller en ambassade, à
s'agiter dans les assemblées ou à commander une
armée, pas plus que la philosophie à disputer dans
les écoles. Socrate n'avait pas de chaire: il enseignait toujours, il enseignait partout. Toujours et
partout aussi, le bon citoyen trouve à jouer un rôle
utile.

Tenir sa maison ouverte comme un refuge, s'associer à la peine de ceux qui souffrent, à la joie
de ceux auxquels un bonheur arrive, ne blesser
personne par l'étalage d'un luxe impopulaire, régler l'essor de la jeunesse, éclairer gratuitement
de ses conseils les imprudents qui se sont engagés
dans une mauvaise affaire, s'employer à réconcilier
les époux et les amis, soutenir le zèle des gens de
bien, entraver l'effort des méchants, travailler perpétuellement, en un mot, au bien commun, voilà le
devoir que tout citoyen, investi ou non d'une fonction publique, peut remplir jusqu'à son dernier
souffle[1]. » Et ce dévouement dont il résumait si agréablement les règles, il en offrait le modèle. C'est dans
le cours tranquille de ces persévérants et aimables
services, qu'averti en songe de sa fin prochaine[2],
comme les mortels de la fable aimés des Dieux, il

1. Préceptes politiques, 21. — 2. Artémidore, *Traité des songes,* 47.

s'éteignit plein de jours et termina doucement une douce vie[1].

§ II

LA PHILOSOPHIE DE PLUTARQUE.

1. Plutarque n'est ni un historien de la philosophie, ni un méta physicien. — Sa doctrine. — A quelle école il appartient; ses inconséquences. — Son rôle philosophique. — L'art de la direction des consciences dans la société païenne au premier siècle de l'ère chrétienne. — De la psychologie de Plutarque; sa polémique contre les stoïciens et les épicuriens. — Esprit familier de ses préceptes. — Conclusion.

---

1. — PRINCIPES PHILOSOPHIQUES DE PLUTARQUE.

Si nous avons réussi à tracer une fidèle image du caractère et de la vie de Plutarque, on ne s'attend pas, sans doute, à trouver dans sa doctrine morale une originalité profonde, ni des principes bien rigoureux.

Le nombre seul de ses ouvrages témoigne assez que c'est surtout à l'étendue des connaissances qu'il attachait du prix; et il suffit d'ouvrir un de ses Traités pour y sentir le mouvement d'une curiosité que tous les sujets attirent plutôt que l'effort patient d'une pensée qui se recueille. Toutefois, sur sa doctrine comme sur sa vie, il est nécessaire de bien dégager la vérité; car nous nous retrouvons ici en présence de la légende. Après avoir fait de Plutarque un grand personnage, il était difficile de n'en pas faire un grand esprit : le précepteur de

---

1. Le dernier fait historique qu'il mentionne dans ses écrits est le quartier d'hiver établi par Trajan sur les bords du Danube, fait qui se rapporte aux années 104 et 105. (*Du premier froid*, 12.)

Trajan pouvait-il ne pas être un émule d'Aristote et
de Platon [1] ? Fidèle à la tradition, Bossuet lui-même
qualifie le moraliste de Chéronée de philosophe
grave[2].

Plutarque est-il un philosophe, au sens supérieur
qu'on attache d'ordinaire à ce nom? Professe-t-il un
système métaphysique qui lui soit propre? A défaut
d'un système original, a-t-il, par un effort de méditation personnelle, tiré des systèmes de ses prédécesseurs un corps de doctrine solide et précis? Ou bien
enfin appliquant à la philosophie la pénétrante sagacité
qu'il a portée dans l'histoire, s'est-il fait le rappor-
teur exact des opinions des philosophes, ses contemporains ou ses maîtres, de façon à nous permettre
au moins de retrouver, par quelque endroit, dans ces
portraits d'autrui, les traits essentiels de sa propre
pensée? Nous voudrions, conformément à la méthode
suivant laquelle nous avons étudié sa vie, résoudre
cette délicate question en nous appuyant sur les textes
et sur les faits.

Parmi les formes sous lesquelles Plutarque pouvait être conduit à établir les principes qui servent de
fondement à sa morale, il semble que nulle ne convenait mieux à son génie que la dernière ; et tout,
dans l'état des esprits au premier siècle de l'ère
chrétienne, l'invitait à écrire une sorte d'histoire de
la philosophie. En effet, ce n'est pas seulement
dans le souvenir des érudits que vivaient les sectes
qui, pendant six cents ans, s'étaient partagé les plus

1. « Plutarque trouva un Trajan pour le récompenser, comme Aristote trouva un Alexandre. » (Dryden.) — 2. *De la connaissance de
Dieu et de soi-même.* V, 1.

grandes intelligences de l'antiquité païenne. Sénèque, Musonius, Épictète l'attestent à l'envi : elles comptaient encore des disciples; fort amoindries, mais non détruites, elles se disputaient la possession de la vérité, ou cherchaient par des concessions mutuelles à s'assurer dans l'enseignement de la morale un terrain commun d'action. En outre, à la suite des guerres de la République qui avaient mis en relation de commerce l'Orient avec l'Occident, et à la faveur de la paix établie par l'Empire, tous les cultes, toutes les superstitions de l'Asie, pénétrant librement en Grèce et en Italie, avaient trouvé, à Athènes et à Rome, des temples et des croyants. Les immenses lectures de Plutarque, ses voyages, son long séjour à Rome, les rapports que lui créaient ses fonctions sacerdotales auprès du temple de Delphes, l'avaient mis en situation de ne rien ignorer de ce qui touchait à l'état moral de la société de son temps. Il cite des coutumes de l'Inde. Il avait approfondi les mythes de l'Égypte. On a même pu prétendre avec une apparence de raison qu'il était versé dans l'étude de la Bible et que les livres Apostoliques ne lui étaient pas inconnus[1]. Il est certain que la traduction des Septante, les écrits de Philon, l'Histoire de Diodore, plus récemment, les ouvrages de Josèphe, avaient mis le judaïsme à la portée des Grecs; il y avait des Grecs en Galilée. D'autre part, Plutarque n'était pas encore né, que déjà, suivant le langage de

1. Théodoret, *Thérapeut.*, p. 33 ; Ruauld, *Vita Plutarchi*, 9 ; J. de Maistre, Trad. du traité *des Délais de la justice divine*; préface, p. 6 à 8; Champagny, *les Antonins*, I, p. 442. Cette opinion est combattue par Trench, p. 14 et suiv. — 2. Actes des Apôtres. Cf. Strabon, XVI, 11, 35 ; Josèphe, *Autobiographie*, 12.

l'Apôtre, Dieu avait ouvert aux païens la porte de la
foi. St Pierre et St Paul avaient accompli leur mission, l'Évangile avait été prêché en Macédoine, en
Thrace, en Grèce, à Philippes, à Thessalonique, à
Corinthe, à Athènes, tout autour de Chéronée, avant
qu'il eût quitté sa ville natale pour la première fois.

Pour un esprit philosophique, quel spectacle! et
quelle tâche plus engageante que la synthèse de ces
systèmes et de ces religions entreprise à la veille de
la lutte suprême que le paganisme allait soutenir
contre la prédication chrétienne! Le travail eût-il été
borné à une simple exposition des écoles philosophiques de l'antiquité, quel service rendu à l'histoire
qu'un tel tableau dressé à une époque où subsis-
taient tous les témoignages qui permettaient d'en
établir exactement le cadre! A en juger par ses re-
cueils de notes, ce ne sont pas les éléments qui manquaient à Plutarque pour exécuter cette grande œuvre;
mais on peut affirmer qu'aucun dessein ne fut jamais
plus éloigné de sa pensée.

On sait quels sentiments la foi chrétienne avait à
l'origine suscités dans le monde païen. Traité par les
esprits les plus généreux de superstition malfaisante,
accusé d'avoir les hommes en haine[1], le christianisme
était le plus souvent confondu avec le judaïsme[2] et
enveloppé dans la même aversion ou le même mépris.
Les philosophes, comme les magistrats, ne voyaient
dans les inimitiés des juifs et des chrétiens que des

1. Tacite, *Annales*, XV, 44. Suétone, *in Nerone*, 16; *in Claudio*. 2.
Cf. Pline, *Lettres*, X, 97, 98. — 2. Suétone, *in Claud.*, 25; P. Orose,
Hist., VII, 6, 7, 10; Actes des apôtres, XVIII, 2 et suiv.

querelles de sectes[1]. Plutarque en jugeait-il ainsi? Il y a plus d'une raison de le croire. Ce qui est sûr, c'est que dans ceux de ses ouvrages qui nous restent, il ne fait pas la moindre allusion aux chrétiens[2]. Il n'en est pas de même des juifs. L'austérité de leurs croyances, les formes de leur culte, leurs usages religieux, sont des sujets dont on s'entretenait volontiers dans sa famille et auxquels il touche plus d'une fois dans ses Traités. Mais il en parle généralement comme en parlait la foule; il raille les formes des cérémonies juives, ou s'il s'efforce d'en comprendre la pensée, c'est pour en rattacher systématiquement l'origine aux rites de la religion hellénique[3]. La même préoccupation de patriotisme jaloux inspire ses observations sur les cultes de l'Orient. Si le mysticisme égyptien n'a pas été sans faire sur son imagination une impression profonde, en réalité, dans les interprétations qu'il donne du culte d'Isis et d'Osiris, il se borne à rappeler toutes les hypothèses proposées par la science, autorisant chacun à choisir celle qui lui convient le mieux[4], et dominé lui-même par son sentiment exclusivement grec[5].

Faute de mieux et en raison même de cette passion

1. Actes des apôtres, XVIII, 15. — 2. Cf. Tillemont, *Hist. des Empereurs*, tome II, p. 477. — « Plutarque, qu'on ne soupçonnera pas de christianisme,... » dit Chateaubriand, *Génie du Christianisme*, part. I, livre IV, chap. II. — C'est également l'opinion de Dryden. « Il est constant que Plutarque n'a point été chrétien. Cependant, ajoute-t-il, il ne s'est point déclaré dans ses écrits contre le christianisme, ainsi que l'ont fait d'autres écrivains du même siècle. — 3. Des Contradictions des stoïciens, 38. Propos de table, IV, 4, 5. De la Superstition, 8 ; Cf. 12. Tacite, *Hist.*, V, 2 à 5. Cf. note de Burnouf. — 4. D'Isis et d'Osiris, 20, 45, 64, 66 et *passim*. — 5. Ibid., 2, 10, 25, 26, 29, 32, 34, 35, 48, etc.

patriotique, on s'attendrait à trouver dans ses œuvres de précieuses informations sur la philosophie grecque. L'œuvre accomplie par Diogène de Laerte quelques années après sur *la vie, les principes* et *les maximes* des philosophes illustres, semblait faite pour tenter son talent. A supposer que les mémoires de Xénophon et les dialogues de Platon l'eussent découragé d'écrire la biographie de Socrate, les vies de Platon et d'Aristote, celles d'Épicure et de Zénon lui offraient un admirable cadre de jugements parallèles. L'idée d'élever un tel monument aux maîtres dont il tient à honneur d'avoir recueilli l'enseignement ou de combattre les systèmes, est tellement peu dans son esprit, que là même où l'occasion se rencontre naturellement de faire connaître le fond leur doctrine, il passe outre. Certains titres de Traités, certains préliminaires sont pleins de promesses. Avant d'entrer en matière, dit-il, nous ferons la revue des sentiments exprimés par les maîtres, pour y chercher des lumières; et de cette revue magistralement annoncée il ne sort qu'une nomenclature sèche. Les deux livres sur les *Opinions des philosophes*, compris parmi ses ouvrages, sont un recueil d'analyses assez claires et de résumés suffisamment précis des solutions données par la philosophie grecque à quelques questions essentielles; mais on y chercherait vainement soit une pensée critique, soit une conception d'ensemble. Ils peuvent fournir d'utiles indications pour l'histoire de la philosophie; mais ce n'est rien moins qu'une histoire.

Il serait plus difficile encore de tirer des œuvres de Plutarque une métaphysique. On est tout d'abord

en droit de demander au moraliste quelle origine et
quelle sanction il donne à la loi dont il se fait l'interprète. Qu'est-ce que le monde? quelle cause l'a produit? Qu'est-ce que Dieu? Quelle est la destinée de
l'homme? Qu'est-ce que l'âme? Est-elle responsable?
Est-elle immortelle? Quels sont les caractères de la
loi morale? Est-elle obligatoire, universelle, éternelle? Au fond, sur tous ces points, la pensée profondément spiritualiste de Plutarque n'a rien d'obscur
ni de douteux; mais il n'a point souci d'en rendre compte. Ce qui ne veut pas dire qu'il fût impuissant à le faire. Il avait écrit un traité sur
l'âme et un commentaire du Timée de Platon; et
comme on l'a dit avec raison[1], de même que sa
bonhomie cache bien de la finesse, sa simplicité
n'exclut pas la profondeur; il est plein de surprises : quelques-uns de ses Traités théologiques
contiennent sur les théories de Platon des pages
dignes du maître qui les a inspirées. Mais il n'a
que des élans; ses plus fermes essors ne tiennent point. Il semble se refuser à une discussion soutenue, à un exposé suivi. Sa pensée métaphysique paraît dans toutes ses œuvres comme sous-
entendue; on dirait toujours qu'il l'a énoncée, ou
qu'il doit l'énoncer ailleurs. Nulle part, en un mot,
il n'établit les fondements de la science à laquelle
il s'était voué; il est peut-être le seul moraliste de
l'antiquité qui n'ait pas agité le problème du souverain bien.

Ce n'est pas de ce côté que le portait son génie.

1. Ch. Lévêque, déjà cité.

Le métaphysicien aborde les questions de haut; l'abs-
traction est son domaine. Plutarque part humblement
de l'observation du monde; le bien et le mal ne lui
apparaissent que personnifiés. Il ne disserte pas, il
peint; l'exemple est sa forme de raisonnement; aux
démonstrations scientifiques il préfère les preuves
de fait. C'était pour les moralistes de son temps un
point controversé de savoir si une loi générale suffit
à la direction de l'homme sans un code de préceptes,
ou un code de préceptes sans une loi générale. Les
uns tenaient pour inutile tout ce qui dépasse le conseil pratique. Les autres n'admettaient que l'utilité de
la loi, laissant à chacun le soin d'en faire sortir des
règles de conduite. D'autres enfin estimaient que les
préceptes ne peuvent se passer de l'appui de la loi,
ni la loi de l'éclaircissement des préceptes. Sans la
racine, disaient-ils, les rameaux sont stériles, et la
racine profite à son tour des rameaux qu'elle a produits[1]. Chez Plutarque, les rameaux foisonnent. Pro-
digieusement abondante dans le détail des prescriptions de morale pratique, sa science se montre,
quant au fond des doctrines auxquelles il les emprunte, extrêmement sobre de renseignements.

C'était une habitude d'esprit, disons-nous. Ainsi
le voulait, en outre, nous le verrons, la nature de
son enseignement; mais il est nécessaire de l'ajouter
tout de suite, c'était aussi un principe de conduite
philosophique. Plutarque se défie des spéculations
personnelles. Élevé dans la tradition de la philosophie
grecque, le respect de la tradition l'enchaîne. Quand

1. Sénèque, *Épîtres*, 94.

Sénèque, dont nous aurons plus d'une fois à le rapprocher, parle des anciens, c'est avec un sentiment de vénération sans doute, mais il a foi dans le génie de ses contemporains ; il croit au progrès de la raison humaine ; il n'admet pas que les bases de la morale aient été si bien établies par ses prédécesseurs qu'on n'y puisse rien modifier. La vérité, dit-il, n'est le bien propre de personne ; le domaine en est infini ; si nos pères ne l'ont pas exploré sans succès, ils nous ont laissé bien des découvertes à faire : ils ne sont pas nos maîtres, ils ne sont que nos guides[1] Pour Plutarque, les anciens ne sont pas seulement des guides ; ce sont des maîtres. La tradition est sa règle, il s'y tient, et ne professe d'autre prétention que de déduire ses préceptes de sagesse. Je ne fais point, dit-il, de théorie[2].

Cette règle du moins, cette tradition, à laquelle il s'est attaché, est-elle, dans ses ouvrages, nette et précise? S'il ne faut lui demander ni conceptions métaphysiques ni spéculations personnelles, nous offre-t-il un ensemble de doctrine morale bien arrêté?

Quelques-uns de ses biographes le classent parmi les sceptiques, faute de pouvoir le faire rentrer dans aucune école[3]. C'est une erreur. Plutarque le dit expressément : la règle de l'Académie a présidé à son éducation. Académicien par la méthode, il se maintient strictement dans les limites

1. *Epit.*, 33. — 2. De la Tranquillité de l'âme, 1 ; de la Manière d'écouter. — Plutarque, dit Emerson, a besoin d'un maître ; il aime mieux s'asseoir à la table de Platon en disciple qu'en disputeur. » — 3. Ruauld, *Vita Plutarchi*, 7. — « Les purs sceptiques lui paraissaient extravagants, dit justement Dryden, parce qu'ils révoquaient tout en doute et heurtaient le sens commun. »

de la vraisemblance, s'arrête sur la pente de l'affir-
mation, et réfutant les autres avec douceur, se laisse
réfuter sans obstination[1]. Ajouterai-je que, le sentiment venant ici, comme en toute chose, chez lui,
soutenir les dispositions de l'intelligence, il est, pour
ainsi dire, académicien de cœur? Il a suivi dans
leurs vicissitudes les destinées de l'École; il sait quels
disciples l'ont illustrée dans l'administration, dans
les négociations politiques, dans la conduite des armées, et il jouit de leur gloire comme d'une
gloire domestique[2]. Platon enfin est le maître qu'il
vénère entre tous[3]. Jamais il n'eût manqué de fêter
solennellement son anniversaire. Il a pour son caractère, pour ses œuvres, pour son génie, une sorte de
culte. Dire qu'il est le fils d'Apollon ne lui semble
pas un outrage pour le Dieu. Il exalte ses œuvres à
l'égal de celles de Phidias; il en prend la défense
contre les sectateurs d'Épicure et de Zénon. C'est à la
lumière de sa doctrine qu'il examine les mythes

1. De l'Inscription du temple de Delphes, 17; de la Cessation des oracles, 57; des Notions du sens commun contre les stoïciens, 45; des Délais de la justice divine, 4; contre Colotès, 24, 26, etc. — 2. Vie de Thésée,
32; de Cimon, 13; de Sylla, 12; contre Colotès, 32; de l'Exil, 10, 14, etc.
— 3. Vie de Dion, 5, 11; du Commerce que les philosophes doivent
avoir avec les princes, 4; de la Tranquillité de l'âme, 6, 13; de l'Amour
fraternel, 12, 21; de l'Amour des parents pour leurs enfants, 4; des
Progrès dans la vertu, 15; Propos de table, I, 8; VII, 3; VIII, 1; XI;
Vie de Solon, 2; de Timoléon, 15; de Lysandre, 2; Préceptes de santé,
19; Préceptes de mariage, 48; Vie de Caton l'ancien, 2; de l'Amour,
17, 18; d'Isis et d'Osiris, 23; Vie de Numa, 11; de la Cessation des
oracles, 17; de l'Inscription du temple de Delphes, 11; de la Tranquillité de l'âme, 5; de la Musique, 17; Commentaire sur le Timée;
Questions platoniques; de la Vertu morale; que la Vertu peut être
enseignée; de la Curiosité; de la Fausse honte; de la Colère; des
Contradictions des stoïciens; des Notions du sens commun contre les
stoïciens; contre Colotès; S'il faut mener une vie cachée, *passim*.

philosophiques et religieux de l'Égypte et de l'O-
rient. En un mot, par son admiration enthousiaste
non moins que par l'esprit général de ses Traités, il
appartient à la grande secte qui devait aboutir avec
éclat à l'École d'Alexandrie.

Mais, ce point reconnu, il ne faut pas pousser
trop loin les exigences. Sur des articles essentiels,
sur le fond même de la doctrine, non seulement
Plutarque s'écarte du maître, mais il le combat.
Platon, on le sait, développant ce que Socrate
avait laissé en germe dans son enseignement,
identifiait la vertu avec la science[1]; et, par une
conséquence logique de cette conception, il se refusait à voir les caractères de la vertu dans cette vertu
populaire ou politique, comme il l'appelle, résultat
de l'habitude, de la pratique, sans philosophie[2]. Pour
lui, le sage, fût-il seul comme Tirésias au milieu des
ombres, est celui qui a réfléchi sur l'essence de la
sagesse, et le but de la vie, c'est l'initiation à la sagesse. Infidèle à ces principes, Plutarque attache la
vertu morale à l'éducation des passions, et place
le terme de cette éducation dans un juste milieu,
produit de l'exercice raisonné et de l'habitude
journalière; enfin ceux-là seuls, à ses yeux, ont
réalisé l'idéal de la vie humaine, « qui ont uni la
pratique des affaires à l'étude spéculative de la

---

1. Platon, *Protagoras, Timée, Lois :* ὁ ἄδικος οὐχ ἑκων ἄδικος. Xénophon, *Mém.*, IV, 6, § 7. Cf. Paul Janet, *Histoire de la philosophie
morale et politique dans l'antiquité et les temps modernes*, tom. I,
liv. I, chap. 1, et Ad. Garnier, *De la Morale dans l'antiquité*, p. 58
et suiv. — 2. *Phédon :* Δημοτικὴν, πολιτικὴν ἀρετὴν, ἐξ ἔθους τε καὶ
μελέτης γεγονυῖαν ἄνευ φιλοσοφίας. Cf. Janet, t. I, chap. 11. p. 35 et suiv.

vertu[1]. » C'est la pure doctrine d'Aristote[2] ; on ne saurait plus formellement se détacher de Platon.

Depuis longtemps, il est vrai, le platonisme était sorti de sa voie. Au dogmatisme des premiers académiciens, Arcésilas et Carnéade avaient commencé par substituer un scepticisme hardi. Moins absolus et se flattant seulement d'atteindre à la vraisemblance, Clitomaque et Philon avaient essayé de remplacer le scepticisme par le probabilisme. Antiochus enfin avait ouvert à l'Académie les larges portes de l'éclectisme : à ses yeux, les écoles diverses étaient sœurs ; il les absorbait toutes dans le sein de l'ancienne Académie[3]. Telle est restée, à travers beaucoup d'incertitudes et de contradictions, la doctrine de Cicéron, son disciple ; telle est aussi celle de Plutarque. Il propose et pèse les opinions ; il ne décide point. Des commentateurs le comparent à l'abeille qui compose son miel du suc de toutes les fleurs. Ses amis l'appelaient le synchroniste. Celui qui a des idées à lui, disait-il lui-même[4], est mauvais juge de celles des autres. Dans sa jeunesse et avant de s'attacher à l'Académie, il s'était comme plusieurs de ses contemporains, essayé au pythagorisme[5], et nous voyons qu'à Rome, à Chéronée, à Athènes, des péripatéticiens, des stoïciens, des épicuriens, se rencontraient journellement à sa table avec des disciples de Pythagore et

1. De la Vertu morale, 1 et 6 ; Cf. 5 et 7. Cf. de l'Éducation des enfants, 22. — 2. Morale à Nicomaque, liv. II. Cf. liv. IV, VI, 1 ; Grande morale, I, 1, 34. — 3. Cicéron, *Académiques*, I, 4, 12 ; II, 6, 31, 23 ; *Tusculanes*, III, 22 ; *de la Nature des dieux*, I, 7 ; Diogène Laerce, IV, 67, 92 ; *Des vrais Biens et des vrais Maux*, V, 5, 6 ; *Lettres famil.*, IX, 8. — 4. Questions platoniques, I, 2. — 5. Propos de table, II, 3. Cf. Sénèque, *Epît.*, 108 ; Josèphe, *Autobiographie*, 2.

des sectateurs de l'Académie. Ses ouvrages semblent aussi parfois le rendez-vous de toutes les doctrines. Dans le même chapitre, dans la même page, il invo-que les témoignages les plus opposés[1]. Aristippe[2], Diogène[3], Cratès[4]. Antisthène[5], lui sont des autorités presque égales à celles de Platon. Dans certains Trai-tés[6], n'était la modération du précepte auquel il se tient, on le prendrait presque, à l'exagération des exemples, pour un stoïcien. La cause qu'il plaide l'entraîne. Tour à tour, suivant la préoccupation du moment, il justifie le suicide et le condamne, il flétrit le tyrannicide et il l'exalte. On l'a accusé d'être super-stitieux, on l'a soupçonné d'être athée, on a essayé de prouver qu'il était manichéen ; on a pu dire enfin avec raison, qu'il ne serait pas impossible de faire, sur ses propres contradictions, un livre tel que celui qu'il avait fait lui-même sur les contradictions des stoïciens et des épicuriens[7].

Ainsi, à quelque point de vue que l'on se place, ce serait surfaire le génie de Plutarque que de le ranger parmi les créateurs de la science morale. Pourvu

---

1. De la Tranquillité de l'âme, 4, 5, 6 ; Si le vice suffit pour rendre malheureux, 3 ; Propos de table, 1, préface. — 2. Propos de table, V, 1 ; Vie de Dion, 10 ; de l'Amour des richesses, 3 ; De la Tranquillité de l'âme, 14 ; du Progrès dans la vertu, 9 ; de la Curiosité, 2, etc. — 3. De la Vertu morale, 12 ; de l'Exil, 7, 12, 15 ; de la Fausse honte, 7 ; de la Passion des richesses, 7 ; de l'Amour fraternel, 20 ; du Progrès dans la vertu, 14, 5, 6 ; du Flatteur et de l'Ami, 30, etc. — 4. Pré-ceptes de santé, 7 ; de l'Usure, 8 ; de l'Utilité des ennemis, 2 ; de la Tran-quillité de l'âme, 4 ; du Flatteur et de l'Ami, 28 ; Propos de table, II, 1, etc. Plutarque avait écrit la Vie de Cratès (Voir *Fragments*, Didot, p. 50 et 51). — 5. Vie d'Alcibiade, 1 ; Préceptes politiques, 15 ; de l'Exil, 17 ; de l'Utilité des ennemis, 6 ; de la Fausse honte, 18, etc. — 6. De la Tranquillité de l'âme, 17. — 7. Dictionnaire des sciences philosophiques : *verbo* Plutarque.

d'une vaste érudition philosophique, mais n'ayant jamais eu la pensée de classer méthodiquement les richesses qu'il avait recueillies, doué de peu de goût pour les méditations abstraites et dans les questions essentielles s'en remettant à la tradition, platoni- cien plus enthousiaste que fidèle, prenant de toutes mains ses exemples et ses preuves, glissant sur la pente de toutes les thèses, Plutarque n'a ni l'esprit d'investigation critique qui, s'attachant à l'histoire des systèmes, en explique la filiation, ni l'esprit de spéculation métaphysique qui constitue de toutes pièces les doctrines originales, ni l'esprit de méthode ferme, précis, conséquent, qui rétablit les anciennes doctrines et leur communique une vie nouvelle en les développant [1].

Mais n'est-on philosophe qu'à ce prix? Pour ap- précier le rôle de Plutarque, il faut, comme nous l'avons fait pour sa vie, lui rendre son vrai carac- tère. Ni la grandeur morale ne manque à sa vie rétablie dans son cadre, ni l'esprit philosophique à ses œuvres mises à leur point et replacées dans leur lumière.

2. — CARACTÈRE DE LA MORALE DE PLUTARQUE.

Dans le mouvement général qui, au premier siècle de l'ère chrétienne, entraînait la philosophie païenne vers la morale et ses applications pratiques, les questions métaphysiques, sans cesser d'être discu-

1. « Plutarque, dit Trench, n'a rien de créatif comme penseur, ni même de constructif, » p. 113.

tées, avaient au fond beaucoup perdu de leur importance. Que d'incertitudes, que de contradictions,
que d'inconséquences dans les théories de Sénèque!
Musonius, le grand Musonius, comme on l'appelait,
est-il un pythagoricien, un stoïcien ou un cynique?
Comme ses contemporains, Plutarque borne ses
études aux recherches dont il peut tirer profit pour
les applications morales qu'il a en vue. Comme eux,
plus qu'eux peut-être, il ne se met point en peine,
pour le reste, de donner ses raisons. Ce n'est pas un
chef d'école qui s'étudie à former des disciples ; c'est
un homme vivant au milieu des hommes et dont la
seule prétention est d'éclairer sur les questions qui
les préoccupent ses amis ou ses concitoyens. Tel lui
demande, avant d'entrer en charge, des préceptes
sur l'administration publique, tel autre, un remède
contre les troubles de l'âme ; celui-ci des conseils
sur l'amour fraternel, celui-là, des consolations
contre une douleur cruelle : il envoie sur chacun de
ces sujets le fruit de ses réflexions. Parfois aussi,
il va lui-même au-devant des situations auxquelles il
s'intéresse. Mais, quel que soit le motif qui le sollicite à écrire, ne songeant qu'à rendre le service
qu'on réclame de son expérience ou que son expérience l'autorise à offrir, il écarte tout ce qui en
dépasserait la portée. Il ne disserte pas sur les passions; il avise aux moyens de les corriger. Il ne
traite pas de la colère ou de l'envie, de l'amitié
ou de la haine, du patriotisme ou de la religion,
mais de la manière de se préserver de la colère
et d'échapper à l'envie, des moyens de distinguer
le flatteur de l'ami et de l'utilité qu'on peut tirer

dès ennemis, des services que le vieillard peut
rendre à l'État et du culte que l'on doit aux dieux.
S'il entre dans quelques réflexions théoriques sur la
vertu, c'est au sujet de la vertu morale ou vertu
d'action. S'il examine la question du bonheur, c'est
en démontrant non par des raisonnements métaphysiques, mais par des arguments empruntés à la vie
commune, comment on ne peut être heureux en
suivant la doctrine d'Épicure. Ses Traités ne sont,
pour la plupart, qu'une série de préceptes ou d'exemples, c'est-à-dire de préceptes en action. Tout ce qui
précède ce qu'il appelle la didascalie ne lui sert que
de préambule. C'est aux prescriptions qu'il s'arrête.
Rappelant l'usage jadis pratiqué d'exposer en public
les malades, afin que les passants pussent les instruire
du remède qui avait servi à leur guérison, il souhaiterait que chacun s'obligeât de même à faire partager aux autres le profit de son expérience dans la
passion dont il a souffert[1]. A défaut de ces consultations mutuelles, il veut que le philosophe, qui connaît
toutes les passions pour les avoir étudiées, tienne
toujours ouvert le trésor de sa science et de sa sagesse. C'est un médecin de l'âme, un directeur de
conscience.

La profession n'était pas nouvelle[2]. L'enseignement de la morale pratique, introduit à Rome avec la
philosophie grecque, s'y était établi avec elle[3], et

1. S'il faut mener une vie cachée, 2. — 2. Voir *les Moralistes sous
l'Empire romain*, par M. C. Martha. — 3. Plutarque, *Du Commerce
que les philosophes doivent avoir avec les princes*, I. Cf. Cicéron,
Disc. pour Archias, 24, *Disc. au Sénat après son retour*, 6; Térence,
Andrienne, vers 28.

res troubles des guerres civiles[1], les misères de l'Empire avaient contribué à en développer le goût[2]. Tandis que les plus nobles familles avaient leur philosophe attitré comme leur médecin[3], la jeunesse des écoles et le commun des gens éclairés, parfois même de grands personnages, s'empressaient au pied de la chaire des maîtres qui tenaient publiquement école de sagesse. S'il est vrai, comme Sénèque le prétend[4], peut-être avec les regrets de la vieillesse dont les regards se tournent volontiers vers le passé, qu'à la fin du règne de Néron, le zèle des auditeurs se fût refroidi, il semble que, sous les Flaviens, il s'était rallumé d'une ardeur nouvelle. Musonius[5] et Épictète[6] attestent, dans leurs œuvres, par des allusions ou par des recommandations expressives, la faveur dont jouissaient ces leçons; mais nul mieux que Plutarque n'en fait connaître le caractère.

Ce qui explique comment cet enseignement échappe, au premier regard, dans le mouvement de la civilisation païenne, au premier siècle de l'ère chrétienne, c'est que, se rattachant à la même ori-

---

1. Plutarque, *Vie de Brutus*, 2. Cf. 1 ; *Vie de Caton*, 10, 16, 67 à 70; *Vie de Crassus*, 3; *du Commerce que les philosophes doivent avoir avec les princes*, I. Cf. Cicéron, *Acad.*, II, 36; *Tuscul.*, V, 39 ; *Épît. à Atticus*, II, 20. — 2. Sénèque, *De la Tranquillité de l'âme*, 14; *Épîtres*, 77 ; Tacite, *Annales*, XIV, 59; XVI, 34 et 35; *Histoires*, III, 81 ; Perse, *Satires*; — Plutarque, *Préceptes politiques*, 18 ; *Vie d'Antoine*, 80, 81. — 3. Sénèque, *Consolation à Marcia*, 4 ; *de la Tranquillité de l'âme*, 1 ; *Épîtres à Lucilius*, 22, 29, 30, 38, 48, 77, etc. ; Suétone, *in Octavio*, 98. Cf. Plutarque : *Apophthegmes des rois et des généraux*, Auguste, 7, 3, 5 ; Dion Chrysostome, *Discours*, 27. — 4. *Épît.*, 108. — 5. Aulu-Gelle, *Nuits attiques*, V, 1. — 6. *Entretiens*, III, 23. Cf. Philostrate : *Vie d'Apollonius de Thyane* (traduction de M. Chassang) et Eunape : *Vies des sophistes*.

gine que les Lectures, et s'adressant en partie au
même public, il a été souvent confondu avec elles.
On comprend que l'éclat bruyant des Lectures
couvrît le bruit modeste d'une prédication dont
l'écho ne devait retentir que dans les cœurs.
Rien de plus grave, en effet, de plus austère que
ces assemblées dont Plutarque nous trace le tableau.
Tout y était l'objet d'une attention scrupuleuse :
l'attitude qu'il convenait de garder, la mesure des
signes d'approbation ou d'improbation qu'on pouvait se permettre, les mouvements, les gestes, les
regards[1]. On s'y préparait comme aux initiations, on
s'y présentait comme à une cérémonie sainte[2]. Les
matières les plus diverses de la morale, privée ou
publique, faisaient l'objet des leçons[3]. Le plus souvent, le maître annonçait à l'avance le sujet qu'il
devait traiter, et l'usage commandait de respecter son
choix[4]. Quelquefois il invitait les auditeurs à indiquer
sur quel point ils désiraient l'entendre, et alors
il convenait de ne lui rien proposer que d'utile et de
raisonnable, rien surtout qui ne fût dans la nature
de ses études. Parfois aussi une discussion s'engageait
entre l'auditoire et l'orateur. Mais quelle que fût la
nature de l'entretien, et que le maître en conservât
seul ou qu'il consentît à en partager la direction, nul
n'y devait assister avec insouciance, « comme un
convive mangeant du bout des lèvres les mets que

1. De la Manière d'écouter, 5 à 7, 13 à 15 ; De la Curiosité, 15. Cf.
Sénèque, *Épîtres*, 108 ; Aulu-Gelle, *Nuits attiques*, V, 1. — 2. De la
Manière d'écouter, 6, 16 ; Du Commerce que le philosophe doit avoir
avec les princes, 3. — 3. De la Manière d'écouter, 11, 12. — 4. Ibid.,

son hôte se donne la peine de lui servir ». Le rôle de l'auditeur était de se tenir en rapport d'intelligence avec le maître, « à l'instar des joueurs de paume qui se renvoient la balle. » Surtout il ne devait jamais oublier qu'il était venu, « non comme au théâtre, pour écouter des charlatans ou des musiciens, mais dans une école de vertu, avec l'intention d'apprendre à régler sa vie »[1]. Qu'il se trouvât plus d'un sophiste qui, abusant de ses cheveux blancs, d'un geste élégant, d'une voix sonore, se montrât moins jaloux d'éclairer et d'instruire un sérieux auditoire que d'attirer et d'éblouir la foule ; que les plus graves assemblées fussent troublés par des critiques malveillantes, par des questions indiscrètes, par de bruyants applaudissements[2], les règles mêmes par lesquelles Plutarque cherche à prémunir ses disciples contre ces dangers en fournissent le témoignage ; mais elles prouvent aussi quels fruits on recueillait de ces cours, lorsqu'ils étaient faits et suivis avec zèle. Une impression profonde en demeurait : tel, au sortir d'une leçon sur la pauvreté et la tempérance, faisait vœu d'ascétisme[3]. L'application à bien écouter, disait-on à la jeunesse, est le commencement d'une bonne vie[4].

Mais ce n'était là qu'un commencement. Il fallait affermir et développer ces dispositions à la sagesse ; et tel était proprement l'objet de l'art de la direction.

On en a déjà étudié les secrets dans les œuvres

---

1. De la Manière d'écouter, 11, 12, 14, 18, 8, 9. Cf. Sénèque, *Epit.*, 108. — 2. De la Manière d'écouter, 7, 15. — 3. Sénèque, *Epit.* 108. — 4 De la Manière d'écouter, 18.

de Sénèque[1] ; et l'on n'en saurait assurément trouver nulle part ailleurs une conception plus haute · les épîtres à Lucilius sont pleines d'exhortations éloquentes. Sénèque s'intéresse aussi à Aufidius Bassus, un excellent homme dont il voudrait seconder les progrès ; il a entrepris un certain Marcellinus, un vieur qu'il ne désespère pas de faire pleurer ; de lieux magistrats, de jeunes désœuvrés le consultent ; Lucilius lui fournit des clients[2]. Mais c'est à Lucilius qu'il réserve le plus pur de ses réflexions. Il l'a toujours présent à la pensée et comme sous les yeux. Il ne trouve rien qu'il ne s'écrie, mettant aussitôt son bien en commun : part à deux ! Il ne rencontre pas un voyageur venant de Sicile, qu'il ne lui demande des nouvelles du Procurateur ; on sait que c'étaient les fonctions que Lucilius exerçait dans cette île. Il est en perpétuelle communion d'esprit avec lui. Il lui envoie ses livres de prédilection marqués aux bons endroits. Quel malheur qu'il soit si loin ! car la philosophie, c'est la science du conseil, et le conseil ne peut être utilement donné que sur place, d'après les indications du moment : on ne prescrit pas à distance un bain ou une potion ; il faut tâter le pouls du malade[3]. Et c'est ce qu'il irait faire, s'il n'écoutait que son zèle. « Oui, mon cher Lucilius, s'écrie-t-il, je suis prêt à me transporter près de toi. N'était l'espoir que tu obtiendras bientôt la permission de résigner tes fonctions, c'est une expédition que j'aurais déjà imposée à ma

1. Martha, *Les Moralistes sous l'empire romain*, etc. — 2. Épit. 50, 29, 77 ; De la Tranquillité de l'âme, 1. — 3. Épit , 32, 40, 48, 6, 39, 22, 71, 38, 13.

vieillesse. Ni Charybde ni Scylla ne m'aurait fait
reculer. J'aurais franchi le détroit maudit par la
fable; que dis-je? je l'aurais passé à la nage, pour
aller t'embrasser et juger par mes yeux de l'état
de ton âme [1]. » Nobles élans de sollicitude, mais
qui ne laissent pas de mettre en défiance. La vive
imagination de Sénèque joue dans cette admirable
correspondance un trop grand rôle. Chef-d'œuvre
de consultation idéale, pour ainsi dire, les Épitres
à Lucilius nous font merveilleusement connaître la
théorie de la direction; c'est dans les œuvres de
Plutarque qu'il faut en chercher la pratique.

Ce que Sénèque, en effet, regrette de ne pouvoir
faire, Plutarque l'accomplit. Il va tâter le pouls
de ses malades, il leur porte en personne ses recommandations, ses consolations, ses conseils, sans
craindre d'exposer sa sagesse à un mauvais accueil;
les Traités qu'il adresse à ses clients ne sont, en général, que le résumé des entretiens qu'il a eus avec
eux sous le coup de l'épreuve. Il ne se borne pas à
les voir une fois; il les visite, les suit, se fait un
devoir de les surprendre dans le détail de leurs occupations journalières. Se sentent-ils pressés par
quelque passion, crainte superstitieuse, colère, rancune de ménage, amour illégitime? il les sollicite de
lui découvrir leur mal, pour en chercher le remède.
S'il les voit se dérober à sa surveillance, il s'attache
à eux, les presse et ne se lasse point qu'il ne se soit
établi dans leur cœur! Il se donne, il se prodigue;
il voudrait faire plus encore. Il regrette qu'il ne soit

---

1. Sénèque, Épit., 45.

pas possible de prêter à d'autres ses yeux et ses
oreilles, sa raison et son courage, pendant qu'on ne
s'en sert pas, pendant qu'on se repose ou qu'on dort.
C'est véritablement un sacerdoce qu'il remplit. On l'a
appelé un aumônier domestique. Il compare lui-
même le philosophe au prêtre et il ne craint pas de le
mettre au-dessus.

Plus directe, plus intime que celle de Sénèque,
son action est aussi plus étendue. Quelle qu'ait pu
être la publicité donnée aux Épîtres à Lucilius, il
est certain que Sénèque n'a jamais fait métier de pro-
fesser la sagesse; et, Lucilius excepté, il n'a eu, en
quelque sorte, que des disciples d'occasion. A ses entretiens privés, à ses démarches particulières, Plutarque joint les leçons et les consultations de l'enseignement public dont il vient de nous faire connaître
les règles. L'entretien terminé, quelques disciples
privilégiés demeurent avec lui et poursuivent la conférence. Pour tous, la porte du maître reste ouverte ;
chacun peut venir compléter, par la secrète confession de ses fautes, l'effet de la leçon et puiser dans
de paternels encouragements des forces pour la lutte[1].
En même temps, il rédige les notes sur lesquelles il
a parlé, et on le lit à Rome, à Athènes, à Chéronée, à
Éphèse[2] ; il a, en tous pays, des clients, simples particuliers ou magistrats, vieillards ou jeunes gens,
hommes ou femmes, et partout il s'enquiert des résul-

---

1. Lettre à Timoxène, 7 ; de la Superstition, 7 ; de la Manière
d'écouter, 12, 16 ; des Vertus des femmes, 1 ; Comment on peut connaître les progrès, etc., 16, 11 ; Du grand nombre des amis, 7. —
2. De la Manière d'écouter, 2 ; Comment on peut connaître les progrès, etc., 2 ; des Délais de la justice divine, 1.

tats produits par ses conseils[1]. Pour en mieux assurer l'effet il prêche d'exemple. C'est le trait qui le distingue entre tous. Il est du petit nombre de ces maîtres qu'il nous peint, philosophes dans leur conduite comme dans leur enseignement, dans leur vie comme dans leur chaire, et dont une plaisanterie, un signe de tête, un froncement de sourcil, suffisait pour inquiéter les consciences délicates[2]. Chacun sait qu'il ne se traite pas autrement que tout le monde. Le plus souvent, il a commencé par éprouver sur lui-même l'effet de ses prescriptions ; ou si c'est aux autres qu'il a d'abord songé, tôt ou tard, il en vient à se faire sa part dans les conseils qu'il leur adresse[3]. Il n'est pas le premier qui ait cherché à faire de l'histoire une école de morale et à tirer de la vie des grands hommes d'utiles leçons. Xénophon, Cicéron, Sénèque, Tacite enfin, pour ne parler que des maîtres, y avaient songé avant lui[4]. Mais qui l'avait fait avec cette pénétrante et persuasive onction ? « C'est en vue d'autrui qu'il m'advint d'écrire la biographie des hommes illustres, et voici que j'y ai pris goût pour moi-même. Leur histoire est comme un miroir où je m'efforce de régler ma conduite, tant mal que bien, sur l'image de leurs vertus. Il me semble que

---

1. Du Commerce que les philosophes doivent avoir avec les princes, 2, 3 ; de l'Utilité des ennemis, 1 ; de l'Amour fraternel, 1 ; de la Tranquillité de l'âme, 1 ; Vie d'Aratus, 1 ; Vie de Paul-Émile, 1 ; Préceptes politiques, 1 ; Propos de table, préface ; Préceptes du mariage, 1 ; de la Manière d'écouter, 17, 18. — 2. De la Manière d'écouter, 12. — 3. De la Tranquillité de l'âme, 1 ; de la Colère, 2 ; Vie de Paul Émile, 1, etc. — 4. Xénophon, *Éloge d'Agésilas*, VI. Cf. Isocrate, *Discours à Nicoclès* ; Cicéron, *Discours pour Archias*, 6, 11 ; Sénèque, *Épîtres*, 64. Cf. 25, 20, 11, 102 ; *des Loisirs du Sage*, 28. Tacite, *Vie d'Agricola*, 46 ; *Annales*, IV, 32, 33.

j'entre en communauté de vie avec chacun d'eux, quand leur donnant tour à tour l'hospitalité de mon foyer, je contemple la grandeur et la beauté de leur âme à travers leurs actions[1]. » Quelles théories valent, pour l'efficacité de la leçon, ce simple et touchant retour du moraliste sur lui-même?

Mais pour exercer une telle action, à l'ardeur du dévouement et au zèle de l'exemple il faut joindre la connaissance approfondie de l'âme humaine, de ses facultés, de ses lois. Nous touchons ici à la partie fondamentale de l'œuvre morale de Plutarque, à ce qui en constitue le caractère philosophique.

Nous n'avons pas besoin de le redire, le sage de Chéronée n'a pas de psychologie régulière. Toute psychologie régulière suppose une métaphysique, et nous savons que Plutarque ne se plaît point dans les hautes régions de la pensée. Il n'a pas écrit de traité des facultés de l'âme, ni de traité des passions. Le *Discours sur la vertu morale* contient d'admirables observations et laisse clairement entrevoir sa doctrine; mais il faut l'en tirer. Les raisonnements y sont entremêlés de citations et d'exemples, qui en coudent à chaque instant le fil; il développe ce qui ne serait qu'à indiquer, et indique à peine ce qui aurait besoin d'être développé; il se résume sur des points de détail, et il ne conclut pas. Rien ne trahit mieux au surplus l'inconsistance de sa méthode psychologique, que les procédés qu'il suit dans ses discussions. Dans l'état de guerre où vivaient les sectes philosophiques, elles avaient recours parfois aux

1. Vie de Paul-Émile, 1.

formes d'argumentation les plus singulières. De part
et d'autre, on s'accusait de violence, on se renvoyait
le reproche de manquer aux règles les plus élé-
mentaires du bon sens. S'il faut en croire Plutarque,
les Stoïciens et les Épicuriens dépassaient, à l'é-
gard des académiciens, toutes les bornes des convenances[1]. Ils les poursuivaient de leurs quolibets,
jusqu'à renvoyer Socrate manger du foin. Par une
manœuvre plus regrettable encore que ces injures,
ils défiguraient la pensée des chefs de l'Académie,
extrayant de leurs traités des propositions sans lien,
les détournant de leur sens et en faisant sortir des
absurdités. Plutarque, à l'entendre, n'a pas assez
d'indignation ni de mépris pour une pareille tac-
tique. Discuter ainsi, s'écrie-t-il, c'est discuter en
avocat, non en philosophe[2]. Et il déclare qu'il va
sur ce point donner une leçon à ses adversaires.
N'arrivât-il qu'à les contraindre, par son exemple, à
renoncer à l'usage des citations isolées, il se tien-
drait pour satisfait. La résolution était excellente.
Malheureusement, à peine est-il entré en matière
qu'il oublie ses engagements. Passion, subtilité,
toutes les armes qu'il a fait profession de jeter à
terre, il les relève pour s'en servir. Il s'amuse à
mettre Zénon et Épicure en contradiction avec leurs
disciples infidèles; il emprunte à leurs ouvrages un
certain nombre de propositions détachées de leur
ensemble et il leur fait une guerre de chicane. Bien
plus, il consacre un Traité spécial à se railler des

1. Du bonheur dans la doctrine d'Épicure, 2 ; contre Colotès, 5. —
2. Contre Colotès, 2 ; des notions du sens commun contre les stoïciens, 12, 28 ; des Contradictions des stoïciens, 14.

coups de baguette des Stoïciens[1], et à poursuivre de
ses traits le prétendu bonheur des sectateurs d'Épicure[2]. Toute sa polémique, en un mot, est inspirée
des usages de l'école. Sous cette forme de thèses et
d'antithèses, il semble prendre à tâche de tronquer, de
morceler, d'émietter les plus grandes doctrines. Cependant de la mêlée de ces discussions de détails jaillissent parfois de larges traits de lumière. La psychologie d'Aristote et de Platon, celle des Épicuriens et
des Stoïciens, analysées par morceaux, sans ordre,
sans suite, se trouvent reproduites çà et là avec un
relief saisissant ; et rapprochés les uns des autres,
ces divers morceaux, malgré les incohérences, les
lacunes, les puérilités, les imperfections de toutes
sortes qui les déparent, constituent un fond de science
psychologique très ferme, très sensé et véritable
humain. C'est ce fond que nous essaierons de dégager.

Sous quelque nom que l'on désigne les différentes
facultés de l'âme, ce qu'il importe de distinguer
dans tout système psychologique, c'est la part qui est
faite dans l'acte moral à chacune de ces forces essentielles : intelligence, sensibilité, volonté. Exami-
nons la doctrine de Plutarque sur ces divers points,
en lui empruntant, autant qu'il sera possible, pour
établir sa pensée, la forme trop souvent diffuse, mais
toujours agréable, dont il l'a lui-même revêtue[3].

Platon, dit-il, a vu avec la dernière évidence, que
l'âme du monde n'est pas un être simple et un, mais

1. Des coups de baguette des stoïciens, 1 à 4; des paradoxes des
stoïciens 1. — 2 Contre Colotés — 3. Cf, Volkmann, 2ᵉ partie, chap.
1, 2, 5.

un être composé de l'être toujours le même et de l'être changeant. Portion de l'âme du monde et semblable à l'âme du monde, l'âme humaine est simple dans sa substance, mais non dans ses affections. Elle comprend deux parties ou facultés : l'une intelligente et raisonnable, faite par sa nature pour gouverner ; l'autre irraisonnable, déréglée, siège des passions et des erreurs, faite pour obéir. Cette dernière partie se subdivise elle-même en deux autres, dont l'une soumise aux désirs du corps, est appelée la partie concupiscible, dont l'autre, quelquefois unie à la partie concupiscible, mais plus souvent docile à la raison à laquelle elle prête son aide, est nommée la partie irascible. Platon prouvait cette grande division de l'âme humaine par la résistance que la passion oppose à la raison, une force en rébellion contre une autre force ne pouvant pas être de la même nature que cette force. Tels sont aussi les principes d'Aristote. Si, dans ses derniers ouvrages, il a confondu la partie irascible de l'âme avec la concupiscible, il n'a jamais varié sur ce principe : à savoir que la partie irraisonnable, siège des passions, diffère essentiellement de la partie raisonnable, siège de la raison.

Contrairement à cet enseignement des deux grands disciples de Socrate, les Stoïciens prétendaient que la passion et la raison ne sont point deux parties distinctes ; que l'âme humaine n'a rien en soi d'irraisonnable ; que c'est la raison seule qui est, et qui se porte vers des objets opposés ; en d'autres termes, que la passion n'est que la raison corrompue, dépravée, pervertie ; que trompés par la rapidité avec laquelle l'âme passe d'un sentiment à un autre,

nous ne considérons pas que c'est la même faculté
qui subit ces sentiments opposés, la même qui désire
et qui rétracte son désir, qui s'enhardit et qui a
peur, qui se laisse séduire au mal et qui y résiste;
qu'en un mot, les passions ne sont que des inclina-
tions plus ou moins réfléchies, des mouvements plus
ou moins impétueux de la raison[1].

A cette thèse des Stoïciens, Plutarque oppose énergiquement la doctrine de Platon. Ceux qui soutiennent
que la passion n'est pas distincte de la raison, répond-il, semblent ignorer que l'homme est un être
double et composé; du moins n'ont-ils reconnu que
cette composition qui résulte de l'union de l'âme et du
corps, laquelle est trop frappante pour n'être pas sentie
par tout le monde ; mais ils n'ont pas vu que l'âme elle-
même est, en quelque sorte, un composé de deux
natures, et que la partie irraisonnable est comme un
second corps intimement uni à la partie raisonnable[2].

Si nette que fût cette profession de principes, Plutarque fait mieux que l'énoncer avec décision, il la
développe. Les Stoïciens arguaient particulièrement
de ce que la faculté délibérante dans l'homme étant
souvent partagée entre des avis différents, on n'a jamais contesté que c'est toujours la même faculté qui
délibère. Plutarque n'y contredit pas; mais il distingue. Ce qui fait la différence, dit-il, c'est que dans
les objets de spéculation pure, la raison n'est pas
contrariée par la passion qui est indifférente à ces
sortes de questions ; elle embrasse donc avec joie la

1. De la Vertu morale, 5, 3, 6 ; des Notions du sens commun contre
les stoïciens, 7 ; des Contradictions des stoïciens, 9. — 2. De la Vertu
morale, 2.

vérité, dès qu'elle la découvre, et abandonne allègrement le mensonge, parce que c'est elle-même et non une autre faculté, qui rejette son premier sentiment, pour en adopter un meilleur. Tout autrement en est-il, quand il s'agit de la lutte entre la passion et la raison. La raison réprime la partie qui se soulève contre elle, ou bien c'est elle qui succombe. Et comme elle ne peut ni vaincre, ni être vaincue sans éprouver quelques regrets, il y a division en elle, et c'est dans ce déchirement qu'éclate la distinction des deux forces. D'ailleurs, ajoute-t-il, si la passion et la raison étaient une même chose, dès que nous aurions jugé qu'il nous faut aimer ou haïr, ce jugement serait toujours suivi de notre amour ou de notre haine; ce qui n'est point : les décisions de la raison trouvent la passion tantôt soumise et tantôt rebelle. Enfin, qui a jamais senti en soi cette brusque transformation de la raison en passion, et de la passion en raison? Un homme cesse-t-il d'aimer, quand la raison lui prescrit de renoncer à son amour? N'est-il pas esclave de la passion, alors même que sa raison la combat? Et quand c'est la passion qui l'emporte, la raison ne lui fait-elle pas sentir son égarement? Ni la passion n'enlève à l'homme la raison, ni la raison ne le délivre de la passion. Prétendre que la faculté supérieure de l'âme humaine est tantôt raison, tantôt passion, c'est comme si l'on disait que le chasseur et la bête ne sont pas deux êtres distincts, mais un seul et même être, qui, par une métamorphose soudaine, devient tour à tour la bête et le chasseur[1].

1. De la Vertu morale, 7, 8, 9.

Mais comment expliquer cette sorte de dualité dans un seul et même être, et quel est le rapport qui unit entre elles les deux parties de l'âme? Plutarque, après avoir fortement constaté la distinction de la raison et de la passion, ne raisonne pas moins solidement sur leur coexistence et leur subordination. Ceux qui s'étonnent, dit-il[1], que la partie irraisonnable obéisse à la partie raisonnable, ne se rendent point compte de la toute-puissance insinuante et persuasive de la raison. Les esprits, les nerfs, les os et tous les autres éléments de notre corps ne sont-ils pas privés d'intelligence? Cependant, à peine la raison tirant, pour ainsi dire, les rênes, a-t-elle donné le signal de sa volonté, que tout se dispose et s'empresse pour obéir; les pieds sont en mouvement, les mains s'étendent. Dans une image expressive, Plutarque va jusqu'à comparer les mouvements que la raison imprime au corps avec les sons dont l'artiste fait vibrer les harpes, les lyres, les instruments inanimés, dans lesquels il fait passer ses émotions, sa pensée.

Mais en subordonnant la passion à la raison, Plutarque n'entend point anéantir la passion. Les Stoïciens considérant la passion comme une maladie, un dérèglement de la raison, travaillaient à la détruire; tout au plus consentaient-ils à laisser subsister quelques mouvements modérés, qu'ils nommaient *eupathies*. Aux yeux de Plutarque, la passion est une puissance de l'âme, un ressort, utile ou dangereux, selon que l'on en use, mais nécessaire et qu'il ne faut

1. De la Vertu morale, 4.

pas briser. La raison ne va pas, dit-il, comme autrefois Lycurgue, le roi de Thrace, abattre indifféremment ce que les passions ont en soi de bon et de mauvais; mais semblable au dieu sage qui préside à la
culture des jardins, elle retranche de l'âme ce qui
s'y développe de sauvage et superflu, adoucit l'âpreté
de la sève et rend les fruits qu'elle produit agréables
et sains. Un homme qui craint de s'enivrer ne
jette pas son vin, il le tempère. De même, pour
prévenir le trouble des passions, il faut les mo-
dérer, non les détruire. Les passions sont indispensables à l'activité de l'âme. Les anéantir, c'est briser
son énergie : tel le pilote au milieu des mers, quand
tous les vents sont tombés. La colère modérée est
l'aiguillon du courage, la haine du mal est le levain
de la justice. Peut-on séparer l'indulgence de l'amitié, la compassion de l'esprit de sociabilité? Faut-il
bannir l'amour, parce qu'il y a des amours déraison-
nables, ou proscrire tout désir à cause de la cupidité?
C'est vouloir défendre de courir, de tirer de l'arc ou
de chanter, parce qu'il y a des gens qui tombent, qui
manquent le but, qui chantent faux. Un instituteur
Lacédémonien disait qu'il ferait en sorte que son
élève se plût aux choses honnêtes, et vît avec peine
tout ce qui serait malhonnête. Le réglement des
passions, telle est la fin de l'éducation[1].

De ce principe, Plutarque fait sortir la définition
qu'il donne de la vertu. La vertu, pour notre mora-

1. De la Vertu morale, 3, 4, 8 à 12 ; de la Curiosité, 1 ; de la fausse
honte, 1 ; Du flatteur et de l'ami, 25 ; des notions du sens commun
contre les stoïciens, 10. Cf. 4, 5, 9, 12 ; des contradictions des stoïciens, 13, 15, 19, 25, 30.

liste, consiste dans un juste milieu également éloigné des excès contraires. Toutes les vertus ne ré-
sident pas dans ce juste milieu. Plutarque distingue
ici la raison contemplative de la raison active. La sagesse, forme de la raison contemplative, trouve en
elle-même sa perfection ; c'est le domaine de l'absolu. Mais la vertu morale ou vertu active, qui ne peut
se produire que par le concours de la raison et des
passions, Plutarque ne la conçoit pas hors du juste milieu. Quand la crainte ou la paresse affaiblit l'attrait
qui nous portait au bien, c'est à la raison de ranimer
la puissance de cet attrait ; est-il au contraire devenu trop vif, la raison l'amortit. Le juste milieu
est ce point où l'âme humaine, placée à égale distance du défaut et de l'excès, de ce qui serait en
deçà du devoir et de ce qui irait au delà, applique
à l'action l'énergie de la passion réglée par la raison. Par exemple, le courage est le juste milieu
entre l'audace et la lâcheté ; la libéralité, entre la
prodigalité et l'avarice ; la douceur, entre la faiblesse
et la cruauté [1].

Ainsi, non seulement Plutarque distingue nettement la passion de la raison, mais, en subordonnant
la passion à la raison, il lui fait avec précision sa
part d'activité nécessaire. Reste la question de savoir si la raison toute seule suffit à imprimer à
l'âme cette direction, en d'autres termes, si la volonté intervient et suivant quelle mesure elle doit
intervenir dans les rapports de l'intelligence et de la
sensibilité.

[1]. De la vertu morale, 6.

La doctrine de Plutarque sur ce point n'est pas moins claire que sur les deux autres. On peut distinguer dans l'âme, dit-il [1], trois éléments : la puissance, la passion et l'habitude. La puissance est le principe et comme la matière de la passion : tel le penchant à la colère, à la honte, à l'audace. La passion est le mouvement actuel de la puissance, telles la colère, la honte, l'audace. L'habitude est la force que l'exercice donne à la puissance, et qui fait le vice ou la vertu, selon la direction imprimée à la passion. Or qui crée l'habitude? la volonté incessamment appliquée au gouvernement de l'âme [2]. Ce n'est pas sur l'heure, ce n'est pas en un jour qu'on peut espérer de vaincre la passion. Les obstacles qu'on lui oppose dans le moment ne font qu'en comprimer l'explosion. Semblables aux odeurs fortes qu'on donne à respirer aux épileptiques, elles calment l'accès, elles ne guérissent point le mal; ce sont des palliatifs, non des remèdes. Ceux qui veulent se préserver des vices, disait Musonius, doivent nuit et jour travailler à s'en corriger [3]. Tous les conseils de Plutarque ne sont que le développement de cette maxime. Pour lui, il n'est pas de petits efforts, de petites pratiques, de petites vertus, chaque effort contribuant à former l'habitude, qui est « comme une seconde nourrice », l'habitude qui crée les mœurs. C'est par l'habitude, produit du concert de la raison, de la passion et de la volonté, que l'âme arrive à ce juste milieu où il a

---

Ibid., 4. Cf. De l'Utilité des ennemis, 3, 8. — 2. De la Vertu morale, 4. — 3. Des moyens de réprimer la colère, 2.

placé la vertu morale. Par là il se sépare de Platon,
son maître, qui avait identifié la volonté avec la raison, et il se rapproche d'Aristote. Mais il ne combat
Platon qu'avec une respectueuse réserve; Platon,
d'ailleurs, avait lui-même, en partie, corrigé son
erreur. Ce sont les Stoïciens et les Épicuriens dont
il fait le procès.

Exagérant l'idée première de Platon, les Stoïciens
en étaient arrivés à retrancher de la vie, pour les
jeter dans l'abîme des choses indifférentes, tous les
agréments de la vie : honneur, beauté, richesse,
santé; à faire de la vertu un idéal inaccessible; à
considérer toutes les fautes comme égales, toute
faute étant l'effet d'une passion, et toute passion
étant mauvaise; à ne reconnaître dans le bien aucun
degré. Plutarque argumente contre eux avec véhé-
mence. Cet anéantissement de l'effort, cette négation du progrès dans la vertu lui paraissent contraires à l'évidence et au bon sens[1]. Vous prétendez,
dit-il à Chrysippe, qu'il en est de ceux qui sont
entrés dans le chemin de la sagesse comme de l'a-
veugle dont les yeux s'ouvrent à la lumière, comme
du naufragé qui nage vers la terre? L'aveugle, tant
qu'il n'a pas recouvré la vue, vit dans les ténèbres; tant que le naufragé n'a pas atteint le rivage,
il est en danger de mort; de même, celui-là est
tout entier plongé dans le mal qui ne s'est pas encore
élevé au bien. Mais quoi? n'est-ce donc rien que de
commencer à y voir clair? n'est-ce rien que d'ap-

_____

1. Des notions du sens commun contre les stoïciens, 30. Cf 4, 5,
6, 7, 8, 9, 10, 11, 12, 13, 14 ; des Contradictions des stoïciens, 10,
13, 15, 17, 19, 21, 25, 26, 28, 30 ; de la Vertu morale, 8 à 12.

procher du port? — Vous prétendez qu'il n'existe pour le sage de bien réel que la vertu. Soit; mais ce bien, qu'en faites-vous? Il y a chez les Éthiopiens un peuple dont le roi est un chien; à ce titre, on le comble d'honneurs; mais c'est le peuple qui exerce effectivement le pouvoir. Ainsi en est-il pour vous de la vertu : vous lui rendez, comme au souverain, comme au seul et unique bien, toute espèce d'hommages; cependant vous raisonnez, vous philosophez, vous vivez, vous mourez comme tout le monde, avec et d'après les choses indifférentes. Bien plus, chez ce peuple d'Éthiopie, le chien demeure sur son trône, entouré de respect, inviolable; personne ne songe à le tuer; vous, vous faites bon marché de la vertu, et vous la sacrifiez pour conserver la santé et les richesses.

De leur côté, les Épicuriens anéantissaient la volonté et la raison dans les sensations[1], raillaient toutes les règles divines et humaines, et faisaient consister la vie honnête dans la pratique d'une vertu qui ne coûtait aucune peine. Plutarque les combat avec non moins de vigueur que les Stoïciens. Il fait remonter de Colotès à Épicure, du disciple au maître, la responsabilité des erreurs de l'école. Il met en lumière les inconséquences et les désordres d'une vertu que les lumières de la raison n'éclairent pas, que ne règle pas le frein de la volonté. Il démontre enfin qu'on ne peut vivre, même agréable-

---

1. Κριτήρια τῆς ἀληθείας, τὰς αἰσθήσεις... Πᾶς λόγος ἀπὸ τῶν αἰσθήσεων ἤρτηται. Cf. Cicéron. *De natura Deorum*, I, 25 : Epicurus omnes sensus veri nuntios dixit esse.

6

ment, en suivant une doctrine qui rejette systématiquement tout ce qui fait la grandeur de l'âme humaine[1].

Pour lui, en un mot, la raison et la passion sont deux puissances à la fois distinctes et solidaires, deux puissances également nécessaires, dont l'une doit avoir empire sur l'autre, mais de façon à régler son essor, non à la détruire; pour lui, la vertu est chose qui s'apprend par l'exercice de la volonté concourant avec la raison à ramener la passion dans un juste milieu; pour lui enfin, l'éducation de l'âme est le prix de l'effort, effort généreux où le progrès répond sensiblement au travail de chaque jour.

Libre et responsable, l'homme tire de cette liberté même sa force, sa noblesse. Il n'est pas de moraliste qui concède moins que Plutarque au fatalisme. Ses premiers discours, œuvre de jeunesse, sont une sorte de protestation emphatique, mais ferme et élevée, contre ce que le vulgaire appelle les faveurs de la fortune[2]. Il avait écrit un traité spécial, dans lequel il expliquait que la vertu est le fruit de l'enseignement, et qu'on apprend à l'âme humaine à pratiquer le bien par un effort de la volonté, comme on forme les membres par un exercice réglé à marcher et à danser[3]. Dans un fragment compris parmi ses ouvrages, nous voyons qu'il mettait aux prises le vice et la fortune, en refusant d'imputer à

---

1. On ne peut vivre, même agréablement, en suivant la doctrine d'Épicure, 2, 3, 4; Cf. contre Colotès, 1 à 8. — 2. Sur la fortune des Romains; Sur la fortune ou la vertu d'Alexandre. — 3. La vertu est le fruit de l'enseignement, I.

la fortune ce qui est l'effet du vice, c'est à-dire d'une défaillance réfléchie, consentie, ou du moins non combattue, de la raison[1]. Un autre fragment nous le montre cherchant à prouver que l'âme est le plus souvent maîtresse des affections du corps[2] : sa thèse est d'atténuer les maladies du corps, pour faire plus vivement ressortir les maladies qu'il appelle énergiquement les dépravations volontaires de l'âme. « O homme! s'écrie-t-il éloquemment, ton corps est sujet à bien des affections accidentelles ou naturelles; mais ouvre ton cœur, et tu y trouveras un dépôt, ou plutôt, selon l'expression du Démocrite, un trésor de maux qui jaillissent de sa dépravation, source profonde de passions et de vices[3]. » Que les maladies tiennent au corps ou à l'âme, il en rejette la responsabilité sur la raison et la volonté, qui n'ont pas su les prévenir ou les guérir. Il n'admet pas qu'un vice soit incurable. Un de ses meilleurs traités est celui où il fait toucher du doigt au jeune homme les progrès qu'il a accomplis, où il excite dans son âme, à chaque amélioration constatée, le désir d'une amélioration nouvelle[4]. Enfin, sur les effets de la responsabilité morale après la mort, y a-t-il, chez aucun écrivain de l'antiquité païenne, des pages plus pénétrantes et plus fortes que celles où il nous représente l'homme puni de ses fautes par les peines infligées

1. Si le vice suffit pour rendre l'homme malheureux. — 2. Si la crainte et le désir sont des affections de l'âme ou du corps. — 3. Que les maladies sont plus dangereuses de celles du corps ou de celles de l'âme, 1. — 4. Sur les moyens de connaître les progrès qu'on fait dans la vertu.

à ses descendants et assistant à leur supplice [1]?

Quand on envisage Plutarque sous cet aspect, il ne semble pas que ce soit à tort que Bossuet le considère comme un philosophe. Par cette exacte intelligence des lois de l'âme humaine, par cette judicieuse interprétation du rôle complexe des facultés qui en constituent la vie une et diverse, il mérite assurément ce titre. Aux éléments épars dans tous ses Traités il n'a manqué que la coordination pour former un système psychologique qui justifiât le rang auquel l'enthousiasme de ses biographes de la Renaissance l'a trop facilement élevé.

Mais c'est précisément cette coordination qu'il n'a point voulu donner à son enseignement, sinon à sa pensée. Directeur de conscience, professeur de sagesse pratique, tel il a pris son rôle, tel il s'y tient, tel il s'y plaît. Toutes ses observations psychologiques se tournent, se fondent dans ses Traités en prescriptions de morale familière [2]. C'est ainsi que les questions s'offrent à son esprit et qu'il les envisage, non en métaphysicien, mais en homme [3], Certes les grands problèmes de notre destinée n'ont pas échappé à ses réflexions, nous venons de le voir; et ainsi qu'on l'a remarqué avec raison, il ne craint ni d'en sonder les abîmes, ni d'en gravir les hauteurs; mais ce n'est point sur ces hauteurs

---

1. Des délais de la justice divine. — Voir plus bas, chap. IV, 2e partie. — 2. Occupatus erat maxime in singulari quâdam quœstione solvenda neque adeo principia suprema enucleare studebat, (Schreiter, De Doctrina Plutarchi theologica et morali, Lipsiæ, 1836, pag. 100. Cf) Zeller, philosophie des Grecs 5e partie, pag. 141 à 182. — 3. Expression d'Emerson

qu'il habite[1]. De loin, et sous le prestige de la légende attachée à son histoire, on se représente l'auteur des Parallèles l'auréole au front au milieu des grands hommes auxquels il a rendu la vie. Il a l'imagination si puissante et, lorsqu'il s'élève, l'essor si haut ! Les scènes qu'il décrit le transportent[2]. Cependant, à côté de ces tableaux admirables, combien de petits détails, obscurs ou bas, presque indignes de l'historien, s'il n'en avait fait lui-même un des éléments les plus instructifs et les plus piquants de l'histoire ! Sensibles dans les Parallèles, ces contrastes sont plus saisissants encore dans les Traités. Des exemples qu'il emprunte aux traits les plus imposants de la mythologie, le moraliste passe, sans transition, aux images les plus vulgaires de la vie domestique[3]. De nobles souvenirs traversent et illuminent sa pensée; mais ce sont les choses de tous les jours qui la remplissent. Les comparaisons auxquelles un écrivain se complaît marquent d'ordinaire assez exactement les habitudes de son esprit. Celles de Plutarque sont tirées pour la plupart des pratiques du ménage, des règles de l'éducation des jeunes gens ou de l'administration d'une petite cité, des mœurs des animaux[4]. Là où un champ plus

Treuth p. 138. — 2. Voir le traité De la fortune des Romains, § 13, où il se demande ce qu'aurait produit un conflit entre les Romains et le conquérant de l'Asie, si le fils de Philippe eût dirigé ses armes vers l'Occident. Voir aussi les Vies d'Alexandre, de César, de Pyrrhus, de Pompée. — 3. Préceptes politiques, 31, 32; Quelle part le vieillard doit prendre à l'administration des affaires de l'État, 9 : des Contradictions des stoïciens, 4, etc. — « 4. Il a du goût pour la vie commune, dit Emerson, (page 12) ; il connaît la forge, la ferme, la cuisine, la cave, et dans la cuisine et la cave, l'usage de chaque ustensile. »

large s'ouvre naturellement devant lui, le plus souvent il se contient ; il lui suffit d'appliquer aux besoins de ceux qui l'entourent les conseils que leur situation lui suggère. Il a par excellence ce bon sens qui, selon l'expression de Vauvenargues, « consiste à voir les objets dans la proportion qu'ils ont avec notre nature ou notre condition. »

Dans le cercle où il a vécu, pour rendre les services dont il aimait à s'imposer le devoir, tout le ramenait aux modestes et utiles vérités d'expérience. Depuis longtemps, nous dit-il[1], la Pythie avait dû baisser le ton, afin de se faire entendre de ceux qui l'interrogeaient. « Pouvait-elle, en effet, quand il n'y avait plus de séditions, plus de tyrannies, plus de ces maladies particulières à la Grèce qui demandaient des remèdes exceptionnels et puissants, quand les questions qu'on lui adressait revenaient toutes à ces préoccupations d'intérêt privé : faut-il me marier ? faut-il placer mon argent ? faut-il faire le négoce ? faut-il m'engager dans telle ou telle affaire ? quand les consultations des villes elles-mêmes ne portaient plus que sur l'abondance de la prochaine récolte ou sur l'état futur de la santé publique, pouvait-elle convenablement s'étudier à tourner des vers, à façonner des périphrases, pour enfler et parer la réponse de l'oracle ? » Suivant l'exemple de la Pythie, dont il aimait à interpréter la pensée, Plutarque a le bon goût de répondre simplement aux questions simples qu'on lui pose. Sachons-lui gré de cette simplicité, et prenons-le, comme il se donne, répandant au jour le

---

1. Des Oracles en vers, 28. Cf. des Contradictions des stoïciens, 30.

jour autour de lui, non sans dignité, les trésors infinis de sa sagesse. Père de famille dévoué et heureux, magistrat honoré, grand prêtre infatigable,
c'est à ses enfants, à ses concitoyens, à ses dieux,
qu'il a consacré ses lumières et sa vie; suivons-le
où il se plaît à nous conduire lui-même, loin des
charges de cour et des amitiés illustres qu'on lui a
prêtées, dans la famille, dans la cité, dans le temple :
c'est là qu'on peut espérer le connaître et qu'il convient de le juger.

CHAPITRE II

EXPOSITION CRITIQUE DE LA MORALE DE PLUTARQUE

§ I

LA VIE DOMESTIQUE

De la place que les devoirs et les affections de la vie domestique tiennent dans les œuvres de Plutarque. — Une famille païenne au premier siècle de l'ère chrétienne. — De l'amour ; de l'union conjugale. — De l'affection fraternelle ; ses devoirs, ses jouissances, son caractère. — De l'amitié ; idéal de ce sentiment ; distinction du flatteur et de l'ami ; utilité des ennemis. — Des esclaves. Anecdote d'Aulu-Gelle. — Des animaux. Sont-ils doués de raison ? — Des enfants. Comment Plutarque entend les devoirs du père. — Ses Traités d'éducation. — Conclusion : originalité des préceptes de Plutarque. — Quelle idée il laisse des vertus domestiques de l'antiquité.

Ce n'est pas pour la régularité d'une gradation factice que nous commençons par l'étude de la vie domestique l'exposition critique de la morale de Plutarque. La vie domestique est la forme sous laquelle il conçoit tous les rapports des hommes entre eux[1] ; la famille est son centre d'observation, sa lumière ; il va chercher dans le cœur du fils, du père, de l'époux, le secret des résolutions ou des

---

1. Préceptes politiques, 31, 32 ; Quelle part le vieillard doit prendre à l'Administration des affaires de l'État, 9 ; Des contradictions des stoïciens, 4, etc.

émotions du citoyen [1] ; les grandes scènes historiques qu'il décrit sont mêlées de traits empruntés à
la vie privée de ses héros ; le gynécée forme le fond de
plusieurs de ses tableaux. Il veut qu'au milieu des
épreuves de la vie, le foyer domestique soit pour
tous ceux qu'il rassemble, un asile et comme un
sanctuaire inviolable. Il aime à en agrandir le cadre ;
à côté de ceux qui en sont les membres naturels, il y
fait place aux amis ; devançant même le sentiment
moderne, il y comprend les esclaves et jusqu'aux
animaux. Il ne conçoit pas de jouissance plus pure
que celle des sentiments que les affections de famille
inspirent. Se retrouver hors de ce monde, avec un
père, une tendre mère, une épouse bien-aimée, est le
suprême bonheur dont il aime, suivant l'expression
de Platon, à s'enchanter [2]. Aussi n'est-il pas un seul
de ses ouvrages qui ne soit semé de réflexions sur
les rapports mutuels du mari et de la femme, des
parents et des enfants, des maîtres et des esclaves,
des frères, des amis. Il avait, en outre, consacré
particulièrement un certain nombre de Traités à
l'amour, au mariage, à la tendresse des pères et des
mères pour leur progéniture, à l'affection fraternelle, à l'amitié, à l'éducation des jeunes gens; si
bien, qu'à l'aide de ces réflexions éparses et de ces
Traités spéciaux, on peut, prenant avec lui la famille
à son origine, l'embrasser dans son ensemble et la
suivre dans ses développements.

C'est ce tableau que nous allons essayer d'esquis-

1. Vie de Pompée, 8; de Sertorius, 22; de Timoléon, 30; de Crassus, 1 ; de Pélopidas, 34 ; de Périclès, 2; de Dion, 51, etc. -- 2. Du
Bonheur dans la doctrine d'Épicure, 28.

ser. Nous en rassemblerons d'abord les traits essentiels, nous réservant, après cet exposé, d'indiquer
les comparaisons qu'il suggère avec les moralistes
antérieurs ou contemporains, et de tirer les conclusions.

Pour apprécier l'œuvre d'un moraliste, il importe
de connaître l'état de la société à laquelle s'appli-
quent ses observations ; et il semblerait que Plutarque
dût être riche en renseignements de toute sorte sur
la société de son temps. Mais, aussi discret sur le
compte des autres que sur lui-même, le sage de Chéronée n'aime point à mettre ses concitoyens en scène.
C'est de la mythologie et de l'histoire qu'il tire ses
exemples, et là où il s'autorise de faits accomplis
sous ses yeux, il ne désigne point ceux qui lui en
fournissent la matière; on ne relèverait pas, dans
tous ses Traités, plus de cinq ou six noms propres.

Telles qu'elles sont, ces rares allusions, s'il fallait
en admettre l'exactitude, feraient peu d'honneur au
monde auquel elles se rapportent. A l'en croire il
n'y aurait plus d'autre garantie de l'union conjugale que la crainte des lois, et l'on ne se marie-
rait plus que par calcul : les hommes, pour avoir
des enfants et pour jouir du douaire de leurs femmes
qu'ils confineraient dans les plus basses fonctions de
l'administration domestique ; les femmes, pour se
livrer impunément à leur goût de luxe et de plaisir[2].
L'amitié fraternelle serait devenue un phénomène.
« Autrefois, on citait, comme des exceptions coupables, les exemples de haine entre frères ; on les mettait

1. De l'Amour, 21 ; Préceptes de mariage, 30.

au théâtre, on en faisait des tragédies ; aujourd'hui on
en pourrait faire sur le sentiment contraire : l'amour
de deux frères cause autant de surprise que jadis la
rencontre de ces molionides dont les deux corps
étaient, dit-on, étroitement unis... On nourrit des
chiens dangereux, des chevaux, des loups-cerviers,
des chats, des singes, des lions, et on ne pardonne-
rait pas à un frère sa colère, son ignorance ou son
ambition... On donne à la première venue des terres
ou des maisons, et on s'arrache les lambeaux de l'héritage paternel, comme, à la guerre, le butin : tels
Chariclès et Antiochus d'Opunte qui, dans le partage
d'une succession, brisèrent un vase et déchirèrent
un habit, pour en emporter chacun un morceau ; tel
Zénon qui, après avoir dissipé une grande partie du
patrimoine commun, vola son frère Arthénodore sur
la part que celui-ci lui avait laissé de son bien propre[2]... » Le sentiment de l'amitié n'a pas moins dégénéré. « Il n'y a plus que des amitiés de table, de jeu
et de débauche. On aime ses amis pour soi, non pour
eux, pour l'intérêt qu'on tire de leurs avantages de
naissance ou de fortune, non pour celui qu'on prend
à leur progrès dans la vertu ; on profite de leurs faiblesses et de leurs vices, au lieu de les aider à se
corriger[2]. » Enfin l'éducation des enfants est dirigée
avec mollesse et présomption. Toutes les vertus de
famille, en un mot, sont méconnues ou négli-
gées.

Il ne faut ni s'étonner ni s'effrayer de ce que ce

1. De l'Amour fraternel, 1, 8, 11. — 2. Du Grand nombre des
amis, 3, 6.

tableau a de peu séduisant. Ce n'est pas, en général, le défaut des moralistes de flatter la société qu'ils se proposent de réformer. Plutarque, si réservé qu'il soit, ne pouvait se dispenser de laisser entendre que ses conseils n'étaient pas superflus. Toutefois, en réalité, l'expression des regrets que nous venons de relever se perd dans le développement des préceptes auxquels ils servent de point de départ et de fondement. Entrons donc dans l'analyse des préceptes. C'est de là que nous pouvons tirer sur l'état des mœurs de véritables lumières.

« La prêtresse Cérès, » écrivait Plutarque à deux jeunes époux, tous deux ses anciens élèves, « vous a, conformément à la loi du pays, enfermés dans la chambre nuptiale ; laissez-moi, à mon tour, me mêlant à la fête, vous adresser, suivant l'esprit de cette loi, des conseils propres à cimenter votre union. La morale, dans cette multitude de règles qu'elle donne aux hommes, en a de particulières pour le mariage, et qui ne sont point les moins importantes. J'ai donc recueilli les différents préceptes que vous avez reçus de moi, lorsque je vous enseignais la philosophie, et je les ai réunis en quelques articles assez courts et par là même faciles à résumer. Je vous les envoie à tous deux comme un présent commun, après avoir d'abord prié les Muses d'accompagner Vénus auprès de vous et de la seconder[1]. » Nous supposerons que, non content de dicter au jeune couple les règles des devoirs et des sentiments qui doivent les attacher l'un à l'autre, il les éclaire sur la conduite à tenir

---

1 Préceptes de mariage, I.

envers tous ceux dont il a marqué la place au foyer
domestique : parents, amis, serviteurs, enfants ;
nous chercherons à donner ainsi une idée de ce que
pouvait être une famille païenne, au premier siècle
de l'ère chrétienne.

Plutarque a-t-il connu le sentiment de l'amour ? A
lire quelques-unes des pages du Dialogue qu'il a consacré à en analyser le caractère, on ne serait pas
sans raison pour le croire. De son temps encore, on
contestait dans les écoles que la femme fût capable
et digne d'inspirer à l'homme une passion véritable.
« Oui, disait-on, l'union conjugale est nécessaire à la
propagation de l'espèce, et les législateurs font bien
d'en exalter l'excellence aux yeux de la foule ; mais
d'amour vrai, il n'en existe pas l'ombre dans le gynécée : l'homme n'a pas plus d'amour pour la femme,
que n'en a la mouche pour le lait, l'abeille pour le
miel, l'engraisseur ou le cuisinier pour les veaux et
les oiseaux qu'il tient enfermés dans quelque coin
obscur, afin de les faire profiter...» Ce grossier langage blessait Plutarque. Il se refuse à reconnaître
l'amour dans la « passion contre nature, fille des ténèbres et du désordre, née d'hier et qui s'est clandesti-
nement glissée dans les gymnases ; » et il prend
la défense de la femme avec une éloquente vivacité. « Quoi donc, dit-il, il n'est personne qui ne
soit d'accord sur ce point, que la beauté est la fleur
de la vertu, et les femmes qui portent cette fleur pré-
cieuse ne produiraient pas la vertu qui en est le
fruit ? Qu'elles ne possèdent pas certaines qualités,
la magnanimité, la justice, au même degré, ni de la
même façon que les hommes, il est vrai ; toujours

est-il qu'elles les possèdent... Quant à l'amour, c'est précisément le don qui leur est propre ; et cette tendresse d'âme est encore relevée chez elles par l'attrait du visage, par la douceur de la parole, par la grâce caressante, par la sensibilité plus vive dont les a douées la nature[1]. » On le voit, Plutarque ne paraît étranger à aucun des sentiments délicats de l'amour. Ailleurs, s'inspirant des plus belles pages de Platon et de Ménandre, il décrit, non sans charme, les troubles profonds, les secrètes tortures, la force indélébile de la passion ; et transporté par ces pensées jusque dans les régions sereines où l'amour n'est plus que la chaste confusion de deux âmes, il le dépeint purifiant le cœur même des courtisanes. Comment oublier enfin la gracieuse anecdote qui nous le montre allant, quelque temps après son mariage, dans le temple de Thespie, offrir avec sa femme, pour sceller leur union, un sacrifice à l'Amour[2] ?

Cependant ce n'est pas sous le riant aspect du plus tendre des sentiments que Plutarque fait envisager le mariage à ses élèves. Sur le seuil de la chambre nuptiale, l'occasion était belle de faire briller devant des imaginations s'ouvrant à la vie toutes les illusions du bonheur que l'on rêve à vingt ans. Plutarque, sans doute, n'en détourne pas les regards de Pollianus et d'Eurydice. Mais la pensée du sage moraliste est préoccupée d'un plus sévère objet. Lien naturel et doux entre tous[5], lien dans lequel il faut chercher

1. De l'Amour, 4, 5, 17, 22, 23, 25. Cf. Des Vertus des femmes ; Apophthegmes des Lacédémoniennes. — 2. De l'Amour, 2, 18, 19, 20 ; Fragments sur l'Amour, ses effets et sa nature. — 5. *Ibid.*, 31

à engager tous ceux que l'on aime[1], le mariage est
surtout, à ses yeux, un engagement austère, et c'est
par le sentiment du devoir qu'il voudrait enchaîner
l'un à l'autre les jeunes époux.

L'égalité morale du mari et de la femme fondée
sur la réciprocité de l'affection, tel est point de départ de ses conseils. « Comme des nœuds tirent leur
force de ce qu'ils s'enlacent l'un dans l'autre, dit-il,
ainsi l'union conjugale se fortifie par le concert des
âmes. Les médecins prétendent que, dans les coups
que l'on reçoit, il y a répercussion de la gauche à la
droite ; de même, la femme doit ressentir tout ce que
ressent son mari, et inversement... Les anciens pla-
çaient les statues de Mercure auprès de celles de
Vénus, dit-il ailleurs, pour faire entendre que les
joies du mariage ont besoin du secours de l'éloquence.
Ils y joignaient celles des Grâces, pour enseigner aux
époux qu'ils ne doivent rien obtenir l'un de l'autre
par les querelles et les disputes, mais par la seule
persuasion[2]. » C'est en vue de créer et de maintenir
cette mutuelle sympathie[3], qu'il trace à ses pupilles
la règle de leurs obligations respectives.

S'adressant d'abord à la femme, il commence par
l'affermir doucement contre les premières difficultés
du mariage[4]. Une des plus graves, il l'en prévient.
c'est l'ingérence de sa belle-mère ; mais il lui
montre que, par certaines habiletés de bon aloi, en
témoignant à la mère, et, en général, aux parents de
son mari plus d'égards, plus de confiance même

---

1. De l'Amour fraternel, 21. — 2. Préceptes de mariages, 2 à 12,
20, 34, 42, 44 à 46. Cf. de l'Amour, 9, 21, 23, 24. — 3. Préceptes
de mariage, 20. — 4. Ibid., 2, 35, 36. Cf. de l'Amour, 23, 24

qu'aux siens propres, elle triomphera aisément d'une
jalousie dont le fond, après tout, est respectable[1].
Quant à son mari, pour gagner et s'assurer son
amour, il veut que, dès le premier jour, elle ne compte
que sur la séduction de ses qualités. Or, à ses yeux,
la première qualité d'une femme, c'est la surbordi-
nation. « Vouloir mener son mari, dit-il, et l'efté-
miner pour en être le maître, plutôt que de lui obéir
sagement, c'est faire comme ceux qui aimeraient
mieux conduire un aveugle que de suivre un homme
muni de ses deux yeux et sachant son chemin[2]...
Dans un concert où deux voix se marient, c'est la voix
grave qui domine; de même, dans un ménage bien
réglé, tout se fait d'un commun accord entre le mari
et la femme, mais sous la direction et par le conseil
du mari[3]... Le mélange du vin et de l'eau, lors même
que l'eau est en quantité plus grande, conserve le nom
de vin[4]... Une femme s'honore par son obéissance. »
Plutarque demande plus encore. Il fait consister la
gloire et la force de la femme dans la simplicité et l'oubli de soi[5]. « La Vénus d'Élide foulait aux pieds une tor-
tue, dit-il, pour signifier qu'une mère de famille doit
se tenir dans la maison, ne point chercher à briller
au dehors, n'avoir d'autres amis, d'autres dieux que
son mari, et ne pas trouver mauvais si, comme un
joueur de flûte, elle ne se fait entendre que par l'intermédiaire d'un organe étranger[6]... Un miroir, fût-il en-
richi d'or et de diamants, est infidèle et mauvais,
lorsqu'il donne un air triste à un visage gai et une

---

1. Préceptes de mariage, 22 à 26. — 2. Ibid., 6. Cf. 5, 11. —
3. Ibid., 32; Cf. 9, 11. — 4. Ibid., 20. — 5. Ibid., 33. — 6. Ibid.,
19, 31, 32, 40, 41.

7

physionomie riante à un visage sérieux ; une femme
n'est pas moins disgracieuse, si elle montre de la
mauvaise humeur, quand son mari est en disposition
de s'amuser, ou si elle s'occupe de plaisirs, lorsqu'il
est en affaires [1]. » Est-il violent? elle laissera tranquillement tomber sa colère ; l'orage passé, elle ira
au devant de lui, proposera des explications, et ne
craindra pas d'appeler Vénus à son aide : toute querelle doit expirer sur le seuil de la chambre nuptiale [2]. Alors même que, dans un moment d'oubli
coupable, il se laisserait aller à la débauche, elle doit
dissimuler et se dire que c'est par respect pour elle
qu'il porte, hors de la maison conjugale, ses mauvaises passions [3]. Que gagnerait-elle d'ailleurs à se
plaindre? la commisération ironique de ses voisines
et rien de plus.

A ce fonds solide de la vertu, Plutarque voudrait
que l'épouse joignît l'aménité qui en fait le charme.
« Solon avait prescrit qu'une femme, avant de s'u-
nir à son mari, mangeât de la pomme de coing : c'est
un symbole de la douceur qu'elle doit mettre dans
ses paroles. » — « Plus une femme est vertueuse,
ajoute-t-il, plus elle doit sacrifier aux Grâces : l'humeur rend la vertu désagréable, de même que la
malpropreté fait haïr l'économie : une bonne mère
de famille rejettera les ornements frivoles, mais elle
s'attachera à charmer son mari par l'agrément de
son commerce et par l'amabilité de son caractère [4]. »

Les obligations de la femme, telles que Plutarque

1. Préceptes de mariage, 14. — 2. Ibid, 37, 38. — 3. Ibid., 16,
45, 46. — 4. Ibid , 1 ; Cf. 32, 27, 28, 29.

les établit, sont donc étroites et délicates ; elles la mettent nettement sous la dépendance du mari ; mais cette dépendance n'est point sans réserves pour sa dignité, ni sans garanties pour son bonheur.

Remarquons d'abord qu'en plaçant l'oubli de soi au premier rang parmi les qualités que l'épouse doit apporter dans le ménage, Plutarque ne croit pas lui attribuer la plus mauvaise part. « Dans le mariage, dit-il, reprenant le mot d'Aristote sur l'amitié, c'est un plus grand bonheur d'aimer que d'être aimé[1]. » Ce qui rétablit, au surplus, cette égalité morale qu'il a posée en principe, c'est que, rendant le mari responsable des causes de désunion[2], il entend qu'il donne l'exemple de toutes les vertus[3], qu'il n'use qu'avec douceur de son autorité[4], qu'il s'interdise à lui-même toute espèce de luxe, — vaisselle dorée, chevaux et mules richement caraçaçonnés[5], — qu'il respecte la pudeur de sa femme[6], qu'il partage avec elle tout ce qu'il possède de meilleur, qu'il la fasse participer même à son instruction, à sa sagesse[7]. Plutarque avait écrit un traité spécial sur l'éducation des femmes[8] ; et nous voyons qu'il ne craignait de les initier à aucune des connaissances — mathématiques, astronomie, philosophie[9], — qui pouvaient élever leur pensée au niveau de celle de l'homme. Pour mieux assurer à l'épouse cette place aimée et respectée qu'il lui fait dans la

1. Τὸ γὰρ ἐρᾶν ἐν γάμῳ τοῦ ἐρᾶσθαι μεῖζον ἀγαθόν ἐστι (de l'Amour, 23). — 2. Préceptes de mariage, 11, 20 ; Cf. de l'Amour, 9. — 3. Ibid., 8, 12, 33. — 4. Ibid., 15, 21. — 5. Ibid., 48 — 6. Ibid., 17, 42, 44, 47, 48. — 7. Ibid., 10 ; Cf. B, 13, 16, 42, 47. — 8. Stobée, Florileg., XVIII, etc. V. Didot, Fragments, 22. — 9. Préceptes de mariage, 48

famille[1], non seulement il veut que, donnant à tous
ceux qu'elle a portés dans son sein la première nourriture, elle soit « tout à fait », suivant l'heureuse
expression d'un de ses disciples, « la mère de ses
enfants[2]; » mais des soins du corps il étend sa sollicitude à la direction de l'intelligence ; il l'associe à
l'œuvre, délicate entre toutes, de l'éducation. Véritable intimité de cœur et d'esprit, que l'honnête et
aimable moraliste ne propose pas comme un idéal,
mais comme la règle, accessible à tous, de la vie
domestique. C'est dans l'accomplissement de ces
communs devoirs et dans la commune satisfaction
qui en est la récompense, qu'il nous montre le bonheur conjugal « se perpétuant, toujours nouveau,
toujours jeune, sous les rides et les cheveux blancs,
jusqu'aux portes du tombeau[3]. » On ne saurait présenter, sous une forme plus gracieuse et plus pure,
un plus solide et plus charmant tableau.

L'union conjugale établie sur cette base, Plutarque
forme tout autour comme un rempart de tendresse
et de dévouement, avec les parents, les amis et les
serviteurs.

Et d'abord, bien loin de rompre les habitudes d'affection qui attachent chacun des jeunes époux, le
mari particulièrement, à sa propre famille, il en fait
ressortir les avantages, il voudrait en resserrer les
« liens sacrés.[4] »

« De tous les trésors que les parents peuvent lé-

1. Lettre à Timoxène, 5. — 2. Aulu-Gelle, *Nuits attiques* XII, 1 :
« Sine eam totam integram esse matrem filii sui, » dit Favorinus
à la mère d'une jeune femme qui voulait détourner sa fille de nourrir son enfant. — 3. De l'Amour, 24. Cf., dans Stobée, *Floril.*, LXIX,
23, un fragment attribué à Plutarque. — 4. De l'Amour fraternel, 5.

guer à leurs enfants, dit-il, il n'en est pas de plus
précieux qu'un frère : c'est un ami donné par la nature, un ami que nul ne supplée, qu'une fois perdu,
nul ne remplace... Le devin d'Arcadie, dont parle
Hérodote, fut obligé de se faire un pied de bois à la
place de celui qui lui avait été coupé : un frère qui,
se brouillant avec son frère, va chercher, sur la place
publique ou au gymnase, un étranger qui lui en
tienne lieu, ressemble à un homme qui se couperait
volontairement un membre vivant pour s'en donner
un postiche [1]. »

Qu'il se trouve de mauvais frères ; que trop souvent les inimitiés fraternelles soient implacables, il
ne l'ignore pas [2] ; mais il n'est point, à son sens,
de fâcheux sentiments qui ne cèdent à la persévérance des témoignages d'une affection sincère. Ce
qu'il conseille, pour arriver à ce but, c'est que, dès
l'enfance, les frères s'accoutument à se ménager, à
se soutenir les uns les autres auprès de leurs parents
toujours disposés à pardonner quelque ruse de tendresse, quelque honnête mensonge [3]. Le moment
venu de partager la succession paternelle, partage
qui, trop souvent, suivant la forte expression de
Montaigne [4], « destrempe et relasche cette soudure
fraternelle, » il les adjure de laisser en commun,
s'il est possible, la jouissance des biens héréditaires,
ou de rester, du moins, fidèlement unis. De tous
les ferments de discorde, le plus actif, il le sait, c'est
la jalousie [5] ; et l'inégalité, qui est la source la plus

---

1. De l'Amour fraternel, 2, 3. Cf. 4 à 7. — 2. Ibid., 8. — 3. Ibid.,
9, 10. — 4. Essais, I, 27. — 5. De l'Amour fraternel, 11.

commune de la jalousie, est chose impossible à empêcher absolument [1]. Parvînt-on à assurer entre deux
frères l'égalité de la fortune, comment établir celles
de l'intelligence et de l'âge [2]? Mais pour atténuer le
sentiment de ces différences inévitables, Plutarque
compte sur les procédés d'une loyauté réciproque
et d'une mutuelle condescendance. « Êtes-vous le
mieux doué par la nature, dit-il? faites, pour ainsi
dire, participer votre frère à cette supériorité,
en relevant chez lui, avec une bonne grâce affectueuse, les qualités qui lui sont propres [3] ; ayez l'air
de ne jamais agir, sans l'attendre ou le consulter ;
donnez-lui délicatement à entendre qu'entre les
doigts de la main, celui qui ne touche pas les cordes
de l'instrument n'est pas pour cela moins utile que
les autres et que chacun fait son office [4]... Êtes-vous
le plus jeune, soyez pour votre aîné plein d'atten-
tions [5]... Point de querelles surtout : les petites
mésintelligences engendrent les grandes discordes.
On s'échauffe d'abord pour des combats de cailles ou
de coqs, pour des chiens ou des chevaux, et bientôt
les différends naissent sur de plus grands objets. Si
un dissentiment sérieux vient à éclater, hâtez-vous
d'y mettre fin, et s'il s'est produit de part ou d'autre
quelque offense, souvenez-vous qu'il n'y a pas moins
de mérite à demander qu'à accorder le pardon [6]. Lorsque la mésintelligence se prolonge, allez trouver la
femme de votre frère : elle saura bien aviser aux
moyens de remettre la paix [7].

1. De l'Amour fraternel, 12 et 19. — 2. Ibid., 15, 16. —
3. Ibid., 13, 15. — 4. Ibid., 14. — 5. Ibid., 17. — 6. Ibid,, 18. —
7. Ibid., 19.

Plutarque, avec une grande finesse de sens, se
défie de l'ingérence de la femme dans les questions
d'argent ou d'ambition[1]; mais il compte sur son intervention aimable pour tenir le frère rapproché du
frère[2]; c'est par elle qu'il voudrait les introduire
dans l'intimité domestique l'un de l'autre, les inté-
res·er réciproquement à la direction de leurs affaires, de leurs serviteurs, de leurs enfants[3].

De cette étroite affection dépendent, à ses yeux, la
force et l'union des familles, et il y attache par sur-
croît les joies plus douces. Il oppose les maisons où les
frères, assis à la même table, jouissent des mêmes
amis, des mêmes biens, des mêmes esclaves, des
mêmes autels, à celles où ils ne peuvent se rencontrer ou s'entendre, sans rougir de honte ou pâlir de
colère[4]; il se plaît à décrire le spectacle de cette
aimable concorde; il lui donne pour fondement la
piété filiale. « Que des enfants maltraitent un esclave estimé de leur père ou de leur mère, dit-il
avec bonhomie, qu'ils négligent des plantes qui étaient
l'objet de leurs soins, qu'ils brutalisent un cheval
qu'ils aimaient, ces bons vieillards en sont affligés;
il leur est même pénible de les entendre tourner
en ridicule les chants et les jeux qu'ils ont connus
dans leur enfance : peuvent-ils donc les voir avec
indifférence se haïr, s'outrager, ne chercher qu'à se
nuire? Au contraire, lorsque deux frères s'aiment
sincèrement, lorsque, séparés de corps, ils ne font
qu'un par le cœur, et mettent tout en commun, af-

1. De l'amour fraternel, 16. — 2. Ibid., 19, 21 — 3. Ibid., 2. —
4. Ibid., 7.

fections, travaux, plaisirs, projets, alors, ils assu-
rent à leurs parents la plus heureuse des vieillesses ;
car il n'est point de père qui aime la science, les
honneurs et les richesses autant qu'il chérit ses enfants ; il n'en est point qui n'ait moins de plaisir à
les voir éloquents, riches et élevés en dignités, qu'unis
entre eux par une amitié véritable[1]. » Poussant
plus loin encore le développement de cette pensée
touchante : « Manquer d'affection pour un frère, dit-
il, c'est manquer de respect à ceux qui lui ont donné
le jour, et le mépris de l'autorité paternelle est une
impiété[2]. » Sentiment remarquable par son énergie
tempérée de tendresse, et où l'on retrouve, confirmé
par une inspiration du cœur, le principe toujours
respecté de la religion antique, qui tenait unis autour du même foyer, par la communauté des sacrifices, du culte et de la sépulture, tous les membres
d'une même famille[3].

Bien qu'occupant dans l'ordre des affections un
rang inférieur au frère, l'ami, frère choisi et
volontairement ajouté, pour ainsi dire, à la famille,
n'est pas, aux yeux de notre moraliste, d'une
moindre assistance pour le bonheur du foyer domestique[4]. « Le but de l'amitié, dit-il avec une
vigueur familière, dans le Traité intitulé *Du grand
nombre des amis*, « c'est d'enchaîner, de coller, en
quelque sorte, les cœurs l'un à l'autre, comme on
voit. selon le mot d'Empédocle, le lait coaguler en
se caillant[5]. »

1. De l'Amour fraternel, 5. Cf. 4, 6, 9, 10. — 2. Ibid., 4. —
3. Ibid., 7. Cf. Fustel de Coulanges, *la Cité antique*, liv. II. — 4 Ibid.,
20. Cf. 3, 14. — 5. Du Grand nombre des amis, 5.

Partant de cette définition, Plutarque n'admet
point, en principe, qu'il soit possible d'avoir un
grand nombre d'amis. Les grandes amitiés dont
nous parle l'histoire étaient un couple, répète-t-il
après Aristote et Platon, et le titre d'autre soi-même
qu'on donne à un ami, suppose que, dans l'amitié,
on n'est pas plus de deux. Pour acquérir des amis
d'ailleurs, ajoute-t-il, il faut être riche de bienveillance et de vertu, et c'est une monnaie rare. De plus,
qui ne sait que toute affection qui se dissémine
s'affaiblit? C'est un fleuve dont on divise le cours[1].
Enfin, trois conditions lui paraissent indispensables
pour former l'amitié véritable[2] : la vertu qui en fait
l'honnêteté, l'intimité qui en fait le charme, l'utilité réciproque qui en est le lien. Or il nie qu'on
puisse remplir ces trois conditions à l'égard d'un
grand nombre de personnes à la fois[3].

Le raisonnement est absolu. Plutarque le soute-
nait-il avec cette rigueur dans le Traité qu'il avait,
parait-il, spécialement consacré à l'amitié et que
nous avons perdu[4]? A vrai dire, son but ici parait
surtout d'écarter de la famille « les connaissances
de jeu, de table et de place publique, qui, comme
les mouches de cuisine, s'abattent sur les maisons
opulentes et disparaissent comme elles, aussitôt
qu'elles ne trouvent plus rien à picorer[5]. » et en réalité, il demande non qu'on n'ait qu'un seul ami mais
qu'on en ait un entre tous[6].

1. Du grand nombre des amis, 2. — 2. Ibid., 3. — 3. Ibid., 4, 5,
6; Cf. Propos de table, IV, préface. — 4. Didot, *Fragments*, 17, 18. Il
est d'ailleurs fort peu question du sentiment de l'amitié dans ces fragments tirés du *Florilegium* de Stobée. — 5. Du Grand nombre des
amis, 3. — 6. Ibid., 3. Τὸν φίλον ἡμεῖς μόνον μὲν οὐκ ἀξιοῦμεν εἶναι· μετ

Ce qui le préoccupe, au surplus, pour la sécurité du foyer domestique, c'est moins encore le danger des amitiés trop nombreuses que celui des fausses amitiés ; des divers Traités qu'il a écrits sur l'amitié, le plus important est celui où il s'attache à démontrer les moyens de distinguer le flatteur de l'ami.

Les traits qui, à ses yeux, caractérisent particulièrement le dévouement de l'ami, sont le penchant à conformer ses vues et ses goûts aux vues et aux goûts de celui qu'il aime, le désir de lui plaire, le zèle à l'obliger [1] ; il examine le flatteur dans chacune de ces situations [2], et compare son attitude à celle de l'ami avec une piquante sagacité. Nous emprunterons quelques traits au dernier de ces parallèles.

« Parfois un ami, » dit-il, « vous rencontre sans vous rien dire, sans qu'on lui dise rien ; de part et d'autre, on échange un regard de connaissance, un sourire, et l'on passe : le flatteur, du plus loin qu'il vous aperçoit, accourt, s'empresse, vous tend la main, et si vous l'avez prévenu, s'excuse avec force protestations et serments... — L'ami, dans ses procédés habituels, ne se pique pas d'une exactitude scrupuleuse, il ne se jette pas à votre tête pour vous rendre de bons offices : le flatteur, toujours sur vos épaules et vous accablant, vous harcelant, ne laisse à personne autre ni place ni temps pour vous servir ; il veut qu'on lui demande tout, sinon il se fâche, que

ἀλλ'οἷν δὲ τηλύγετός τις καὶ ὀψίγονος ἔστω. Cf. du Flatteur et de l'Ami, 24.
1. Du Flatteur et de l'Ami, 5. — 2. Ibid. 6 à 11, 20 à 21, 21 à 24.

dis-je? il se désole, il se désespère... — L'ami ne s'associe à aucune entreprise, sans en avoir mûrement apprécié la convenance ; laissât-on au flatteur le temps de réfléchir avant de se décider, ne songeant qu'à faire sa cour, il s'offre aussitôt, dans la crainte de paraître froid... — L'ami est comme l'animal : c'est par le cœur qu'il vaut ; il n'aime pas les démonstrations ; semblable au médecin qui guérit son malade en lui laissant ignorer par quel remède, il suit vos affaires, paye vos dettes, sans que vous soupçonniez d'où le salut est venu : le flatteur toujours en eau, en haleine, crie, s'agite, parle de ses courses et de ses fatigues, si bien qu'on est tenté de lui dire : en vérité, il n'y avait pas de quoi vous faire tant de mal!... — L'ami, pour rendre un service utile et honnête, n'épargne rien, ni dépense, ni peine ; il s'exposera même au danger, s'il le faut ; mais ce qu'on lui demande est-il malhonnête ? il prie qu'on le dispense : le flatteur, au contraire : est-il question d'une entreprise honorable, mais dangereuse, il a toujours quelque raison pour se dérober ; comme un vase fêlé qu'on frappe pour l'éprouver, il sonne creux ; mais s'agit-il de démarches basses, c'est son affaire : on peut le charger de faire mauvaise mine à un beau-père, à une femme légitime que l'on veut mettre à la porte ; il n'aura point de scrupule... — L'ami n'a rien de plus à cœur que de vous faire des amis de tous ceux qui vous connaissent : le flatteur, qui craint le voisinage d'un ami véritable et sent le danger de la comparaison, fait comme ce peintre qui, ayant exposé un mauvais tableau de coqs, avait aposté un esclave pour écarter les coqs vivants; s'il ne peut arriver directement à éloigner les amis sincères, tandis qu'il se montre rampant et caressant en leur présence, il sème en arrière la calomnie... Ne dût-il pas triompher sur-le-champ, il se rappelle la pratique de Medius, le coryphée des flatteurs d'Alexandre, qui poussait ses suppôts à mordre, disant, qu'alors même que la plaie pût se guérir, il en resterait toujours la cicatrice[1]... »

Multipliez ces oppositions; à chacune d'elles ajoutez une anecdote qui l'éclaire, un trait d'histoire qui la justifie, et vous aurez une idée de ce jeu d'antithèses, un peu long parfois sans doute, mais dont le développement ne laisse pas d'être instructif et intéressant.

Aussi Plutarque semble-t-il craindre d'avoir dépassé le but. En dévoilant les complaisances de la fausse amitié, n'aurait-il pas trop poussé l'amitié véritable à une franchise sans mesure? Il a commencé, il est vrai, par nous prémunir contre cet entraînement. « Un des capitaines du roi Darius, le vaillant Gobrias, se trouvait aux prises avec le Mage, qui, en fuyant, était tombé dans une chambre obscure où il l'avait entraîné dans sa chute; voyant que Darius, qui le suivait, craignait de frapper le Mage, de peur de le tuer du même coup, il lui cria d'aller hardiment, dût-il les atteindre tous les deux. Pour nous, ajoute Plutarque, — qui ne saurions approuver cette maxime détestable : Périsse l'ami, pourvu qu'avec lui l'ennemi périsse! — nous nous

1. Du Flatteur et de l'Ami, 21 à 24.

garderons bien, en perçant le cœur du flatteur, de toucher celui de l'ami[1]. » La réserve était sage. Se défiant toutefois et non sans raison de ceux qui, « semblables aux jardiniers maladroits, dont tout le savoir consiste à plier en sens contraire les arbres qu'ils veulent redresser, n'échappent à un défaut que par un autre défaut[2] », il se retourne vers eux avant de conclure, pour les mettre en garde contre les excès d'une sincérité blessante.

Il demande donc à l'amitié que son langage soit pur de toute malice, l'ironie irritant la plaie faite par la vérité ; qu'il soit désintéressé, c'est-à-dire qu'on n'y sente jamais l'expression d'une rancune ou d'une plainte ; que, pour glisser le reproche, elle profite d'un moment d'épanouissement, d'une occasion d'éloge, d'une anecdote ; qu'au besoin même, elle use de détour ; qu'elle n'ait jamais l'air de croire à la gravité du mal qu'elle révèle, qu'elle n'humilie jamais ceux qu'elle prétend corriger, « rien n'étant moins convenable, par exemple, que de découvrir les fautes d'un mari devant sa femme, d'un père devant ses enfants, d'un maître devant ses disciples[3] » ; qu'elle sache pardonner les petites fautes et n'ouvrir les yeux que sur les grandes ; surtout qu'elle prêche toujours d'exemple. Enfin, règle générale, la guérison que la franchise procure étant souvent douloureuse, l'ami doit imiter le chirurgien, « qui, après l'amputation d'un membre, n'abandonne pas le malade à ses souffrances, mais adoucit ses plaies par des fomentations ; » la

1. Du Flatteur et de l'Ami, 2. — 2. Ibid., 25. — 3. Ibid., 32.

franchise ne saurait se passer des témoignages d'une réelle tendresse[1].

Tel est le rôle que Plutarque trace à l'amitié entre les Philinte et les Alceste, entre les complaisances de la flatterie qui en dénaturerait le sentiment et les âpretés de la franchise outrée qui en détruirait le charme : ardeur sans vain empressement, sincérité sans rudesse, telles sont les deux conditions du bien qu'il en attend.

A côté des amis et des flatteurs, la famille peut compter des hôtes ou des voisins plus redoutables que les flatteurs par le nom qu'ils portent, mais presque aussi désirables que les amis, à cause des services qu'ils rendent, contre leur gré sans doute, mais qu'en fin de compte ils rendent. Antisthène disait que pour être homme de bien, il fallait avoir ou des amis sincères ou des ennemis ardents[2]. Selon Plutarque, les ennemis ne sont pas moins nécessaires que les amis, et les uns rendent les autres inévitables : qui n'a point d'ennemis n'a point d'amis.

Le secret est donc de tirer de ces inimitiés un parti honnête[3]. Or ce que la haine semble avoir de dangereux est précisément ce qui, d'après notre moraliste, peut la rendre utile. En effet, qu'est-ce qu'un ennemi? se demande-t-il. C'est un homme qui a toujours les yeux sur nous, qui tourne sans cesse autour de notre vie, cherchant l'occasion de nuire. Son œil ne pénètre pas, comme celui de Lyncée, les

1. Du Flatteur et de l'Ami, 26 à 37. — 2. De l'Utilité des ennemis, 6, 1 ; Cf. Du Grand nombre des amis, 1. — 3. De l'Utilité des ennemis, 2.

arbres et les pierres ; mais il nous voit à travers nos esclaves et nos amis, à travers tous ceux qui nous fréquentent. Nos maladies, nos dettes, nos querelles domestiques lui sont mieux connues qu'à nous-même. Pour nous aider à contenir nos passions quel secours plus précieux que cette vigilance hostile [1] ? Un ennemi de Prométhée le Thessalien l'ayant frappé de son épée pour le tuer, perça du coup un abcès dont il souffrait, et lui sauva la vie [2] ; tel est souvent l'effet de la malveillance : elle nous révèle des maux que nous ne connaissions pas ; et dès que ces maux nous ont été découverts, est-il un plus beau triomphe à remporter sur un ennemi que de s'améliorer, pour ainsi dire, sous son regard [3]!

Il est même des vertus, ajoute l'ingénieux observateur, dont ils nous rendent l'exercice plus facile. Une fois accoutumé à écouter en silence les injures d'un ennemi, on souffre plus aisément les emportements d'une femme, on entend sans colère les paroles offensantes d'un frère ou d'un ami. Pour Socrate, la mauvaise humeur de Xantippe était une école de patience. Que dire des avantages que produit tôt ou tard l'exercice des vertus pratiquées envers un ennemi ? Comment ne pas estimer, ne pas aimer un homme qui, non content de pardonner à celui qui lui a fait du mal et dont il pourrait vouloir se venger, lui tend la main, et se dévoue à ses intérêts, comme il ferait des siens [4] ?

Faute de mieux, enfin, les ennemis peuvent être

1. De l'Utilité des ennemis, 3. Cf. 7. — 2. Ibid., 7. — 3. Ibid., 4, 6. Cf. 11. — 4. Ibid., 8, 9.

un dérivatif utile pour les mauvaises passions. « Les
bons jardiniers, pour rendre leurs fleurs plus belles
et plus odoriférantes, plantent dans le voisinage de
l'ail et des oignons qui attirent les mauvais sucs de
la terre ; ainsi peut-on détourner sur ses ennemis les
sentiments qu'on n'est pas arrivé à réprimer en soi?
Tous les hommes sont sujets à l'envie, de même que
toutes les alouettes ont une huppe sur la tête. Que
ce soient nos ennemis qui souffrent seuls de notre
envie : déchargeons-nous sur eux de cette détestable
passion; excitons-la même contre eux, afin de l'épuiser tout entière : qu'ils nous servent comme d'égoûts
qui l'entraînent[1]. »

Singulier précepte assurément, et sur lequel nous
aurons à revenir ; mais à vrai dire, dans le développement qui l'amène, s'il arrête et étonne, il ne
blesse point. Tant on sent bien qu'il ne fait que
compléter l'ensemble des mesures préventives par
lesquelles Plutarque, travaillant à seconder le perfectionnement moral du chef de la famille, s'efforce
d'assurer le repos du foyer domestique !

Cette pensée est plus sensible encore dans ses
prescriptions à l'égard des serviteurs de la famille.
Parmi ces serviteurs, j'ai nommé les esclaves et
les animaux. C'est, en effet, un des caractères des
préceptes de Plutarque relatifs à la vie domestique,
que les animaux et les esclaves y tiennent une grande
place, par les exemples qu'ils fournissent ou par
les comparaisons dont ils sont la matière. Ils
étaient évidemment l'un de ses thèmes d'observa-

1. De l'Utilité des ennemis, 10. Cf. De l'Amour fraternel, 15.

tion favoris, et ces deux sujets offrent d'autant plus
d'intérêt que la question de l'esclavage et celle de
la raison des animaux étaient pour les moralistes
contemporains un objet de controverse.

Ce qui rend d'ailleurs particulièrement piquante
l'étude de l'opinion de Plutarque sur la question
de l'esclavage, c'est qu'il semblerait qu'à ce sujet
sa conduite n'ait pas toujours été d'accord avec ses
sentiments.

« Un sien esclave, raconte Aulu-Gelle [1], — j'emprunte ici la traduction de Montaigne [2], — un sien
esclave, mauvais homme et vicieux, mais qui avoit
les aureilles aulcunement abbreuvées des leçons de
philosophie, ayant esté, pour quelque sienne faulte,
dépouillé par le commendement de Plutarque, pendant qu'on le fouettoit, grondoit, au commencement,
que c'estoit sans raison, et qu'il n'avoit rien faict.
Mais enfin, se mettant à crier et injurier bien à bon
escient son maître, luy reprochoit qu'il n'estoit pas
philosophe, comme il s'en vantoit ; qu'il avoit souvent ouï dire qu'il estoit laid de se courroucer, voire
qu'il en avoit faict un livre ; et ce que lors, tout
plongé en la cholère, il le faisoit si cruellement battre,
desmentoit entièrement ses escripts. A cela Plutarque
tout froidement et tout rassis : Comment, dict-il,
rustre, à quoy juges-tu que je sois, à cette heure,
courroucé ? Mon visage, ma voix, ma couleur, ma parole te donne-t-elle témoignage que je sois esmu ? Je
ne pense avoir n'y les yeulx effarouchez, n'y le visage
troublé, n'y un cri effroyable : rougis-je ? escumé-je ?

---

1. Nuits attiques, I, 26. — 2. Essais, II, 31.

m'eschappe-t-il chose de quoi j'aye à me repentir? tressauls-je, frémis-je de courroux? car pour te dire, ce sont là les vrais signes de la cholère. Et puis, se destournant à celuy qui le fouettoit : Continuez, luy dit-il, toujours vostre besogne, pendant que celluy-cy et moy disputons. »

La scène est bien menée, et la couleur que lui donne la langue de Montaigne ajoute au naturel. Cet esclave raisonneur, jetant à la face de son maître les propos qu'il a saisis en écoutant aux portes, ce maître flegmatique entremêlant sa leçon de coups de fouet, forment un contraste saisissant. Montaigne « sent à Aulius Gelius, non sans raison, beaucoup de bon gré de nous avoir laissé par escript ce conte des mœurs de Plutarque. » Mais ce conte qu'Aulu-Gelle disait tenir de Taurus, son maître, est-il absolument exact?

Il est incontestable que, dans aucun de ses ouvrages, Plutarque ne se montre contraire au principe de l'esclavage. Bien plus, de quelques-unes des observations contenues dans le Traité de la Colère auquel Aulu-Gelle fait allusion, il semble résulter, d'une part, qu'il ne s'est pas toujours conduit avec ses propres esclaves, comme il reconnaît qu'il aurait dû le faire; d'autre part, que lorsqu'il a changé de procédés, ce n'est pas tout à fait un sentiment de commisération qui l'y a conduit. Si ce n'est pas sa propre histoire qu'il nous raconte dans les pages du traité de la Colère, par la bouche de Fundanus, au moins prend-il à sa charge la responsabilité des principes qu'il approuve en les exposant. Or voici quels son les principes dont Fundanus se fait l'inter-

prête. « En usant de douceur envers ses esclaves, on
craint d'être taxé de mollesse par sa femme ou par
ses amis. Moi-même, cédant à la crainte de ces
reproches, je me suis plus d'une fois laissé monter
la tête contre eux..... J'ai fini par sentir, mais
tard, qu'il valait encore mieux les rendre pires par
son indulgence que de se donner à soi-même, en
voulant les corriger, des habitudes d'aigreur ou de
violence [1]. » Ainsi Fundanus s'accuse d'abord de
s'être longtemps abandonné soit au mouvement de
ses passions, soit aux excitations de son entourage:
et si depuis il a mis un frein à ses emportements,
il l'a fait, moins pour épargner à ses esclaves de
mauvais traitements, que pour s'épargner à lui-
même des occasions de tomber en faute. Tel est si
bien, sur ce point, le fond de sa pensée, qu'un peu
plus loin, lorsqu'il flétrit au passage la sévérité de
certains maîtres qui châtient brutalement leurs
esclaves, il déclare que c'est surtout par le regret de
voir des maîtres se livrer à un défaut aussi honteux
que la colère [2]. Il développe même ce sentiment en
continuant l'histoire de sa propre expérience. « J'ai
vu, dit-il [3], nombre d'esclaves, que l'indulgence faisait rougir de leurs vices, arriver à obéir, sur un
simple signe, plus promptement que par les coups;
ainsi je me suis convaincu que la raison a plus
d'empire que la violence. Enfin, j'ai réfléchi que, de
même que celui qui nous apprend à tirer de l'arc
nous interdit non de lancer des flèches, mais de
manquer le but, de même ce n'est pas se retirer

1. Des moyens de réprimer la colère, 11. — 2. Ibid., 15 —
3. Ibid., 11.

la possibilité du châtiment que de s'exercer à l'infliger à propos et avec mesure. Je m'attache donc à étouffer en moi tout emportement, de façon que ceux qui ont mérité d'être châtiés, trouvant toujours mon oreille ouverte, ne soient pas privés du moyen de se défendre. Ce temps de réflexion amortit la passion; et dans l'intervalle, la raison trouve la mesure et la forme du châtiment le plus convenable. Dès lors le coupable n'a pas de motifs pour se plaindre d'une punition qu'il ne peut attribuer à un mouvement de colère et qu'il ne subit qu'après avoir été convaincu; on ne s'expose pas ainsi, ce qui est la chose la plus déshonorante, à entendre un esclave parler plus raisonnablement que soi. »

Ainsi cette indulgence relative à laquelle Fundanus est revenu est surtout l'effet réfléchi d'un calcul personnel. C'est à lui plus particulièrement qu'il songe, à l'avantage de ne pas compromettre sa sagesse, et, en obtenant un meilleur service, de sauvegarder sa dignité.

En présence de telles maximes froidement énoncées par Fundanus et explicitement approuvées par Plutarque, l'authenticité du récit d'Aulu-Gelle ne me paraît pas, inadmissible. La scène aura été arrangée, sans doute, pour l'effet dramatique, par Taurus ou par quelque autre disciple de Plutarque, si ce n'est par Aulu-Gelle; quant au fait en lui-même, il ne présente rien qui semble en désaccord, soit avec les rigueurs dont Plutarque ne blâme nullement son ami de s'être rendu coupable, soit avec les règles de conduite qu'il le loue de s'être imposées.

Mais hâtons-nous de le dire, ce qui infirme, dans une certaine mesure, la gravité du témoignage d'Aulu Gelle, ce qui prouve, du moins, qu'il y aurait injustice à juger exclusivement Plutarque d'après le conte de Taurus, c'est qu'en général, partout où le sujet lui en offre l'occasion, il plaide la cause de l'humanité envers les esclaves avec l'accent de la plus sincère émotion. Il ne peut se décider à attribuer à Lycurgue, qu'il admire, l'invention de la chasse aux Ilotes [1]. Il se plaît à célébrer le temps, temps de l'âge d'or, où les maîtres, « vivant en commun avec les esclaves et partageant avec eux leurs travaux, allégeaient par leur familiarité affectueuse le poids de la servitude [2]. » Il s'indigne contre le vieux Caton, vendant ses esclaves vieillis ainsi que des bêtes de somme. « Eh quoi? s'écrie-t-il, entre l'homme et l'homme, n'y a-t-il d'autre lien que celui de l'intérêt, et le champ de la bonté ne s'étend-il pas bien au delà des limites de la justice [3]? Pour moi, je ne voudrais pas vendre même un bœuf usé par le travail; à plus forte raison, n'irais-je pas, pour le plus mince des profits, mettre un homme, un vieux serviteur, à la porte d'une maison devenue par l'habitude comme sa patrie. »

En présence de ces élans d'humanité, on a lieu de croire, et l'on aime à se persuader que, si comme Fundanus, Plutarque a compris, un peu tard, l'avantage de traiter ses esclaves avec un sang-froid et une

---

1. Vie de Lycurgue, 28 : Οὐ γὰρ ἂν ἔγωγε προσθείην Λυκούργῳ μιαρὸν οὕτω τῆς κρυπτίας ἔργον. Cf. Comparaison de Lycurgue et de Numa, § 1, où il caractérise le fait ainsi : ὠμότατον καὶ παρανομώτατον. — 2. Vie de Coriolan, 24· — 3. Vie de Caton l'Ancien, 5; Cf. 21.

modération équitables, c'est cette douceur de procédés, conforme à sa nature, qu'il était arrivé à pratiquer, comme à recommander.

Ce qui nous confirme dans cette opinion, c'est qu'un
véritable sentiment de bonté inspire sa manière de
voir à l'égard des animaux, ces autres serviteurs de
la maison domestique ; et, chose à noter, parce qu'elle
n'est pas ordinaire chez lui, ce sentiment semble
reposer sur l'examen approfondi d'un principe.

Les animaux sont-ils doués de raison ? Telle est la
question sur laquelle roulent deux de ses Traités les
plus agréables.

Dans l'un il a adopté le cadre ingénieux d'un entretien entre Circé, Ulysse, et l'un de ses compagnons. Circé, blessée des procédés du trop fidèle
époux de Pénélope, lui a refusé net de rendre à ses
matelots leur forme première, en donnant pour raison que les Grecs, depuis leur métamorphose, jouissent de la vie bien autrement qu'ils n'en jouissaient
dans leur premier état, et elle l'invite à interroger,
pour s'en convaincre, Gryllus, le pourceau, qui se
trouve justement là, à se chauffer au soleil. Ulysse
fait part à Gryllus de ses bonnes intentions avec une
expression de commisération sincère, mais un peu
hautaine. Gryllus repousse ce témoignage de pitié ;
et comme Ulysse, se fâchant, lui reproche sa dépravation et sa folie : « Roi des Céphalléniens, pas de
gros mots, » réplique noblement le pourceau ; « dis-
cutons, je le veux bien : je connais les deux genres de
vie et je n'aurai pas de peine à te prouver que le
meilleur n'est pas celui que tu me proposes. — Soit,
répond Ulysse ; je suis prêt à t'entendre. — Et moi à

parler[1]. » Là-dessus une discussion s'engage, dans laquelle, passant en revue les vertus de l'homme, Gryllus entreprend de démontrer que les animaux ne possèdent pas moins ces vertus que l'homme, bien plus, qu'ils les possèdent à un plus haut degré[2].

Ai-je besoin de dire que cette conclusion n'est pas celle de Plutarque? Elle peut servir seulement à montrer en quel sens sa pensée ne répugne pas à incliner. Quant à la mesure exacte à laquelle il s'arrête, il faut la chercher dans le Traité où, sous ce titre : *Les animaux de terre sont-ils mieux doués que les animaux de mer?* la question, incidemment reprise à l'adresse des Stoïciens, est sérieusement discutée.

Les Stoïciens faisaient aux partisans de l'intelligence des bêtes trois objections :

1° L'immortel étant opposé au mortel, l'incorruptible au corruptible, l'incorporel au corporel, il est nécessaire qu'il y ait aussi un irraisonnable opposé au raisonnable; afin que, dans la multitude des contraires, celui-là ne soit pas le seul qui fasse défaut[3].

2° La raison, où elle est, doit être entière, et entre l'irraisonnable et le raisonnable, il n'y a pas de degré[4].

3° Enfin, accorder la raison aux animaux, c'est ébranler, soit les fondements de la justice, soit les bases de la vie sociale. En effet, de deux choses l'une ou bien, étant admis que les animaux sont doués de raison, les hommes sont injustes, en les traitant

---

1. Les animaux sont-ils doués de raison? 1 à 3, — 2. Ibid., 5 à 10. — 3. Les animaux de terre sont-ils mieux doués que les animaux de mer? 2. — 4. Ibid., 4.

comme ils le font ; ou bien, s'ils les épargnent et s'abstiennent de les faire servir à leurs besoins, ils sont réduits à retomber dans la vie sauvage[1].

Plutarque résout ces trois objections par la bouche d'Autobule, qui dirige l'argumentation.

L'irraisonnable, dit d'abord Autobule, répondant par un principe au principe des Stoïciens, est suffisamment représenté dans la nature par les êtres inanimés. Puis, descendant des sphères de la métaphysique, il se hâte adroitement d'amener ses adversaires sur le terrain des faits d'observation, pour les mettre aux prises avec eux-mêmes. — Vous accordez aux animaux la sensation, dit-il ; et vous leur refusez l'entendement ; or l'une ne peut exister sans l'autre : votre Strabon lui-même l'a surabondamment prouvé. Admettons, d'ailleurs, que la sensation, pour être effective, n'ait pas besoin du concours de l'entendement : dès que l'animal n'aura plus que cette impression du moment qui lui fait discerner ce qui lui est utile de ce qui peut lui nuire, comment en conservera-t-il le souvenir, de manière à éviter l'un et à chercher l'autre ? Vous ne cessez de répéter, nous étourdissant de vos définitions, que la résolution est la pensée fixe d'une chose qu'on veut effectuer, la préparation, un acte antécédent à l'action, la mémoire, la compréhension d'une chose antérieurement arrivée. D'accord. Mais ces opérations supposent la participation de l'entendement ; et elles s'accomplissent toutes chez les animaux. Bien plus, vous-mêmes ne reconnaissez-vous pas en eux l'existence

_____

1. Les animaux de terre...., etc., 6.

des passions? Vous punissez vos chiens et vos chevaux quand ils font quelque faute ; et cela, non pour
le plaisir de les corriger, sans doute, mais afin de
leur imprimer ce sentiment de tristesse qu'on appelle
repentir; or peut-il y avoir tristesse et repentir, où il
n'y a pas réflexion, où il n'y a pas raison? Direz-vous
que les animaux n'éprouvent pas réellement des
affections de crainte ou de plaisir, que le lion
n'a que le semblant de la colère, le cerf, le semblant de la peur ; alors, pourquoi ne pas dire
aussi qu'ils ont le semblant de la vue, le semblant
de l'ouïe, le semblant de la voix, en un mot, le
semblant de la vie[1] ?

Autobule ne réfute pas avec moins de vivacité la
seconde objection. Soutenir, dit-il[2], que tout être, que
la nature n'a pas rendu susceptible de la raison parfaite, est privé de la raison, n'est-ce pas comme si
l'on prétendait que le singe n'est point laid, parce
qu'il ne réalise pas l'idée de la laideur parfaite?
Nombre d'animaux sont supérieurs à l'homme en
force et en légèreté; d'autres ont la vue plus per-
çante, l'ouïe plus fine: dit-on, pour cela, que l'homme
soit aveugle, sourd, impotent? Tout est, dans le
monde, affaire de degré. Chez les animaux, la raison est faible, obscure, semblable à une vue troublée
et ternie, essentiellement imparfaite, en un mot :
c'est la raison néanmoins, et elle est plus ou moins
capable de progrès. Il n'y a pas jusqu'aux usages
de la langue qui ne déposent en faveur de la perfectibilité des bêtes : pourquoi ne dit-on pas qu'un

---

1. Les animaux de terre..., etc., 3. — 2. Ibid., 4, 5.

arbre est plus susceptible d'éducation qu'un autre,
comme on dit qu'un chien l'est plus qu'un mou-
ton? Et il cite de nombreux exemples du développement de l'intelligence relative des animaux. Aussi
bien, ajoute-t-il en lançant le trait du Parthe, est-il
parmi les hommes, parmi les Stoïciens eux-mêmes,
est-il personne qui puisse se flatter de posséder la
raison parfaite?

Il est plus difficile de concilier la raison des animaux avec la justice de l'homme, les égards auxquels
ils ont droit avec les traitements dont ils sont victimes. Autobule ne se le dissimule pas. Toutefois, il
commence par déclarer résolûment, fort de l'opinion
d'Empédocle et d'Héraclite, qu'en principe, l'homme
est coupable en maltraitant les animaux ; puis il
cherche « une composition honnête » qui lui permette de disculper les hommes, sans sacrifier les
animaux ; et c'est Pythagore qui la lui fournit. On
n'est pas injuste, dit-il d'après le philosophe de Sa-
mos, en punissant de mort les animaux nuisibles ;
on ne l'est pas davantage lorsqu'on apprivoise les
animaux domestiques et qu'on les emploie aux travaux auxquels la nature les a rendus propres. Quant
à l'usage de manger la chair des animaux, il est certain qu'introduit d'abord par la nécessité, il est devenu, par l'habitude, bien difficile à détruire. Mais
ce n'est pas priver les hommes des ressources nécessaires à la vie, que de les détourner de se faire servir à leur table des plats de foie gras, de se divertir
à voir des animaux se battre, de s'amuser à les
tuer et surtout à arracher les petits à leurs mères.
L'usage qu'on tire des animaux n'est pas injuste et

mauvais en soi; ce qui est coupable et révoltant, c'est l'idée de les faire souffrir par plaisir [1].

Ainsi, tandis que Gryllus, avec l'emportement bourru de son caractère et l'exagération paradoxale de l'intérêt personnel blessé, va jusqu'à prétendre que les animaux sont supérieurs à l'homme, Autobule se borne à soutenir, avec la mesure d'une conviction philosophique raisonnée, que les animaux sont doués de raison à un degré inférieur à l'homme et à des degrés divers entre eux, suivant leur nature et l'éducation qu'ils ont reçue [2].

Conclusion sage et appuyée sur une argumentation qui ne manque ni d'habileté ni de force. Sans doute, Autobule effleure trop légèrement certaines questions délicates. Est-il exactement vrai, par exemple, comme il l'affirme, que la sensation suppose toujours la raison? L'enfant qui a des sensations dès qu'il ouvre les yeux à la lumière, entre-t-il aussitôt en possession de la raison, et n'avons-nous pas à tout âge des sensations que la raison ne dirige point, ou, comme on dit, des sensations irréfléchies? D'autre part, le discernement, la mémoire, la prévoyance et le jugement des animaux ne tiennent-ils pas beaucoup de l'instinct? Enfin, l'éducation qui les forme, il est vrai, à des merveilles d'adresse, est-elle jamais arrivée à leur faire produire des opérations variées et suivies que la raison puisse reconnaître comme siennes? La perfectibilité dont ils sont susceptibles est-

---

1. Les animaux de terre..., etc., 8, 9. Cf. de l'Usage des viandes, I, 1, 4, 5, 7; il, 1, 2, 6, 7; De l'utilité des ennemis, 9. Propos de table, VIII, 7, 8, etc. — 2. Les animaux de terre.... 57.

elle indéfinie? Leurs diverses facultés sont-elles de
nature à recevoir un égal développement? Sur tous
ces points, la critique aurait le droit d'exiger davantage. Mais ici, comme souvent chez Plutarque, la
précision absolue est le besoin qui le touche le
moins. Il lui suffit d'accumuler à l'appui de sa thèse
les observations et les exemples. Ce qui ressort surtout de cette discussion, c'est qu'il a vécu dans le
commerce des animaux et qu'il les aime[1]. Il ne
craint pas de les mettre de pair avec les héros de
la fable et de l'histoire. Il se plaît à retrouver en
eux le type, souvent effacé chez l'homme, des
passions de la nature; il décrit avec un charme
exquis d'expression leurs chastes amours tout par-
fumés de l'haleine des fleurs et de la rosée du matin, leurs honnêtes ménages, leur sollicitude pour
leur progéniture[2]. Il les cite comme les modèles
des affections de la famille; et les bons traitements qu'il réclame pour eux semblent n'être,
dans sa pensée, que la récompense des leçons qu'ils
donnent, par leurs exemples, dans la maison domestique[3].

Mais il est temps d'arriver à ce qui est le but même
de la famille, à l'éducation des enfants.

Quels sentiments Plutarque apporte-t-il à cette
partie de son œuvre? On aime tout d'abord à le
constater : il a goûté les émotions de l'amour paternel. Il comptait les enfants parmi les plus précieuses richesses de la famille, et nous savons

---

1. Les animaux de terre..., etc., passim. — 2. De l'amour des père
et mère pour leur progéniture, 1. — 3. De l'amour des père et mère
pour leur progéniture, 1, 2, 3.

qu'il estimait par-dessus tous les bonheurs pour
un père celui de voir régner entre deux frères
la bonne harmonie[1]. Il s'attache particulièrement
à défendre contre les doctrines des épicuriens le
désintéressement de l'amour des parents pour leurs
enfants[2]; il se refuse à croire que ce sentiment
puisse jamais s'éteindre dans le cœur de l'homme, si
étouffé qu'il puisse être quelquefois par les passions :
tels dans les mines, dit-il, les filons d'or qui se ca-
chent sous la terre dont ils sont recouverts, mais qui
ne s'y perdent pas[3]. Avocat sincère de la meilleure
des causes, il s'y dévoue jusqu'à trouver pour ceux
qui la compromettent indignement des arguments qui
tendraient à les justifier. J. J. Rousseau, se défendant
d'avoir mis ses enfants à l'hôpital, aurait pu lui
emprunter ce triste raisonnement, qu'il connaissait
peut-être : «Si les pauvres abandonnent leurs enfants,
c'est qu'ils craignent de les mal élever : regardant la
pauvreté comme le plus grand de tous les maux, ils
ne veulent pas leur en transmettre la succession[4]. »
On ne saurait présenter un déplorable sophisme sous
une forme plus spécieuse.

Nous avons, au surplus, un témoignage direct de
sa pensée dans la *Lettre à Apollonius sur la mort de
son fils* et dans la *Consolation à sa femme*.

Ce qu'était cet Apollonius, quel lien l'attachait à
Plutarque, on ne le sait[5]. Quoi qu'il en soit, Plutarque
commence assez naturellement par essayer de gagner la
confiance du malheureux père, frappé de la perte sou-

---

1. De l'Amour fraternel, 4, 5, 6, 9, 10. — 2. De l'Amour des père
et mère pour leur progéniture, 2, 4. — 3. Ibid., 3. — 4. Ibid., 5. —
5. Volkmann conteste même l'authenticité du traité, 1, II, 2.

daine d'un enfant chéri. Lui aussi, il a connu et il appréciait la modestie, la sagesse de ce fils bien-aimé, sa piété envers les dieux, sa tendresse pour ses parents et ses amis. Aussi aurait-il craint de blesser une affliction si légitime, en cherchant prématurément à la consoler[1]. Mais aujourd'hui que le temps, qui adoucit tout, a dû tempérer l'amertume de la première douleur, il croit pouvoir offrir à ses méditations les conseils de la philosophie[2]. Entrant donc doucement en matière, il rappelle à Apollonius que la modération doit être la règle de la vie, que l'existence humaine n'est que vicissitudes, que la mort n'est pas un mal, que la vie la meilleure est celle qui a été non la plus longue, mais la mieux remplie, que sa durée n'est rien au prix de l'éternité, qu'il faut savoir se résigner à la volonté des dieux, que la manière véritable d'honorer les morts, c'est de rester fidèle à leur mémoire, qu'il se doit à lui-même de revenir au calme et à la sérénité, qu'il le doit à sa femme, à ses parents, à ses amis, à son propre fils lequel, du séjour qu'il habite et où il converse avec les dieux, ne peut le voir qu'avec regret s'abandonner sans mesure à sa peine[3]. Toutes ces considérations, peu originales, mais soutenues par des citations bien appropriées et éclairées par une multitude d'exemples, sont présentées avec fermeté, parfois même avec élévation ; et le cœur du père s'y révèle par quelques traits heureux.

Quant à la lettre à Timoxène, elle est véritable-

1. Consolation à Apollonius, I. Cf. 3. — 2. Ibid., 2. — 3. Ibid., 3
à 37. — Voir la belle étude de M. Paul Albert sur *les Consolations*
(*Variétés morales et littéraires*).

ment empreinte d'un caractère de bonhomie touchante. « Je ne suis ni de bois ni de pierre, » dit-il[1],
et l'on sent, en effet, qu'il est ému, lorsqu'il rappelle
« la gentillesse de l'enfant, la façon gaye qu'elle avoit
et du tout franche et naïve, n'ayant rien de cholère
et de despit ; l'amour qu'elle rendoit à ceux qui l'ay-
moient, et la recognoissance qu'elle avoit envers ceux
qui luy faisoient quelque bien ; la grâce avec laquelle
elle prioit sa nourrice de bailler et présenter le tétin,
non pas seulement aux autres enfants, mais aux petits pots mesmes qu'on lui donnoit, à quoi elle pre-
noit son esbat, et à tous ses jouets, comme ayant
envie de faire part et mettre en commun ce qu'elle
avoit de beau et plus agréable en toutes choses qui
lui donnoient passe temps, les conviant par une
grande courtoisie de manger à sa table[2].... » Il fait
repasser devant les yeux de sa femme ces gracieuses
images et y arrête son regard, témoignant en cela
d'une connaissance délicate du cœur humain. Si l'on
peut espérer, en effet, d'adoucir la douleur d'une
mère en s'y associant, il ne faut pas entreprendre de
l'étouffer en la raisonnant. Une voix a été entendue
dans Rama, dit l'Écriture ; c'étaient des pleurs et des
cris ; c'était Rachel pleurant ses enfants, et elle n'a
pas voulu se consoler, parce qu'ils ne sont plus :
Noluit consolari, quia non sunt[3]. Il est des peines
dont l'âme humaine, par un de ses plus nobles instincts, tient à ne pas perdre le sentiment : la sympathie est l'unique soulagement qu'elles puissent

1. Lettre à Timoxène, 2 (Traduction de la Boétie). — 2. Ibid., 2.
— 3. S. Matth., II, 18.

supporter. Plutarque se garde donc bien « de tyrer
hors et de rabastre de la mémoire de sa femme » les
deux ans qui ont été le terme de la vie de « sa » Timoxène[1]; il recueille, au contraire, tout ce qui peut
l'y rattacher par une pensée douce. « Et si sçay
bien, lui dit-il, qu'après avoir eu quatre enfans
masles, toy ayant grande envie d'avoir une fille,
ceste ici nasquit, et me donna occasion de luy mettre
le mesme nom que tu portes, aymé de moi uniquem
ment[2]. » Il ne craint même pas de lui rappeler la
mort prématurée de « l'un de leurs enfans, de leur
beau Chéron, qu'elle avoit nourry de ses propres
mammelles et pour quy elle avoit enduré l'incision
d'un tétin qui s'estoit fendu tout autour[3]. » Il l'entretient dans ces souvenirs de sacrifice et d'amour;
il veut qu'elle « s'y transfère[4] » incessamment; il y
cherche pour elle une source de pieuse jouissance.

Toutefois, si sensible que soit cette note d'affectueuse tendresse, ce n'est pas celle qui domine.
Comme à Apollonius, ce que Plutarque demande
avant tout à Timoxène, c'est de ne se point départir
de sa tranquillité d'âme accoutumée, de celle dont,
à la grande admiration de tout le monde, elle a fait
preuve après la mort d'Autobule et de Chéron. C'est
sa préoccupation la plus vive, il ne craint pas de le
montrer. Il était à Tanagres, à quelques milles de
Chéronée, quand la nouvelle de la mort de sa fille
lui a été apportée par un messager de sa femme qui

1. Lettre à Timoxène, 9. — 2. Ibid., 2. — 3. Ibid., 5. — 4. Ibid.,
8. — 5 Ibid., 1.

s'était égaré sur le chemin d'Athènes; et c'est un message qu'il songe tout d'abord à lui renvoyer. Il a peur de trouver sa maison en proie au trouble [1]. Que diraient les philosophes « qui le hantent et le cognaissent [2], » que diraient ses concitoyens, s'ils le voyaient, lui ou les siens, manquer publiquement aux règles de sagesse qu'il fait profession d'enseigner!

On n'est pas impunément un maître accrédité de philosophie. Plutarque n'en abdique jamais le rôle, et c'est particulièrement sous cet aspect que le père nous apparaît en lui. S'il n'est étranger à aucun des sentiments de l'amour paternel, s'il en a heureusement exprimé les plus pures jouissances, les graves devoirs de l'éducation sont proprement la part qu'il en revendique. Nous devons donc insister sur cette partie de son œuvre morale avec quelque développement.

L'usage a prévalu longtemps de placer en tête des traités de Plutarque un traité sur l'*Éducation des enfants*, qui, selon toutes les vraisemblances, ne lui appartient pas. Ce n'est pas que ce Traité soit tout à fait sans valeur. Les observations sensées, les idées pratiques n'y manquent point. Le pastiche d'ailleurs est assez habile; l'auteur connaissait Plutarque, le fond de sa doctrine, le tour de son esprit, les procédés de sa méthode. Toutefois on s'explique avec peine que des savants tels que Xylander, H. Estienne, Fabricius et Heusinger aient pu s'y méprendre. Leurs arguments ont été péremptoirement réfutés par Wyt-

---

1. Lettre à Timoxène, 2. — 2. Ibid., 5.

tenbach [1]. « Fond et forme de l'opuscule, » Wyttenbach a tout passé au crible d'une minutieuse critique, et il n'y a plus à revenir sur les questions techniques de composition et de grammaire qu'il a exa-
minées [2]. Les questions techniques mises à part, ni
l'étendue démesurée du Traité, qui embrasse dans
son ensemble la vie de l'enfant depuis le jour où il a
ouvert les yeux à la lumière jusqu'à celui où il prend
place parmi les hommes, ni la sécheresse didactique
des préceptes, ni l'esprit, plus latin que grec et moins
latin que moderne, des considérations sur lesquelles
ces préceptes sont appuyés [3], ne sont conformes aux

1. *Animadversiones in librum de Educatione puerorum ;* judicium
de auctore. Cf. Muret (*Variarum Lectionum* XIV, 1), qui le premier a
soulevé la question, et Ruauld : *Vita Plutarchi,* 20. Wyttenbach
explique d'ailleurs en termes charmants l'erreur de ses adversaires :
« Quisquis ad Plutarchi libellos morales accedit, » dit-il, « in hunc
primum incidit ; hunc legit novus et hospes in forma et oratione
Plutarchea ;... paucissimi, vel dicam nemo, finito volumine, ejus
lectionem iterant ; quod si plures fecissent, hunc libellum falsi no-
minis suspectum habuissent. » *Animadversiones in librum,* p. 32. —
2. Voici les arguments sur lesquels repose la conclusion de Wyttenbach. I. *Argumentum externum :* nul parmi les anciens ne fait mention de l'ouvrage : « quod ut non maximum, ita non nullam habet
vim : certe, non omittendum est. » P. 34. — II. *Argumenta interna :*
1° De materia quæ deest ; le sujet est traité fort incomplètement,
p 36 à 43. 2° De materia quæ adest : le sujet est traité très super-
ficiellement : « ut nemo non unus ex multis paterfamilias leviter
tinctus litteris, melius prociperet. » P. 43 à 48. 3° De distributione
materiæ ; point de méthode ni de proportion, p. 49 à 50. 4° De argu-
mentatione : aucun lien, beaucoup de lieux communs vulgairement
présentés, p. 50 à 54. 5° De singulis verbis : un grand nombre de
locutions rares qui ne se trouvent pas dans Plutarque, p. 56 à 57.
6° De orationis habitu : style travaillé, coupé, qui rappelle la manière
d'Isocrate et non celle de Thucydide et de Platon, dont Plutarque se
rapproche d'ordinaire, p. 57 à 61. — 3. Voir notamment les chapitres : XXIII, sur le respect qu'on doit aux ouvrages des anciens ;
XXV, sur la part qu'il conviendrait de faire aux pauvres dans
le bienfait de l'éducation ; XXVI, sur l'interdiction des punitions
corporelles, etc.

habitudes de composition du sage de Chéronée, à sa
diffusion si agréablement nourrie, à sa bonhomie fine,
à son génie tout imprégné des traditions de la Grèce;
les qualités et les défauts de Plutarque ont une autre
saveur.

Qu'il nous suffise donc de rappeler cet opuscule
pour mémoire, et de signaler, dans le travail de l'auteur, les réflexions préliminaires sur les principes
fondamentaux de toute éducation[1]; les observations
sur les soins que la mère doit à l'enfant, sur le choix
des domestiques commis à sa garde[2], et sur la nécessité de mener de front la double éducation du
corps et de l'esprit; enfin les conseils sur la conduite
à tenir à l'égard du jeune homme, qu'il ne faut ni
soumettre à un joug trop pesant ni affranchir d'une
tutelle nécessaire, et sur l'obligation pour les pères
de donner l'exemple des vertus qu'ils recommandent[3].

Les Traités sur *la manière d'entendre les poètes*, sur

1. De l'Éducation des enfants, 1, 2 et 6. — 2. Ibid. 8 à 12. V. M. Du-
panloup, *Traité sur l'éducation* (6e édit.), t. I, p. 77. Cf. t. II, p. 184.
— 3. Id., 38 et 39. — Voir Volkmann, I, ii, 4, qui s'associe complètement au jugement de Wyttenbach. C'est dans l'étude de la langue que
Volkmann cherche surtout ses preuves. Un des caractères du style de
Plutarque, c'est le soin extrême qu'il met à éviter l'hiatus. Ce point
avait été mis en lumière par Wyttenbach et Beuseler; Volkmann le reprend et l'une des raisons principales pour lesquelles il se refuse à
admettre l'authenticité du traité de l'éducation des enfants, c'est qu'il
n'y trouve pas cette préoccupation de l'euphonie. Le fond du traité
lui paraît d'ailleurs indigne de Plutarque. — Voir aussi l'opuscule
de M. Grégoire Bernardakis: *Symbolæ criticæ et palæographicæ in
Plutarchi vitas parallelas et moralia.* — 4. Qu'il nous soit permis,
en terminant nos observations sur ce Traité, d'insister sur le vœu que
Wyttenbach exprimait avec tant d'autorité. « Legatur a provectiori-
bus iste libellus, ipsius cognoscendi causa;... non proponatur tiro-
nibus, ut fere fit, vel ad institutionem prosæ orationis Græcæ, vel ad
formandum antiquæ elegantiæ sensum, vel denique ad notitiam et
consuetudinem omnis Plutarchi scriptis contrahendam.»

la manière d'écouter, et sur *les moyens de connaître les progrès qu'on fait dans la vertu*, adressés tous trois à des jeunes gens, ou faits pour des jeunes gens, voilà les sources où il faut chercher les idées de Plutarque en matière d'éducation.

C'est à partir de l'adolescence que les enfants appartenaient à l'école proprement dite, et dès lors la philosophie, la philosophie morale surtout, était l'objet de leurs études. Toutefois on aurait craint « d'éblouir des esprits encore novices et tout imbus des préjugés des mères, des nourrices et des pédagogues, en les exposant, dès l'abord, au pur éclat des maximes de la philosophie[1]. » On s'attachait donc, dans la dernière période de l'enfance, à leur présenter une « lumière entremêlée d'ombre qui les préparât à fixer sans trouble le grand jour de la vérité[2] »; on les initiait à l'étude des maîtres de la pensée par l'étude des maîtres de l'imagination ; on les conduisait par les chemins « doux fleurants » de la poésie aux temples austères de la sagesse.

Prenant son élève à ce passage de l'enfance à la jeunesse, Plutarque le suit pas à pas dans le développement de son adolescence ; et comme toujours, il ne s'épargne pas aux prescriptions. Il lui enseigne, par le menu, quel profit il peut tirer de la lecture des poètes, quelles dispositions il convient d'apporter aux cours publics de morale, comment il doit chercher à se rendre compte lui-même de ses progrès. Nous ne pouvons entrer dans l'analyse dé-

---

1. De la Manière d'entendre les poètes, 14. —2. Ibid. Cf. De la Manière d'écouter, 2.

taillée de ses préceptes; nous voudrions seulement marquer les traits essentiels de sa méthode.

Les maîtres de la jeunesse n'étaient pas sans défiance au sujet des idées que la poésie éveille dans une imagination naissante, des troubles qu'elle excite dans un cœur inexpérimenté. Plutarque ne méconnaît pas ce danger. Les jeunes gens, il le sait, ne sont, en général, que trop disposés à préférer aux écrits des philosophes sur la nature de l'âme, les fables d'Ésope et les histoires merveilleuses d'Héraclide et d'Ariston[1]. Mais l'abus des œuvres d'imagination doit-il en faire proscrire l'usage? Faut-il, comme Ulysse fit à ses compagnons pour passer devant les rochers de Sirènes, boucher les oreilles des jeunes gens et les forcer de fuir à toutes rames les parages de la poésie? — « Non, répond le moraliste avec un remarquable esprit de mesure, le fils de Dryas, le sévère Lycurgue, ne donna pas une preuve de sagesse, le jour où, pour réprimer les désordres de ses sujets qui s'adonnaient à l'ivresse, il commanda d'arracher les vignes dans toute l'étendue de ses États; il n'avait qu'à rapprocher l'eau des sources pour ramener à la raison le dieu de la folie, comme dit Platon, par la main d'un autre dieu, le dieu de la sobriété. Le mélange de l'eau ôte au vin ce qu'il a de dangereux, sans lui enlever ce qu'il a de salutaire. Gardons-nous donc d'aller détruire la poésie, cette vigne féconde plantée par la main des Muses. Là où la fable s'épanouit avec une confiance présomptueuse, réprimons cette exubérance; mais là où la douceur attrayante

1. De la Manière d'entendre les poètes, 1.

de la fiction ne doit pas être sans fruit, bornons-nous
à corriger ce qu'elle aurait de dangereux en y in-
troduisant la philosophie et le mélange de ses leçons;
enchaînons la raison des jeunes gens à des principes
qui les empêchent de se laisser entraîner dans l'a-
bîme par la voix des Sirènes[1].

Or ces principes que Plutarque expose avec une
agréable variété d'exemples peuvent être ramenés à
trois. Se rappeler qu'il n'y a pas de poésie sans fiction, et par suite qu'il ne faut point s'abandonner
sans réserve aux émotions que la poésie produit[2];
ne pas oublier que le vice, comme la vertu, est du
domaine des poètes, de même que le laid est, comme
le beau, du domaine des peintres; songer dès lors
qu'il faut chercher dans les peintures de la poésie
non une leçon, mais un simple délassement, non
la pureté morale de l'image, mais seulement l'exactitude de la ressemblance[3]; — comprendre, enfin,
que le sens des mots est souvent modifié par la nature
des situations, et que les sentiments ne valent que
par l'usage qu'en fait le poëte[4]: telles sont les règles qu'il propose. Un mot les résume : contre
les entraînements de l'imagination, il veut qu'on
en appelle aux lumières et aux conseils de la
réflexion.

L'âge venu de fréquenter les cours publics de
morale, il ne se contente plus pour le jeune homme
des réflexions provoquées par le commentaire d'un
auteur étudié à l'école dans une lecture commune.

1. De la Manière d'entendre les poëtes, 1 et 2. — 2. Ibid., 2, 3. —
3. Ibid., 3, 4. — 4. Ibid., 4 à 15.

Il commence à livrer son élève à lui-même. Mais proportionnant la responsabilité qu'il lui impose à la liberté qu'il lui laisse[1], il ne l'affranchit des exigences d'une tutelle étrangère que pour le soumettre au joug non moins impérieux de la raison. Il ne l'abandonne pas d'ailleurs à ses propres forces ; il l'invite à s'entretenir chaque jour avec le philosophe dont il suit les cours, pour lui confier ses défaillances, pour lui demander ses avis[1]. En même temps, il exige qu'au sortir de chaque leçon, il achève, par un sincère retour sur lui-même, le travail qu'à commencé la parole du maître[2]. « Que penserait-on, dit-il, d'un homme qui, allant chercher du feu chez son voisin, et trouvant l'âtre garni, y resterait à se chauffer, sans plus songer à retourner dans sa propre maison ? Telle est l'image du jeune homme qui, s'en tenant au plaisir de suivre les cours d'un philosophe, croirait assez faire en demeurant tranquillement assis auprès de lui : il pourrait retirer de ces entretiens une apparence de savoir, semblable à la rougeur dont le feu nous colore ; mais la chaleur intérieure de la sagesse ne détruirait pas la rouille et les ténèbres de son âme. » Il faut qu'il médite les idées qu'il a entendu exposer, qu'il s'en pénètre, qu'il se les approprie. L'effort personnel est le premier degré de la sagesse.

Enfin convaincu que, contrairement aux paradoxes des Stoïciens, l'homme ne se transforme pas miraculeusement en un jour et à son insu, mais que la vertu est le prix de la lutte persévérante, et que

1. De la Manière d'écouter, 1. — 2. Ibid., 16, 17. — 3. Ibid., 17.

l'âme a la conscience du moindre de ses progrès[1], Plutarque analyse, un à un, à son élève les symptômes qui peuvent lui donner le sentiment de son amélioration. Le chemin de la sagesse lui paraît-il moins rude? après avoir été un moment écarté de l'étude par un établissement, un voyage, une amitié, un service public, éprouve-t-il le pressant besoin d'y revenir? trouve-t-il en lui la force de résister à ceux qui viennent lui dire avec affectation que tel jouit, à la cour, de la plus haute fortune, qu'il a fait un mariage opulent, qu'il a paru dans la place publique, suivi d'une nombreuse escorte, pour y prendre possession d'une charge ou pour y plaider une affaire importante? commence-t-il, dans ses lectures, à s'attacher au fond des choses et à tirer des livres d'histoire ou de poésie ce qui peut contribuer à l'apaisement des passions? l'habitude de réfléchir lui a-t-elle appris à saisir promptement dans tout ce qu'il voit un exemple de vice ou de vertu? Qu'il ait confiance et prenne courage : c'est un progrès[2]. Ce sera un progrès plus sérieux encore, d'en être arrivé à ne plus prendre la parole dans les cours par esprit d'entêtement, pour le plaisir de discuter, ou par amour-propre, dans le but de briller ; à parler en présence d'une assemblée plus ou moins nombreuse, sans concevoir de honte ni se préoccuper des applaudissements; à recevoir les critiques aussi tranquillement que les éloges ; à ne chercher le prix de

---

1. Sur les moyens de connaître les progrès qu'on fait dans la vertu, 1 à 4. — 2. Ibid. 4 à 8. Cf. les préambules des traités sur les moyens de se corriger de la colère, sur la vertu morale, sur le vice et la vertu, etc.

la vertu que dans la jouissance d'une bonne conscience; à s'avouer ses fautes à soi-même et à les
confesser sincèrement à un directeur éclairé. Il aura
fait un nouveau pas, quand ses songes mêmes ne lui
présenteront plus que des images pures ; quand,
examinant l'état de ses passions, il reconnaîtra que
les bonnes ont pris l'avantage sur les mauvaises, et
que la raison les règle toutes ; quand l'exemple des
gens de bien excitera en lui un sentiment d'émulation ;
quand il se plaira à les consulter au fond de son
cœur et à se les représenter comme des témoins
vivants de sa conduite; quand il recherchera leur
commerce et mettra son bonheur à les laisser pénétrer dans tous les détails de sa vie; quand, enfin,
privé du père et du maître qui l'ont élevé, sa plus
douce pensée sera de regretter qu'ils ne soient plus
là pour jouir du spectacle de leur œuvre[1]. Mais où
il pourra se rendre le témoignage qu'il touche
presque au but, c'est lorsqu'il sera devenu plus difficile pour lui-même que tout le monde. Trop éclairé
pour proposer à son élève un idéal de sagesse irréa-
lisable, Plutarque s'attache cependant à lui inspirer
le goût de la perfection. « Celui qui désespère de
jamais devenir riche, dit-il, compte pour rien les petites dépenses, parce que les épargnes qu'il pourrait
faire n'en vaudraient pas la peine; mais quand on
a l'espérance d'arriver tôt ou tard à la fortune, plus
on sent qu'on s'en approche, plus on amasse. Ainsi
veille-t-on sur ses fautes avec d'autant plus de rigueur, qu'on est plus près de n'en plus commettre...

1. Sur les moyens de connaître, etc., 12 à 16.

Pour un mur de clôture, on emploie indifféremment
le premier bois venu, les pierres les plus communes et
jusqu'à des débris de colonnes funéraires. Tels les
gens vicieux construisent leur existence d'actions
de toute espèce. Mais ceux qui ont établi sur une
base d'or les fondements de leur vie, semblables
à des architectes qui bâtissent un temple ou un
palais, ceux-là n'admettent rien au hasard dans leur
édifice : ils dirigent, ils disposent tout suivant la
règle de la droite raison, estimant, à juste titre,
comme l'artiste Polyclète, que la partie la plus
difficile, la plus délicate à faire dans la statue, ce
sont les ongles[1]. »

L'ensemble de ces préceptes nous offre donc, on
le voit, un traité complet d'éducation morale, dans
la plus grave et la plus large acception du mot. Res-
pectant l'œuvre de la nature, mettant à profit avec
mesure toutes les forces de l'intelligence des jeunes
gens, prévenant les écarts de l'imagination par les
conseils de la réflexion, provoquant son élève, dès
qu'il est en âge, à l'effort personnel, l'encourageant
par la satisfaction du progrès accompli, l'excitant
par la perspective et l'ambition d'une amélioration
nouvelle, toujours prêt à lui apporter son aide et
l'invitant à la lui demander, mais retirant graduellement sa main, Plutarque arrive peu à peu à établir le jeune homme en possession de soi-même et à
lui remettre la direction de sa vie.

Sous cette tutelle discrètement prolongée, le jeune
homme a atteint, en effet, l'âge de la première ma-

1. Sur les moyens de connaître, etc., 17.

turité. Il a quitté le toit domestique. Le plus souvent, suivant les lois de la nature, le vide s'est fait au-dessus de sa tête[1]. Il est devenu chef de famille, et son tour est arrivé de rendre à d'autres les soins qu'il a reçus. En même temps, il est entré dans la vie civile et politique. C'est là que nous le retrouve-rons homme et citoyen.

Ainsi que j'en avais annoncé le dessein, je me suis abstenu, dans cet exposé, de toute comparai-son. J'ai voulu embrasser d'une même vue l'en-semble de la famille, tel que Plutarque nous en offre le tableau dans celles de ses œuvres qui ont direc-tement trait ou qui touchent aux relations et aux af-fections de la vie domestique. Si maintenant, ras-semblant d'un coup d'œil les observations et les pré-ceptes de notre moraliste, nous les rapprochions des doctrines de ses prédécesseurs et de ses contem-porains, à quelles conclusions ce rapprochement nous mènerait-il? C'est ce qui nous reste à exa-miner.

« Jusqu'à Socrate, dit Cicéron, la philosophie en-seignait la science des nombres, les principes du mouvement, les sources de la génération et de la corruption de tous les êtres ; elle recherchait avec soin la grandeur, les distances, le cours des astres, enfin les choses célestes ; Socrate, le premier, la fit descendre du ciel et l'introduisit non-seulement dans les villes, mais jusque dans les maisons[2]. » Si les Sages, en effet, dans leurs maximes et les poètes

1. Sur les moyens de connaître etc., 16. — 2. *Tusculanes*, V, 4. Cf. Platon : *Phédon*, § 45 ; *Apologie*, § 3 ; Xénophon, *Mém.*, liv. I, chap. I, § 11 à 15.

gnomiques dans leurs sentences ; si Pythagore, dans
ses Vers dorés, avait exprimé d'utiles vérités sur les
devoirs et les affections de la vie privée [1], c'est de
l'enseignement de Socrate que date seulement, selon
l'expression de Cicéron, l'introduction de la philosophie dans la famille. L'œuvre dont Socrate avait
posé les bases, Platon, Aristote et Xénophon l'avaient
accomplie dans des monuments incomparables [2]. Aucun des principes sur lesquels reposent les préceptes
de Plutarque n'était nouveau dans la philosophie
grecque au premier siècle de l'ère chrétienne [3]. L'é-
galité morale des deux sexes avait été reconnue ; la
nature et le rapport des divers sentiments qui attachent l'homme à l'homme, — enfants, parents, frères,
amis, serviteurs, — avaient été déterminés avec précision ; toutes ces grandes idées étaient si bien en-
trées dans le domaine public que Plutarque ne
croit pas nécessaire d'en reprendre l'examen, ni
même d'invoquer l'autorité de ceux qui l'avaient fait
avant lui. Tirer de la doctrine des maîtres ce que la
morale pratique y pouvait trouver de prescriptions

---

1. Jamblique : *de Vita Pythagori*, 158. V. Ad. Garnier, *de la
Morale dans l'antiquité* : les Sages de la Grèce, p. 31 à 37. — 2.
Platon, *République*, V, VI, VII. Aristote : *Morale à Nicomaque*, VIII,
IX ; *Grande Morale*, II, 13 à 19 ; *Morale à Eudème*, VII, 1 à 12. Xénophon, *Économique*, III, 12 et suiv. ; VII, VIII, IX. Cf. P. Janet, *Histoire de la philosophie morale et politique dans l'antiquité et dans
les temps modernes*, liv. II, § 2 ; chap. III, § 2. — 3. On s'étonne de ne
trouver dans les conférences de Trenth aucun jugement sur cette
partie si considérable de l'œuvre morale de Plutarque. Il n'énu-
mère même pas complètement les traités consacrés aux affections de
la famille et l'appréciation qu'il fait au passage de ceux qu'il cite,
est absolument insuffisante : ce qui surprend d'autant plus qu'il a
tracé de la vie du sage de Chéronée un exact et intéressant tableau
(page 1 à 33).

solides et de conseils salutaires, recueillir en une
sorte de code acceptable pour le cœur comme
pour la raison le plus pur de leur enseignement,
telle était la tâche qui restait à prendre : tâche
modeste, mais éminemment utile et dans laquelle
Plutarque nous paraît avoir porté un admirable
éclectisme de bon sens.

Nul peut-être, parmi les représentants de la sagesse antique, n'a eu de la solidarité de la famille un
sentiment plus juste. Embrassant dans son sein ou
sous sa tutelle tous ceux que les affections ou les
besoins de la nature groupent autour du même
foyer, la famille dont Plutarque nous trace l'image
forme un corps dont les membres sont liés étroitement. L'épouse d'Ischomaque, reine abeille dans la
ruche, est chargée surtout de veiller à l'accroissement
des biens de la maison et à la santé des esclaves :
Xénophon en fait une ménagère accomplie[1]. La femme
de Pollianus, initiée aux études de son mari, partage avec lui la direction morale de la famille. D'un
autre côté, le lien qui a enchaîné l'époux à l'épouse
ne rompt pas celui qui unit le frère au frère ; l'ami
est un frère d'adoption ; l'esclave est un hôte de la
maison ; les animaux eux-mêmes y ont leur place ; et
tous, par leurs lumières, par leur dévouement, par
leurs exemples, tous concourent au bonheur de la
vie commune et en recueillent, à des degrés divers,
le bénéfice.

Solidarité intime et d'autant plus forte qu'elle
trouve en elle-même sa satisfaction et sa fin. Platon

1. Xénophon, *Économ.*, VII.

avait confondu la famille avec l'État ; même dans
les Lois, il persiste à soutenir la nécessité pour l'État
de régir l'intérieur de la famille ; et si, mieux inspiré, dans cette dernière expression de sa pensée,
pour l'épouse et pour la mère, il les relève jusqu'à
inventer en leur honneur des magistratures étranges,
à quels dégradants désordres n'avait-il pas commencé
par les livrer[1] ? Aristote distinguait, en principe, la
famille de l'État[2] ; toutefois, ainsi qu'on l'a pu dire,
non sans exagération, il est vrai, « l'homme dont il
nous retrace l'idéal, n'est ni père, ni fils, ni mari ;
il n'est même homme que dans la mesure où les vertus de l'homme s'accordent avec celles du citoyen[3]. »
Plutarque, nous le verrons, n'isole point la famille
dans la cité, mais il ne l'y confond pas non plus.
Pour lui, la famille n'est pas seulement un degré
dans la hiérarchie sociale ; c'est un centre. Si, çà
et là, il intéresse l'ambition politique de l'homme à
la direction de la famille, en lui montrant que
celui-là ne saurait obtenir la confiance de ses concitoyens, qui ne commence point par mériter celle
de ses parents, c'est dans les sereines jouissances
du foyer domestique qu'il lui fait voir la véritable
récompense de son dévouement[4]. Ce n'est point
seulement par des raisons d'intérêt, comme Socrate[5], c'est surtout par un sentiment de mutuelle
affection et par les joies que cette affection pro-

1. Platon, *République*, V, VI, VII. Cf. Janet, ouv. cité p. 62 et suiv.,
72 et suiv. — 2. Aristote, *Polit.*, liv. I, ch I, § 1. — 3. Denis, *Histoire des théories et des idées morales dans l'antiquité*, tome Ier
p. 206. Cf. Janet, ouvr. cité, p. 131 et suiv. — 4. Préceptes de ma,
riage, 43 ; de l'Amour fraternel, 7. — 5. Xénophon, *Mémor*, II, 4.
Cf. *Cyropédie*, VIII, 7.

cure, qu'il attache le frère au frère. Dans ses préceptes sur l'amitié, fidèle à l'admirable doctrine d'A-
ristote[1], il mesure les services de l'ami à l'utilité
morale de son commerce. Enfin dans les règles
d'éducation qu'il trace, sans négliger de préparer
l'enfant à devenir un bon citoyen, il se propose
avant tout pour objet de former en lui les vertus de
l'homme.

Plutarque a donc fait autre chose que de puiser
avec discernement dans le trésor d'observations
accumulées avant lui par la science et la sagesse de
plusieurs siècles ; sur le terrain préparé par les travaux des maîtres, il a contribué à établir, sans plan
régulier, mais avec un sens très net de l'ensemble
et une rare sûreté de vue dans les détails, les fondements de la famille, telle que nous la concevons aujourd'hui, solidaire dans tous ses membres et indépendante de l'État, vivant dans une intime union et
de sa vie propre[2].

D'autre part, sa doctrine, comparée à celle de ses
contemporains, n'a-t-elle pas sa marque reconnaissable entre toutes?

L'esprit de la morale antique, pris à sa source
première, avait quelque chose d'exclusif et d'étroit.
Garde ce qui t'appartient ; expose-toi avec prudence,
discerne l'occasion ; ne dis pas ce que tu veux faire,
car si tu ne réussis pas, tu seras raillé ; ne cau-
tionne personne, car caution engendre dommage ;
aime, comme si tu devais haïr, hais comme si

1. Aristote, *Morale à Nicomaque*, VIII, 8, § 4. — 2. Cf. P. Janet :
la Famille.

tu devais un jour aimer ; voilà ce que disaient les
Sages[1]. Régler son âme, tel était le but suprême de
leurs préceptes. Profondément imbu de l'esprit de la
tradition, Plutarque en pousse parfois trop loin le
respect et l'application. C'est ainsi qu'il n'éprouve
aucun scrupule à nous donner le conseil de nous
décharger sur un ennemi de nos mauvaises passions ;
c'est ainsi encore que dans ses procédés envers ses
esclaves, il est moins préoccupé de ce qu'il leur doit
comme hommes, que de ce qu'il se doit comme philosophe. Si cette pensée de perpétuel retour vers
soi-même ne se montre pas également à découvert
dans ses divers Traités, on la sent dans tous. En un
mot, il ne faut chercher dans ses préceptes ni l'ampleur, ni la générosité des vues de Sénèque, de Musonius, d'Épitète ou de Dion.

Mais ce défaut d'élévation et de largeur, ne le
rachète-t-il pas, en quelque mesure, dans le détail
des prescriptions pratiques, par la douceur et l'humanité du sentiment ?

S'il subordonne la femme à l'autorité souveraine du
mari, avec quelle grâce aimable il lui fait comprendre la dignité de la réserve et de l'abnégation qu'il lui
impose ; comme il la relève en l'associant à la direction de l'éducation des enfants ! Qui a rédigé avec
un plus agréable mélange de gravité et de délicatesse le code de l'union conjugale ? « Les vertus des

---

1. Sosiade chez Stobée. Édit. Tauchnitz, t. I, p. 92 ; Thalès, *ibid.*,
p. 90 ; Pittacus, *ibid.*; Chilon selon Aulu-Gelle (*Nuits attiques*, liv. I,
ch. III) ; Bias, selon Diog. Laerce, liv. I, ch. v, § 87 ; Démét. de Pha-
lère (Stobée), et Cicéron, *de l'Amitié*, 16. Cf. Valère Maxime, VII, 3.
V. Garnier, *De la morale dans l'antiquité :* les Sages de la Grèce,
p. 24 à 26.

femmes, écrivait une mère à sa fille, sont difficiles,
parce que la gloire n'aide pas à les pratiquer. Vivre
chez soi, ne régler que soi et sa famille, être
simple, juste et modeste : vertus pénibles, parce
qu'elles sont obscures. Il faut avoir bien du mérite
pour fuir l'éclat, et bien du courage pour consen-
tir à n'être vertueux qu'à ses propres yeux[1] ! » Plutarque donne à ces vertus du foyer une simple,
mais réelle grandeur. Pour lui, comme pour Érasme[2],
le mariage est « une compagnie plus encore d'amitié
que d'amour, » mais dont l'austérité n'exclut pas
la douceur. Pour lui encore, comme pour Montaigne, « la touche d'un bon mariage et sa vraye
preuve regardent le temps que la société dure, si
elle a esté constamment doulce, loyale et commune[3]. »

C'est avec le même charme de sentiment qu'il
trace les règles de la concorde fraternelle. Il vivifie
par l'esprit de piété filiale la coutume qui attachait
les frères à la pierre du foyer héréditaire ; il
rend une âme aux traditions religieuses dont le
respect s'était conservé dans les mœurs, mais dont
le sens s'était affaibli dans les cœurs. Plus délicate était la question de l'esclavage. Aristote avait
justifié l'esclavage comme un élément naturel et
nécessaire de l'organisation sociale. Si Platon s'était
abstenu d'en justifier l'institution en réalité il en

---

1. Mme de Lambert, *Conseils à sa fille*, I, 107. — 2. Érasme, *de Ma-
trimonio christiano*. — 3. Cf. Musonius, apud Stob. LXIX, 23 ; LXVII,
20 ; LXXX, 14 ; Appendice, XVI, 117 ; Sénèque, *Des Bienfaits*, II, 18 ;
De la Constance du sage, I, 7 ; St Paul, *Épît. aux Éphésiens*, V, 22,
23, 25 ; *aux Corinthiens*, I, vii, 3, 4.

acceptait l'usage [1]. Comme Platon, Plutarque laisse
la question de principe indécise, et paraît reconnaître, par son silence, la légitimité d'une iniquité hautement condamnée par la grande école
philosophique de son temps [2]. Mais la persuasive
douceur des règles de conduite qu'il s'impose ne
contredit-elle pas, avec autant de bonheur que de
sagesse, la sécheresse de ses raisonnements théoriques? Aux dures maximes de Caton qui envoyait
pêle-mêle au marché le bœuf et l'esclave vieillis,
quand, sans sortir du cercle de la civilisation ancienne, on veut opposer le langage de l'humanité,
qu'invoque-t-on d'ordinaire, si ce n'est la protestation émue du sage de Chéronée, abritant sous son
toit, jusqu'au dernier souffle, le vieux serviteur
malade, et de la maison qu'il sert lui faisant une
patrie ?

Telle est, en lui, cette inspiration du sentiment
qu'elle triomphe même, sur certains points, de sa
fidélité à la tradition. Platon n'accordait aux animaux
que l'âme végétative et l'âme sensitive [3]. Des deux facultés qu'il distinguait dans l'âme, Aristote ne leur

---

1. Aristote, *Politique*, liv. I, ch. ii, § 4, 7, 13, 14, 15 ; Cf. Wallon : *Histoire de l'esclavage dans l'antiquité*, partie I, ch. xi. —
2. Sénèque, *Epît.*, 47, Cf. 31, 44, 95, 107. *De la colère*, III, 5. Cf. I,
15 ; II, 25 ; III, 35 ; *Des bienfaits*, III, 18, 19, 22, 28 ; VII, 4 ; Épictète : *Entret.*, I, 13 ; II, 8, 10 ; IV, 1 ; Dion Chrysostome : *Discours*,
6, 10, 14, 15. Cf. V. Maxime, III, ch. iii, § 7 ; VI, ch. viii. Pétrone,
Satiricon, I, 39, 74 ; Quintilien, *Inst. Orat.*, III. 8. Pline le Jeune,
Lettres, I, 4 ; V, 19 ; VIII, 16 ; Martial, *Épigr.*, I, 102, 4. Tacite, *Hist.*,
I. 2 Juvénal, *Sat.*, VIII, 27 ; XIV, 15 et suivants. St Paul, *Épît. aux
Galates*, III, 28. V. Wallon, ouvrage cité. IIIe partie, chap. i, et la discussion de M. Denis (ouvrage cité), tome II, pages 81 et suivantes.
— 3. Platon, *Timée, Protagoras*.

attribuait que celle de concevoir des images; il
leur refusait celle de faire des raisonnements [1]. Les
Stoïciens leur déniaient tout; Sénèque ne les avait
relevés de cette déchéance qu'à travers mille contradictions. Pour mériter la reconnaissance, disait-il, ce
n'est pas assez d'être utile, il faut vouloir être utile, et
c'est pour cela qu'aux animaux on ne doit rien [2]. Il
n'est pas moins difficile de tirer du traité de Philon
des conclusions nettes; la réfutation qu'il oppose à
son neveu Alexandre n'est qu'une compilation, il le
dit lui-même, des opinions d'Aristote et de Platon
rapprochées des textes de la Bible, avec lesquels il
cherche à les accorder [3]. Un autre contemporain de
Plutarque, Maxime de Tyr, refuse péremptoirement
aux animaux l'intelligence. Ils ont, dit-il, la force en
partage, mais ils ne participent point à l'entendement [4]. Enfin, parmi les philosophes postérieurs à
notre moraliste, tandis que Plotin, comme Philon,
ne fait guère que reproduire les conclusions des
chefs de l'Académie et du Lycée, en se rattachant
plus particulièrement à Platon, Porphyre, se portant à l'extrémité contraire, accorde tout aux bêtes
et refuse à l'homme le droit de se nourrir de leur
chair. Plus hardi que ses maîtres, plus sage que ses
contemporains, Plutarque, après une discussion étendue, conclut que les animaux sont diversement doués
d'un certain degré de raison selon leur espèce; et

1. Aristote, *Des parties des animaux*, II, 4. Cf. Plutarque, *De la
Vertu morale*, 11; *Des Opinions des philosophes*, V, 20. V. L. Bré-
dif, *De anima brutorum quid senserint præcipui apud veteres philosophi*. 1863. — 2. Sénèque, *Ép*. 121, 124. Cf. *De la Colère*. 1, 3,
4; *des Bienfaits*, IV, 5, VI, 7 — 3. Philon, *Alexandre*. Édit
Tauchnitz, t. VIII. — 4. Maxime de Tyr, *Dissertations*, 41, § 5.

ses conclusions sont restées comme le dernier mot
des anciens sur la question. A la renaissance de la
philosophie en France, lorsque le problème de l'âme
des bêtes est repris et discuté, c'est à lui qu'on en
appelle, c'est lui que l'on combat : Montaigne le
prend pour avocat[1], Bossuet pour adversaire[2]. Séparé par un abîme de l'école moderne pour laquelle
la raison de l'homme n'est que l'instinct de l'animal
graduellement agrandi[3], Plutarque eût également
repoussé l'opinion dont Bossuet se faisait l'organe,
quand il comparait les animaux « aux horloges
et aux autres machines ingénieuses où l'industrie
réside tout entière dans la main souveraine de l'ar-
tisan suprême qui les a faites. » Bien que, sur certains points essentiels, son argumentation manque
de précision, au fond, son sentiment est clair. S'il
fallait lui chercher un interprète parmi les écrivains du XVIIe siècle, nous le trouverions dans Pascal, qui attribuait aux animaux le don de l'intelligence, mais en le maintenant « dans un ordre
de perfection bornée[4] »; ou plutôt, n'aurait-il pas
reconnu lui-même un écho de sa voix dans les vers
du discours à Mme de la Sablière ? Pour moi, dit le
fabuliste réfutant ceux qui soutenaient que « les
bêtes n'ont pas d'esprit » :

> ... Pour moi, si j'en étais le maître,
> Je leur en donnerias aussi bien qu'aux enfants.

1. Montaigne, *Essais*, II, 12. Cf. II, 11 à la fin, I, 20. — 2. Bossuet, *de la Connaissance de Dieu et de soi-même*, chap. V. — 3. Dar-
win, *l'Origine des bêtes*. Cf. *Revue des Deux Mondes* 1er septembre
1873; *le Sens du beau chez les bêtes*, par Ch. Levêque. — 4. Pascal,
Traité du vide. — Sa physique, dit spirituellement Emerson, est
celle d'un amant de la nature.

Ceux-ci pensent-ils pas dès leurs plus jeunes ans?
Quelqu'un peut donc penser, ne se pouvant connaître[1].

Plutarque est le La Fontaine de l'antiquité. Il se
plaît avec les animaux. S'il avait rencontré un convoi
de fourmis, lui aussi, il eût reconduit la famille
jusqu'à sa demeure.

A côté, au-dessus peut-être de cette remarquable
douceur de sentiment, un autre trait le distingue :
la rectitude du sens moral. S'il faut juger de la doctrine de Sénèque sur l'amitié par quelques-unes des
remarques éparses dans ses œuvres, certes on ne
peut nier qu'il se fît une juste idée de la force du lien
qu'elle crée ; mais, au milieu de ces observations délicates et profondes[2], combien de dialectique mal
employée! que de sophismes[3]! Cicéron lui-même,
dans son *Lélius*, si heureusement inspiré de la doctrine d'Aristote[4], n'avait pas échappé à des discussions de regrettable casuistique[5]. Il est des cas où
il faut céder à la prière, même injuste d'un ami,
dit-il, ouvrant la porte au plus dangereux système
de complaisance[6]. Ailleurs, il n'hésite pas à sacrifier
le parent à l'ami[7]. Plutarque ne méconnaît pas que
l'amitié comporte certaines faiblesses. Il fait volontiers leur part aux entraînements de ces affections
instinctives, que Gœthe appelait les affinités secrètes ;
mais il ne permet pas qu'on ferme l'oreille à la voix

---

1. La Fontaine, *Fables*, XI, 1. — 2. Sénèque, *des Bienfaits*, VI,
34; VII, 12. *Épît.* 3, 6, 9, 48. Cf. Fragm. dit. Lemaire, t. IV, p. 408.
— 3. Sénèque, *des Bienfaits*, VII, 4 ; Épît. 74, 55. — 4 Cicéron, *de
l'Amitié*, 6 à 9, 19, 20. — 5. Id. ibid., 47. — 6. Cicéron, *des Devoirs*, III, 10. — 7. Cicéron, *de l'Amitié*, 5.

du sang[1], et trouvant sur son chemin le mot de
Périclès : « Je suis votre ami jusqu'à l'autel, » il le
condamne hautement. L'ami, dit-il, doit aider son
ami dans ses généreux projets, non dans ses desseins coupables ; témoigner pour lui, non se par-
jurer ; partager ses disgrâces, non ses injustices ;
vis-à-vis de tout le monde, il est des cas où il faut
savoir dire non[2]. D'un autre côté, sans raffiner sur
les sentiments, Plutarque en démêle avec sagacité
les artifices. Les hypocrites de l'amitié, les flatteurs,
ont-ils jamais été démasqués d'une main plus sûre ?
« Les choses nous abusent, écrit Sénèque à Lucilius :
combien la flatterie ressemble à l'amitié ! elle s'in-
sinue jusqu'au fond de notre cœur, et nous charme
en nous empoisonnant. C'est cette ressemblance qu'il
faut m'apprendre à démêler[3]. » On ne saurait mieux
faire comprendre la délicatesse du problème et la
nécessité de le résoudre. Mais Sénèque s'en tient là.
Aristote lui-même, dans sa morale à Nicomaque,
ne fait que toucher la question[4]. Plutarque l'a-
borde, tranche dans le vif, et déjoue toutes les
ruses de la flatterie avec autant de fermeté que de
finesse.

Cette agréable justesse de sens pratique est particulièrement le mérite de ses Traités d'éducation. Un
Père de l'Église, repassant sur ses traces, a pu rajeunir la vertu de ses conseils sur la lecture des
œuvres d'imagination ; il n'en a fait oublier ni l'esprit judicieux ni le charme : le brillant interprète de

1. De l'Amour fraternel, 20. — 2. De la Distinction du flatteur et de
la l'ami, 25. Aulu-Gelle, *Nuits attiques*, 1, 2. — 3. Sénèque, *Épît.*
45. Cf. *Quest. natur.*, 4, Préface. — 4. Morale à Nicomaque, VIII, 8.

la morale évangélique n'a trouvé que des fleurs à glaner dans le champ moissonné par le moraliste païen[1]. Même sous les fausses couleurs données à son génie par l'auteur apocryphe du Traité de l'*Education des enfants*, Plutarque, du seizième au dix-huitième siècle, de Montaigne à Rousseau, a régné en maître dans les écoles, et aujourd'hui encore ne voudrait-on pas voir gravée sur les murs de nos classes cette maxime qui est, pour ainsi dire, l'âme de sa méthode : L'intelligence des jeunes gens n'est pas un vase qu'il s'agisse de remplir, c'est un foyer qu'il faut échauffer[2]. Nul surtout ne nous paraît avoir mis plus heureusement en lumière ces deux vérités fondamentales, trop souvent oubliées : d'une part, que l'œuvre de l'éducation, embrassée dans son ensemble, est avant tout une œuvre morale, qui, par l'esprit, doit arriver au cœur ; d'autre part, que le temps et l'effort personnel en sont les éléments nécessaires et les conditions indispensables.

En un mot, si, dans l'ordre des sentiments et des devoirs de la famille, la morale compte, parmi les philosophes de l'antiquité, des interprètes d'un accent plus généreux, d'une portée plus haute, elle n'a pas, à notre sens, de représentant plus judicieux, plus fin, ni plus aimable. Fondés sur l'observation exacte des lois et des besoins de la vie humaine, inspirés d'un rare esprit de douceur et de mesure, animés de toutes les ressources d'une mémoire prodigieuse et de la plus riante imagination, les Traités

---

1. St Basile, *Homélie sur le bon usage à tirer des auteurs profanes.* — 2. Plutarque, *de la Manière d'écouter*, 18.

de Plutarque sur la morale domestique ont conservé, pour la plupart, la fraîcheur et l'éternelle jeunesse du bon sens.

Ajoutons que ses préceptes ne sont pas sans faire honneur aux mœurs de son temps, quelque sévère idée qu'il nous en ait d'abord lui-même donnée[1]. En effet, si c'est dans la société qui l'entoure que le moraliste recueille les éléments de ses observations critiques, quand il fait profession, comme Plutarque, de ne rien prescrire que de praticable, la nature des remèdes qu'il recommande n'indique pas moins que la nature du mal qu'il dépeint l'état moral de ceux qu'il a entrepris de guérir. Certes, ce n'était pas une société sans vertu que celle où les maris et les femmes, où les frères et les amis, où les jeunes gens étaient dignes d'entendre de tels conseils et capables d'en profiter. La famille païenne, telle que Plutarque nous la fait connaître, était prête à recevoir le nouvel esprit de vie que le souffle du Christianisme allait y développer.

1. Tel est aussi le jugement de Trenth, pag. 33. Cf. 157 et suiv.

LA CITÉ

CHÉRONÉE : LA PETITE VILLE; LE MUNICIPE.

En attachant l'homme au foyer domestique par les liens des affections les plus étroites, Plutarque ne l'y enchaîne point. Arrivé à l'âge viril, d'autres devoirs le sollicitent et l'appellent hors de la famille. Il ne peut échapper au contact de la vie sociale, et les obligations de la vie politique le réclament; il doit compte de ses forces et de son intelligence à son pays. Or la société, le pays, pour Plutarque, c'est la cité où il est né, où il a voulu vivre et mourir. Si, pendant son séjour à Athènes et à Rome, si dans l'histoire surtout il a observé les passions humaines sur de plus grands théâtres, Chéronée est resté le modeste objet de ses préceptes; c'est en vue de cet horizon volontairement borné par son patriotisme qu'il a tracé les règles de morale sociale et politique que nous avons maintenant à étudier.

On sait que les Béotiens avaient, parmi les peuples de la Grèce, un assez mauvais renom. Plus favorisée que l'âpre Phocide et que la maigre Attique, ses voisines, — humide, brumeuse, mais protégée par l'Eubée contre les vents du nord et baignée par deux mers, s'étendant à l'est et à l'ouest en vastes plaines arro-

sées par l'Asope, le Permesse, le Céphise, régulièrement inondée par les débordements du lac Copaïs,
fertile en pâturages, riche en blés, en vins, en fruits,
la Béotie offrait à ses habitants toutes les ressources d'une vie facile et large. Les peuples résis-
tent malaisément à ces dons de la nature. Laborieux, honnêtes, sensés, les Béotiens passaient pour
intéressés, lourds et sensuels. Certaines inscriptions
les représentent comme de gros mangeurs, et la réputation ne leur en déplaisait point. Leurs repas de
fête duraient des journées entières, quelquefois plusieurs journées de suite. C'étaient les Flamands de la
Grèce. Ni le génie d'Hésiode et de Pindare, ni la valeur héroïque d'Épaminondas et de Pélopidas n'avait
réussi à les relever de cette sorte de discrédit. Cinquante ans avant la naissance de Plutarque, c'était
encore, dans l'imagination populaire, une infériorité
d'avoir été nourri dans l'air épais de la Béotie [1]. Juvénal, son contemporain, l'appelle dédaigneusement
le pays des béliers gras. Les Béotiens semblaient ne
participer à aucune des générosités natives de la race
hellénique. On les accusait d'avoir suivi au temps de
l'invasion des Perses une politique équivoque. Seules
entre toutes leurs villes, Thespies et Platée avaient
envoyé des combattants à Marathon. Dans les guerres
entre Sparte et Athènes, le plus souvent ils avaient
pris parti pour Sparte, comme si la gloire de leur
brillante voisine offusquait leur regard. Pendant la
lutte de la Grèce contre la Macédoine et contre les
Romains, leur rôle, comme à l'époque des guerres

1. Horace, *Epll.* II, 1, 244.

médiques, était resté douteux ou effacé. Tous ces souvenirs pesaient sur leur histoire.

On est d'autant plus touché du filial dévouement que Plutarque témoigne à cette patrie ingrate. Il ne fait point difficulté de le laisser voir : il a pris la Béotie sous son patronage. Les fables dont les poètes avaient à l'envi recouvert son berceau, ont conservé pour lui leur primitif éclat, leur fraîcheur. L'antre de Trophonius lui est un objet de vénération pieuse, à l'égal du temple de Thésée[1]. Il préconise les moindres gloires de ses compatriotes. Il ne connaît pas de plus belle entreprise que la délivrance de la Cadmée[2]. A la vénalité honteuse d'Antalcidas il oppose l'irréprochable intégrité de Pélopidas dans son ambassade chez le grand roi[3]. Il reprend contre Hérodote la cause de l'honneur de Thèbes dans les guerres médiques, et il se montre Thébain, lui, le doux philosophe, jusqu'à la violence, presque jusqu'à la mauvaise foi[4].

Mais dans ce pays dont les fautes mêmes trouvent en lui un défenseur ému, il est un coin qui lui est cher entre tous ; c'est la petite ville de Chéronée.

Sur la limite occidentale de la Béotie, dans l'angle formé par un ruisseau affluent du Céphise et par le lac Copaïs, s'élevait la ville fondée, selon la fable, par Arné, fille d'Éole, et qui avait reçu de Chéron, à qui

1. Plutarque, *de la Cessation des oracles*, 5 ; *de la Malignité d'Hérodote*, 13, 14 ; *des Délais de la justice divine*, 15 ; *Propos de table*, 10, 6 ; *de l'Exil*, 17 ; *Quelle part le vieillard*, etc., 4 ; *Questions romaines*, 104, etc. — 2. Plutarque, *Vie de Pélopidas*, 8, 13. — 3. *Ibid.*, 30, 31 ; Cf. 26 et 27. — 4. *De la Malignité d'Hérodote*, 40. Cf. 19 à 22, 26, 30 à 35.

elle devait une meilleure exposition, le nom de Chéronée. Déjà connue au temps d'Homère, et placée
sous le patronage spécial de Jupiter dont elle passait
pour posséder le sceptre, elle avait été, dans la suite,
occupée et peuplée, en partie, par les descendants de
la famille royale d'Ophellas. Plus tard, commandant
l'entrée de la grande plaine qu'Épaminondas appelait
le champ de danse de Mars[1], elle avait vu par deux
fois le sort de la Grèce se décider au pied de ses
murs; et plus heureuse que Platée, Thèbes, Orcho-
mène, Élatée, tour à tour saccagées ou détruites, elle
n'avait subi, dans le malheur commun, que l'humi-
liation de recevoir une garnison de Philippe de Macédoine et de Sylla[2].

Plutarque ramasse autour de son pays natal toutes
ces traditions plus ou moins obscures, tous ces noms
plus ou moins éclatants; et à voir, dans ses naïves
peintures, cette ville bâtie sous les auspices des Dieux,
peuplée par des rois, respectée par les dominateurs
de la Grèce, aimée par le plus illustre et le meilleur
de ses enfants au point qu'il se fit un devoir et un
honneur de lui vouer son existence et sa renommée,
qui ne conçoit involontairement l'idée de la petite
ville décrite par La Bruyère[2], d'une sorte d'oasis paisible, riante, inaccessible aux mauvais sentiments, digne
séjour de l'aimable sage dont le nom l'a immorta-
lisée?

Telle n'est pourtant pas l'image que Plutarque lui-

1. Vie de Marcellus, 21. — 2. Pausanias, liv. IX, ch. xv, nᵒˢ 5, 6,
7, 10, 11, 12; Strabon, liv. IX, ch. ii, § 37. Cf. § 19; Plutarque, Vie
de Sylla, 19; De la Curiosité, 1; Vie de Cimon, 1. — 3. La Bruyère,
V, de la Société et de la Conversation; Cf. VII, de la Ville.

même nous trace de sa cité. A l'entendre, jamais
petite ville, jamais municipe n'échappa moins que
Chéronée aux caquets du bavardage et de la curiosité, aux convoitises de l'envie, aux lâchetés du respect humain, à l'amour du luxe, aux mesquines et
coupables agitations des ambitions de province. Et
comme, fidèle à la méthode que nous l'avons vu suivre dans les Traités sur la famille, il commence par
décrire les passions qu'il entreprend de corriger, ses
Traités de morale sociale et politique nous ouvrent
un jour sur la vie d'une petite ville et d'un municipe
grec sous la domination romaine, au temps de
Vespasien et de Trajan.

LA PETITE VILLE.

De la vie et des passions de la petite ville. — Le bavardage et la curiosité; Théophraste et Sénèque. — De la source de ces deux travers; l'envie. — La mauvaise honte; son principe, ses dangers. —
L'usure; ses ravages. Homélies de St Basile et de St Grégoire de
Nysse. — De la colère; les misères sociales dont elle est la
cause. — De l'objet des efforts du sage : la tranquilité de l'âme;
Lettre de Sénèque.

Les mœurs d'un peuple ne changent pas avec ses
destinées. Parmi les ruines que Strabon signale sur
son passage en parcourant la Grèce au premier siècle
de l'ère chrétienne, dans ces villes en partie détruites
et dépeuplées, s'agitait une nation toujours ardente,
amie du mouvement et de l'éclat, comme aux plus

beaux temps de sa gloire, et se faisant illusion par ses souvenirs. Mais seule, Athènes resplendissant encore de tout le prestige d'une illustration sans égale, était restée un foyer de lumière, objet légitime d'admiration et de respect[1]. Quant à ses obscures voisines, si la vie ne s'en était point retirée, si le caractère national s'y retrouvait intact, combien il était abaissé !

On a esquissé, d'après Horace et les satiriques latins, le tableau de Rome sous l'empire[2]. On peut de même suivre dans les traités de Plutarque le train ordinaire de la vie de Chéronée.

Le jour à peine levé, la petite ville entre en mouvement, les marteaux retentissent, les scies grincent, les lourds chariots résonnent. Bientôt les maisons commencent à s'ouvrir, les clients s'empressent, tandis que les enfants s'acheminent, sous la direction du pédagogue, au gymnase ou à l'école[3]. Peu à peu l'agora se remplit ; on s'enquiert des événements ; les affaires s'engagent autour de la table des banquiers ; passent les avocats, les sophistes, les maîtres de morale ; la foule les suit. Les tribunaux fermés, les cours terminés, on se retrouve aux jeux, aux entretiens de table, aux séances de concert. Vers la fin du printemps, les gens de bon ton descendent à la mer ; chacun veut paraître à Édipse, à la table de

---

1. Pline, *Épît*, VIII, 24. Cf. Aulu. Gelle, *Nuits Attiques*, I, 2. — 2. Voir particulièrement l'*Étude sur Horace et Virgile*, de M. Patin, en tête de la traduction d'Horace, publiée par la librairie Garnier, p. 19. — 3. Plutarque, *de la Curiosité* ; *de l'Usure* ; *de la Fausse honte* ; *de l'Exil* ; *de la Manière d'Ecouter* ; *de l'Amour* ; *Propos de table*.

Callistrate, rendez-vous de toute la Grèce[1]. Là écla-
tent les rivalités. Parti contre parti, famille contre
famille, on se divise, on se dispute jusqu'à la fureur.
Mais, triste simulacre des passions qui exaltaient les
contemporains de Miltiade et de Démosthène, ce que
les gens de bon ton se disputent aux bains d'Édipse,
ce sont les meilleures baignoires ; ce qui les divise,
ce sont des combats de chiens, de cailles ou de coqs[2].
Voilà l'objet des procès qu'ils rapportent aux tribunaux de leur pays. Heureux quand une volonté souveraine ne termine pas d'autorité les querelles, au
détriment des libertés communes[3] ! En dehors de
ces luttes ardentes, ce qui tient les esprits en éveil,
c'est la nouvelle du jour, l'arrivée d'un magistrat et
son escorte, le passage d'un sophiste renommé, le
retour d'un citoyen en faveur ou en disgrâce, le
train de maison d'un parvenu ; un héritage défraye
tous les entretiens[4] ; un mariage met la ville entière
en émoi[5].

Une jeune veuve, de grande naissance, belle, riche
et de vertu irréprochable, nommée Isménodore, s'é-
tait éprise d'un obscur et pauvre jeune homme, dans
le temps qu'elle cherchait à le marier à une de ses
amies. Cette passion inquiétait la mère qui redoutait
une alliance peu en rapport avec la condition de son
fils. Ses amis ne s'en préoccupaient pas moins. La
ville était divisée en deux camps. « Eh quoi ! disaient
les uns, laisser unir la misère de Bacchon avec les

1. Propos de table, IV, 4 : Édipse, « ville d'eaux, dit Trenth, le Spa de la Grèce. » pag. 27. — 2. De l'Amour fraternel, 17. — 3. Pré-ceptes politiques, 19. — 4. De l'Amour fraternel, 11. — 5. De l'A-mour, 1, 2 à 9. La scène se passe à Thespies.

richesses d'Isménodore, n'est-ce pas risquer, comme on dit, de faire disparaître l'étain dans le cuivre ?...
— Sans doute, répondaient les autres, il serait indigne d'un homme d'honneur de préférer, chez une femme, la fortune à la vertu ou même à la noblesse : mais rejeter la richesse serait folie, quand elle se trouve jointe à la noblesse et à la vertu...» Et le différend s'échauffait. D'aventure, une société de sophistes se trouvait dans la ville. On défère la question à leur tribunal. Tandis qu'ils la discutent dans toutes les formes, Isménodore enlève Bacchon. Au bruit de ce coup de main, émotion générale : quelques-uns, les étrangers, en rient ; ceux de la ville s'indignent, et ils en appellent aux gymnasiarques. Mais déjà les jeunes gens avaient quitté leurs exercices, et Isménodore avait pressé le dénoûment. Au moment où les sophistes, dont la discussion suivait son cours, allaient poser leurs conclusions, un messager était arrivé, annonçant qu'on n'attendait plus qu'eux pour commencer le sacrifice. Prenant aussitôt la robe blanche et la couronne, ils s'étaient rendus au temple, et la foule avait suivi[1].

C'étaient là les événements qui agitaient la petite ville. Vivant au milieu de ces passions, Plutarque travaille à les corriger. Éclairer ses concitoyens, — ceux qui venaient l'entendre ou le consulter, — sur les dangers et les remèdes du bavardage, de la curiosité, de la fausse honte, de l'envie, de l'amour des richesses, élever leur pensée au-dessus de ces faiblesses, de ces travers, de ces vices, épurer et pacifier leur âme :

1. De l'Amour, 1, 10, 26.

tel était le fréquent objet de ses conférences et de ses
entretiens et tel est le sujet d'un grand nombre de
ses Traités.

De tous les défauts que produit ou que développe
la vie oisive et concentrée de la petite ville, il n'en
est pas de plus commun, peut-être, ni de plus insup-
portable, sinon de plus grave, que le bavardage et la
curiosité.

Sous les types du babillard, du bavard et du nouvelliste, Théophraste a tracé un triple caractère —
tant le travers était dans le sang des Grecs ! — de ceux
que la maladie de parler dévore[1]; et ses portraits
sont pleins de vie. A la netteté du dessin, à la vigueur
du coup de pinceau, on reconnaît le disciple d'A-
ristote ; mais dans l'accumulation et l'exagération
des traits on retrouve aussi le maître du peintre de
Ménalque : bavard, babillard, nouvelliste, tous les
personnages de Théophraste sont des personnages
de comédie. Ce n'est pas ainsi que procède Plutarque.
Il ne définit pas ou ne définit que par des images ; il
ne peint pas ses originaux en pied et ne s'étudie
point à marquer les nuances. Il réunit sous un même
nom tous ceux qui sont atteints de la démangeaison
de parler, et il lui suffit de les crayonner au fur et
à mesure qu'il les saisit dans le jeu de l'action. Mais
moins dramatique, moins finie, plus simple, en un
mot, l'image qui sort de ces esquisses rapprochées
les unes des autres est-elle moins expressive? On en
jugera par ces quelques traits.

1. Caractères, 3, 7, 8. Cf. Martial, *Epigr.*, IX, 35. — 2. La Bruyère,
de l'Homme, ch. xi.

11

A Olympie, dit-il, il y a un portique qui répète plusieurs fois les sons ; on l'appelle le portique aux sept voix : tel est le bavard. Le moindre son vient-il à l'ébranler, mille échos retentissent. On dirait que les conduits de l'ouïe aboutissent, chez lui, non au cerveau, mais à la langue. C'est un vase vide et sonore en mouvement.... L'ivresse est parleuse, mais l'ivrogne ne bavarde qu'après boire ; le bavard parle et parle encore, sur la place publique, au théâtre, en promenade, au chevet d'un malade, en voyage, assis, debout, le jour, la nuit : c'est un fléau plus redoutable que la maladie et le mal de mer.... De toutes les espèces de méchants, le plus dangereux, assurément, c'est le traître ; le bavard est un traître gratuit ; sans attendre qu'on le sollicite, il livre les secrets de tout le monde[1]...

Admirant, avec raison, la spirituelle justesse de ce portrait, la Harpe se demande à qui Plutarque a bien pu l'emprunter[2]. Avait-il donc rencontré cette espèce de folie, dit-il, et sa sagesse en avait-elle été heurtée ? Plutarque ne le cache pas : c'est autour de lui, parmi ses concitoyens, qu'il a étudié le bavardage, et plus qu'il ne l'eût voulu peut-être. Lui si discret, nous le savons, ne se plaint-il pas, sans le nommer, il est vrai, d'un habitant de Chéronée, qui, ayant lu deux ou trois livres d'Éphore, en assassinait tout le monde et faisait déserter les réunions par son sempiternel récit de la bataille de

---

1. Du Bavardage, 5. — Cf. de la Mauvaise honte, 5. Voir Aulu-Gelle, *Nuits attiques*, I, 15. — 2. Cours de littérature, 1re partie, III, ch II, sect. II.

Leuctres[1]? Mais il n'a pas besoin d'avoir ses originaux sous les yeux pour les peindre. S'il emprunte à
l'histoire quelque exemple, il ne reste pas moins fidèle
à la vérité et à la mesure. On connaît l'anecdote du bar-
bier d'Athènes[2]. Quelle simplicité, quel naturel dans
ce petit récit, et quelle preuve de bon goût de n'avoir
rien ajouté au fait fourni par l'histoire, rien que l'art
ingénu de la mise en scène et le relief du détail qui
complète le caractère, sans le charger !

C'est avec le même naturel expressif que Plutarque
décrit l'homme affairé des affaires des autres, ou le
curieux. Sénèque se raille agréablement de cette
foule d'oisifs qui courent les maisons, les théâtres,
les places, offrant leurs services à tout venant[3]. Demandez à l'un d'eux, dit-il, où il va au sortir de chez
lui, et quelle est son idée. Je n'en sais rien, vous ré-
pondra-t-il : mais je sors.... Avez-vous vu des fourmis, grimpant le long d'un arbre, monter à vide de
bas en haut et redescendre de même? telle est
l'image de ces gens dont on pourrait qualifier l'existence de laborieuse inoccupation. C'est pitié de les
voir toujours pressés, comme si le feu était quelque
part, heurtant ceux qui passent, tombant et faisant tomber tout le monde. Et pourquoi cette hâte?
Pour aller donner un salut qu'on ne leur rendra pas,
suivre le convoi d'un mort qu'ils ne connaissaient
pas, assister au procès d'un plaideur de métier, aux

---

1. Du Bavardage, 22. Cf. dans Épictète (*Dissert.* I, 25 15) l'histoire
du soldat reprenant, à tout propos, sa campagne de Mésie : « Je t'ai
déjà raconté, camarade, comment j'escaladai ces hauteurs, etc... » —
2. Ibid., 13. — 3. Sénèque, *de la Tranquillité de l'âme,* 12. Cf. Épîtres, 22.

fiançailles d'un mari qui convole, ou escorter une litière qu'en certains endroits ils porteront eux-mêmes. La chose faite, ils rentrent chez eux, exténués de fatigue, et jurant qu'ils ne savent point pourquoi ils se sont donné tout ce tracas; le lendemain, ils recommencent.

Voici, en regard, la description de Plutarque. — La fable raconte que Lamia, quand elle rentrait chez elle, déposait dans un vase ses yeux qu'elle remettait pour sortir; de même chacun de nous, en entrant chez autrui, se met, pour ainsi dire, l'œil de la curiosité.... Indifférents et mous sur ce qui nous touche, nous fouillons dans la vie et dans la généalogie de nos voisins. Le grand-père d'un tel n'était-il pas Syrien, et sa nourrice Thracienne? un tel ne doit-il pas trois talents, dont il n'a pas encore payé les intérêts? D'où pouvait donc bien revenir celui-ci, et qu'avait à dire, dans son coin, celui-là ?....Les vents les plus insupportables, disait Ariston, sont ceux qui retroussent les robes. Le curieux ne soulève pas seulement les manteaux et les tuniques, il perce les murailles, il ouvre les portes, surprend la maîtresse ou la fille de la maison, recueille les médisances, et comme les ventouses qui attirent le mauvais sang, suce, pour ainsi parler, les méchants propos[1]....Rarement il va à la campagne : la tranquillité et le silence des champs lui déplaisent. S'y transporte-t-il de loin en loin? C'est pour passer en revue les vignes du prochain, non les siennes, pour s'enquérir du nombre des bœufs perdus ou des pièces de vin aigries dans le

---

1. De la Curiosité, 1, 3, 6, 7.

village. Sa provision faite de tous les mauvais bruits,
il repart, court sur la place, au port : Quoi de nouveau ? demande-t-il. — Mais vous étiez ici ce matin
même ; pensez-vous donc que la ville ait changé de
place en trois heures? Lui laisse-t-on entendre qu'on
a quelque chose à lui conter, il se précipite à bas de
son cheval, vous prend la main, vous embrasse ; et
le voilà sur ses jambes, tendant l'oreille.

J'abrège, ne pouvant tout citer. Le fidèle et pénétrant observateur nous montre le curieux occupé tour
à tour à ouvrir les messages, à écouter aux portes,
à chuchoter, sur le seuil des maisons, avec les esclaves et les servantes, à regarder jusque dans les
litières des femmes, à se suspendre à leurs fenêtres.
Il ne se borne pas à le peindre, il le stigmatise. La
curiosité, dit-il énergiquement, est une sorte d'adul-
tère[1].

Comparer cette peinture à la page de Sénèque, ce
serait trop aisément donner l'avantage à notre moraliste. Non pas, assurément, que le morceau du satirique latin manque de verve; mais Sénèque s'arrête,
pour ainsi dire, à la surface du caractère qu'il décrit.
L'homme affairé qu'il représente n'est qu'un homme
affairé, qui ne saurait dire lui-même pourquoi il
s'agite. Dans l'agréable commentaire qu'il ajoute au
portrait de Sénèque, Montaigne dit : « Ce sont des
gens qui sont sans vie, quand ils sont sans agitation

---

1. De la Curiosité, 8, 9, 13, 16 ; Cf. de l'Exil, 2. On peut rapprocher de ces traits ceux sous lesquels Cicéron (*Disc. pour Cœlius*, 16,
39), Sénèque (*Épîtres*, 23), Martial (*Epigr.*, II, 82; III, 43), Tacite
(*Annal.*, XI, 27), Juvénal, (*Satir.*, I, 145 ; VI, 403), S¹ Jérôme (*Lettres*,
127, 31), peignent le commérage de la grande ville.

tumultuaire : ils ne cherchent la besogne que par
embesongnement : ce n'est pas qu'ils veuillent aller,
tant comme c'est qu'ils ne se peuvent tenir, ni plus
ni moins qu'une pierre esbranlée en sa cheute, qui
ne s'arreste jusqu'à tant qu'elle se couche[1]. » Et tel est
bien le curieux de Senèque, s'embesognant dans le
vide, comme la fourmi à laquelle il le compare. Mais
tel n'est point celui de Plutarque. Il a son but, lui ; il
sait ce qu'il veut ; ce qui lui donne la fièvre, c'est le
désir de surprendre le secret de tout le monde. Sénèque ne s'en prend qu'au ridicule ; sous le ridicule, qui
ne lui échappe pas, Plutarque voit le défaut. Comme
Théophraste, enfin, Sénèque s'amuse du type qu'il
met en scène ; Plutarque se défend expressément de
toute pensée de moquerie[2]. S'il décrit les défauts, c'est
afin que ceux qui en sont atteints, se reconnaissant
eux-mêmes dans l'image qu'il trace, puissent plus
facilement se corriger. Là est son originalité. Les
prescriptions curatives se mêlent toujours à ses descriptions ; elles en sont le fond.

Au bavard il tient donc ce langage[3] : « On parle
pour être écouté, et on ne vous écoute point : votre
vue seule met tout le monde en fuite. On parle pour
être cru, et l'on ne vous croit point, même quand
vous dites la vérité. Parmi les maladies de l'âme, les
unes sont dangereuses, les autres odieuses, les autres
ridicules ; le bavardage est, à la fois, ridicule, odieux
et dangereux. Ridicule : car on se moque des grands
parleurs ; odieux : car on n'aime pas les porteurs de

1. Montaigne, Essais, III, 10. — 2. Du Bavardage, 16. — 3. Ibid.,
6, 7 à 15, 16 à 19, 20, 21, 22.

mauvaises nouvelles; dangereux : car ceux qui révèlent leurs propres secrets ou ceux des autres s'exposent aux plus terribles mésaventures. Il faut donc combattre le bavardage doucement, mais incessamment, en se raisonnant d'abord, puis en s'accoutumant à ne pas se presser de répondre avant tout le monde, et à ne pas répondre à la place d'un autre; à se surveiller sur les sujets où l'on est, par métier, tenté de s'étendre; à se décharger, par écrit, dans des compositions de cabinet; à fréquenter, de préférence, les personnes dont l'âge ou le mérite impose le respect; à s'interroger, avant de parler, sur la portée de ce que l'on va dire; à se rappeler enfin qu'on s'est souvent repenti d'avoir parlé, jamais de s'être tu[1].

C'est ainsi que pour le bavardage il tranche le mal à sa racine. Il ne traite pas tout à fait la curiosité avec la même rigueur. Il en admet, il en loue même le principe[2]. Il s'efforce seulement d'en redresser l'application. Il voudrait la détourner des futiles objets de la médisance qui abâtardit le cœur, appauvrit l'esprit, ruine toute confiance, pour la ramener aux études sérieuses qui élèvent l'âme, fortifient l'intelligence, attirent honneurs et crédit. Fermez, dit-il au curieux, fermez ces portes et ces fenêtres qui ont jour sur le voisin; ouvrez celles qui donnent dans votre appartement, dans celui de votre femme, dans les chambres de vos esclaves et surtout dans votre propre cœur : votre activité trouvera là un aliment salutaire.

1. Du Bavardage, 23. Cf. Épictète, *Manuel*, 33, 2; *Dissert.*, III,
—2. De la Cur., I. Voir Trenth, p. 125 à 150, et Volkmann, 1ʳᵉ part.,

Dans la maison des bons pères de famille, disait Xénophon, il y a une place particulière pour les vases
des sacrifices, une autre pour la vaisselle de table,
une autre pour les instruments de labourage, une
autre enfin pour les attirails de guerre; dans votre
âme aussi, les vices ont chacun leur coin : ici, se
cache l'envie, là, la superstition, ailleurs, l'avarice;
passez votre revue... Éprouvez-vous le besoin de sortir
de vous-même, portez votre regard sur les merveilles
du ciel et de la terre; ou, si, comme au serpent qui
se nourrit d'herbes vénéneuses, il vous faut des malheurs pour pâture, conduisez votre curiosité dans les
champs de l'histoire : elle y trouvera ample provision
de catastrophes, et c'est un plaisir qui ne coûtera à
vos concitoyens aucun chagrin[1]... A quoi que vous
l'appliquiez, d'ailleurs, souvenez-vous qu'elle a moins
besoin d'être excitée que réglée. Il faut incessamment la tenir en bride... Et que la pensée de cette
vigilance ne vous effraye point. Est-il si difficile de ne
pas vous arrêter en chemin pour lire les inscriptions
des tombeaux, de traverser les promenades sans regarder les affiches, de passer devant la maison d'autrui sans y porter les yeux comme un voleur y por-
terait la main, de ne pas vous approcher, sur la place
publique, des rassemblements où l'on se querelle,
ou, si vous n'avez pas la force de vous tenir à distance,
de vous en retourner tranquillement chez vous; de
ne point vous laisser tenter par les applaudissements
de l'amphithéâtre ou par les cris du cirque; de ne
point rompre avec précipitation le sceau d'un mes-

1. De la Curiosité, 5, 11, 12, 18.

sage avec les dents, de ne pas courir à la rencontre d'un courrier, de ne point chercher à tout entendre dans votre propre maison [1]?... Or, renouvelées chaque jour avec attention, ces petites pratiques suffisent à corriger les écarts, à réprimer les excès de la curiosité, sans étouffer ce qu'elle contient en soi de généreux et de fécond.

Tous ces conseils, développés avec une bonhomie aiguisée, peuvent être, en effet, aussi efficaces à la longue qu'ils sont simples et sensés. Cependant ce ne serait pas rendre une complète justice au sage de Chéronée, que de se borner à relever, dans ces deux Traités, la vérité expressive des descriptions et la sagesse pratique des préceptes.

Plutarque pénètre plus avant dans la délicate analyse de son sujet. Il établit, non sans finesse, la solidarité du bavardage et de la curiosité. « La curiosité, dit-il [2], est l'aliment du bavardage, le bavardage, l'épanchement de la curiosité. » Bien plus, remontant jusqu'à la source de ces deux défauts, dans la curiosité il signale une sœur de l'envie [3]. Malheureusement il n'insiste pas sur cette parenté psychologique autant qu'il conviendrait. Mais l'envie est un des sentiments dont il a sondé le fond avec le plus de sagacité et il mérite qu'on le suive dans cette étude [4]. Bossuet, pour caractériser les doucereuses bassesses de « cette passion obscure et lâche, » n'a fait que retrouver, pour ainsi dire, les fortes images que Plu-

1. De la Curiosité, 13, 14. — 2. Du Bavardage, 14. — 3. De la Curiosité, 1, 6. — 4. Des Moyens d'échapper à l'envie ; de l'Envie et de la Haine. Cf. De la manière d'écouter, 5 ; de l'Utilité des ennemis 10 ; de la Tranquillité de l'âme, 6, etc

tarque avait créées[1]; et La Bruyère, dans la définition qu'il en donne, n'est ni plus exact ni plus profond[2].

Chose caractéristique et qui marque bien le point de vue d'où Plutarque considère les passions, dans la comparaison étendue qu'il fait entre l'envie et la haine, c'est à la haine qu'il donne l'avantage.

On ne hait généralement, dit-il, que celui dont on craint quelque mal : c'est au bonheur, quelle qu'en soit la nature, que s'attache l'envie. La haine s'exerce sur un objet défini; l'envie s'étend à tout : c'est une ophthalmie de l'âme. La haine est une passion juste à l'égard des hommes qui la méritent, et à l'égard des hommes qui ne haïssent pas ceux qui la méritent: l'envie est toujours une passion injuste, prospérité n'étant pas vice. La haine est un sentiment que l'on avoue; on n'ose pas dire qu'on est envieux : colère, crainte, haine, l'envie se déguise sous toute espèce de noms d'emprunt; c'est une maladie honteuse dont on se cache. Souvent la haine s'amortit; on cesse de haïr celui dont on n'a plus de mal à redouter, celui dont on a reçu du bien ou dont on a reconnu la vertu. L'envie est implacable; le bienfait même l'irrite, parce qu'il est un témoignage de supériorité dans la situation et dans les sentiments. La haine a ouvertement pour but de nuire, et elle y emploie tout son pouvoir. L'envieux ne souhaite mal de mort à personne; il voudrait seulement arrêter l'essor des fortunes ou des réputations qui le dépassent. Loin de lui la pensée de causer un mal irrémédiable! mais

1. Sermon pour la quatrième semaine du Carême. — 2. De l'Homme.

de la grandeur qui l'humilie il abattrait volontiers, comme d'une maison voisine trop haute tout ce qui offusque sa vue.

On sent que le sage de Chéronée n'a observé la haine que de loin, à travers l'histoire et dans ce qu'elle peut avoir de grand, tandis qu'il a suivi l'envie à l'œuvre, pour ainsi dire, dans l'étroite enceinte de la petite ville où les convoitises et les rivalités incessamment en contact se font sourdement la guerre. « Quand, dit-il, un homme voit les chevaux et les chiens d'un homme qu'il n'aime pas appréciés et estimés, ses terres bien cultivées, ses vergers en rapport, n'éprouve-t-il pas une sorte de tristesse, qui se change bientôt en amertume et s'exhale en mauvais propos[1]? » Toute la vie de la petite ville est là.

Cet inévitable rapprochement de tous les jours a d'autres dangers. S'il en est qu'il excite, il en est aussi qu'il paralyse : esprits faibles et timorés, qui courbent la tête sous le joug que le premier venu leur impose, — non faute de savoir ce qu'ils veulent, mais faute d'oser résister à la volonté d'autrui, — prennent le médecin de celui-ci, le précepteur ou l'avocat de celui-là, s'engagent, sur la foi d'un ami, dans la secte d'Épicure ou de Zénon, promettent à tout le monde appui, services, caution, et n'ont pas plus tôt donné leur parole qu'ils voudraient la retirer, rougissant de leur faiblesse[2]. Ce sont les victimes de la mauvaise honte ou du respect humain.

1. De l'utilité des ennemis, 10; Cf. 4, 9. — 2. De la mauvaise honte, 8.

Victimes avons-nous dit : Plutarque, en effet, sait
ce qu'il peut entrer dans la mauvaise honte de louables scrupules, de pudeur vraie, de sincère délicatesse. Aussi commence-t-il par faire quelques réserves.
Lorsqu'on démolit un bâtiment attenant à un temple,
on a bien soin, dit-il, d'étayer le temple : ainsi faut-il
craindre, en portant la main sur les fondements de la
mauvaise honte, d'ébranler ce qui doit en être conservé [1]. Mais pour être une défaillance digne de sympathie, la mauvaise honte n'en est pas moins une défaillance dangereuse, et, par cela seul qu'elle est une
abdication volontaire, une défaillance coupable. Ses
réserves une fois faites, Plutarque ne lui ménage pas
les sévérités : « La mauvaise honte est comme un terrain bas qui reçoit toutes les eaux d'alentour ; incapable de rien détourner, de rien repousser, elle est
le déversoir des mauvaises passions et des vices d'autrui [2]... Et il peut arriver que la mort soit le prix de
sa mollesse. Polysperchon avait promis à Cassandre
de faire périr Hercule ; pour consommer son crime,
il invita le jeune homme à souper. Celui-ci, se défiant
de l'invitation, prétextait sa santé. Polysperchon vint
le trouver. Hercule, cédant à la mauvaise honte, suivit Polysperchon, et, pendant le souper, il fut mas-
sacré par les convives [3]. » Exemple saisissant, mais
excessif. Aussi Plutarque ne s'y arrête-t-il pas ; et,
revenant à l'observation de la société qui l'entoure,
il s'efforce simplement de montrer à ceux qui se laissent atteindre par la mauvaise honte les embarras
auxquels ils s'exposent. « Vous n'osez refuser de l'ar-

1. De la mauvaise honte, 1. — 2. Ibid., 3. — 3. Ibid., 4.

gent à un ami, dit-il, et n'en ayant pas vous-même,
vous êtes obligé d'emprunter pour tenir votre promesse ! Vous vous laissez aller à donner votre parole
pour le mariage de votre fille ou de votre sœur, et,
l'affaire entamée, il faut mentir pour vous en tirer [1] ! »
Il est là sur son terrain et il s'y déploie [2] Demandes
d'argent, recommandations indiscrètes, insinuations
intéressées, menaces, louanges, il nous met en garde
contre toutes les surprises de la mauvaise honte, avec
une piquante ingénuité. « Un orateur vous félicite de
commettre une injustice dans un jugement; répon-
dez-lui que vous ne demandez pas mieux, pourvu
qu'il s'engage lui-même à commencer son exorde par
un solécisme ou à faire un barbarisme dans sa narration. Un homme distingué par sa naissance et par son
rang veut que vous lui rendiez un service honteux;
demandez-lui, en retour, d'aller sur la place publique
en dansant et en faisant la grimace. Proposez à l'avare
de vous prêter un talent sans billet, à l'ambitieux, de
vous céder ses droits [3]. S'ils s'y refusent, quel beau jeu
pour leur demander lequel est le plus coupable de pé-
cher contre la langue ou de violer les lois, lequel
est le plus fâcheux de se défigurer ou de commettre
un parjure, lequel est le plus pénible de prêter sans
contrat et de renoncer à une candidature ou de favoriser le méchant au préjudice de l'homme de bien! »
Toute cette science d'échappatoires manque d'élévation sans doute : mais n'achève-t-elle pas de nous faire
pénétrer au foyer même des importunités, des intrigues et des misères de la petite ville?

1. De la Mauvaise honte, 9. — 2. Ibid., 5, 6, 12. — 3. Ibid., 16,
17. — Cf. 7, 10, 11, 13 à 15, 18.

Cependant le bavardage n'est qu'un travers, la curiosité un défaut, la fausse honte une faiblesse : une plaie véritable, l'usure, dévorait Chéronée.

Fléau des sociétés naissantes, l'usure avait été longtemps, en Grèce, comme à Rome, une cause de troubles intérieurs et de révolutions. Mais jadis c'était la misère qui contraignait les plus pauvres à se dépouiller successivement de leurs instruments de travail, de leur coin de terre, et — la lèpre, selon l'énergique expression d'un historien[1], finissant par gagner leur corps, — de leur propre liberté ; aujourd'hui, c'est l'amour des jouissances qui précipitait les plus riches « dans l'abîme des contrats usuraires et des hypothèques dévorantes »[2].

Dans ses préceptes de mariage, Plutarque, on se le rappelle, nous a déjà laissé entrevoir les tentations ruineuses auxquelles succombaient les femmes de son temps. « Les lois d'Égypte, dit-il, défendaient aux femmes de porter des souliers, afin de les accoutumer à garder la maison. Maintenant, pour les y faire rester, il suffirait de leur ôter leurs souliers brodés d'or, leurs bracelets, leurs colliers, leurs bijoux et leurs robes de pourpre[3]. » Mais ce n'est point des femmes seulement que venait le danger. En même temps qu'il donne à Eurydice des préceptes de modestie, Plutarque recommande à Pollianus de ne point aimer la vaisselle dorée, les appartements décorés avec magnificence, les mules richement caparaçonnées. Les Béotiens avaient le goût du plaisir,

---

1. Tite-Live, *Décad.*, L. II, ch. xxiii. — 2. De l'Amour des richesses, 2, 7. Cf. 1. — 3. Préceptes de mariage, 30.

et pour satisfaire leurs passions, aucun mauvais sacrifice ne leur coûtait.

Plutarque ne peut retenir son indignation contre les banquiers de Patras, de Corinthe et d'Athènes, dont le trafic propageait cette gangrène[1]. Comme s'il ne se sentait point tout d'abord assez armé par sa sagesse contre la gravité du mal, il commence, contre son ordinaire, par appeler les lois à son aide. Platon voulait défendre « qu'on allât puiser de l'eau chez un voisin, avant d'avoir cherché dans son domaine, en creusant jusqu'à l'argile, si l'on n'aurait pas soi-même quelque source[2]. » Plutarque souhaiterait, de même, qu'une loi interdît d'emprunter à celui qui n'aurait pas préalablement fait le compte de son bien et « ramassé, goutte à goutte, toutes ses ressources ». Mais il ne s'arrête pas longtemps à ce moyen de contrainte. C'est au cœur de l'homme, à ses instincts d'indépendance, à ses sentiments d'honneur, qu'il fait appel avec une persuasive émotion. « Celui qui emprunte, dit-il, s'abdique lui-même. Une fois tombé dans le filet des usuriers, il n'en sort plus. Comme le cheval qui a reçu le frein, il passe d'un cavalier à un autre. Plus il se retourne et s'agite, plus il s'enfonce dans le bourbier[3]. Eût-il même, quand il en est temps encore, le désir de s'en tirer, le plus souvent, il ne le peut plus[4]. S'il ne donne rien, on le presse ; s'il veut donner, on ne reçoit pas ; s'il vend, on déprécie la chose ; s'il ne veut pas vendre, on l'y oblige ; s'il fait serment de s'acquitter, on lui rend ordre pour serment ; s'il tente une dé·

1. De l'usure, 4, 5, 6. — 2. Ibid., 1. — 3. Ibid., 7. — 4. Ibid., 3.

marche, on refuse de le voir; s'il reste chez lui, on force sa porte[1]. Non content d'attenter à sa liberté, on l'abreuve d'humiliations[2]. Il est l'esclave des esclaves, qui, plus insolents encore que les maîtres, s'installent à sa table et l'insultent. »

Fort de la vérité expressive de ces arguments, le moraliste ne craint plus alors de s'écrier dans un chaleureux langage : « Avez-vous de quoi vivre? n'empruntez pas ; n'avez-vous pas de quoi vivre? n'empruntez pas non plus : vous ne pourriez vous libérer[3]... Le temple de Diane, à Éphèse, est pour les débiteurs un asile assuré contre les créanciers. Du retranchement volontaire de votre superflu, faites-vous pour vous-mêmes, pour votre femme et pour vos enfants, un asile plus sûr encore : le temple de la frugalité, inaccessible aux usuriers, est un sanctuaire de liberté inviolable[4]. »

Deux siècles après que les citoyens de Chéronée avaient entendu ces fermes conseils, du haut de la chaire chrétienne, un évêque[5], achevant devant les fidèles d'Antioche l'interprétation du quatorzième Psaume, disait spirituellement, en commençant son homélie sur l'usure : « Hier, le temps ne nous a pas permis d'arriver au terme de notre discours; nous venons, en loyal débiteur, vous payer l'arriéré de notre dette. » Complétant sa métaphore et reconnaissant toutes ses obligations, saint Basile aurait pu faire aussi allusion à ses emprunts. En effet, l'homélie sur l'Usure n'est que la reproduction du Traité

1. De l'usure, 3. — Cf. 8. — 2. Ibid., 7. — 3. Ibid., 6, 7, 8. — 4. Ibid., 2, 3. — 5. St Basile (Édit. Gaume, t. I, 1re partie, p. 151), Homélie sur l'usure, 1.

de Plutarque. Mouvement de l'argumentation, tours
de phrases, comparaisons, images, l'éloquent évêque
a tout fait passer dans son entretien[1]. Quand donc,
reprenant le même sujet, saint Grégoire de Nysse
priait son auditoire, dans un solennel hommage à
saint Basile, de ne pas l'accuser de témérité ou de folie, si, « après l'homme illustre, renommé en sagesse
et versé dans tous les genres de belles-lettres, qui
avait laissé le discours contre les usuriers comme
un trésor pour la vie, il osait descendre dans la même
carrière et lutter, avec un attelage de vils animaux,
contre de généreux coursiers couronnés par la victoire, » c'est à Plutarque que devait légitimement
remonter cet hommage; c'est lui qui, le premier,
avait produit ce trésor à la lumière : l'évêque n'avait
point trouvé de meilleur commentaire pour la parole
du roi-prophète, que les conseils du philosophe de
Chéronée et ses pressants appels à la raison.

Le même esprit de sagesse pénétrante inspire un
autre Traité qui se rattache, par son but, aux prescriptions de morale sociale dont nous groupons ici
l'examen, je veux parler du Traité de la Colère.

A entendre Sénèque, il semble que la colère ne se
manifeste jamais que par des calamités publiques ;
c'est sur des champs de bataille couverts de cadavres,
sur le Forum inondé de sang, dans les villes en
cendres, qu'il nous en montre les effets désastreux[2].
On sent qu'il écrit dans le palais des Césars. Tel n'est
pas le point de vue de Plutarque. L'exact sentiment

1 Homélie sur l'usure, 2, 3, 4. — Cf. Trenth, pag. 13 et C. Fialon :
Étude littéraire sur St-Basile, pag. 95 et suiv. — 2. De la Colère, 1, 3

de la réalité ne l'abandonne jamais. Il sait quelles
peuvent être pour les peuples les conséquences de la
passion des princes; mais, comme les tempêtes,
ces déchaînements terribles sont des accidents. Il
prend la question de moins haut. C'est autour
de lui, dans la famille, chez des voisins, qu'il a
étudié les effets de la colère. Un des chapitres les
plus importants de son Traité, — nous y avons
déjà puisé, — est celui où il signale les regret-
tables violences que la colère produit dans les rapports du maître et de l'esclave[1]. Ailleurs, il l'accuse avec force de ne rien respecter dans la maison,
d'attaquer tout, amis et ennemis, parents et enfants,
animaux et jusqu'aux choses inanimées[2]. Mais nulle
part ses emportements ne lui paraissent plus dangereux que lorsqu'ils sont excités par les passions de
la vie sociale, et parmi les causes qui les détermi-
nent, les plus ordinaires, à ses yeux, et les plus
graves, sont l'ambition, l'amour du luxe, la curiosité, l'envie, c'est-à-dire les défauts qu'il vient de
nous peindre comme les fléaux de la petite ville[3].
Voilà pourquoi nous avons dû réserver pour cette
place l'étude de cette passion et l'examen des remèdes que le moraliste propose pour la guérir.

Nous avons cité Sénèque. Son Traité de la colère
offre tous les dehors d'une grande œuvre. Mais ni le
plan ni le style du monument ne répond à ces
promesses. La définition que le philosophe donne de

---

1. Des Moyens de se corriger de la colère. Voir plus haut, chap. II,
p. 112.— Cf. Montaigne, *Essais*, XXXI. — 2. Ibid., 11, 3. — 3. Ibid.,
8, 10.

la colère est tardive et forcée[1]; ses descriptions, qui reviennent jusqu'à trois fois[2], sont fatigantes, ses exemples excessifs[3]. Par une étrange erreur, il ne distingue pas la colère, qui est surtout un mouvement impétueux de l'âme, de l'indignation dans laquelle l'émotion morale domine; il leur attribue du moins la même origine[4]. Ailleurs, — erreur plus grave qu'il commet, il est vrai, à la suite de Cicéron[5], — il confond la colère (ὀργὴ) avec la passion (θῦμος), qui n'est que le ressort de l'âme, ressort utile ou dangereux selon la force à laquelle on l'applique; et il perd son temps à combattre Platon et Aristote qu'il n'a pas pris la peine de comprendre[6]. En un mot, toute la partie théorique du Traité est faible. Les meilleures pages sont celles des prescriptions. Sénèque est, sur ce point, en fonds de remarques fines et justes[7]. Mais une guérison progressive ne lui suffit pas; il exige une transformation immédiate et absolue. D'un autre côté, il ne sait rien dire simplement; il pousse tout à l'hyperbole[2], il s'emporte; et c'est par une sorte d'explosion de colère qu'il termine l'exposition de ses remèdes contre la colère[8].

Ces défauts suffiraient, n'eût-on pas d'autres preuves, pour révéler une œuvre de jeunesse. C'est, au

1. Ira est concitatio animi ad ultionem voluntate et judicio pergentis. II, 3, n° 5; Cf. Aristote, *Rhétorique*, II, 3; *Morale à Nicomaque*, VII, 6. — 2. Ibid., I, 1; II, 35; III, 3, 4. — 3. Ibid., I, 3; II, 7, 8; III, 41. « Hac occasione data, vehementer invehitur in vitiositatem sui temporis, in qua describenda et vividiore spiritu efferenda nimis sibi indulsit : ut magis ἐπίδειξιν declamatoriam legere putaveris. » (Note de Ruhkopf, II, 6.) — 4. Ibid., II, 5. — 5. Tusculanes, IV, 15. — 6. Ibid., I, 8 à 14; II, 14 à 16; III, 3. — 7. De la Colère, II, 18 à 34, III, 6, 7, 11, 12, 36. 2. Ibid., III, 15 — 8. Ibid., III, 43.

contraire, une œuvre de maturité et d'expérience que
le Traité de Plutarque. Rien de moins ambitieux que
ses descriptions et ses conseils. Point de théories,
point de discussions abstraites ; une définition toute
simple, sans grande profondeur, mais claire et satisfaisante. « L'habitude de l'emportement engendre
dans l'âme, dit-il, un mal qu'on appelle la colère,
laquelle aboutit à produire dans le caractère l'irrita-
tion, l'aigreur et une humeur chagrine[1]. » Plutarque
n'a pas même la prétention de résumer l'enseignement de l'école sur la matière. Son but est d'offrir
à ceux qui sont enclins à ce défaut quelques préceptes propres à les en guérir. Mais bien ordonné
dans ces limites restreintes, le Traité a tout l'intérêt
de son modeste objet : c'est un excellent manuel
pratique. Ce qui lui donne, de plus, un attrait spécial, c'est qu'il est un chapitre d'une sorte d'autobiographie psychologique. Nous avons déjà entendu notre
moraliste s'accuser, par la bouche de Fundanus, de
n'avoir pas toujours usé de douceur et de justice envers ses esclaves, autant qu'il l'aurait dû. Tout le
Traité de la colère n'est que le naïf exposé de ses tâ-
tonnements et de ses luttes pour s'affranchir de cette
passion. Comme les Thébains aux prises avec les
Lacédémoniens, il lui a fallu la garantie d'un premier succès pour croire à la possibilité de la victoire.
Vainqueur deux ou trois fois de ses emportements,
c'est alors seulement qu'il a été convaincu que la
colère n'était pas un mal incurable pour quiconque
a la sérieuse volonté d'en chercher le remède[2].

---

1. Des Moyens de se corriger de la colère, 1. — 2. Ibid., 2.

Quelle engageante sincérité, et que nous voilà loin
des hyperboles! Voyons donc rapidement le traitement qui lui a réussi.

D'une part, il s'est convaincu par le raisonnement
qu'il n'est point vrai que la colère naisse si subite-
ment dans l'âme, qu'on ne puisse en prévenir les
accès[1]; et il se refuse à admettre qu'elle ait rien d'utile
ou de généreux, soit dans les jeux, où elle change
l'amitié en haine, soit dans les discussions, où elle
transforme le désir de s'instruire en amour de la dispute, soit dans l'éducation des enfants, où elle ne
produit que le découragement et le dégoût, soit surtout dans l'exercice des charges publiques et dans
l'administration de la justice, où elle rend l'autorité
blessante. D'autre part, il s'est fait un recueil d'exemples de modération et de sang-froid tirés de la vie des
philosophes[2]; et ces exemples lui ont démontré que,
le plus souvent, la colère est impuissante, que ceux-
là mêmes en sont les victimes qui s'y laissent aller,
et qu'il y a toujours avantage à n'y pas céder, sauf,
ajoute-t-il avec un bon sens délicat, lorsque, contenue
et concentrée, elle dégénérerait en rancune[3]. Enfin,
il s'est soumis à une sorte d'hygiène morale de nature à en prévenir les effets, et dont les principales
règles sont l'observation des autres, le retour sur
soi-même, le répit, la simplicité dans les habitudes
de la vie, la répression de tout sentiment d'envie ou
de curiosité[4]. Réflexions, exemples, remèdes qui
n'ont rien d'original, mais qui sont comme renou-

1. Des Moyens de se corriger de la colère, 14. — Cf. 8. — 2. Ibid.,
9 à 12. — 3. Ibid., 11. — 4 Ibid., 12 à 16.

velés par le caractère d'épreuve personnelle et par l'esprit de mansuétude dont ils portent la marque. Comparez, par exemple, la tirade hautaine du Stoïcien sur la misanthropie[1] avec la touchante confession du sage Académicien. Il a été bien des fois trompé dans son amour pour les hommes; cependant il est ainsi fait qu'il ne peut s'empêcher de les aimer[2]. Quelle passion si rebelle résisterait à une telle douceur? Aussi voyons-nous, à la fin du Traité, le malade dont il nous fait l'histoire guéri de son penchant à la colère. Heureux et aimable dénouement, qui contraste avec la péroraison échauffée de Sénèque.

Si nous insistons sur ce trait final, ce n'est pas seulement parce qu'il termine avec bonne grâce le Traité de la colère, c'est parce qu'il contient, pour ainsi dire, la note caractéristique de tous les autres, et nous achemine ainsi à la conclusion commune.

Le caractère général de la morale de Plutarque, nous l'avons établi, c'est la confiance dans l'énergie de la raison appliquée à la direction des passions. Aucun effort, aucune petite pratique n'est, à ses yeux, inutile. De la continuité de l'effort, de l'exercice persévérant des moindres pratiques, il attend une action qui modifie l'âme. Aussi toutes ses observations touchant la vie sociale reposent-elles sur un même principe : celui-là seul, dans sa doctrine, est assuré de tenir sa langue en bride et de mettre un frein à sa curiosité, d'étouffer dans son cœur les germes de l'envie, de résister aux faiblesses de la mauvaise

---

1. De la Colère, II 7 à 10. — 2. Des Moyens de se corriger de la colère. 16. Voir Volkmann, 2ᵉ partie, chap. 4.

honte, aux tentations des plaisirs ruineux, aux emportements de la colère, qui a conquis la pleine possession de soi-même. La tranquillité de l'âme, tel est le but vers lequel il élève les regards de tous ceux qu'il travaille à corriger. Les préceptes sur la tranquillité de l'âme sont donc comme le couronnement de toutes les prescriptions que nous venons d'analyser.

Est-ce à dire que, sous le nom de tranquillité de l'âme, Plutarque entende conseiller l'oisiveté? Loin de là. Ceux qui prétendent, dit-il, que, pour vivre tranquillement, il ne faut se mêler d'aucune affaire publique ni particulière, mettent à trop haut prix la vie tranquille. L'inaction serait pour le corps un mauvais remède contre la paralysie; on ne réussirait pas mieux pour l'âme, si, en vue de la guérir des affections qui la travaillent, on lui prescrivait l'indifférence, l'oubli de ce qui est dû aux parents, aux amis, à la patrie. D'ailleurs, il n'est pas vrai que ceux qui ont le moins d'affaires aient l'esprit plus calme que d'autres. A ce compte, les femmes seraient plus tranquilles que les hommes, puisque presque toujours elles gardent la maison[1]. Sur ce point, comme sur tous ceux qui touchent aux obligations du citoyen, la pensée de Plutarque est très ferme, et nous le verrons tout à l'heure rappeler énergiquement ses compatriotes au sentiment de leurs devoirs publics[2]. Mais, tandis que les passions, surtout les passions de la petite ville, attirent, pour

1. De la Tranquillité de l'âme, 1 et 2. — 2. Voir le chapitre du Municipe.

ainsi dire, l'homme au dehors, et par des comparaisons inquiètes, malsaines, l'induisent incessamment en mécontentement et en tristesse, le propre
de la tranquillité, telle que Plutarque en pose les
règles, c'est de ramener l'homme en lui-même et
de lui faire trouver dans la sereine domination de
son âme les vrais éléments du bonheur.

Nous ne pouvons entreprendre l'analyse détaillée
de son Traité. Qu'il nous suffise d'en signaler le
mouvement et l'esprit.

Les règles de la tranquillité de l'âme sont au nombre
de trois : ainsi du moins les avait-on fixées dans
l'école. Mais, dans le cadre tout fait qu'il emprunte
à ses devanciers, Plutarque se meut à l'aise ; sur
ce terrain battu, il se fraye son chemin. Ce qu'il
cherche, c'est simplement l'instruction et l'utilité[1].
Par là, il échappe à la déclamation.

Un texte de Platon sert de point de départ au développement de la première règle[2].

Platon comparait la vie à un jeu de dés, où il
faut à la fois amener un point favorable et profiter du point que l'on amène. Le coup de dés ne
dépend point de nous, dit Plutarque ; mais bien
recevoir ce que la fortune nous envoie, voilà ce
qui est en notre pouvoir. Vous poursuiviez une
charge dans votre ville, et vous avez échoué ; eh
bien ! vous irez vivre à la campagne, occupé de vos
propres affaires. Vous recherchiez la faveur d'un
grand et vous n'avez pu l'obtenir : soit, vous en

1. De la Tranquillité de l'âme, 1. — 2. Ibid., 5 à 7.

aurez moins de peine et plus de sécurité. L'envie ou la calomnie vous ont attiré des disgrâces ; c'est un vent favorable qui vous portera, comme autrefois Platon, dans l'Académie.

Pourquoi d'ailleurs, ajoute-t-il, n'attacher notre pensée qu'aux maux qui nous arrivent[1]? Comme les enfants qui jettent tous leurs jouets au feu en poussant les hauts cris, dès qu'on leur en prend un, si la fortune vient à nous affliger par quelque côté, aussitôt nous sommes désolés et nous ne tenons plus compte des autres faveurs qu'elle nous a faites. Les querelles d'un voisin, la mauvaise humeur d'un familier, les infidélités d'un homme d'affaires, vous plongent dans le désespoir. Qu'y voulez-vous faire ? Ce sont des instruments grossiers, des agents brutaux, des chiens mal dressés qui croient avoir rempli leur tâche, lorsqu'ils ont aboyé après les passants. Mais, dira-t-on, quel bien avons-nous ? Dites plutôt : quel bien n'avons-nous pas? L'un a de la réputation, l'autre une maison agréable ; celui-ci une femme aimable, celui-là un ami fidèle. Ne sont-ce pas aussi des biens que les choses que nous partageons avec tout le monde, la vie, la santé, le soleil, la paix? D'ailleurs, le moyen d'être heureux de sa condition, c'est d'avoir toujours les yeux au-dessous de soi, non au-dessus, et de proportionner son ambition à ses forces. Quand vous vous serez pris à admirer cet homme qui passe dans une litière, abaissez un peu votre regard sur ceux qui le por-

1. De la Tranquillité de l'âme, 7 à 15. Cf. De l'Exil, 16 ; des moyens de se corriger de la colère; de l'envie; de l'utilité qu'on peut tirer de ses ennemis.

tent; quand, à l'exemple du fameux habitant de
l'Hellespont, vous aurez proclamé Xerxès bien heureux d'avoir traversé le détroit sur un pont de ba-
teaux, pensez à ceux qui furent contraints, le fouet
dans les reins, de percer le mont Athos, et auxquels
on coupa le nez et les oreilles, parce que la tempête
avait rompu le pont... On ne peut, au surplus, tout
avoir. On ne peut pas être à la fois un Platon et
un Isménias, un Démocrite et un Euphorion. Nous
ne demandons pas à la vigne de porter des figues, à
l'olivier des raisins. Est-ce vivre enfin que de vivre
la pensée incessamment tendue vers l'avenir? Il est
un homme qu'on représente dans les enfers, laissant
négligemment manger par un âne une corde de jonc,
à mesure qu'il la tresse. Telle est l'image de ceux
qui, rompant avec les doux souvenirs de la veille,
pour s'attacher avec une maladive impatience aux
désirs du lendemain, laissent tomber ou précipitent
dans l'abîme d'une ingrate indifférence bonnes actions, aimables loisirs, entretiens agréables, jouissances honnêtes, tout ce qui fait le charme du jour
présent. De l'ensemble de notre existence s'il faut
effacer quelques traits, n'effaçons pas pêle-mêle et
choisissons ; laissons notre mémoire couvrir les plus
tristes d'un voile et raviver l'éclat des plus doux.

Toutes ces observations, il faut bien le répéter
encore, ne partent point de haut. Mais mesurées
à l'horizon de la petite ville, dont le spectacle les
a inspirées, n'ont-elles pas un sérieux caractère de
vérité pratique? Plutarque ne s'en tient pas d'ailleurs à ces préceptes de sagesse courante et, porté
par le souffle de l'inspiration morale qui anime

toujours sa pensée, lorsqu'il arrive à considérer
dans sa grandeur la destinée humaine, son ton
s'élève.

La vie humaine, dit-il[1], est pleine de vicissitudes ;
l'homme, à sa naissance, est soumis à deux génies
rivaux qui lui versent tour à tour les biens et les
maux. Le sage n'ignore donc point que les biens dont il
jouit ne lui appartiennent pas à toujours. Comment
répondre, en effet, que tel accident ne nous arrivera
pas ? Mais il n'est personne qui ne puisse dire : Tant
que j'aurai le souffle, je ne ferai pas cette chose-là,
je ne mentirai pas, je ne commettrai ni injustice, ni
fraude, ni violence. Et voilà le plus ferme appui de
la tranquillité de l'âme. Non, ni une riche maison,
ni l'abondance des biens, ni la distinction de la
naissance, ni l'étendue du pouvoir, ni le talent de
l'éloquence ne répand sur la vie autant de sérénité
que la pureté d'une conscience exempte de remords.
« J'aime et j'admire, s'écrie, en terminant[2], l'heureux sage avec une pieuse effusion, le mot de Diogène. Un étranger se trouvant de passage à Lacédémone se préparait avec ferveur à la célébration d'une
fête : Eh quoi ! lui dit Diogène, pour l'homme de
bien, tous les jours ne sont-ils pas des jours de fête ?
Oui, certes, et de bien beaux, pour peu qu'il écoute
la raison. Ce monde est le temple le plus saint et le
plus digne de la majesté de Dieu : l'homme y est introduit, à sa naissance, pour y contempler, non des
statues immobiles, ouvrage de la main humaine,
mais les œuvres de l'intelligence divine, images sen-

_____

1. De la Tranquillité de l'âme, 15 à 20. — 2. Ibid., 20.

sibles, comme dit Platon, des substances invisibles,
et qui portent en elles les principes du mouvement et
de la vie ; je veux dire le soleil, la lune, les étoiles,
les fleuves dont les eaux courantes se renouvellent
sans cesse, la terre qui fournit aux plantes et aux
animaux leur nourriture. La grande et suprême
initiation à ces mystères, c'est la vie. Avec quelle
joie paisible ne devons-nous pas célébrer cette
initiation! La foule attend les fêtes de Saturne,
de Bacchus et de Minerve, pour s'amuser du jeu
des histrions et des danseurs qu'elle paye, et nous
assistons à ces représentations avec recueillement et
bienséance ; personne ne pleure aux jeux Pythiens,
personne ne s'enivre aux Saturnales. Et ces fêtes de
tous les jours que Dieu lui-même conduit pour nous,
ce grand mystère auquel il nous convie, on en
souille, on en déshonore la célébration par des lamentations et des plaintes! On se plaît à entendre
les sons de la musique et le chant des oiseaux;
on aime à voir les animaux s'ébaudir dans la plaine;
au contraire, les cris et les rugissements des bêtes
féroces nous inspirent de l'horreur. Et quand on voit
sa propre vie sombre, désolée, en proie aux passions,
aux misères, aux inquiétudes qui l'usent et la dévorent, on ne cherche pas à rétablir en soi le calme et
le repos. Ah ! si nous savions écouter les fortifiantes
exhortations des philosophes, elles nous rendraient
le présent léger, le passé agréable, et elles nous
conduiraient à l'avenir avec la douce et riante espérance... »

Quel mauvais levain pourrait-il subsister dans
un cœur ainsi purifié? S'il est vrai, comme l'a dit

un philosophe chrétien[1], « qu'on se procure la paix
à soi-même en réglant ses pensées et ses passions, et
que, par cette paix intérieure, on contribue beaucoup à la paix de la société dans laquelle on vit, »
d'un homme en possession de cette tranquillité aimable, que n'est-on pas en droit d'attendre pour lui
comme pour ceux qui l'entourent? Ce qui fait surtout
le prix de la sagesse préconisée par Plutarque, c'est
qu'il n'est personne qui ne puisse arriver à l'acquérir. Il a commencé par l'établir : la tranquillité de
l'âme n'est pas attachée à un certain genre de vie ;
elle ne tient pas davantage au changement de vie ;
elle n'est point le privilège de telle situation de fortune. Chacun en porte en soi les conditions[2], et ces
conditions, l'ingénieux moraliste nous donne à tous
les moyens de les réaliser. Certains exemples excep-
tés, qu'il emprunte au Stoïcisme et qui l'entraînent[3],
partout son langage est simple. Sur un seul point
de doctrine[4], il outre-passe, non les maximes tra-
ditionnelles de l'Académie[5], mais les éternels principes de cette sagesse humaine dont il est d'ordinaire un si exact interprète : c'est dans le passage où,
bien discrètement, il est vrai, il semble justifier le
suicide.

Nous l'avons dit, le sujet de la Tranquillité de
l'âme était, chez les Stoïciens notamment[6], un sujet d'école. On citait comme le type du genre le traité

1. Nicole, *Des Moyens de conserver la paix avec les hommes*,
4e traité, partie I, ch. i. — 2. De la Tranquillité de l'âme, 2, 3, 4.
— 3. Ibid., 6, 17. Il combat d'ailleurs, dans ce Traité même (§ 12),
les doctrines des Stoïciens. — 4. Ibid., 17. — 5. Cicéron, *Des Devoirs*, I, 31. — 6. Diogène Laerce, IX, 20.

de Musonius, qui malheureusement a péri. Celui de Sénèque est le seul que le temps n'ait point mutilé. Antérieur de quelques années à celui de Plutarque, il appelle naturellement la comparaison [1].

La situation de Plutarque et de Sénèque n'est pas tout à fait la même. Celle où est placé Sénèque est plus difficile. Les deux directeurs répondent à une consultation. Mais l'ami de Plutarque, Paccius, est en bonne santé de corps et d'esprit; il ne demande qu'un sujet de réflexion, et Plutarque lui envoie de Chéronée les notes qu'il a recueillies pour lui-même, d'après les observations qu'il a pu faire autour de lui [2]. Serenus, au contraire, le client de Sénèque, a l'intelligence malade. Stoïcien néophyte, soudainement passé de l'obscurité de la vie de province à l'éclat de la vie de Rome, les désirs les plus opposés se disputent son cœur. Il regrette la rusticité du foyer de son père, et la table somptueuse des grands lui fait peur; il est prêt à se jeter dans le courant des affaires publiques, et la crainte d'une disgrâce le retient; s'il s'essaye à écrire, c'est avec la résolution de rester fidèle à la simplicité de son sujet, et il se laisse entraîner à l'emphase; il veut et ne veut pas; il souffre enfin, non d'un mal particulier, mais d'un malaise général qu'il ne saurait déterminer et qui lui rend la vie à charge [3]. Sénèque lui définit son état. Le mal qui le tourmente, c'est l'ennui [4], l'ennui que Lucrèce avait décrit en si beaux vers, cent ans avant Sénèque

---

1. « Exstat ex iis, qui post Senecam scripsere, potissimum Plutarchi liber de Tranquillitate animi, dignus qui contendatur. » (Ruhkopf, *Argument du traité de Sénèque.*) — 2. De la Tranquillité de l'âme, 1. — 3. Ibid., 1. — 4. Ibid., 2. « .. Fastidio cœpit esse vita, et

et dix-neuf siècles avant que le roman moderne l'eût
découvert, comme une maladie spéciale à notre
temps.

Produit malsain des civilisations avancées, fruit de
l'oisiveté maladive et de ce désenchantement de toute
chose qu'engendrent la désoccupation politique et le
luxe corrupteur des grandes cités, l'ennui nous transporte bien loin des passions de la petite ville et de
l'agitation concentrée des intérêts dont elle vit. Mais
c'est le mérite du moraliste d'approprier ses conseils à ceux pour lesquels, comme dit Montaigne, il
prêche. Nous ne blâmerons donc pas Sénèque d'a-
voir pris pour point de départ de ses observations
sur la tranquillité de l'âme le mal contre lequel on
lui demandait un remède. On sait d'ailleurs à quelle
hauteur de considérations, à quel éclat d'éloquence
il arrive. Plutarque n'a rien de comparable.

Mais voici le défaut du thème que Sénèque s'est
proposé. L'ennui n'est qu'une des maladies multi-
ples qui déconcertent l'âme; et comme, en étendant
les limites de son sujet, Sénèque s'attache à ne pas
perdre de vue le malade qui s'est remis à ses soins, il
en résulte que, tour à tour, le ton de ses préceptes
s'abaisse ou s'élève outre mesure. De là des inconséquences choquantes. C'est, par exemple, un excellent remède contre l'ennui que l'action appropriée
aux forces et appliquée à un objet utile[1]; mais si l'action ne peut nuire à la tranquillité de l'âme, est-ce à
dire qu'elle la crée infailliblement? Ce sont, sans

ipse mundus : et subit illud rabidorum deliciarum : quousque
eadem ? »
1. De la tranquillité de l'âme, 3 à 6.

doute, les moyens les plus propres à procurer la tranquillité de l'âme, que la modération en toute chose,
le mépris de la mort, une amitié fidèle, l'habitude
de se tenir prêt à tous les coups de la fortune, de ne
s'obstiner à rien qu'à la vertu, de fuir la curiosité[1] :
mais sont-ce des remèdes assurés contre l'ennui?
Bien plus, ce que l'éloquent directeur annonce à Serenus comme un remède à son mal, c'est « quelque
chose de grand, de sublime, quelque chose qui le
rapproche de Dieu[2]; » et son dernier mot, ou peu
s'en faut, c'est qu'il n'est pas interdit au sage de demander certaines distractions à l'ivresse[3]. On aime
à penser avec Juste Lipse que le temps a bouleversé
l'ordre du Traité. Mais on ne peut imputer qu'à l'auteur les sophismes de sa rhétorique. Est-il bien digne
d'un philosophe, par exemple, d'engager son disciple
à rire sans pitié des vices de l'humanité[4]? A l'excellent conseil de n'avoir des livres que pour les lire,
pourquoi ajouter l'interdiction absolue de posséder
une bibliothèque, et reprocher aux Ptolémées la plus
utile de leurs institutions[5]? Après les pages magni-
fiques où il trace le rôle public du philosophe, dont
le silence même est une leçon, qu'était-il besoin de
cette pompeuse phraséologie sur l'attitude de Socrate
devant les trente tyrans[6]? Trop souvent Sénèque
enfle ainsi son vol pour s'élancer jusqu'aux temples
sereins dont parle le poète. Combien est plus sûre la
main discrète du sage qui nous y conduit familière-

1. De la Tranquillité de l'âme, 9, 11, 14, 7, 5, 12. — 2. « Quod
desideras, magnum et summun est, Deoque vicinum. Ibid., 2. —
3. Ibid., 15. — 4. Ibid., 15. — 5. Ibid., 9. — 6. Ibid., 3.

ment et par une route praticable à tous, non sans porter parfois, comme il le faut, nos regards vers le ciel !

C'est cette élévation tempérée et cette incontestable justesse de sens pratique qui donnent à tous les traités de morale sociale de Plutarque une si aimable autorité. Observateur attentif, éclairé, piquant, des mœurs et des passions de la petite ville, le mérite du sage de Chéronée est de bien décrire ce qu'il observe. et d'opposer aux travers et aux vices dont il connaît le principe des remèdes dont il sait les effets. Si, dans les sujets d'école, il se conforme à la tradition, il ne s'y asservit point. Moins éloquent que Sénèque, il est plus sincère. Il échappe à la banalité du lieu commun, soit par le caractère personnel de ses remarques, soit par l'exacte application qu'il en fait au milieu auquel il appartient; et, en passant de la vie sociale à la vie politique de la cité, de la petite ville au municipe, nous allons le voir atteindre, par la fermeté émue de son langage, à la véritable originalité.

LE MUNICIPE.

Les provinces sous la République. — L'empire; bienfait de *la paix romaine*. — Les traités politiques de Plutarque. — De la meilleure forme de gouvernement. — De l'exil. — La politique active de Plutarque. — La vie municipale dans les provinces à l'avénement des Antonins. — Du patriotisme de Plutarque. Ce qu'il exige du magistrat municipal. — De l'esprit de la conquête romaine. L'administration impériale : les Césars, les Antonins. Centralisation dissolvante ; ses dangers.

C'est une opinion justement accréditée que les

13

provinces saluèrent avec bonheur l'établissement de l'Empire[1]. Après ce que nous savons des exactions des magistrats de la République[2], comment les peuples n'auraient-ils pas attendu d'un pouvoir nouveau un meilleur gouvernement? Le cri d'espérance s'éleva surtout de l'Orient, et c'est la langue grecque qui semble avoir servi de principal organe à ces protestations de soumission confiante[3]. Il était naturel qu'il en fût ainsi. On sait par Plutarque lui-même[4] à quel degré d'oppression l'Asie avait été réduite sous l'étreinte concertée des gouverneurs et des publicains; et quand on calcule, d'après Cicéron, ce que la malheureuse province avait payé d'impôts ordinaires ou extraordinaires, depuis que Pompée, « fermant ses ports aux flottes des pirates, les avait ouverts à l'invasion des compagnies de chevaliers, » on se demande, avec lui, « ce qu'on doit le plus admirer de ses misères sans égales ou de son inépuisable fécondité. » La Grèce n'avait pas été plus épargnée. Plus riche en monuments et en œuvres d'art qu'en ressources naturelles, elle était tout à la fois trop amollie et trop fière pour se faire une opu-

---

1. « Neque provinciæ illum rerum statum abnuebant, suspecto senatus populique imperio ob certamina potentium et avaritiam magistratuum, invalido legum auxilio, quæ vi, ambitu, postremo pecunia turbabantur » (Tacite, *Annales*, I, 2). Cf. J. Lipse : *De magnitudine Romana*, liv. IV, ch. VIII ; Gibbon, *Histoire de la décadence et de la chute de l'Empire romain ;* Amédée Thierry, *Tableau de l'Empire romain ;* Zeller, *les Empereurs romains ;* Duruy, *Histoire des Romains*, t. V, chap. LVII. — 2. Cicéron, *Verrines ;* Discours *contre Pison* et *pour Flaccus, Lettres à Quintus* et *Lettres de Cilicie ;* Tite-Live, XXXIX, 42 ; Salluste, *Catilina*, 10, 12 ; Aulu-Gelle, *Nuits attiques*, X, 3. — 3. Josèphe, *Antiq. Jud.*, XIV, x, 22-23 ; Philon, *Legat. ad Caium*, 21, 22, 39, 40 ; Appien, *Hist.*, préface, 7 ; Ælius Aristide, *Éloge de Rome*. — 4. Plutarque, *Vie de Lucullus*, 20.

lence à l'usage de ses vainqueurs. N'en pouvant rien tirer par le commerce ou presque rien, on la pillait.

Il serait injuste d'admettre, sans examen, les témoignages que nous a laissés l'antiquité sur les extorsions des publicains. L'imagination des historiens et l'éloquence des orateurs ont évidemment exagéré la gravité des faits. Heureusement pour l'humanité, les Verrès ont toujours été des exceptions. Mais il est des désordres passés dans les mœurs dont aucun contrôle ne peut atténuer le caractère. On frémit en lisant dans la vie de Sylla les horreurs du siège d'Athènes, bien innocente pourtant — des historiens latins en témoignent eux-mêmes[1] — du crime qu'on lui imputait : les trésors ravis et pillés; les bois sacrés saccagés et coupés; la ville mise à sac[2]. Cependant ces violences d'un jour ne semblent rien à côté du système de rapine organisé par Pison dans son gouvernement de la Macédoine[3]. Même en faisant comme il convient la part de l'entraînement oratoire dans le tableau que Cicéron nous trace des trois années d'abus de pouvoir de cet émule de Verrès, les faits qui ressortent de son plaidoyer attestent suffisamment les effroyables exactions dont la Grèce entière avait été la victime; et si les gouverneurs n'avaient pas tous la rapacité de Pison, il est clair qu'ils ne se piquaient pour la plupart d'aucun scrupule de douceur ni de probité.

A ces misères d'une administration oppressive

1. Velleius Paterculus,. *Hist.*, II, 23. — 2. Vie de Sylla, 12, 14. — 3. Cicéron, *Contre Pison*, 34 à 37, 40.

étaient venues se joindre les calamités de la guerre civile; et de toutes les régions de la Grèce, nulle peut-être n'avait eu plus à en souffrir que la Béotie[1]. Occupée simultanément ou tour à tour par les partis contraires, la Béotie avait été rançonnée jusqu'à l'épuisement. A la veille d'Actium, quand les prétendants à l'Empire « renouvelèrent aux rois, nations et villes, depuis les bords de l'Euphrate jusqu'à l'Adriatique, l'ordre de subvenir aux besoins de leurs armées, » elle n'avait plus ni hommes, ni argent, ni bêtes de somme. Le bisaïeul de Plutarque racontait qu'il avait vu ses concitoyens contraints, sous le fouet, de porter chacun une charge de blé au camp d'Antoine[2]. Ils allaient faire un second voyage, quand arriva la nouvelle qu'Octave était vainqueur. « Aussitôt les commissaires et les soldats d'Antoine prirent la fuite, et les habitants de Chéronée, s'étant entendus, gardèrent le blé qu'ils portaient. » Ils en étaient réduits à se partager leur bien comme un butin !

A la pensée de ces humiliations et de ces souffrances le cœur de Plutarque se serre. La paix est, à ses yeux, le premier des biens[3]. Le spectacle des luttes auxquelles l'étude du passé le ramène tient, pour ainsi dire, l'effroi de la guerre perpétuellement éveillé dans son âme. Venant à rencontrer sous sa plume un souvenir des massacres de Préneste : « Prions les dieux, s'écrie-t-il, qu'ils nous préser-

---

1. Vie de Sylla, 16 à 18. — 2. Vie d'Antoine, 68. — 3. De la Tranquillité de l'âme, 9 ; Préceptes politiques, 32, De la Cessation des oracles, 26, 28. Cf. Épictète, *Dissertations*, III, 13.

vent de ces temps malheureux et nous en donnent de meilleurs[1] ! »

Ces temps meilleurs étaient venus. Si, pour la société romaine, l'Empire marque l'anéantissement de la vie publique et des libertés, pour les provinces il est incontestable qu'à ne considérer que leur condition matérielle, l'administration impériale ouvrit une ère réparatrice d'ordre et de prospérité. Grâce à la révolution monarchique accomplie par Auguste, les liens de l'organisation administrative s'étaient reformés, les lois tombées en désuétude avaient été remises en vigueur et fortifiées[2]. Officiellement partagées en provinces de l'Empereur et en provinces du Sénat, mais, par le fait, réunies toutes sous la tutelle plus ou moins immédiate du prince, les provinces étaient devenues l'objet d'une active surveillance. Le rôle des gouverneurs avait été réduit à une fonction salariée[3]; celui des fermiers de l'impôt, à une charge sévèrement contrôlée[4]. En même temps, les formes d'une justice plus attentive avaient mis fin aux abus de pouvoir. D'une part, le droit d'appel au prince et au sénat avait été reconnu[5]; de l'autre,

1. Préceptes politiques, 19. Cf. Vie de César, Vie d'Antoine, Vie de Marius, Vie de Sylla. — 2. Suétone, in *August.*, 24, 36 ; Dion, LIII, 15; LX, 25 ; LXXI, 31 ; Tacite, *Annales*, III, 33 et 34; IV, 20, XIV, 31 ; Pline, *Épttr.*, IV, 9; Juvénal, *Sat.*, VIII, 127 et suiv. — 3. Strabon, XVII, 3, § dernier; Dion Cassius, LIII, 12, 14, 15, 17, 18, 32 ; LV, 28 ; LVIII, 23; Suétone, *in August.*, 47 ; Tacite, *Annales*, I, 2, 76. Cf. La Boulaye, *Essai sur les lois criminelles des Romains*, p. 403 ; Naudet, *Des changements opérés dans toutes les parties de l'administration de l'Empire romain sous le règne de Dioclétien et de Constantin et de leurs successeurs jusqu'à Julien*, t. I, p. 10 et suiv. — 4. Dion, LIII, 15; LVII, 32; LV, 27; Tacite, *Annales*, IV, 15 ; Suétone, in *Tiber.*, 15. Cf. La Boulaye, *ouv. cité*, p. 405. — 5. Dion, LI, 19; LII, 33; LIX, 8. Suétone, in *Neron.*, 17 ; Tacite, *Annales*, XIII, 4.

le droit d'accusation avait été maintenu et encouragé. Tibère voulait qu'on écoutât les alliés et il examinait lui-même leurs plaintes[1]; aujourd'hui, disait-on sous son règne, les provinces sont vengées[2]. Néron avait établi pour les affaires des provinciaux un tour de faveur. Jamais, écrivait-on au temps de Domitien, les gouverneurs n'ont été plus modérés, plus justes[3].

Témoignage caractéristique, les provinces qui, dans la première organisation de l'Empire, formaient la part du sénat, la Grèce notamment et la Macédoine, avaient demandé à passer au nombre des provinces césariennes[4]. Les Césars, en effet, tenaient à honneur d'exercer leur patronage. Le précepteur et les serviteurs de l'un des fils d'Auguste ayant profité de la maladie du jeune prince, en Gaule, pour s'enrichir par de coupables concussions, Auguste les avait fait jeter à l'eau, une pierre au cou[5]. Au moyen d'un système de relais de poste régulièrement organisé, Rome avait été mise en rapport avec les provinces les plus lointaines; mais, non content des informations qui lui arrivaient de tous les points de l'Empire, le vainqueur d'Actium s'était fait un devoir « de promener les bienfaits de sa paix dans le monde entier[6]; » sauf l'Afrique et la Sardaigne, il n'était pas de province qu'il n'eût visitée, et son fils Caius avait re-

---

1. Tacite, *Annales*, IV, 13. — 2. Velleius Paterculus, *Hist.*, II, 126. Cf. 129. — 3. Suétone, in *Domitian.*, 8. — 4. Tacite, *Annales*, I, 76; Cf. V, 6. Suétone, in *August.*, 67. Cf. 3. — 5. Id., in *August.*, 49. Cf. Pline, *Épîtres*, X, 14, 121, 122. — 6. « Aberat in ordinandi Asiæ Orientisque rebus Cæsar, circumferens terrarum orbi præsentia pacis suæ bona »(Velleius Paterculus, II, 92, 101). Cf. Suétone, in *August.*, 26, 47.

nouvelé, sous ses auspices, ces vigilantes tournées. Tous les ans, Tibère avait annoncé et préparé un grand voyage[1] ; c'est à Lyon que Caligula était entré en possession de son troisième consulat[2] ; Néron avait visité Alexandrie et séjourné en Grèce[3]. Pour les candidats à l'empire[4], c'était, en quelque sorte, une règle de commencer leur apprentissage de la vie publique en intercédant devant le sénat pour les habitants de la province. Galba[5], Othon[6], Vitellius[7], Vespasien[8], s'étaient distingués en Afrique et en Espagne par une équité exemplaire.

Cette sollicitude ne pouvait demeurer stérile pour le bonheur des provinces. Chemin faisant, Auguste avait rétabli dans les temples les ornements qu'Antoine en avait détournés[9], et libéralement répandu dans tout l'Empire les deniers de l'État pour encourager l'accroissement de la population, ranimer le commerce, soulager les villes obérées, rebâtir les villes détruites[10]. C'était un des soucis de Tibère qu'aucune charge nouvelle ne portât l'effroi dans les provinces, et que les anciennes charges ne fussent pas aggravées par la cupidité des magistrats[11]. Pour ne pas laisser aux gouverneurs le temps de prendre pied, Auguste, suivant la poli-

1. Tacite, *Annales*, I, 47 ; IV, 4. — 2. Suétone, in *Caligul.*, 17. — 3. Id., in *Neron.*, 19 — 4. Id., in *Tiber.*, 8; in *Claud.*, 25. Cf. Tacite, *Annales*, XI, 58. — 5. Tacite, *Histoires*, I, 49. Cf. Suétone, in *Galba*, 7, 9. — 6. Suétone, in *Othon.*, 3. — 7. Id., in *Vitell.*, 5. Cf. Tacite, *Histoires*, II, 97. — 8. Suétone, in *Vespasian.*, 1. — 9. Strabon, XIII, 1, § 30 ; Dion, XLVIII, 12. Suét., in *Calig.*, 3. Cf. *le Testament d'Ancyre*; V. Egger, *Examen critique des Historiens anciens de la vie et du règne d'Auguste*, p. 226. — 10. Tacite, *Annales*, II, 47 ; IV, 13 ; Velleius Paterculus, *Hist.*, II, 126. Cf. Suétone, in *Aug.*, 46, 47, 48; in *Vespas.*, 17. — 11. Tacite, *Annales*, IV, 6.

tique de César, ne les avait jamais laissés dans la même charge plus de deux ans[1]. Par un système contraire, mais inspiré du même esprit de bienveillance, Tibère les avait presque indéfiniment maintenus dans les mêmes emplois[2]. A son avénement, Néron avait diminué pour les pays d'outre-mer les frais de transport de vin et de blé, protégé les contribuables contre les tentations des emprunts usuraires, supprimé certaines taxes illégales, aboli l'impôt du quarantième et du cinquantième ; et, si le sénat n'eût arrêté ses emportements de générosité, il aurait, du même coup, aboli toutes les redevances et fait au genre humain le plus magnifique des présents[3].

Enfin Rome avait ouvert ses portes, et le sénat ses rangs à la province. Claude avait prodigué le droit de cité et fait entrer les Gaulois dans la curie[4] ; Vespasien avait agrégé au sénat les plus honorables citoyens de tous les pays[5]. Le sénat, tête de l'Empire, est composé, disait Tacite[6], des illustrations de toutes les provinces. Les vieux Romains en étaient presque jaloux[7].

Que dans cette prospérité renaissante la majesté de la paix romaine couvrît encore bien des misères, trop de faits l'attestent pour qu'il soit possible de le méconnaître. La multiplicité des lois n'est pas tou-

---

1. Dion, XLIII, 25. — 2. Tacite, *Annal.*, I, 80 ; Dion, LVIII, 23. Cf. Duruy, Thèse latine. *De Tiberio imperatore*, p. 76. — 3. Tacite, *Annal.*, XIII, 50, 51 ; Suétone, in *Neron.*, X. Cf. Montesquieu, *Esprit des lois*, liv. XIII, ch. xix. — 4. Tacite, *Annal.*, XI, 24 ; Dion Cassius, LX, 17 ; Sénèque, *Apocolkyntose*, 3 ; Cf. *Des Bienfaits*, VI, 19 — 5. Suétone, in *Vespasian.*, 9. — 6. « Caput imperii et decora omnium provinciarum. » *Annal.* III, 55. — 7. « Colimus externos et adulamur, » dit Thraséas dans le sénat (Tacite, *Annales*, XV, 24 et suiv.).

jours un signe de leur efficacité. Les principes que
Cicéron recommandait à son frère Quintus sont les
mêmes que ceux qu'Agricola travaille vainement à
faire prévaloir dans sa province[1] ; et l'on trouverait
difficilement, dans les Verrines, une page plus triste-
ment éloquente que l'exposé de l'administration des
procurateurs de la Judée, telle que nous la fait connaître l'historien Josèphe, dévoué pourtant à la cause
de la domination romaine[2]. Pour quelles provinces
plaidons-nous, disait, sous Vespasien, le fougueux
avocat en dialogue des Orateurs, si ce n'est pour
celles qu'on opprime? et n'aimerait-on pas mieux
n'avoir pas à se plaindre que d'être vengé[3]? La vengeance elle-même n'était ni facile ni sûre. L'arbi-
traire régnait dans la pénalité comme dans la procé-
dure[4]. Trop souvent, du moins, on était acquitté ou
condamné par le sénat suivant le crédit dont on dis-
posait[5]. Enfin, certains empereurs n'avaient-ils pas

---

1. Vie d'Agricola, 19, 20. Cf. 13, 15. Cf. Juvénal, *Satires*, VIII, 88
et suivants. — 2. Josèphe, *Guerre des Juifs*, II, 14 ; *Histoires des
Juifs*, 1, 20 ; II. 1. Cf. Tacite, *Annales*, II, 43 ; III. 34, 58, 71 ; IV, 7,
23, 46, 72 ; VI, 32, 40 ; XII, 58 ; XIV, 18, 38 ; XV, 19 ; XVI, 13 ;
Histoires, 1, 2 ; II, 57 ; III, 25, 50 ; IV, 14 ; *Agricola*, 9, 13, 19 ;
Pline, *Hist. natur.*, XXXVII, 11 ; Pline, *Lettres*, II, 11 ; X, 29, 38 ;
Panégyrique de Trajan, 29 ; Suétone, in *Tiber.*, 11, 37, 52, 62 ; in
Caligul., 58 ; in *Neron*, 37 ; in *Galba*, 3 ; Sénèque, *Des Bienfaits*, I,
9 ; IV, 35 ; Pausanias, VII, 17 ; Philostrate, *Vie d'Apollonius de
Tyane*, V, 14, 36 ; Plutarque, *De l'exil*, 12 ; *Préceptes politiques*,
12 ; *De l'Amour fraternel*, 11 ; *De l'Amour des richesses*, 7, etc. —
3. Tacite, *Dialogue des Orateurs*, 41. Cf. St Jean, *Évangile*, XI, 47,
48 ; Tacite, *Annales*, V, 10. — — 4. Tacite, *Annales*, II, 29, 30, 31,
50 ; III, 10, 17, 18, 23, 66, 68, 96, 70 ; IV, 28, 31, 42 ; XII, 22 ; XVI,
48, 50, 62 ; XVI, 11, 24 ; Suétone, in *Claud.*, 14, 23 ; in *Caligul.*, 55 ;
Dion Cassius, LVIII, 3 ; LIX, 19. Cf. Laboulaye, *ouvrage cité*, p. 439
à 445. — 5. Tacite, *Annales*, XIII, 23, 52 ; XIV, 28 ; Suétone, in
Othon., 2.

donné l'exemple des extorsions? En arrivant à
l'Empire, on avait besoin de la soumission du
monde; on n'avait pas encore subi la fascination de
la toute-puissance : promesses intéressées ou sincères, on s'engageait à tout[1]. Quelques années
s'étaient à peine écoulées, qu'on inventait des
impôts[2], on vendait la justice[3], on pillait les
temples[4].

Toutefois, malgré la persistance des abus, malgré
la précarité des règlements destinés à y porter
remède, la somme de bien produite par l'administration impériale était réelle, et le sentiment qui
domine dans le monde romain au premier siècle
de l'ère chrétienne est celui de l'apaisement, de la
sécurité, de la gratitude. Ce ne sont pas seulement
des historiens plus ou moins gagnés par les faveurs
de la cour impériale qui en témoignent[5]; ce sont
les peuples eux-mêmes. Si dans l'excès de leur reconnaissance ils tombent parfois dans l'adulation,
leur reconnaissance, du moins, ne se trompait pas
d'adresse. Tandis que Caligula, tandis que Néron surtout avait été pleuré par la plèbe de Rome, hors de

---

1. Suétone, in *Claud.*, 7. « Caligula secundam existimationem circa
initia imperii omnibus lenociniis colligente. » Tacite (*Histoires*, I, 78),
parlant de quelques faveurs faites aux provinces par Othon, ajoute :
concessions faites plutôt pour éblouir que pour durer : « Ostentui magis quam mansura. » — 2. Suétone, in *Caligul.*, 40; in *Neron.*, 32; in
Vespasian., 16, 24; in *Galba*, 12; in *Domitian.*, 12; Tacite, *Annales*, III, 40; IV, 45 ; *Histoires*, II, 84; Juvénal, *Satires*, VIII, 87 et
suiv. — 3. Suétone, in *Vespasian.*, 16 : « Nec candidatis quidem
honores reisve, tam innoxiis quam nocentibus, absolutiones venditare
cunctatus est. » Cf. in *Tito*, 7. — 4. Tacite, *Annales*, XV, 45. —
5. Appien, Préface, 7 ; Cf. J. Lipse, *De magnitudine romana*, liv. IV,
ch. XII.

Rome, ils n'avaient laissé l'un et l'autre qu'un souvenir de terreur[1]; et c'était le rétablissement de la paix après les guerres civiles d'Othon, de Galba et de Vitellius, qui avait valu à Vespasien les mêmes hommages qu'au vainqueur d'Actium[2]. « Soumettez-vous à Rome, criait Josèphe à ses compatriotes : Dieu est pour elle. Sans le secours de Dieu, eût-elle vaincu l'univers, et tant de peuples belliqueux eussent-ils subi son joug? Dieu, portant l'empire de nation en nation, est maintenant en Italie[3]... » Et les nations semblaient accepter avec joie ce jugement de Dieu. « Elles obéissaient en silence, aussi dociles que les cordes de la lyre sous le doigt de l'artiste, dit un rhéteur presque contemporain de Plutarque. Les villes étaient sans garnison ; une cohorte, un escadron suffisait à la garde d'une province; une simple lettre gouvernait le monde[4]... » La paix romaine subsistait d'elle-même et sans le secours des armes, par l'acquiescement universel[5].

Mais cet acquiescement était-il absolu? Dans ce sentiment de reconnaissante quiétude, dont Plutarque lui-même nous fournit la sincère expression, faut-il voir un sentiment de satisfaction entière et de complet abandon? Le bienfait de la paix romaine, tel que les Césars l'appliquaient à l'admi-

1. Tacite, *Annales*, 1, 78; IV, 37, 55, 56; Suétone, in *August.*, 52, 57, 59, 98; in *Claud.*, I. — 2. Plutarque, *du Bavardage*, 7; *du Flatteur et de l'Ami*, 19; *des Délais de la justice divine*, 22, *Préceptes politiques*, 14. Cf. Tacite, *Hist.*, II, 8; Suétone, in *Neron.*; 40. — 3. Josèphe, *Guerre des Juifs*, VII, 4; Cf. Id., ibid., V, 9; II, 16; V, III, 8. — 4. Aristide, *Éloge de Rome*. Cf. Velleius Paterculus. *Hist.*, II, 107. — 5. Josèphe, *Guerre des Juifs*, II, 16.

nistration des provinces, suffisait-il au patriotisme
éclairé d'un bon citoyen, sujet soumis et fidèle de
l'Empire, mais resté bon citoyen? C'est ici que les
Traités de Plutarque nous apportent sur l'état
des provinces de précieuses lumières.

Dans les œuvres qu'il a consacrées à ce qu'il n'est
pas excessif d'appeler sa morale politique on peut
faire deux parts : celle des dissertations abstraites,
des thèses d'école, et celle des conseils pratiques,
des directions appropriées aux besoins de son
temps.

Il ne nous reste de ses leçons théoriques que les
opuscules qui ont pour titre : *De la Monarchie, de
la Démocratie et de l'Oligarchie*[1]; *Un philosophe
doit surtout converser avec les princes; A un prince
ignorant*; *de l'Exil.* Encore quelques-uns de ces ouvrages sont-ils incomplets. Cependant les fragments
qui subsistent permettent d'établir suffisamment la
doctrine du sage de Chéronée.

Quelle était donc aux yeux de Plutarque la meilleure forme de gouvernement?

Qu'il y ait une forme de gouvernement excellente
entre toutes, c'est un point qu'il met tout d'abord
hors de doute. Comme il est pour les particuliers des
genres de vie différents, dit-il, de même il existe
pour le gouvernement, qui est comme la vie des
peuples, des formes diverses, et il importe de connaître celle qui vaut le mieux, afin que l'homme
d'État lui donne la préférence, ou, s'il ne peut
suivre cette préférence, qu'il choisisse entre les

1. De la Monarchie, de l'Oligarchie et de la Démocratie, 1.

autres formes celle qui approche le plus de la meilleure[1].

Or Plutarque distingue trois sortes de gouvernement : le monarchique, l'oligarchique et le démocratique, qu'il définit, à sa manière, par des exemples tirés de l'histoire. « Les Perses ont adopté la monarchie absolue, dit-il, les Spartiates, l'oligarchie aristocratique, les Athéniens, la démocratie pure[2]. » Après cette définition, on s'attendrait à le voir attacher sa prédilection personnelle à la forme républicaine, oligarchique ou démocratique. La république était restée, dans la grande école stoïcienne, le système idéal de gouvernement. Les vieux Romains, Thraséas, Helvidius, Rusticus, Hérennius Sénécion, n'ignoraient pas que l'étendue de l'Empire, non moins que l'état moral de la société romaine, n'en comportait pas le rétablissement; mais c'était une chimère qu'ils se plaisaient à entretenir dans leurs patriotiques spéculations. Il semble que, nourrie aux mêmes sources, l'imagination de Plutarque dût se bercer des mêmes rêves. Telles ne sont pas ses conclusions. D'abord, l'étude de l'histoire lui a montré que toutes les formes de gouvernement ont leurs abus : la monarchie dégénère en tyrannie, l'oligarchie en despotisme, la démocratie en licence; excès qui sont également éloignés de la raison[3]. L'expérience lui a fait reconnaître aussi qu'il en est des gouvernements comme des instruments de musique, et que tout dépend de la main qui les manie. « Un sage administrateur maniera habilement l'oligarchie lacédémo-

1. De la Monarchie, etc., 1. — 2. Ibid., 3. — 3. Ibid., 3.

nienne, et saura vivre dans un parfait accord avec
ceux de ses concitoyens qui lui sont égaux en pouvoir et en dignité ; il s'accommodera de même à la
démocratie, malgré la variété des ressorts qui font
mouvoir cette sorte de gouvernement[1]. » Toutefois
il est, à son gré, une forme supérieure à toutes les
autres. « Si on lui donnait le choix, comme à un
musicien entre les divers instruments, laissant les
épinettes, les sambuces, les psaltérions, pour s'en
tenir à la lyre et à la harpe, » il ne balancerait pas à
opter pour la monarchie, « parce que seule elle permet l'accord entre le pouvoir et la vertu. » Dans
tous les autres systèmes de gouvernement, l'autorité
qui commande est elle-même commandée, et le magistrat est toujours plus ou moins le serviteur de
ceux dont il tient le pouvoir ; il n'y a que le monar-
que qui ne dépende que de lui-même[2].

On l'a reconnu, et Plutarque le déclare d'ailleurs,
cette doctrine est celle de Platon. C'est également de
Platon que Plutarque tire les arguments sur lesquels
il établit les raisons de son choix. On connaît l'admirable théorie de Platon. Il la reprend et se l'approprie à sa façon. « Qui est-ce qui commandera au
prince? dit-il. La loi ; la loi qui règne sur les mortels
et sur les immortels ; non une de ces lois qu'on écrit
dans des livres ou qu'on grave sur le bois, mais la
loi innée, la loi qui vit au fond de la conscience de
l'homme, la raison. Un des officiers du roi de Perse
était chargé de lui dire chaque matin : « Prince, levez-
vous et vaquez aux affaires dont Mésoromasde vous

1. De la Monarchie etc., 4. — 2. Ibid., 4.

a confié le soin. Tout prince doit ainsi entretenir au
dedans de lui le moniteur secret qui lui trace ou qui
lui rappelle son devoir[1]. »

Mais qui éclairera cette raison souveraine? Ici
devançant, pour ainsi dire, l'idée de la monarchie
réalisée par Louis XIV, Plutarque répond : « C'est
Dieu. » Dieu a mis dans le ciel le soleil et la lune,
comme des représentations brillantes de sa divinité.
Tel est, sur la terre, le prince. Dieu s'irrite contre
les rois qui osent imiter son tonnerre ou ses rayons ;
mais ceux qui se proposent d'imiter sa vertu et qui
s'efforcent de reproduire, dans leur conduite, son
esprit de bienveillance et d'amour pour les hommes,
ceux-là, il se plaît à augmenter leur puissance, à les
admettre au partage de sa raison ; il en fait ses représentants parmi les peuples[2]. Bossuet, Bourda-
loue, Massillon, ont-ils conçu de la royauté de droit
divin un idéal plus élevé ?

Le rapprochement peut être poursuivi dans le
détail du développement, sans trop de désavantage
pour Plutarque. Les vertus qui, à ses yeux, constituent, en quelque sorte, le pouvoir monarchique
digne de ce nom, sont la justice, l'activité, la modération. Ce n'est pas de l'injustice ni de l'indolence
qu'il redoute les plus graves dangers, c'est de l'emportement des passions[3]. Là est le danger, parce que
là est la partie vulnérable dans le cœur du prince.
« Les simples particuliers, quand la folie est jointe
en eux à la faiblesse, ne peuvent causer de grands
maux ; il n'en est pas de même de ceux chez les-

1. A un prince ignorant, 3. — 2. Ibid., 3. — 3. Ibid.; 4, 5.

quels la puissance seconde les passions. Quel plus
grand péril que d'être exposé à vouloir ce qu'on ne
doit pas faire, lorsqu'on peut faire tout ce qu'on
veut[1] ! Il faut que, chez le prince, la raison ait acquis assez de force pour contenir la passion ; il faut
que le prince imite le soleil qui, parvenu à sa plus
grande élévation, se meut avec lenteur[2]. » Cette
majestueuse image ne semble-t-elle pas comme appropriée à l'emblème de Louis XIV, et l'expression
ne paraîtrait-elle pas heureuse dans la bouche de
Bossuet, cherchant à prévenir par ses conseils les
excès qui précipitèrent le grand roi?

Où la similitude des points de vue achève de se
marquer, c'est dans la direction que Plutarque s'efforce d'imprimer aux dépositaires de l'autorité monarchique. En effet, si la participation à cette lumière
d'en haut est le privilége de ceux qui sont investis
du pouvoir, ceux qui ont reçu la consécration du
pouvoir ne se rendent pas toujours dignes de la participation à la raison divine. « La plupart des princes
imitent ces statuaires maladroits qui croient que
leurs personnages paraissent plus grands, lorsqu'ils
ont donné à leurs jambes une ouverture démesurée ;
ils se figurent que la majesté consiste dans la hauteur de la taille, dans la rudesse de la voix, dans
l'isolement. Non, ce n'est point là que réside l'autorité. L'autorité consiste dans la vertu. Il faut qu'un
niveau soit ferme et droit, pour donner aux corps
auxquels on l'applique sa rectitude. Ainsi faut-il
qu'un prince commence par régner sur lui-même,

---

1. A un prince ignorant, 6. — 2. Ibid., 7.

pour qu'il puisse servir de modèle à ses sujets.
S'il ne sait pas se conduire, comment saura-t-il
conduire les autres[1]? » Or cette règle que l'évêque
chrétien tirera de la religion, c'est à la philosophie
que le moraliste païen l'emprunte. Nous avons déjà
remarqué que Plutarque ne craint pas de comparer
le philosophe au prêtre, et qu'il donne l'avantage
au premier : le prêtre, dit-il, ne fait qu'implorer les
bienfaits des dieux par ses prières, tandis que le
philosophe inspire au prince les vertus qui font le
bonheur des nations[2].

Mais plus il élève le caractère du philosophe,
plus il accroît ses obligations. Ce devoir qu'il lui
prescrit de prêter assistance à tous ceux qui réclament son appui, il en fait, à l'égard du prince,
une sorte de ministère. Après avoir établi qu'il est
nécessaire que le prince soit éclairé, il pose en
principe avec la même rigueur qu'il est nécessaire
que le philosophe converse avec le prince plus
qu'avec tout le monde, pour l'éclairer. Ce n'est pas
assez qu'il se prête à donner les conseils qu'on
lui demande ; il doit aller les offrir et les faire accepter.

La tâche certes est délicate. D'abord, on court le
risque d'être traité d'ambitieux par la foule qui ne
juge que d'après les apparences. Mais il serait peu
digne de céder à un tel préjugé. Comprendrait-on
que Panétius eût dit à Scipion : « Si vous étiez un
simple particulier qui, vous dérobant au tumulte des

1. Il faut que le philosophe converse surtout avec les princes, 1.
— 2. Ibid., 4.

villes, voulussiez vivre ignoré dans un coin pour y
résoudre des syllogismes et pâlir sur les livres, je
me donnerais à vous ; mais vous êtes le fils de Paul
Émile qui a deux fois exercé le consulat, et le petit-
fils de Scipion l'Africain, le vainqueur d'Annibal : je
ne veux point vous entretenir[1]. »

Plus grave est la difficulté venant de ceux auxquels
le conseil doit s'adresser. « Les habitants de Cyrène
demandaient à Platon de leur tracer un plan de république. Platon refusa, en disant qu'il n'était point
facile de leur faire des lois dans l'état de prospérité
où ils vivaient. C'est pour la même raison qu'il est si
malaisé de faire entendre des conseils aux princes.
Il n'est ni agréable ni commode d'obliger les gens
qui ne veulent pas qu'on les oblige. » Mais, est-il besoin de le dire? Plutarque n'est pas homme à user
de violence; et nous le retrouvons ici avec toutes les
ressources de son talent de direction si souple et si
ingénieux. Il autorise, bien plus, il invite le philosophe à chercher le moment propice, la disposition
favorable, *faciles aditus et mollia fandi tempora.*
C'est l'opportunité du conseil qui le plus souvent
en fait la valeur ; où elle ne la fait pas, elle la double. Point de discours oiseux, ni de sermons. Un
mot bien placé suffit : c'est ainsi que l'on sème;
plus tard la moisson lèvera. Le conseil est-il repoussé?
Qu'on s'éloigne pour revenir[2]. Plutarque prévient le
philosophe contre tous les déboires. Quels que soient
les empêchements qu'il rencontre, il ne veut point

1. Il faut que le philosophe converse surtout avec les princes, 3.
— 2. Ibid., 1, 2.

qu'ii se laisse rebuter. Il l'anime à cette grande œuvre par le sentiment du devoir, il y intéresse sa gloire. Les arguments jaillissent de source, et comme toujours, sous la forme de comparaisons. « Un luthier ne travaillerait-il pas à une lyre avec plus de plaisir, s'il savait qu'elle fût destinée à un musicien qui dût, au son de cet instrument, élever les murailles d'une ville, comme autrefois Amphion bâtit celle des Thèbes, ou apaiser une sédition, comme Thalès fit à Lacédémone? Un charron fabriquerait-il une charrue d'aussi bon cœur que les tablettes qu'un Solon lui aurait demandées pour graver ses lois? Quels doivent donc être les sentiments d'un philosophe qui peut se dire que le prince qu'il éclaire travaillera au bien de tout un peuple, en rendant la justice, en édictant des lois, en châtiant les méchants, en comblant les bons de ses faveurs?... Un philosophe qui corrige les mœurs d'un prince, qui dirige ses pensées vers ce qui est sage, utile et grand, tient en quelque sorte une école publique de philosophie[1]. »

C'est dans un autre sentiment, sans doute, et en cherchant leur appui hors de l'ordre des vérités purement humaines, que les prélats chrétiens pénètreront plus tard à la cour des empereurs et des rois. Mais le caractère de leur action ne sera ni plus grave ni plus sensé. Ces portes du palais des princes que la religion, sous la grande figure des Chrysostome, des Ambroise, des Flavien, devait se

1. A un prince ignorant, 1; Il faut que le philosophe converse surtout avec les princes, 2.

faire ouvrir avec tant d'autorité, la philosophie avait
commencé à les franchir.

Le traité *de l'exil* nous fait descendre de ces sphères élevées et nous ramène dans l'école. L'exil
n'était pas cependant une de ces peines qui ne vé-
cussent plus que dans l'imagination des rhéteurs.
Tacite, au début de ses Histoires, le place au
premier rang parmi les misères dont il doit dérouler
le tableau[1]. Plutarque avait vu lui-même s'agiter,
au sein de sa petite patrie, l'esprit de discorde qui
avait tant de fois découronné les plus florissantes
cités de la Grèce; et celui auquel est adressé son
traité en avait éprouvé dans Sardes les tristes
effets[2].

Malheureusement, l'école offrait, sur ce sujet, un
thème de convention. Les maux de l'exil y étaient
groupés sous trois chefs qui fournissaient la matière
de trois réfutations. Partant de cette idée que l'exil
n'est qu'un mal d'opinion, on en discutait l'inanité,
comme changement de lieu, comme cause de pauvreté
et comme cause d'ignominie. C'est sur ce type qu'é-
taient composés les traités de Musonius et de Sénèque[3]; Plutarque ne procède pas autrement qu'eux.

Or il est difficile de l'entendre sans sourire répéter comme les autres, à un malheureux banni de sa
patrie : « Il n'y a point de pays distincts... Socrate disait qu'il était citoyen du monde... La limite de notre
patrie, c'est le ciel, qui, de toutes parts, nous envi-
ronne... Qu'est-ce que ne plus résider dans la ville de

---

1. Histoires, I, 2 : plenum exiliis mare. — 2. De l'Exil, 2. — 3.
Sénèque, *Consolation à Helvie*, 6.

Sardes? Tous les Athéniens n'habitent pas le bourg de Colytte, ni tous les Corinthiens le bois de Cranium. Entre les îles où l'on envoie les coupables en exil, en est-il une seule qui ne soit plus étendue que le domaine de Scillonte où Xénophon passa si heureusement sa vieillesse?... L'exil, c'est l'affranchissement. La nature nous met au large et en pleine liberté; c'est nous qui nous chargeons de chaînes et qui resserrons notre domaine; c'est nous qui, par un attachement aveugle au Céphise, à l'Eurotas, au Taygète, nous rendons le reste de l'univers inhabitable[1]... »

Quelle consolation pour un cœur atteint de ce noble mal qu'on appelle familièrement le mal du pays! Eh! qu'importe que le monde entier nous soit ouvert, si le seul point qui nous en est fermé est celui-là même où notre cœur a placé le bonheur? qu'importe que nous puissions être plus heureux là où nous sommes que là où nous voudrions être? La plus grande, la plus agréable des prisons n'est toujours qu'une prison; la peine de l'exil est dans le sentiment même de l'exil. L'exilé partout est seul, a dit un penseur moderne dans une complainte pénétrée du souvenir des accents mélancoliques du poète Florentin[2]. Pour un exilé, disait la sagesse antique, — celle aux sources de laquelle Plutarque, d'ordinaire, aime si volontiers à puiser, — il n'est plus d'ami, plus de compagnon fidèle : chose, hélas! plus douloureuse que l'exil même[3]. Ces chaînes dont Plutarque voudrait persuader à l'exilé qu'il se libère

1 De l'Exil, 5, 6, 10, 12 — 2. De Lamennais, *Paroles d'un croyant*, 41. — 3. Théognis, *Sentences*.

en mettant le pied sur un sol étranger sont les liens
aimés qui l'attachent au sol de la patrie. Quand
Socrate, dans un élan de pensée philosophique, se
proclamait citoyen du monde, il habitait Athènes,
qui l'avait vu naître. Qu'aurait pensé de ses propres
arguments le sage de Chéronée, si on l'eût arraché à
la petite ville à laquelle sa piété filiale l'attachait si
étroitement?

Plutarque ne nous semble pas s'être tiré plus heureusement du point de l'ignominie. Ce n'est pas seulement quand on est exilé, dit-il[1], qu'on a à supporter
les ordres des puissants ; la crainte des violences
fait bien plus souvent courber la tête sous une domination injuste, au sein de la patrie, que hors de
la patrie. Mais dans la patrie, pourrait-on lui répondre, les affections dont on est entouré sont au moins
une consolation. — Il n'y a que les sots, ajoute-t-il,
qui fassent honte à un banni de son bannissement[2].
Mais les sots ne sont-ils pas partout les plus nombreux? — Enfin, parce que d'illustres exilés ont
trouvé sur la terre étrangère honneurs, crédit, puissance, est-ce une raison pour que les autres n'aient
pas eu à souffrir de l'abandon ou du dédain[3]? Qu'il
vaille mieux d'ailleurs subir la violence que la
faire, être Thémistocle que Léobat, Timothée
qu'Aristophon, Cicéron que Clodius, cela est incontestable[4]; mais la bonne conscience, pour être un
élément nécessaire du bonheur, n'en est pas l'unique
élément. Toute cette argumentation de Plutarque,
qui repose sur un texte d'Euripide ingénieusement

1. De l'Exil, 16. — 2. Ibid., 17. — 3. Ibid., 17. — 4. Ibid., 15.

commenté[1], est d'une vivacité peu concluante, et l'élévation de sa péroraison sur la condition de l'âme « transportée non de Sardes à Athènes, ni de Corinthe à Lemnos, mais du ciel, sa patrie véritable, sur la terre, ce séjour d'exil pour tous les hommes, » ne suffit pas à en racheter les faiblesses.

Toutefois il n'est que juste de le reconnaître à la décharge de Plutarque, si parfois la pente du lieu commun l'entraîne, généralement son bon sens le retient, ou du moins, lorsque la déclamation l'a un moment égaré, il se remet vite en meilleure voie. Une des règles essentielles des Consolations, c'était pour le consolateur de tenir son propre cœur fermé à toute émotion[2]. Si vous voulez que je pleure, disait le poète[3], il faut pleurer vous-même. Pour sécher les larmes d'autrui, disait le philosophe[4], commencez par sécher les vôtres. D'autre part, les maîtres du genre recommandaient de chercher des arguments dans la situation de celui qu'il s'agissait de consoler. Il faut savoir gré à Plutarque de s'être en partie affranchi de la première règle, et d'avoir habilement tiré parti de la seconde. Le malheureux auquel il s'adresse jouissait, dans la peine dont il avait été frappé, de toutes les douceurs matérielles de la vie : il glisse sur le point de la pauvreté[5]. Une des Cyclades lui servant de retraite, il insiste sur les ressources que peut offrir le séjour des îles[6]. Mais

1. De l'Exil, 16. — 2. Tusculanes, III, 31 à 34. — 3. Horace, *Art poétique*, 102. — 4. De l'Exil, I. — 5. Ibid., 3. Cf. Sénèque, qui s'y appesantit longuement en parlant de lui-même, bien qu'il eût conservé dans son exil un luxe de sénateur (Consolation à Helvie, 11, 12). — 6. Ibid., 8 à 11.

ce qu'il faut remarquer surtout, c'est qu'en maint
endroit il rachète la banalité de ses conseils par
la justesse du sentiment. En effet, n'est-ce pas véritablement le cœur de l'homme qui parle, lorsque,
fournissant, il est vrai, des arguments contre sa
thèse, il proteste, avec une fermeté où l'on retrouve
le fidèle habitant de Chéronée, « qu'il n'est ni juste
ni honnête de quitter volontairement sa patrie pour
aller s'en faire une autre plus belle[1]? » Je crois, dès
lors, à la sincérité comme à la sagesse de son langage, lorsque, dans le développement de la thèse
contraire, il cherche des motifs d'allègement à la
peine de l'exilé[2] : « Je n'exerce plus de magistrature, dites-vous ; Je n'ai plus de place au Sénat, je
ne préside plus les jeux publics; il est vrai. Mais
dites-vous aussi : je ne vis plus au milieu des partis,
je ne me ruine plus en représentation; peu m'importe si celui à qui est échu le gouvernement de la
province est violent et despotique; je n'ai plus à subir ces ordres insupportables : payez l'impôt, allez
en députation à Rome, recevez le proconsul, remplis-
sez cette charge publique... Vous regrettez le séjour
des villes. Mais dans les villes les bavards et les curieux sont à épier nos occupations les plus secrètes;
les importuns nous arrachent de nos jardins et de
nos maisons de plaisance, nous traînent de force
sur la place publique et à la cour. Dans une île, il
n'est personne qui nous sollicite, personne qui nous
emprunte, qui nous réclame pour caution, qui nous
oblige à appuyer ses brigues. C'est par affection que

1 De l'Exil, 8. Cf. 3. — 2. Ibid., 8, 12,

les meilleurs de nos amis et de nos parents viennent
nous rendre visite ; et tout le reste du temps est
comme inviolable, pour celui qui veut mettre à
profit ce loisir[1]... » L'île la plus favorisée du ciel
est-elle vraiment ainsi à l'abri de tous les ennuis ?
Le conseil est-il aussi efficace qu'il parait senti ? Du
moins faut-il convenir que le tableau de ces misères,
que le moraliste résume avec force, pouvait, en quelque mesure, adoucir par la réflexion l'amertume des
privations de l'exil, sinon en amortir le premier et
douloureux coup.

On goûte mieux encore la simplicité du langage de
Plutarque, quand, à côté de ces pages sensées et naturelles, ou relit quelques-unes de celles que Sénèque
a consacrées au même sujet, dans la Consolation à
Helvie. Arrêté par une accusation vraisemblablement
injuste dans le cours de sa fortune, Sénèque a été re-
légué en Corse ; depuis deux ans, il habite « un rocher
abrupt, sauvage, affreux, malsain ; » et il ne songe
qu'à consoler sa mère, « accablée, depuis sa naissance, par le malheur[2]. » L'intention est excellente ;
mais pour relever le courage de sa mère, ce fils
dévoué ne trouve rien de mieux que de développer la thèse de l'école, ici par des métaphores
subtiles où l'âme est comparée au feu dont l'essence
est le mouvement perpétuel[3], là par une satire dé-
clamatoire contre le luxe contemporain, ailleurs,
enfin, par des tableaux empruntés à l'histoire, etc. Il
le déclare tout d'abord avec une singulière ingénuité de rhéteur : « Ce n'est pas dans son âme, c'est

1 De l'Exil, 8 à 11. — 2. Ibid., 1. — 3. Ibid., 6.

dans les monuments que les plus illustres génies
ont laissés sur la douleur, qu'il a cherché l'inspiration de sa Consolation. » Ce qui le préoccupe, c'est
de trouver « un langage tout neuf pour une infortune
sans exemple[1]... » J'indique la comparaison. Elle ne
peut porter que sur le détail. Appliquée à l'ensemble,
elle tournerait injustement contre Plutarque : il n'y
a point d'analogie entre les situations. C'est de lui-
même que parle Sénèque, et dans ses derniers chapitres notamment il a l'éloquence du cœur[2].

Quoi qu'il en soit, le traité de l'exil, on le voit,
n'est pas sans intérêt. Il ajoute quelques traits à
la physionomie que nous nous efforçons d'esquisser.
Il nous montre, une fois de plus, l'homme dans le
rhéteur, l'homme qui a été élevé dans la tradition
de l'école, mais que la tradition n'enchaîne point ;
et il éclaire de quelque lumière les mœurs politiques
du temps.

Mais bien autrement instructifs sont, même dans
leur ensemble incomplet, les traités sur *la meilleure forme de gouvernement* et sur *les rapports des
philosophes avec les princes*. Ces opuscules expliquent, autant qu'une telle erreur est explicable, la
légende accréditée par Suidas ; ils aident du moins à
faire comprendre que Plutarque ait pu paraître capable de ce rôle de précepteur de Trajan que des
imaginations complaisantes lui ont attribué.

Je remercie les dieux, écrivait Marc-Aurèle, de
m'avoir donné de bons aïeuls, de bons parents,

---

1. Sénèque, De l'Exil, 9 à 11. — 2. Voir, sur les Consolations,
Paul Albert, *Variétés morales et littéraires*.

une bonne sœur, de bons maîtres[1]. Et à chacun de ces maîtres il faisait sa part de reconnaissance : à Diogénète, qui lui avait inspiré l'horreur des occupations futiles ; à Rusticus, de qui il avait appris à réformer son caractère, à éviter les voies où l'auraient entraîné la rhétorique et la poétique des sophistes, à connaître les commentaires d'Épictète ; à Apollonius, à qui il devait un vivant exemple de l'accord possible, dans le même homme, de la fermeté et de la douceur ; à Sextus, dont les conseils lui avaient donné le goût de la bienveillance ; à Alexandre le grammairien, qui l'avait accoutumé à ne jamais reprendre personne qu'avec ménagement ; à Maximus, qui lui avait montré comment on devient maître de soi-même ; à tous ceux enfin qui lui avaient enseigné par leurs exemples, par leurs préceptes, par leur vie, à faire son métier d'empereur. Ce que Marc-Aurèle rapporte à ses maîtres, ses maîtres auraient pu le rapporter à Plutarque. Le sage de Chéronée est l'un des premiers qui ait fait entendre le mâle langage de la philosophie aux grands, en conviant les philosophes à ne leur point ménager les vérités utiles. Il est le digne ancêtre des précepteurs du plus grand des Antonins.

Cependant, quel que soit l'attrait de ces conseils didactiques, on sent que le cœur de Plutarque n'y est pas engagé ; ce ne sont que des sujets de méditation philosophique, et nous avons hâte d'arriver à ces œuvres de direction vivante qui replacent le sage de Chéronée au milieu de ses concitoyens.

1. Pensées de Marc-Aurèle, I à 17.

Comme pour toutes les questions qui sont la préoccupation journalière de Plutarque, sa pensée à cet égard est répandue dans ses divers ouvrages. Il en est peu où il ne fasse allusion aux devoirs qui s'imposent au citoyen. Mais cette pensée est plus particulièrement développée dans les deux traités considérables qui ont pour titre : le premier, *Préceptes politiques* ; le second, *Quelle part le vieillard doit prendre à l'administration des affaires publiques*. Ce sont donc ces deux traités que nous devons prendre pour fond de notre analyse, sauf à y rattacher les observations éparses qui se rapportent au même sujet.

Les *Préceptes politiques* sont adressés à un jeune homme touché de l'ambition de servir sa ville natale. Ce cadre n'est pas une fiction ; — Plutarque n'a pas de ces artifices, — et il lui permet tout d'abord de bien poser la question.

Mon cher Euphanès, écrit-il à son client, il n'y a point d'illusion à se faire. Pour l'homme qui se consacre aux affaires publiques, le temps n'est plus des guerres à engager, des alliances à conclure, des actions communes à soutenir, des grandes entreprises à former. Ce que vous avez à espérer de mieux pour signaler votre début, c'est d'instruire, devant les tribunaux, quelque affaire civile, de poursuivre les abus, de défendre le faible. Vous pourrez encore surveiller l'adjudication de l'impôt et l'intendance des ports et des marchés, ou remplir quelque emploi de police municipale. L'occasion s'offrira peut-être aussi de conduire avec une ville voisine ou avec un prince une de ces négociations qui ne rapportent ni grand profit, ni grand honneur, mais

qui sont bonnes à entretenir des relations d'État.
La maturité de l'âge venue, vous aurez le droit
d'aspirer à une mission auprès de l'empereur et à
la magistrature suprême de votre pays. Mais à quelque rang que vous soyez élevé, ne l'oubliez pas,
le temps n'est plus de vous dire comme Périclès,
revêtant la chlamyde : Songes-y, Périclès, c'est à des
hommes libres que tu commandes, c'est à des
Grecs, à des Athéniens. Dites-vous bien, au contraire : Tu commandes, mais tu es commandé; la
ville que tu gouvernes est une ville sujette, une
ville soumise aux lieutenants de l'Empereur. Il vous
faut donc prendre une chlamyde plus courte; il vous
faut, du degré où vous siégez, avoir l'œil sur le tribunal du proconsul et ne pas perdre de vue les san-
dales qui sont au-dessus de votre couronne; il vous
faut faire enfin comme les acteurs qui prennent
l'attitude et reproduisent les mouvements de leur
rôle, mais qui ne se permettent aucun signe, aucun
geste, aucun mot que n'ait, à l'avance, prescrit le
souffleur. Nous rions des enfants qui s'amusent à
chausser les souliers de leur père et à s'affubler de
ses couronnes. Souvent aussi d'imprudents magistrats, exaltant aux yeux des peuples les hardiesses de
leurs ancêtres, les lancent follement dans des entreprises qu'ils ne sauraient soutenir; et d'eux on ne rit
pas. Aujourd'hui, ce n'est point par les sifflets et les
sarcasmes que les fautes s'expient : témoin Pardalus;
c'est par la hache; à moins que les coupables ne
soient devenus si méprisables par leur faiblesse,
qu'on ne daigne même pas les frapper[1].

1. Préceptes politiques, 10, 13, 17, 18, 32. Cf. Quelle part le vieil-

Telle était l'humble carrière qui demeurait ouverte au dévouement du citoyen dans sa ville natale, le lendemain de la mort de Domitien; tel est l'avenir dont Plutarque rentrant dans Chéronée envisageait pour lui-même, sans doute, l'horizon borné, avec la modération du sage, mais non sans un sentiment de tristesse profonde et d'amer regret.

Plutarque, en effet, est Grec de cœur et d'âme. Pour lui, le peuple de la Grèce n'a pas cessé d'être le peuple chéri des dieux[1]; c'est un Hellène; il en a l'orgueil, les préjugés, les antipathies de race[2]. S'il revendique pour l'honneur des Grecs la gloire d'Alexandre, — le plus grand homme qu'ait vu le monde[3], — la Macédoine n'en demeure pas moins, à ses yeux, comme au temps de Miltiade et de Thémistocle, un pays hors du sol privilégié de la Grèce[4]. Partisan de Démosthène contre Philippe, d'Aratus contre Antigone, une victoire sur les Macédoniens prend aisément dans sa bouche comme dans celle du général vainqueur, le nom de sœur de Marathon[5].

Dans la partie commune il est un pays qu'il aime entre tous. Mais ce n'est pas d'un mesquin sentiment

---

lard doit prendre à l'administration des affaires publiques, 18, 19; Du Progrès dans la vertu, 6; De l'Exil, 12. Voir Naudet, ouvrage cité, p. 204.

1. Des Délais de la justice divine, 22. — 2. De la Malignité d'Hérodote, 12, 15, 20, 34. 43; d'Isis et d'Osiris, 61; des Délais de la justice divine, 13, 22; de la Face qui paraît dans la lune, 26; Préceptes de santé, 20; de l'Amour fraternel, 18; Consolation à Apollonius, 22; du Bavardage, 18; de la Manière d'entendre les poètes, 10; Vie de Thémistocle, 8; Vie d'Alexandre, 35, 38; Questions romaines, 5, 6, 10, 11, 37, 44, 52, 67, 83, 84, 94, 104, 112, etc. — 3. De la fortune et de la vertu d'Alexandre, 3. Cf. 8, 9, 11. — 4. Vie d'Aratus, 16. — 5. Vie de Démosthène, 18, 22.

de patriotisme local que cette passion s'inspire. Ce qui l'émeut contre Hérodote en faveur de Thèbes, c'est que l'historien des guerres Médiques ait laissé planer sur la Béotie le soupçon d'une trahison. Ce qu'il exalte dans la gloire des Thébains, c'est que, devenus à leur tour les maîtres de la Grèce, ils en ont soutenu le rôle au dedans et au dehors, sur les champs de bataille et dans les négociations, en dignes héritiers des vertus de Sparte déchue et d'Athènes dégénérée. La Grèce vaincue à son tour, c'est, dans sa pensée, un honneur égal, sinon supérieur à toutes les victoires, d'avoir civilisé ses maîtres et conquis ses conquérants. Pour lui la grandeur de Rome ne date que du jour où elle a été éclairée des lumières du génie grec. Ceux-là seuls, parmi les Romains, lui paraissent avoir été véritablement grands, qui ont suivi et goûté les leçons d'Homère et de Platon[1].

Ce sentiment de patriotisme n'apparaît nulle part plus manifestement que dans les Parallèles. Montaigne « se picque, pour Plutarque, qu'entre aultres accusations Jean Bodin ait dict qu'il a bien assorty de bonne foy les Romains aux Romains et les Grecs entre les Grecs, mais non les Romains aux Grecs : témoings Démosthénes et Cicéron, Caton et Aristide; estimant qu'il a favorisé les Grecs de leur avoir donné des compaignons si dispareils[2] »; et il entreprend de « le garantir de ce reproche de prévarication et de faulseté. » Il pense, « au rebours de Bodin, que Cicéron et le vieux Caton en doibvent de reste

---

1. Vie de Caton l'Ancien, 23; Vie de Marius, 2; Vie de César, 55; Vie de Brutus, 2, 4, 21, 40, 51; Vie de Flamininus, 5 — 2. Essais, II, 32.

à leurs compaignons ; que, si Plutarque les compare,
il ne les éguale pas pourtant; que pour avoir simplement présenté les Romains aux Grecs, il ne peult
leur avoir faict injure, quelque disparité qui y puisse
estre ; et qu'au surplus il ne les contrepoise pas en-
tiers, mais qu'il apparie les pièces et les circonstances l'une aprez l'aultre et les juge séparem-
ment... » A cette ingénieuse « deffense » de Montaigne on pourrait ajouter que, préoccupé avant tout
d'une pensée morale, Plutarque va chercher le sujet
de ses parallèles, non pas seulement chez les Romains
et chez les Grecs, mais chez les Perses, partout où
s'offre à son souvenir quelque bel exemple de vertu.
Il conviendrait aussi de distinguer entre les comparaisons qui suivent les Vies et les Vies mêmes. S'il
est vrai que, dans les comparaisons, l'équilibre n'est
pas toujours irréprochable, dans les Vies, Plutarque
se donne tout entier tour à tour à chacun de ses
personnages; il raconte leur histoire, comme s'il ne
devait s'ensuivre aucune comparaison. Juger les Vies
d'après les parallèles auxquels elles aboutissent, c'est
juger le tableau d'après le cadre. Au reste, il suffit
de rapprocher les Vies et les Traités, pour en reconnaître le commun esprit d'impartialité. Telle est
l'équité naturelle de Plutarque à l'égard de tous les
grands hommes, quelle que soit leur origine, qu'il
est bien peu de pages des Traités où l'histoire romaine ne lui fournisse un contingent d'exemples
presque aussi considérable que l'histoire grecque.
Entre les uns et les autres, il ne fait pas de différence; les meilleurs, à ses yeux, sont ceux qui justi-
fient le mieux la leçon qu'il veut en tirer. Nous nous

associons donc sans peine à la « deffense » de Montaigne ; et surtout nous ne saurions admettre, comme on a essayé de l'établir au dix-huitième siècle, que Plutarque ait composé ses Parallèles dans l'intention systématique d'abaisser les Romains à l'avantage des Grecs [1].

Mais ce serait le justifier contre l'évidence, et « mal espouser son honneur, » à notre sens, que de se refuser à croire que l'idée de trouver dans les Parallèles l'occasion de mettre les hommes illustres de la Grèce en balance avec ceux de Rome ait été indifférente à son patriotisme. L'historien sans cité ni pays de Lucien n'est pas son idéal. Il a, comme on l'a dit ingénieusement, la voile toujours tendue pour sa patrie, *semper velificatur patriæ*. Noble préoccupation, après tout, qui rendrait l'erreur même respectable. En effet, que Polybe, frappé de la grandeur lentement envahissante de Rome et de la décadence précipitée de la Grèce, analyse avec sang-froid les causes de ces révolutions contraires, et démontre par quelle conduite le peuple vainqueur de Corinthe et de Carthage a soumis l'univers entier à ses lois; que Denys d'Halicarnasse expose avec l'insensibilité de l'antiquaire la prééminence des institutions romaines sur les institutions grecques : on ne peut qu'admirer la gravité de ces réflexions et apprécier l'utilité de ces recherches. Mais n'aimerait-on pas mieux que ces témoignages portés contre la lé-

1. Mémoires de l'Académie des inscriptions et belles-lettres, 1724-1725, t. VI, p. 52 et suiv., 135 et suiv. *Discours* de l'abbé Sallier. Cf. Treuth, qui défend Plutarque aussi contre cette accusation, pag. 84.

gèreté[1], les fautes[2], la folie[3] des Grecs, eussent trouvé
d'autres interprètes que des enfants de la Grèce?
Que pouvez-vous prétendre, semble dire incessamment Polybe à ses concitoyens, contre une nation qui
nous surpasse bien moins encore par l'invincible
supériorité de ses armes que par la force incomparable de son caractère et de ses lois? Reconnaissez la
légitime maîtresse du monde et ne vous appliquez
qu'à mériter le bonheur qu'elle vous assure[4]. Sans
doute le temps où Polybe écrivait ne comportait pas
d'autres conseils ; et ce n'est pas sans raison que Bossuet prise si haut le sens politique de l'historien
philosophe[5]. Mais est-ce tout à fait un honneur pour
lui qu'on ait donné à son livre le titre d'*Histoire
des Romains*[6]? Ne pouvait-il présenter les mêmes
vérités avec plus de ménagement pour ses compatriotes? A pénétrer dans l'âme des deux écrivains,
n'est-on pas tenté de se ranger du côté de Plutarque
contre Bossuet exaltant le commensal des Scipion au
détriment du sage de Chéronée? N'y a-t-il pas quelque
chose de touchant dans l'honnête pensée du moraliste
« passionné pour ses Grecs, » qui, non moins clairvoyant sur les misères présentes de sa patrie, mais
fidèle aux souvenirs de sa grandeur passée, se plaît
à relever sa gloire à la hauteur d'une gloire rivale[7]?

1. Polybe, *Histoires*, VI, 56. Cf. XXVIII, 9; XXVII, 7. — 2. Id.,
ibid., XXXVIII 1. — 3. Id., ibid., XL, 3. — 4. Id., ibid., VI, 11 et 18.
— 5. Bossuet, *Histoire universelle*, III, VI. — 6. Pausanias, VIII, 30.
— 7. « Dans toute cette série de Vies, je ne crois pas qu'il y ait un
seul mot de servilité ou de flatterie, de dédain ou de vanité, d'humi-
liation ou de triomphe. » Merivale, *Histoire des Romains* (VII,
p. 487).

Ce patriotisme, aussi bien, n'a rien d'aveugle. Plutarque n'est ni un rêveur, ni un frondeur. C'est en imagination qu'il se plaît à converser avec les héros de la Grèce : dans la réalité, il vit avec les hommes de son temps. Il partage, en théorie, sans doute, les préférences de Platon pour la monarchie ; au fond, la question est de celles sur lesquelles il s'en remet à la direction souveraine des dieux [1] ; c'est dans ce sentiment qu'il s'incline devant la monarchie ; elle est pour lui une œuvre providentielle. Vous avez privé la Grèce de la liberté qui lui avait été rendue, écrivait avec hauteur Apollonius de Tyane à Vespasien, je ne suis plus des vôtres [2] ; » et il se glorifiait d'avoir contribué au renversement de Néron [3], comme il devait se vanter plus tard d'avoir conspiré contre Domitien [4]. Plutarque est trop sage et trop sincère, il connaît trop bien son temps et son pays, pour concevoir l'idée d'un tel rôle et en prendre les airs arrogants. De quelque gracieuse image que le souvenir de la liberté de la Grèce flatte sa pensée, il n'oserait en appeler le retour. « Contentons-nous, dit-il à ses concitoyens, de ce que les maîtres nous laissent ; nous ne gagnerions probablement pas à avoir davantage [5]. En cela le plus modeste de ses contemporains n'est pas plus modeste que lui.

Mais, et c'est ici qu'il se distingue de ses contemporains, ce peu que laissent les maîtres, il ne veut pas qu'on le perde, soit qu'on n'en use pas, soit

1. Vie de Pompée, 75 ; Vie de Démosthène, 19 ; de l'Exil, 9 ; de la Fortune des Romains, I. — 2. Philostrate, *Vie d'Apollonius de Tyane*, V, 41 ; traduction Chassang, p. 226-7. — 3. Id., ibid., V, 10. Cf. VII. — 4. Id., ibid., VII. Cf. VIII, 7. — 5. Préceptes politiques, 32

qu'on en mésuse. Il n'apprécie pas moins qu'Aristide[1], Épictète[2] et Dion Chrysostome[3], la liberté de
pouvoir, à l'abri de la paix, aller et venir, travailler
ou se reposer, parler ou se taire. Mais il n'entend
pas, comme Épictète, que les devoirs de l'homme
absorbent ceux du citoyen; la liberté de philosopher
ne lui tient pas lieu, comme à Dion, de toutes les
autres libertés. Du règne incontesté de la paix romaine il attend quelque chose de plus. Il souffre de
l'abaissement moral de son pays[4]. Si la grande vie
politique est devenue impossible, il veut du moins
que chacun travaille à conserver et à fortifier les fran-
chises de la vie municipale.

Ce vœu était-il réalisable?

Dans la savante hiérarchie établie par le sénat, on
sait à quel degré était classé le municipe. Supérieur
à la colonie, qui pouvait avoir ses magistrats, mais
à qui s'imposaient les lois de la métropole dont elle
n'était que le rejeton[5], le municipe ne conservait pas
seulement la pleine direction de ses affaires, il jouissait de ses coutumes et de ses lois[6]. Pouvoir exécutif
et délibératif, tout y était le produit de l'élection.
L'Empire avait maintenu cet ordre institué par la

---

1. Éloge de Rome, *passim*. — 2. Entretiens d'Arrien, III, 13. —
3. Dion Chrysostome, *Discours*, 80. — 4. De la Cessation des oracles, 8. — Voir Volkmann, 2ᵉ partie, chap. vi. — 5. Aulu-Gelle, *Nuits
att.*, XVI, 13. « Non enim... suis radicibus nituntur (columæ), sed
ex civitate quasi propagatæ sunt, et jura institutaque omnia populi
Romani, non sui arbitrii habent. » — 6. « ... Municipes, qui ea con-
ditione cives Romani fuissent, ut semper rempublicam a populo Romano separatam haberent » (Festus, voc. *Municipes*). — « Legibus suis
suo jure utentes, muneris tantum cum populo Romano honorarii
participes, a quo munere capessendo appellati videntur, nullis aliis

République, et les magistratures municipales étaient
restées une carrière. Cette carrière avait ses règles.
Plutarque nous les fait connaître dans ses *Préceptes politiques* et dans le Traité où il examine la
*part que le vieillard doit prendre aux affaires de
l'État.*

Or, à s'en rapporter aux apparences, la vie municipale n'avait rien perdu de son activité passionnée.
Pour arriver aux honneurs, pour gagner le suffrage
de ses concitoyens, il n'était point de sacrifice qui
parût trop grand. On construisait ou l'on réparait, à
grands frais, des monuments publics, on dotait la
cité d'une bibliothèque, d'une horloge, d'un établissement de bains, d'un aqueduc, d'une école, d'un
temple ; on prodiguait les distributions, les fêtes et
les jeux[1] : les plus riches s'y ruinaient[2]. Ce n'était
pas seulement les charges que l'on se disputait[3] ; les
moindres privilèges excitaient les ambitions : exemp-
tion d'impôts, préséance, place réservée au théâtre,
buste, portrait, inscription[4]. Mais quel était, au fond,
l'objet de ces compétitions ardentes?

Rome était, en réalité, le point de mire unique ou

necessitatibus, neque ulla populi Romani lege adstricti, quum nun-
quam populus eorum fundus factus est. » (Aulu-Gelle, ibid.)
    1. Plutarque, *Préceptes politiques*, 5, 30, 31. Cf. le recueil des
Inscriptions latines : Gruter, 354, 404, 444, 484, 496 ; Orelli, 780,
1172, 3994, 4034, 4051, etc., et les inscriptions de Pompéi. Cf. Pline,
Épîtres, IV, 1 ; V, 7 ; VI, 2 ; VII, 8 ; IX, 39 ; X, 24. — 2. Plutarque, *de
l'Usure*, 7 ; *Préceptes politiques*, 30, 31 ; *de l'Exil*, 12. — 3. Sur les
intrigues des élections municipales, voir Tertullien, *de Pœnitentia*,
12 ; *de Pallio*, 8. Voir aussi un substantiel et piquant article de M.
Boissier sur Pompéi et la vie des provinces dans l'Empire romain
(*Rev. des Deux Mondes*, 1er avril 1860) — 4. Boeckh, *Inscriptions
grecques*, 1625, 2282, 2285, 2329, 2332, 2355, 2347c, 2450, 2834,

le but suprême. On ne prétendait aux honneurs de la cité que pour s'en faire un marchepied[1]. On se serait cru déshonoré, à Chéronée, pour avoir pris à ferme la levée de l'impôt[2], si ce n'eût été le moyen d'aller, dans les antichambres des grands, disputer un cheval, un collier, des hochets, ou à la cour, mendier de grasses intendances[3]. On répudiait les noms de ses ancêtres; on se parait de noms latins[4] : des mots nouveaux étaient forgés pour exprimer ces nouveaux sentiments; on se faisait appeler ami de César, comme autrefois on était appelé ami de Philippe; et ces dénominations, jadis note infamante des traîtres, étaient devenues des marques enviées de distinction[5]. Trahis ou humiliés par leurs magistrats, les simples particuliers en étaient réduits à porter leurs affaires au tribunal du prince[6]. Les villes, désintéressées de leurs affaires, se désistaient de leurs privilèges ou renonçaient à leurs droits. Autrefois les colonies demandaient à être élevées au rang de municipes; aujourd'hui les municipes aspiraient à devenir des colonies[7].

2812, 2953, 3424. Keil, *Inscr. Bœot.*, n° 31. Cf. E. Egger, *Mémoires d'histoire ancienne et de philologie*, II ; *des Honneurs publics chez les Athéniens*, p. 75 ; Voy. Duruy, tome V, chap. LVII.

1. Préceptes politiques, 26 à 39. Cf. Tacite, *Annales*, XV, 20 ; Pline, *Épîtres*, X, 56. — 2. De l'Usure, 4. — 3. Préceptes politiques, 18, 19 ; de la Tranquillité de l'âme, 10, 11, 13 ; Si le vice suffit à rendre malheureux, 1 ; Comment on peut se louer soi-même, 19 ; de la Mauvaise honte, 15 ; de l'Exil, 12 ; du Progrès dans la vertu, 6, etc. — 4. Philostrate, *Vie d'Apollonius de Tyane*, IV, 5, p. 143-144 ; traduction Chassang. Cf. *Lettres*, 55, 71, 72. — 5. Bœckh, *Corpus inscript. græcarum*, 357, 358, 2408[1], 2124 2464, 2975. — 6. Préceptes politiques, 19. — 7. Aulu-Gelle, *Nuits attiques*, XVI, 13. Cf. Spanheim, *Orbis romanus*, 13.

C'est à ce discrédit des vertus municipales que Plutarque entreprend de porter remède.

Embrassant dans ses deux Traités le développement complet de la vie du magistrat, il examine successivement, d'une part, comment il doit préalablement étudier le caractère de ceux qu'il est appelé à gouverner, et travailler à se corriger lui-même de ses défauts, en vue de la foule clairvoyante presque toujours et rarement indulgente[1]; comment, le moment venu, il peut entrer dans la carrière, soit en s'y lançant de prime saut, soit en y paraissant d'abord sous les auspices d'un maître éprouvé[2]; quels services il lui est permis de rendre à ses amis[3], quelle conduite modeste et conciliante il doit tenir à l'égard de ses ennemis[4]; suivant quelle règle il doit se prêter à tous les emplois et s'aider de tous les appuis[5]; comment enfin il doit traiter le peuple sans complaisance, mais sans rudesse, en cherchant à le relever, à ses propres yeux, par des récompenses bien choisies et bien placées[6]. D'autre part, il indique avec précision dans quelle mesure, parvenu à la vieillesse, le magistrat peut, sans détriment pour personne et à l'avantage de tout le monde, prolonger presque indéfiniment ses services; quelles fonctions s'imposent à son zèle, quelle popularité doit lui être chère, sur quelles bases il convient de l'établir[7]. Le cadre est large, et Plutarque le remplit, avec son art accoutumé, de traits ingénieux et de conseils appli-

1. Préceptes politiques, 3, 4. — 2. Ibid., 10 à 12. — 3. Ibid., 13, 14. — 4. Ibid., 15 à 17. — 5. Ibid., 24 à 66. — 6. Quelle part le vieillard doit prendre à l'administration des affaires publiques, 8 à 17. — 7. Ibid., 18 à 27.

cables à toutes les situations politiques. Mais, dans
l'ensemble de ces règles de conduite générale, ce
qui le domine, c'est la préoccupation des défaillances de ses concitoyens.

Au milieu des entraînements qui perdaient les magistrats des petites cités, il voyait chaque jour
disparaître de la vie politique les principes de désintéressement, de dignité, de sage indépendance et
de dévouement, sans lesquels c'en était fait, à ses
yeux, des derniers restes d'une liberté qui lui était
chère. Où était le péril, il se porte, et avec une franchise de sentiment remarquable.

Si ce n'est pas l'amour du bien public qui vous
pousse vers l'administration, dit-il, retirez-vous; vous
n'êtes point digne d'y entrer; il ne faut apporter aux
affaires ni cupidité, ni amour des honneurs. Il y a
des temples où il n'est permis d'entrer qu'après
avoir déposé l'or qu'on porte sur soi. La tribune
publique aussi est un autel sacré. S'y présenter avec
la passion de l'argent est un sacrilège. Tout homme
qui s'enrichit dans l'administration de son pays
n'est pas moins coupable que celui qui volerait les
objets du culte ou qui pillerait les tombeaux[1].

Plus honorable que la cupidité, sans doute, l'a-
mour immodéré des honneurs ne lui paraît pas, en
réalité, une passion moins dangereuse pour le bonheur de la cité. Que le magistrat qui se voue aux
intérêts de ses concitoyens en espère quelque récompense, rien n'est plus naturel; Plutarque connaît la nature humaine; il se garde bien de lui dé-

1. Préceptes politiques, 26.

mander une vertu trop haute ! Mais on ne doit ni
provoquer cette récompense, ni la chercher dans de
fastueux insignes, peinture, buste ou statue, encore
moins dans les distinctions obtenues d'un maître
altier ; car ce sont là à ses yeux, des honneurs dés-
honorants. Un décret, un titre, une branche d'olivier comme celle qu'Épiménide reçut lorsqu'il eut
purifié la ville d'Athènes : tels sont les seuls témoignages que peut légitimement ambitionner l'homme
« qui combat dans l'arène de l'administration publique, comme dans les jeux sacrés, non pour de
l'argent, mais pour la couronne. » Les honneurs
doivent être, en un mot, non le salaire, mais la
marque du service rendu ; et le prix le plus glorieux auquel puisse aspirer l'homme d'État, c'est la
confiance de ses concitoyens[1].

A ce désintéressement doit s'allier chez le magistrat le souci de sa dignité. Plutarque interdit au
magistrat les moyens de popularité qui abaissent
celui qui en use, non moins que ceux à l'égard
desquels on les pratique. Il ne souffre aucune des
largesses faites au peuple pour flatter sa paresse
et sa sensualité. Il consent qu'un magistrat soit libé-
ral, lorsque sa fortune lui permet de l'être ; il encourage même, il stimule cette générosité : c'est l'honneur du bon citoyen d'enrichir la cité qui l'a appelé
à la diriger. Mais il exige que toutes les libéralités
soient appliquées à un objet d'une utilité louable[2].
Il se défie de toutes les séductions, même des séduc-

1. Préceptes politiques, 27 à 29. Cf. De l'utilité des ennemis, 11. —
2. Ibid., 30, 31. Cf 24.

tions de la parole[1]. Il admet que le magistrat ne
monte à la tribune que préparé[2], et il rappelle que
Périclès lui-même ne s'exposait jamais à parler en
public, sans avoir médité ce qu'il avait à dire et sans
demander aux dieux qu'il ne lui échappât aucun
mot étranger à son sujet; mais il ne veut pour le magistrat ni d'une éloquence pompeuse comme celle
d'Éphore, de Théopompe et d'Anaximène, ni d'une
éloquence hérissée d'enthymèmes ou chargée de périodes alignées au compas comme celle des sophistes,
ni même d'une éloquence sentant l'huile comme
celle de Démosthène[3]. Un langage naturel, sincère,
paternel, cherchant sa force dans la justesse de la
pensée, animé par l'emploi discret des traits d'histoire et des comparaisons, toujours conforme aux
convenances, — ce qui n'exclut d'ailleurs ni la vivacité ni le mordant dans les réparties et les répliques :
— voilà, dans sa pensée, le seul moyen d'autorité qui
honore, dans la conduite d'une cité, et le magistrat
qui l'emploie et la cité qui s'y soumet[4].

Plutarque se flattait-il de la pensée de voir renaître
l'éloquence politique? Sa confiance dans la puissance
de la parole, au sein de ces petites cités en proie à
toutes les brigues, n'est pas sans naïveté. On ne peut
disconvenir du moins que le sentiment qui inspire
ses conseils est profondément honnête, ni méconnaître quelle noble idée il se fait de la dignité du magistrat. Et quand il arrive à déterminer la mesure de
l'indépendance dont il lui fait un devoir, cette honnêteté émue l'élève jusqu'à l'éloquence.

1. Préceptes politiques, 5. — 2. Ibid., 8. — 3. Ibid., 6. —
4. Ibid., 6 à 9.

L'étude de l'histoire lui a dès longtemps appris quel danger il y a pour les peuples vaincus à n° jamais répondre non[1]. Mais les dieux ont prononcé sur le sort du monde. Soumis à la domination des Romains, Plutarque se résigne et détourne ses concitoyens de toute pensée de rébellion. Il le dit, il le répète. Ceux qui s'entendent au gouvernement des abeilles affirment que la ruche où le bourdonnement est le plus fort est celle qui donne le meilleur essaim ; tout au contraire, le magistrat à qui Dieu a confié le soin d'essaims politiques doit regarder comme heureux entre tous celui qui est le plus paisible. Prévenir les séditions est le chef-d'œuvre de la science politique. Un incendie est si vite allumé ; il suffit d'une lampe qu'on néglige d'éteindre, de quelques brins de paille qu'on laisse brûler[2]! Il a toujours présent à l'esprit le sort d'Edepse[3], de Sardes[4], de Pergame, de Rhodes, des Thessaliens si sévèrement punis de leurs dissensions et de leurs velléités de révolte[5]. Il recommande aussi au magistrat d'écarter de l'esprit du peuple tous les souvenirs qui, comme ceux de Marathon, de l'Eurymédon, de Platées, pourraient enfler ses pensées et lui inspirer un vain orgueil. Abandonnons, dit-il, l'éloge de ces exploits aux exercices des sophistes! Il est tant d'autres exemples des Grecs d'autrefois qu'on peut utilement rappeler aux Grecs d'aujourd'hui, pour former et corriger leurs mœurs! Tels le décret rendu par les Athéniens après l'expulsion des trente ty-

1. De la Mauvaise honte, 10. — 2. Préceptes politiques, 32. Cf. De l'Amour fraternel, 17. — 3. De l'Amour fraternel, 17. — 4. Préceptes politiques, 17, 32. — 5. Ibid., 19.

rans, l'amende imposée au poète Phrynicus pour sa
tragédie de *la Prise de Milet*, la fête de la reconstruc-
tion de Thèbes par Cassandre, l'expiation du meurtre
des Argiens, le sentiment de réserve qui arrêta les
Athéniens, dans leur enquête au sujet de l'argent
d'Harpalus, sur le seuil de la maison de deux nouveaux mariés : ce sont là les traits par lesquels il
est possible d'imiter de glorieux ancêtres[1]. D'autre part, il ne craint pas d'engager tous ceux qui
touchent aux affaires publiques à se ménager habilement, dans les puissances d'en haut, quelque
protection qui devienne, au besoin, un appui pour
la cité en défaut[2]. Les Romains sont ainsi faits qu'ils
obligent très volontiers leurs amis dans les affaires
d'État. Or quoi de plus honorable que de faire servir
une grande amitié au bonheur de ses concitoyens?
« Après la prise d'Alexandrie, Auguste entra dans la
ville, tenant le philosophe Areus par la main et ne
parlant qu'à lui seul parmi tous ceux de son escorte;
et comme les Alexandrins, s'attendant à être traités
avec la dernière rigueur, imploraient leur grâce,
le vainqueur annonça qu'il pardonnait, par respect
pour la mémoire d'Alexandre, et aussi par égard
pour Areus, son ami[3]. »

Mais, ces règles de prudence posées, Plutarque arrête le magistrat sur la pente d'une condescendance
qui dégénérerait en faiblesse. Ces amitiés illustres
qu'il conseille de rechercher, il entend qu'on ne
les contracte qu'à des conditions honorables et

1. Préceptes politiques, 17. — 2. Ibid., 18. Cf Du Commerce que
les philosophes doivent avoir avec les princes, 1.

justes; il veut qu'elles servent à relever la cité, non
à l'abaisser[1]. Que le magistrat maintienne parmi
ses concitoyens un esprit de soumission, c'est
son premier devoir. Mais c'est son devoir aussi,
ajoute-t-il en un langage viril, de ne pas s'entendre
avec le prince pour les réduire davantage, de ne pas
leur mettre la chaîne au cou, quand déjà ils ont la
jambe liée[2]. Les malades qui ont contracté l'habitude de ne prendre un bain ou un repas que sur or-
donnance du médecin en arrivent à ne plus jouir
même de ce que la nature leur a laissé de santé;
ainsi, ceux qui, pour le moindre décret, la moindre
résolution, pour un détail d'administration, font intervenir l'autorité du prince, le rendent d'abord plus
maître d'eux qu'il ne le voudrait lui-même; puis ils
font perdre au sénat, au peuple, aux tribunaux, aux
magistrats, à la cité, ce qui lui reste de franchise,
ou plutôt ils lui enlèvent toute indépendance, ils la
rendent pusillanime, impuissante, ils achèvent de
l'efféminer, de la mutiler; ils déshonorent la sujétion. L'honneur du magistrat est de terminer les affaires de la cité dans la cité, de guérir secrètement
ses plaies, de s'exposer à un échec, à une disgrâce
même, plutôt que de risquer, pour le plus triste des
succès, de livrer son pays à la plus redoutable des
oppressions. Que dis-je! ce n'est pas assez de ne
point soulever les tempêtes, il faut que le magistrat
les prévienne; ont-elles éclaté malgré lui, qu'il les
contienne. Dans les heures de tourmente, il doit être
l'ancre de salut. Si, plus fort que sa prévoyance et sa

1. Préceptes politiques, 18 — 2. Ibid., 19.

volonté, le mal vient à se produire, loin de trembler
alors sur son propre sort, de fuir ou d'accuser les
autres pour se disculper, c'est à lui de s'em-
barquer et d'aller dire, fût-il innocent : Voici le coupable [1].

Enfin, cet esprit de désintéressement et de dignité,
ces sentiments de sage indépendance ne suffisent pas
à Plutarque, s'ils ne sont soutenus par un dévouement de toute la vie.

Épicure disait : Le sage ne prendra point part
aux affaires publiques, à moins que quelque chose
ne l'y contraigne. Le sage ne prendra point part
aux affaires publiques, disait Zénon, si quelque chose
l'en empêche. Et pour peu que le sage crût manquer
d'autorité, de force ou de santé, ces excuses étaient
valables. Le sage avait même le droit de ne se donner qu'à une république parfaite. Si bien qu'en réalité Épicuriens et Stoïciens, partis de principes opposés, aboutissaient au même but : nul, dans leur
doctrine, n'était obligé de s'intéresser aux affaires de
son pays [2]. Mieux inspiré par son bon sens, Plutarque veut que le bon citoyen apporte à l'administration des affaires de la cité sa part de lumières
et d'utiles exemples, jusqu'au dernier souffle. Par
là il n'entend pas, sans doute, que le vieillard
recherche la présidence de toutes les assemblées et
de tous les tribunaux, sollicite toutes les ambas-
sades et toutes les missions, en un mot, attire à lui
les honneurs et les charges, comme ces vieux ar-

1. Préceptes politiques, 19. Cf. de l'Utilité des ennemis, 11, —
2. Sénèque, *Du Repos du Sage*, 32. Cf. 31.

bres qui épuisent les sucs de la terre et qui empêchent les jeunes rejetons de croître alentour[1].
Quand Bucéphale commença à prendre de l'âge,
dit-il, Alexandre montait sur d'autres chevaux,
pour passer la revue des troupes et les ranger en
bataille; le mot de ralliement donné, il s'élançait
sur Bucéphale et courait avec lui à l'ennemi[2].
Tel, dans sa vieillesse, l'homme d'État, mettant un
frein à son ambition, doit laisser les jeunes gens
remplir les emplois de tous les jours, et ne descendre dans l'arène que dans les conjonctures graves[3].
Mais ce rôle aussi ferme que discret s'impose à son
patriotisme. Plutarque y attache le vieillard par le
sentiment de l'honneur[4] : vit-on jamais une abeille,
en vieillissant, devenir bourdon? Il l'y intéresse par
l'attrait des satisfactions les plus douces[5] : quel plus
noble plaisir que de jouir du bien que l'on fait, en ne
discontinuant pas d'en faire? Il l'y enchaîne enfin par
les liens du devoir[6] : la vieillesse, dit-il, insistant
particulièrement sur ce dernier point, apporte moins
de défaillance au corps que de vigueur à l'esprit.
Agamemnon avait assez d'un Ajax, et il demandait
au ciel dix Nestor. A Rome, le service des vestales
est divisé en trois périodes : la première est consa-
crée à apprendre les fonctions, la seconde à les exercer, la troisième à les enseigner. Ainsi l'homme
d'État qui a commencé par s'initier aux devoirs de

---

1. Contre Colotès, 32, 33; du Bonheur dans la doctrine d'Épicure,
17; de la Vie cachée, 4; des Contradictions des stoïciens, 3, 4; Préceptes politiques, 29; Quelle part le vieillard, etc., 1, 5, 6. — 2.
Quelle part le vieillard, etc., 18. — 3. Ibid., 19 à 21. — 4. Préceptes
politiques, 17, 18. — 5. Ibid., 1 à 8. — 6. Ibid, 8 à 17. Cf. 26, 27.

l'administration, puis qui les a remplis, doit finir par
y former ses successeurs. Éclairer les jeunes gens,
aiguillonner et diriger leur ardeur[1], telle est l'occupation qui incombe au vieillard, sain de corps et
d'esprit. Or cette occupation n'est pas l'œuvre d'une
fonction, le ministère d'un jour ; c'est une œuvre
permanente, un ministère à vie. Il ne suffit pas
d'avoir dit la vérité et observé la justice ; il faut dire
la vérité et observer la justice toujours. De même, il
ne suffit pas d'avoir servi son pays ; il ne faut pas
cesser de le servir[2]. S'il n'est pas vrai, comme le disait Denys, que la tyrannie soit un tombeau honorable, il est certain qu'il n'y a point de plus glorieux
linceul que l'administration des affaires publiques
pour un homme qui, dévoué au bien de ses concitoyens, leur donne, jusqu'à son dernier soupir, le
double exemple d'obéir et de commander : sa mort
met à sa vie le sceau de l'honneur[3].

Plutarque se sent d'autant plus à l'aise dans l'expression de ces conseils si pressants qu'il n'avait pas
à craindre, en les développant, d'être accusé d'inconséquence. Le Traité dans lequel il examine quelle
part le vieillard doit prendre à l'administration des
affaires publiques est adressé à un de ses amis,
Euphanès. Euphanès avait, à ce qu'il paraît, songé à
abdiquer la présidence de l'Aréopage et l'intendance
du conseil amphictyonique dont il était investi.
« Parce que je remplis depuis plusieurs Pythiades le
ministère de prêtre d'Apollon, lui écrivait-il avec une

1. Quelle part le vieillard, etc., 24. — 2. Ibid., 25. — 3. Préceptes
politiques, 3. Cf. 1.

certaine vivacité, me diriez-vous : Plutarque, vous
avez offert assez de sacrifices, assez conduit les pro-
cessions et les chœurs de danse : il est temps de dé-
poser la couronne et de renoncer à la direction de
l'oracle[1] »? La seule pensée qu'on pût songer à
l'écarter de l'administration des intérêts politiques
ou religieux de sa ville natale était pour lui une
offense.

Mais ces conseils et ces exemples, eussent-ils convaincu ceux auxquels ils s'adressaient, n'auraient pas
arrêté les peuples sur la pente qui les entraînait. Le
mal avait des racines profondes. Il tenait à l'esprit
même de l'administration impériale, disons mieux,
à l'esprit de la conquête romaine.

L'empire de Rome, disait Cicéron sous la république, est moins une domination qu'une tutelle[2]. Et on
se laisse volontiers séduire à ce noble langage, quand
on considère, dans son ensemble, le vaste concert de
la République romaine. En effet, quel peuple a fait
plus de conquêtes et semé moins de ruines? Deux
pays, le Samnium et l'Épire, trois villes, Numance,
Corinthe, Carthage, avaient payé la peine de leur
résistance indomptable ou de leur hostilité acharnée.
Le reste du monde avait conservé, dans sa soumission, tous les dehors de l'indépendance. Point de
contrainte, point de titre qui fît rougir les vaincus.
Les rois et les peuples étaient des tributaires; les
villes, des villes fédérées, des villes alliées, des
villes libres. Leurs mœurs, leur langue, leur reli-

1. Quelle part le vieillard, etc., 17. — 2. « Illud patrocinium orbis
terræ verius quam imperium poterat nominari. » *Des Devoirs*, II, 8.

16

gion, leurs lois, leur autonomie leur demeurait. Parfois même, la conquête avait paru les affranchir[1]. Bien plus, on les honorait, on les relevait dans leur dignité[2]. Et les deux seules choses qu'on leur demandât en retour de ces bienfaits, c'était « de n'avoir d'autres amis, d'autres ennemis que le peuple romain, et de respecter, comme il convenait, sa majesté[3]. »

Mais jamais liens plus souples, en apparence, ne furent, dans la réalité, plus étroits. Du jour où le vainqueur avait mis le pied sur le terrain conquis, dans la crainte que la communauté de fortune n'engendrât entre les vaincus la communauté des sentiments, les associations naturelles étaient rompues, les traditions d'alliance brisées[4]. Entre chaque province, entre chaque cité, s'élevait une barrière. Droits et charges, tout était divers pour les divers pays. Dans une même ville, des citoyens pouvant vivre sous le même toit n'étaient pas soumis aux mêmes lois. « Plus les historiens sages font voir de

---

1. « Ut omnibus gentibus appareret et arma populi Romani non liberis servitutem, sed contra servientibus libertatem afferre. » Tite Live, XLV, 18. Cf. Sénèque, *de la Colère*, II, 34 ; Aristide, *Éloge de Rome*. « Rome est au milieu du monde comme une métropole au milieu de sa province. De même que la mer reçoit tous les fleuves, elle reçoit dans son sein les hommes qui lui arrivent du sein de tous les peuples. — 2. Populi Romani hanc esse consuetudinem (Cæsar commemoravit), ut socios atque amicos non modo sui nihil deperdere, sed gratia, dignitate, honore auctiores velit esse. » *Guerre des Gaules*, I, 43. Cf. Ibid., 44, 45. — 3. « Eosdem quos populus Romanus hostes et amicos habeant. Majestatem populi Romani comiter conservanto. » Cicéron, *Pour Balbus*, 16. Cf. Dion, LXXIII, 9. — 4. Tite Live, XLV, 18, 26 et 29 ; Pausanias, VII, 16. Le droit de commerce entre deux villes voisines est cité comme une exception. Cicér., *Verr.*, III, 40.

dessein dans les conquêtes de Rome, dit Bossuet, plus ils montrent d'injustice[1]. » Semer la division, anéantir tout esprit d'indépendance, telle était la politique fondamentale du Sénat. Au peuple-roi appartenait, du droit de la raison et par la volonté des dieux, le pouvoir de donner et d'ôter, d'abattre et de relever[2]. Pitié pour les vaincus ; mais malheur aux rebelles[3] ! Le vrai Romain, ce n'est pas César qui songe à reconstruire Carthage en ruines, c'est le vieux Caton, qui, sans repos ni trêve, en réclame le destruction[4].

S'il faut en croire Plutarque[5], César avait conçu le généreux dessein de raniner la vie politique des provinces. Ce dessein, fût-il réel, ne pouvait être réalisé par un seul homme. On ne modifie pas, en quelques années, un système de gouvernement créé, affermi, consacré par des siècles d'efforts héroïques et de persévérance inflexible. Pour changer à fond la politique sur laquelle le Sénat avait établi la grandeur de Rome, il eût fallu, chose rare, une succession ininterrompue de princes dévoués à une même pensée. Les provinces, au surplus, n'aspiraient qu'au repos. Ce que les Césars pouvaient le plus naturellement souhaiter pour la constitution de leur pouvoir était précisément ce qui répondait le

---

1. Bossuet, *Histoire universelle*, III, 6. — 2. « De jure libertatis et civitatis suum putat populus Romanus esse judicium, et bene putat. » Cic., *Verr.*, I, 1. « Diis placitum est arbitrium penes Romanos manere, quid darent vel quid adimerent, neque alios nisi seipsos judices paterentur. » Tacite, *Annales*, XIII, 56. — 3. Virgile, *Énéide*, VI, 854. — 4. Tite Live, *Epitome*, 49 ; Plutarque, *Vie de Caton*, 39. — 5. Plutarque, *Vie de César*, 58, 59 ; Cf. Suétone, in *Cæsare*, 40 à 44, 48 ; Dion Cassius, *Discours de Mécène*, 41.

mieux à l'état moral du monde. Fermer le temple de
Janus, maintenir la paix romaine, tel était le cri
universel, et tel est l'objet de la politique d'Auguste.
Tandis qu'à Rome même il ramène en sa main et
rassemble les rênes de l'autorité, dans les provinces
il étouffe tous les germes d'indépendance, tous les
éléments de la vie publique. Dès son avènement, le
droit de cité est restreint[1], le droit de paix et de
guerre retiré, le droit d'association interdit[2]. L'Empire est tout entier sous la dépendance du Sénat ou
sous la sienne, et le Sénat n'ayant qu'un simulacre
d'autorité, rien n'existe qu'avec César et par César.
Aucun détail de ce pouvoir sans limite ne lui est indifférent; il intervient pour une concession de trois
pieds de terrain faite à des portefaix[3].

Cette règle de la politique d'Auguste devient après
lui la doctrine de l'administration impériale. Tibère,
Claude, Néron, la suivent avec un respect pieux. A la
suite des guerres de Galba, d'Othon et de Vitellius,
Vespasien la reprend comme une charge sacrée de
l'héritage de César. L'empereur est le maître du
monde, au même titre que l'âme est maîtresse du
corps qu'elle anime[4]. « A toi, lui disait-on, le droit
de vie et de mort sur les peuples; à toi d'envoyer
d'un mot l'allégresse ou le deuil au sein des cités;
à toi de faire rentrer dans le fourreau ou d'en tirer,
d'un signe de tête, des milliers de glaives; à toi de

1. Suétone, in *Augusto*, 40. Cf. Sénèque, *Apokolokintose*, 3. — 2.
Strabon, XIV. Cf. Suétone, in *August.*, 32. — 3. Orelli, *Inscriptions*,
n° 575. Cf. Egger, *Recherches sur les fonctions de secrétaire*, etc., p.
234. — 4. « Animus reipublicæ tu es, illa corpus tuum. » Sénèque,
de la Clémence, I, 5. Cf. I, 4

décider quelles nations seront ruinées ou affranchies, quel roi va courber la tête sous le joug, quel esclave ceindre le bandeau royal, quelles villes doivent naitre ou mourir[1] ! »

Ce que n'avaient pu faire Auguste et ses successeurs, peut-être aurait-on pu l'espérer des Antonins. Les guerres civiles avaient cessé; l'univers était en paix; Nerva, Trajan, Adrien, Antonin, Marc-Aurèle, allaient successivement occuper le trône pendant près de deux siècles; il ne manquait pas d'hommes dans les provinces — Plutarque nous en offre un admirable exemplaire — prêts à seconder de leurs conseils et de leur action un réveil intelligent de la vie municipale; tout, même dans le caractère des princes, imbus des maximes de la philosophie, tout paraissait conspirer à faire pénétrer dans le gouvernement du monde des principes plus sages. « Je vous recommande les provinces » est le dernier mot d'ordre donné par Trajan à son successeur[2]. Les provinces seront, en effet, le principal souci d'Adrien. Mais le caractère de l'administration ou, comme on dirait aujourd'hui, de la centralisation impériale, n'en est pas changé. Il semble même que, plus l'empereur est éclairé, plus le mal s'aggrave.

Pline, dans son Panégyrique, ne trouve pas d'exclamations assez vives pour caractériser, à son gré, le bonheur de l'univers à l'avènement de Trajan[3]; et le trait le plus saillant de ses descriptions renouve-

1. Sénèque. de la Clémence, I, 6. — 2. Œl. Spariantus, Vie d'Adrien, 4. — 3. Pline, Panégyrique de Trajan, 20, 34, 44. Cf. Épitres, II, 11, 12; III, 9; IV, 9.

lées de l'âge d'or, c'est que la sollicitude impériale, s'étendant à toutes les cités, semble ne couvrir chacune d'elles que pour lui mieux assurer la jouissance de ses libertés : Trajan professe pour règle de maintenir à chacun son droit[1]. Mais comment cette règle était-elle comprise de ceux qui étaient chargés de l'appliquer? Il suffit d'ouvrir le recueil des Lettres de Pline lui-même pour s'en faire une idée.

Pline est un magistrat distingué, qui, envoyé comme proconsul en Bithynie pour réformer l'administration vicieuse de la province[2], s'acquitte avec loyauté de sa mission. Il rétablit l'ordre dans les finances des villes ; il s'attache à démêler les intérêts communs et les protége ; il remet en vigueur les règles de la justice[3]. Mais, à vrai dire, ce n'est pas Pline qui administre la Bithynie, c'est Trajan. Il ne se remue pas un homme, pas un sesterce, pas une pierre, à Pruse, à Nicomédie, à Nicée, que le gouverneur ne se fasse scrupule d'en référer au prince. Le choix d'un arpenteur est une affaire. Il n'oserait rien prendre sur lui, rien décider[4].

Trajan sourit parfois de ses scrupules ; parfois aussi il paraît s'en fâcher. Au fond, Pline, qui le sait bien, sert la politique du prince[5]. Si Trajan semble vouloir se dessaisir du soin de certains détails, il laisse subsister le principe d'une adminis-

---

1. Pline, *Épîtres*, X, 114, 116. Cf. 56, 57, 66, 74, 78, 110, 112. — 2. Id., ibid., X, 41. Cf. 118. — 3. Id., ibid., X, 28-29, 38-39, 52-55, 56-57, 62-63, 69-70, 75-76. — 4. Id., ibid., X, 34-35, 40-41, 46-47, 48-49, 50-51, 58-59, 75-76, 91-92, 99-100. — 5. Id., ibid., 49. Cf. Dion, *Discours*, 33, 39, 40, 42, 46, 48.

tration démesurément agissante; et, quand des arbres sauvages croissent pour la perte des hommes, disait un sophiste, à quoi sert de couper les branches, si on laisse les racines[1]? Source de la toute-puissance et n'en laissant arriver à ses délégués que quelques maigres filets, comme écrivait Pline en s'extasiant d'admiration; tête, cœur et bras de l'Empire, Trajan surveille tout, règle tout[2]. Il prend la plume pour défendre le déplacement de deux soldats, pour autoriser la translation des cendres d'un mort, pour récompenser un athlète[3]. S'il ne veut pas qu'on porte atteinte aux priviléges acquis, il défend d'en laisser s'établir de nouveaux[4]. Tout ce qui manifeste et par là même excite la vie des peuples, il l'interdit formellement. L'esprit de corporation le plus inoffensif lui fait peur; des réunions de famille l'inquiètent[5]. Le Sénat, sous la République, laissait les Grecs voter des lois sans portée et jouer à la liberté[6]. Ce sont ces vains simulacres dont on flatte encore leurs passions. On les laisse élire leurs magistrats

1. Lettres d'Apollonius de Tyane, traduction de Chassang, p. 405. — 2. Pline, *Épîtres*, III, 30. Cf. IV, 25; V, 14. Cf. Lettres de Marc-Aurèle et de Fronton. « Cæsareum est in senatu quæ e re sunt suadere, populum de plerisque negotiis in concione appellare, jus injustum corrigere, per orbem terræ litteras missitare, leges; — Angelo Maï propose de lire *reges*, et M. Egger, *legatos* (*Recherches sur les fonctions de secrétaire des princes*, *Mémoires d'histoire ancienne*, p. 245, — cæterarum gentium compellare, sociorum culpas dictis coercere, benefacta laudare, seditiosos compescere, feroces territare; omnia ista profecto verbis sunt ac litteris agenda. » *Sur l'Éloquence*. Cette lettre se trouve en tête du 2e vol. de l'édit. Cassan. — 3. Pline, *Épîtres*, X, 32-33, 36-37; 73-74; 119-120. — 4. Id., ibid., X, 54-55, 81-82, 93-94, 111-112, 115-116. — 5. Id., ibid., 42-43, 117-118. Cf. 93-94. — 6. Cicéron, *Pour Flaccus*, 6, 7, 8, 10, 15, 16, 22, 51.

et se livrer à toutes les compétitions[1], pourvu que le
sang ne coule pas[2] ; mais en même temps on leur
envoie des gouverneurs qui ne savent même pas leur
langue[3] ; et en moins de six ans, de Néron à Domitien, on les fait passer de la sujétion à l'autonomie,
et de l'autonomie à la sujétion[4]. On leur permet
de se réunir à certains jours de fête ; on les laisse
se donner entre eux, de cité à cité, des rangs de
préséance ; on les encourage à décerner des statues à leurs grands hommes[5]. Union factice, activité
superficielle, émulation stérile, uniquement propre
à entretenir un funeste esprit de rivalité. L'union
efficace, l'activité réelle et féconde, sont proscrites
comme un danger public. Qu'un jour un attentat se
produise par la main d'un habitant de la province
contre le souverain, il sera défendu à tout habitant
de la province d'exercer des fonctions politiques
dans son pays[6] ; et bientôt, tel est l'oubli où seront
tombés les droits des municipes, qu'il deviendra
presque impossible de les exercer, faute de les connaître[7].

Le régime municipal, sincèrement constitué, aurait pu retarder la décadence de l'Empire. Appliqué
avec cet esprit de défiance jalouse, il la précipita. Que
la faute en soit, en partie, aux provinces elles-
mêmes, Plutarque ne nous le laisse pas ignorer.
Habituées à tenir leurs regards attachés sur César,

1. Voir les tables de Salpensa et de Malaga. — 2. Tacite, *Annales*,
XIV, 17. — 3. Philostrate, *Vie d'Apollonius de Tyane*, V, 33. —
4. Pausanias, VII, 17. — 5. Idem, ibid., 16 ; Strabon, XIV. —
6. Dion, LXXI. Cf. Pline, *Épîtres*, X, 64, 115. — 7. Aulu-Gelle,
Nuits attiques, XVI. 13

elles allaient au-devant de la servitude. On a d'abord
appelé l'empereur comme malgré lui, dit énergiquement le grave et généreux moraliste; on l'a rendu
plus maître de soi qu'il ne le voulait lui-même[1] :
appel dangereux, abdication fatale; on ne fait pas
au pouvoir absolu sa part : dès qu'il est entré dans
le gouvernement des libertés locales, il l'envahit
tout entier. Mais n'eût-il pas été de l'intérêt, comme
il était du devoir d'un pouvoir clairvoyant, de résister aux entraînements des peuples en même temps
qu'à l'exagération de son propre principe? Appe-
lées sérieusement à la direction de leurs affaires,
unies entre elles par des associations provinciales,
les cités auraient formé autour du peuple-roi un
corps de défense. Incomplètement livrées à elles-
mêmes, violemment séparées les unes des autres, ne
tenant à Rome que par les chaines d'une sujétion
pesante ou par le lien fragile de la vanité, elles ap-
prirent, chaque jour davantage, à se désintéresser de
la grandeur et du salut de l'Empire. Le besoin de la
paix ferma les yeux, sous les Césars, à tous les autres dangers. L'influence personnelle des premiers
Antonins, leur activité infatigable, empêchèrent de
voir ce qu'il y avait de menaçant dans ce système de
centralisation dissolvante. Mais, quand leur main se
fut retirée, quand aux bons empereurs succédèrent
les mauvais princes, le système fut poussé à ses
conséquences extrêmes, et, l'heure du danger venue,
on vit clairement ce qu'il avait fait de l'Empire romain : un colosse de grains de sable.

1. Plutarque, *Préceptes politiques*, 19.

Passant entre les villes comme à travers des brèches ouvertes, les Barbares pénétrèrent jusqu'à Rome, sans qu'aucun peuple songeât à verser une goutte de sang pour la défense d'un voisin ou pour la sécurité de la métropole commune. « Il semble, écrit Montesquieu, que les Romains n'avaient conquis le monde que pour l'affaiblir et le livrer sans défense aux barbares[1]. » Le monde, par de justes représailles, laissa Rome en proie aux barbares victorieux. Les conséquences de sa politique éclatèrent dans son châtiment.

Du sein de la cité, Plutarque tenait son regard trop étroitement attaché aux besoins du présent et aux souvenirs du passé pour voir si loin dans l'avenir. Mais, tandis que les passions de la petite ville qu'il excellait à décrire auraient pu suffire à occuper son talent de directeur de conscience, c'est son honneur d'avoir porté plus haut sa pensée et vivement senti, au milieu des douceurs de la paix romaine, le malaise d'une dépendance trop absolue; c'est son honneur surtout, quand, autour de lui, l'esprit d'adulation conspirait, avec toutes les ambitions mauvaises, à resserrer les liens de cette étroite dépendance, d'avoir, sans illusion comme sans aigreur, mais non sans fermeté, cherché un remède à l'inertie de ses concitoyens dans le réveil de l'énergie municipale, et de s'être personnellement dévoué, avec autant de mesure que de zèle, à appliquer ce remède à sa patrie.

1. Esprit des lois, liv. XXIII, ch. xxiii. Cf. Ibid., ch. x:.

§ III

LE TEMPLE

LA CRISE DU PAGANISME

Les fonctions de grand prêtre du temple de Delphes sont les dernières que Plutarque ait remplies. Si l'on ne sait au juste combien de temps il les exerça, il est certain qu'elles remplirent plusieurs années de sa longue vieillesse, et il est probable qu'il ne les quitta qu'avec la vie. C'est donc sous les auspices d'Apollon et, pour ainsi dire, à l'ombre du sanctuaire, que furent composés, pour la plupart, ses Traités de morale religieuse [1].

Le temps était passé, nous l'avons dit, où, consulté sur les questions de guerre à entreprendre, de colonie à fonder, de législation à consacrer, d'apothéose à décerner, le dieu de Delphes régnait souverainement en Grèce et jusque chez les Barbares [2]. Son rôle était devenu plus modeste, comme la for-

1. De l'Inscription du temple de Delphes, 1 ; de la Cessation des oracles, 1 : des Oracles en vers, 1 ; des Délais de la justice divine, 17. — 2. *Vie de Lycurgue*, 5 ; *Vie de Solon*, 4, 12; Hérodote, I, 65, 67 ; Pausanias, VI, 9 ; VII, 5 ; VIII, 9 ; IX, 18 ; X, 37 ; Pindare, *Olymp.*, VII, 55 ; Démosthène, *Contre Midas*, 52, 54; Diodore, liv. V, VII, VIII ; id., *Fragm.*, 6, 10, 12, 25, 27 ; Pline, *Hist. nat.*, VII, 55, 48.

tune des peuples qui recouraient à ses lumières.
C'est Plutarque lui-même qui nous l'apprend[1]. Mais
il nous apprend aussi que, tandis qu'en plus d'un
endroit où jadis se pressaient les fidèles le dieu
s'était tu pour ne pas parler dans le désert, à Delphes
il avait continué de se faire entendre[2]. Interrogé sur
de moindres objets, il n'avait jamais complètement
cessé de l'être ; et après une période d'obscurcisse-
ment et de défaillance[3], vers le milieu du premier
siècle de l'ère chrétienne, il semblait avoir retrouvé,
en partie, son éclat et son crédit[4]. Il y avait longtemps, du moins, que le temple n'avait été aussi
fréquenté. Les philosophes s'y donnaient rendez-
vous des extrémités de la terre[5] ; les souverains
y apportaient leurs offrandes[6]. L'enceinte de la
vieille ville ne suffisait plus à l'affluence des visi-
teurs. Aux portes du sanctuaire une ville nouvelle
avait pris naissance. « Voyez, dit Plutarque, comme,
semblable aux arbres dont la sève vigoureuse pousse
sans cesse de nouveaux rejetons, le Pylée de Delphes
s'accroît et se propage, pour ainsi dire, de jour en
jour, par la multitude des sanctuaires, des bassins
d'eau lustrale, des salles d'assemblées qui s'y élèvent

---

1. Des Oracles en vers, 28 ; de la Cessation des oracles, 5. Cf. Lucain, *Pharsal*, V, 110 et suiv.; Juvénal, *Sat.*, VI, 555. — 2. De
la Cessation des oracles, 8. Cf. Sur l'oracle de Colophon, Tacite,
Annales, II, 54 ; de Trophonius, Plutarque, *de la Cessation des
oracles*, 45 ; Pausanias, I, 34 ; VII, 21 ; IX, 39 ; de Mallus, en
Cilicie, Plutarque, ibid., et Pausanias, I, 34. — 3. Cicéron, *de la
Divination*, II, 57. — 4. Strabon, IX, 3. — 5. De la Cessation des oracles, 1 et 2 ; de l'Inscription du temple de Delphes, 1 ; des Délais de
la justice divine, 22. — 6. Suétone, in *Neron.*, 40. Cf. Tacite, *Annales*, II, 54, 58, sur les visites que Germanicus fait aux oracles qu'il
rencontre sur son chemin. Voir aussi *Inscript. Delph.*, n° 468.

avec un luxe qu'on ne connaissait plus depuis bien
des années. Jadis les habitants de Galaxium, en
Béotie, sentirent la présence du dieu par l'abondance
des sources de lait qui tout à coup jaillirent
comme l'eau des fontaines. Apollon nous a donné
des signes de sa protection encore plus manifestes ;
il nous a tirés de l'abandon et de la misère, pour
nous rendre la richesse et l'honneur ; car il n'est pas
possible qu'un si grand changement, accompli en un
si court espace de temps, soit l'œuvre des hommes ;
c'est le dieu qui, revenant parmi nous, a rendu à
l'oracle son inspiration[1]. »

Cette recrudescence de foi à l'oracle n'était qu'un
symptôme. Le paganisme n'avait jamais eu de principes arrêtés, de bases fixes, d'orthodoxie. Son histoire est celle d'une incessante transformation. Il
avait grandi en même temps que les peuples dont il
avait protégé le berceau ; il s'était modifié, épuré,
élevé avec eux ; il les avait suivis aussi dans leur
décadence. Mais la décadence des idées religieuses
dont une société a vécu est d'autant plus lente, que
l'effort qui l'a constituée a été plus puissant. Au
deuxième siècle de l'ère chrétienne, le paganisme,
luttant contre les éléments de corruption qui s'étaient
développés dans son sein, cherchait, avec l'aide de
la philosophie Platonicienne, à se relever en se ré-
formant. Cette sorte de crise, dont le règne des Antonins marque l'apogée, avait commencé avant eux.

---

1. Des Oracles en vers, 29. Cf. Philostrate, *Vie d'Apollonius de
Tyane*, VI, 10 ; Inscript. Delph., n° 840. Sur les richesses du temple
de Delphes, voir Pausanias, X, 5, 15, 5 ; Athénée, VII, 2 ; Philostrate, *Vie d'Apollonius*, VI, 11.

De nombreux documents en attestent l'importance [1]. Mais aucun écrivain peut-être n'en fait, mieux que Plutarque, sentir le caractère [2]. C'est ce qui donne à ses traités de morale religieuse, indépendamment de leur intérêt propre, une certaine valeur historique.

Issus du même principe, le paganisme grec et le paganisme romain étaient arrivés, par des voies différentes, au même état de désorganisation.

Il y a, dans le développement de la religion hellénique, un moment où elle semble s'épanouir dans toute sa fleur de beauté. C'est le moment où le génie grec arrive, avec Sophocle, à la complète possession de lui-même et à son expression la plus pure, celui où, sous la domination de Périclès, Athènes se couvre de chefs-d'œuvre. Représentée sous les images idéalisées par le ciseau de Phidias, la religion s'y était comme incarnée. « On vous l'a démontré, et je le répète, disait Cicéron : de toutes les vexations que nos alliés et les puissances étrangères ont essuyées dans ces derniers temps, rien n'a été plus sensible aux Grecs que les spoliations de leurs autels [3] ». Les statues n'étaient pas seulement l'orne-

---

1. V. Entretiens d'Épictète, Discours de Dion Chrysostome; Dissertations de Maxime de Tyr; Pensées de Marc-Aurèle; Philostrate, Apulée, etc. — 2. Benjamin Constant, *Du Polythéisme romain considéré dans ses rapports avec la philosophie grecque et la religion chrétienne*, tome II, liv. XIII, ch. IV, p. 148. Cf. Thiersch, *La politique et la philosophie dans leurs rapports avec la religion sous Trajan, Adrien et les deux Antonins*, 1853. — 3. Cicéron, *Verrines*, II, IV. 59. Cf. Tacite, *Annales*, IV, 14, 45. V. Maury, *Histoire des religions de la Grèce antique*, tome II, ch. IV, p. 69 et suiv.

ment des temples grecs, elles en étaient l'âme. On
les parait, on les vénérait, on les usait à force de
baisers [1]; chacune d'elles, dit Tacite, avait ses privilèges. Aimable et touchante idolâtrie, mais que sa
grâce même exposait à toutes les faiblesses. La Grèce
était hospitalière ; elle avait de bonne heure ouvert
la porte aux cultes de l'Orient [2]. Au deuxième siècle
de l'ère chrétienne, Pausanias signalait sur son passage huit temples consacrés à Sérapis ou à Isis [3]. Le
plus célèbre et le plus fréquenté existait aux portes
mêmes de Delphes, Plutarque comptait parmi ses
disciples une jeune prêtresse, initiée aux mystères
d'Apollon et vouée au service d'Isis [4]. Athènes enfin,
la généreuse et spirituelle Athènes, avait élevé un
autel au Dieu inconnu [5]. Les vieilles divinités de
l'Olympe national étaient indignées, dit ironiquement
Lucien ; elles se plaignaient que les sacrifices qui
leur étaient dus leur fussent ravis par des monstres
venus de la Libye [6]. Le sens même du culte auquel
elles avaient été accoutumées s'était altéré ou perdu.
Comme les statues des rois et des grands hommes
dont on changeait la tête au fur et à mesure qu'un
maître nouveau réclamait de nouveaux hommages [7],
certains dieux dépossédés de leur caractère tradi-

1. Philostrate, *Vie d'Apollonius*, VI, 19. Cf. V, 20. Plutarque,
d'Isis et d'Osiris, 67, 71. — 2. Pausanias, I, 17, 24; X, 26; Athénée, V,
12; VI, 65. Voir Maury, ouv. cité, t. III, ch. xv, p. 70-71 ; t II, ch. v i,
p. 9 et suivantes. — 3. Pausanias, I, 17; Joseph., *Antiq. jud.*, XVIII,
iii, 4 ; Tacite, *Ann.*, ii, 85 ; Pline, *Épit.*, X, 42; Cf Le Bas, *Inscript.*,
part. V, n° 395. — 4. D'Isis et d'Osiris, I. — 5. Actes des Apôtres,
XVII, 23. — 6. Lucien, *Assemblée des Dieux*, 9; *icaroménippe*, 24.
Cf. Juvénal, *Sat.*, VI, 489, 527 et suiv.; Tertullien, *Apolog.*, 6. —
7. Suétone, in *Tiber.*, 58 ; in *Caligul.*, 22. Cf. Pline, *Hist. nat.*
XXXV, 2; Tacite, *Annales*, I, 74; Dion, LVIII, 7.

tionnel avaient, sous le même nom, revêtu d'autres
attributs. C'est ainsi que Jupiter était devenu le pa-
tron des mers et des vents, Neptune, le dieu de la
génération[1]. L'ordre de l'antique théologie était
bouleversé. La religion hellénique, fondue, pour
ainsi dire, avec les religions de l'Orient, n'offrait plus
qu'un mélange de croyances et de pratiques em-
pruntées aux cultes de toutes les nations[2].

D'autres causes avaient produit à Rome les mêmes
effets. Là, point de symbolisme, ni de poésie ; rien
qui parlât à l'âme ; un culte austère ; des règles in-
flexibles présidant à toutes les occupations de la vie,
du berceau à la tombe[3] ; et, comme disait Varron, des
dieux certains[4]. Le paganisme des Grecs était une
religion d'artistes ; celui des Romains, une religion
de jurisconsultes. Pendant deux siècles, ils n'avaient
point connu les statues ; et les mystères, ces doux
mystères qui, au dire de leurs propres philosophes,
rendaient la vie plus aimable et la mort plus légère,
la loi en interdisait formellement l'initiation à la
foule[5]. Formalistes rigoureux, les Romains étaient en
même temps très tolérants à l'égard des cultes étran-

1. Plutarque, *contre Cololès*, 22. — 2. Voir E. Havet, *Le Christianisme et ses origines : l'Hellénisme*, t. I, chap. II. — 3. « Religiosi
dicuntur qui faciendarum prætermittendarumque rerum divinarum,
secundum morem civitatis, delectum habent. » (Festus, *Verb. Religiosi*.) Cf. Cicéron, *des Lois*, II, 8, 9 ; *de la Divination*, II, 72 ;
Salluste, *Catilina*, 50 à 52 ; Tite Live, IV, 55 ; XXV, 1-XXXIX, 16 ; Dion
Cassius, *Discours de Mécène*, LII, 36 ; Macrobe, *Saturn.*, III, 9 ; Tertullien, *Apologét.*, 3. — 4. Varron dans St-Augustin, *de la Cité de
Dieu*, VII, 2 ; IV, 22, 17, 31 ; VI, 5. Cf. Censor, *De die nat.*, 3 ; Servius, in *Georg.*, I, 21. V. G. Boissier, *Étude sur la vie et les ouvrages
de Varron*, chap. VII, § 4. — 5. Cicéron, *des Lois*, II, 14 ; *Verr.*, V
72. Cf. Diog. Laert., in *Epimenid.*, I, X, 3.

gers, pourvu qu'ils ne fussent pas inconciliables avec la coutume nationale, *patrio more*[1]. On proscrivait les corporations et les sociétés secrètes ; mais on ne faisait point difficulté d'autoriser les religions qui ne troublaient point la paix de la cité[2] ; bien plus, on les adoptait. En cela, comme en toute chose, la politique du sénat se prêtait avec souplesse aux besoins de la conquête. Rome s'incorporait régulièrement les dieux des peuples vaincus, comme elle faisait les familles et les cités. Parfois aussi, dans les jours de péril, elle cédait au vœu populaire et implorait l'aide des divinités étrangères : ainsi avait été admis, pendant les guerres Puniques, le culte de Cybèle[3]. Mais l'observation des règles politiques n'a qu'un temps. La domination romaine s'étendant sans cesse, les superstitions, comme on les appelait, avaient fini par envahir à ciel ouvert la capitale du monde[4]. Vers les dernières années de la république, il n'était pas de culte qui n'eût ses autels au Panthéon. Restaurateur des institutions politiques, Auguste avait, en vain, cherché à rétablir du même coup la religion nationale dans les âmes[5] ; le paganisme romain n'é-

1. Tite Live, XXV, 1. Cf. Valère Maxime, I, 3. — 2. Tite Live, XXXIX, 8, 14, 15, 16, 18. Cf. ibid., 46 ; Cicéron, *Pour Balbus*, 24 ; Servius, in *Æneid.*, VIII, 187. — 3. Tite Live, XXIX, 10, 11, 14 ; Valère Maxime, 1, III. Josèphe, *Antiquités judaïques*, XVIII, 4 ; Cf. XIX, 4, 5. L'usage même des immolations humaines avait été introduit au temps de la guerre contre les Gaulois (Plutarque, *Vie de Marcellus*, 2 ; Pline, *Hist. nat.*, XXX, 1. Cf. Inscriptions latines : Orelli, 1908 et suiv , 2340 et suiv. ; Henzen, 5844 et suiv.). — 4. Cicéron, *de la Nature des Dieux*, 1, 24, 28, 30, 42 ; *de la Divination*, II, 12, 33, 35, 57, 82 ; *des Réponses des aruspices*, 6 ; Lucrèce, , 63 et suiv. ; Salluste, *Catilina*, 52 ; Tite Live, I, 19 ; Diodore de Sicile, I, II, 2 ; Denys d'Halicarnasse, II, 20 ; VIII, 5 ; Valère Maxime, I, 11. — 5. Templorum omnium conditor ac restitutor (Tite Live, IV, 20).

tait plus qu'une ruine, l'Olympe, un chaos. Il y a,
disait-on, plus de dieux au ciel que d'hommes sur
la terre [1].

Ainsi à Rome, comme en Grèce, le paganisme avait
perdu depuis longtemps toute autorité.

Quand une société est travaillée d'un mal profond,
il vient un moment où ce mal monte, pour ainsi dire,
à la surface, et s'aggrave en se manifestant. Les dernières années de Néron, les sanglantes discordes qui
suivirent sa chute, les fléaux sans exemple qui signa-
lèrent le règne des premiers Flaviens, avaient plongé
le monde dans l'effroi. Le désordre dont les esprits
étaient atteints éclata partout, mais nulle part plus
manifestement qu'à Rome. Là, comme au foyer du
mal, on vit tout ce que ce travail secret du paganisme corrompu avait amassé de ténèbres dans les
âmes [2]. Le trouble avait pénétré jusque dans les temples de la science et de la sagesse. Lucain chante
les effets surnaturels de la magie [3]. Pline le jeune raconte sérieusement des histoires de revenants [4].
C'est un songe qui détermine Pline l'Ancien à écrire
son livre, aujourd'hui perdu, *de la Germanie* [5].
Tacite accumule dans ses récits les énumérations
de prodiges [6]. Les lumières de la philosophie elle-
même semblent obscurcies. Les plus fermes, les
plus brillants génies essaient tour à tour toutes les
doctrines, sans arriver à se fixer. Chez Sénèque, les

1 Pline, *Hist. nat.*, II, 7. Cf. Pétrone, *Satyricon*, 17; Æl. Spar-
tianus, *Vie d'Adrien*, 22. Cf. Duruy, *Histoire des Romains*, tome V,
chap. XII. — 2. Tacite, *Annales*, XV, 44. — 3. *Pharsale*, VI, VII. —
4. *Épîtres*, VII, 27. — 5. Ibid., III, 5. — 6. *Annales*, I, 4; II, 71; IV,
59; XII, 57, 64; XIII, 57; XIV, 12, 32; XV, 7; *Histoires*, II, 50, 78;
V, 26; V, 13; XII, 43, etc.

observations de morale pratique mises à part, que
d'incertitudes et d'inconséquences! Il confond Dieu
avec le monde, la providence avec le destin ; il admet
et n'admet pas l'immortalité de l'âme ; il proclame
la liberté humaine et il la nie [1]. Le grave auteur des
Histoires et des *Annales* ne peut envisager, sans être
ému au plus profond de son âme, le spectacle des
vicissitudes humaines élevant Claude à l'empire
comme par dérision [2], ou ramenant, sous Vespasien [3],
les réformes auxquelles avaient applaudi les contemporains d'Auguste. La vue du mal étouffant le bien,
du vice opprimant la vertu, le déconcerte. L'amère
expression d'un doute douloureux lui échappe ; et telles
sont ces angoisses de scepticisme attristé que les plus
fervents admirateurs de son génie l'ont soupçonné
d'incliner au fatalisme d'Épicure [4].

Ce malaise auquel n'échappaient pas les plus hautes
intelligences précipitait la foule dans les désordres
soit d'une superstition aveugle, soit d'un brutal
athéisme. On admettait toutes les croyances ; on les
reniait toutes. Sénèque, Perse, Josèphe, Pline, Suétone, Tacite, Juvénal, Lucien, Apulée, en témoignent [5]. Les esprits ne sachant plus où se prendre,

1. V. Crouslé, *de Senecæ naturalibus quæstionibus*, appendix,
§ 2. Cf. Dict. des sciences philosophiques, art. *Sénèque*. — 2. Annales,
III, 18. — 5. Ibid., III, 55. Cf. VI, 22 ; IV, 58. — 4. Voir Amelot de
la Houssaye, *Discours sur Tacite*, p. 18. Cf Annales, XIV, 12 ; *Agricola*, 46. — 5. Sénèque, *Fragments*, dans St Augustin, *de la Cité de
Dieu*, VI, 10 ; Cf. *Épîtres*, 24, 95 ; Perse, *Satires*, II, 51 et suiv.; Josè-
phe, *Antiquités judaïques*, XVIII, 5, 4 ; Pline, *Hist. nat.*, II. 7 ;
Suétone in *Tiber.*, 56 ; in *Nerone*, in 56 ; in *Domit.*, 1 ; in *Othon.*, 4, 6 ;
Tacite, *Annales*, II, 54, 59, 85 ; XII, 68 ; Juvénal, *Sat.*, II, 149-152 ;
VI. 511 et suiv.; Philostrate, *Vie d'Apollonius de Tyane*, I, 8 ; VII,
34, 39 ; Lucien, *Philopseudès*, 16, 54 ; *Alexandre*, 3, 11, 59, 42,
Apulée, *Métamorphose*, II, 39.

l'astrologie, la divination, la sorcellerie, toutes les
formes du charlatanisme le plus raffiné ou le plus
grossier, se donnaient carrière. Arrivé en Italie,
au temps de Vespasien, Plutarque avait assisté à cette
sorte d'explosion. De retour à Chéronée, ses fonctions de grand-prêtre non moins que son rôle de
directeur lui permirent de sonder la profondeur de
l'abîme. « L'ignorance où les hommes sont tombés à
l'égard des dieux, disait-il, s'est divisée en deux courants, dont l'un, faisant son lit dans les cœurs durs
ainsi que sur un sol rocheux, a produit la négation
des dieux, tandis que l'autre, se répandant sur les
âmes tendres comme en un terrain humide, ya fait
germer la crainte exagérée des dieux[1]. » Et c'est contre ces deux courants que sont dirigés ses Traités de
morale religieuse. Faire rentrer dans les âmes la
croyance à un Dieu à la fois bon et juste, et les ramener aux pratiques d'un culte raisonnable, ainsi
peut se résumer le double objet qu'il paraît s'être
proposé.

1. De la Superstition, 1.

I

La théodicée de Plutarque. — Du traité *de la Superstition* : Plutarque soupçonné d'athéisme. — Du traité *des Délais de la justice divine*; J. de Maistre, traducteur et commentateur de Plutarque. Les *Sentences* de Théognis et les *Doutes* de Proclus. — De l'immortalité de l'âme. — Le Dieu de Platon.

En abordant un sujet qui touche aux sentiments les plus délicats de la conscience humaine, on est porté tout d'abord à demander à Plutarque quelle est sa règle de critique; mais on ne peut se faire illusion sur la réponse : il n'a pas de théodicée. Toujours fidèle à la maxime de l'Académie, il cherche à persuader, il n'impose, il n'affirme rien[1]. Il semble même parfois s'envelopper dans une sorte de mysticisme. « Du sein de son enveloppe matérielle, dit-il, l'âme humaine n'a aucun commerce véritable avec Dieu. Tout ce qu'elle peut faire par le moyen de la philosophie, c'est de le toucher légèrement, comme en songe[2]. » Toutefois, ce voile sous lequel il laisse flotter sa pensée ne l'empêche pas d'être suffisamment transparente et ferme.

Il n'est pas de cause qu'il soutienne avec plus d'épanouissement de cœur que celle de l'existence de

1. De l'Inscription du temple de Delphes, 21; de la Cessation des oracles, 30, 34; des Délais de la justice divine, 4, 5, etc. — 2. D'Isis et d'Osiris, 78; Cf. 77. Cf. de l'Inscription du temple de Delphes, 21. Voir Vacherot, *Hist. crit. de l'École d'Alexandrie*, liv. III, t. I, introduction, p. 316.

Dieu[1]. Avoir des idées justes sur la Divinité, disait-il, est la source la plus pure, le vrai principe du bonheur[2]. Et pour peu qu'on prenne la peine de recueillir dans ses divers Traités les éléments de l'opinion qu'il professe, on y reconnaît aisément que le Dieu qu'il adore est le Dieu de Platon.

Dieu est, dit-il, c'est-à-dire qu'à lui seul appartient l'existence. Placés entre la naissance et la mort, nous n'avons que l'apparence de l'être. Dieu seul n'a ni origine ni fin. Il ne connaît pas la succession des temps. On ne peut pas dire qu'il a été, qu'il sera : il est[3].

Dieu est immuable et hors du monde. Supposer qu'il se produit en lui des changements, comme d'un feu qui tour à tour se répand et se condense, devient terre, mer, vent, animal ou plante, et subit toutes les vicissitudes des êtres animés et inanimés, est une impiété[4].

Dieu est unique. Ce qui est par excellence ne peut être qu'un. Il n'y a donc qu'un Dieu, le même pour les barbares et pour les Grecs, pour les peuples du Nord et pour les peuples du Midi. Comme le soleil, la lune, le ciel, la terre et la mer, sont communs à tous les hommes, bien que chaque nation leur donne des noms différents : ainsi la raison souveraine qui a

---

1. Du Bonheur dans la doctrine d'Épicure, 20 à 24 ; des Notions du sens commun contre les Stoïciens, 31 à 34 ; de l'Inscription du temple de Delphes, 17 à 20 ; de la Cessation des oracles, 29, etc. — 2. De la Passion des richesses, 10 ; de la Tranquillité de l'âme, 13 ; du Progrès dans la vertu, 6. Cf. De l'Exil, 5 ; d'Isis et d'Osiris, 1, 68, etc. — 3. De l'Inscription du temple de Delphes, 17 à 20. — 4. Ibid 21 ; des Notions du sens commun contre les stoïciens, 48 ; des Contradictions des stoïciens, 38. Cf. A un Prince ignorant, 5.

formé l'univers est une. Les prêtres consacrés au culte dans les divers pays représentent l'être suprême sous divers symboles, plus ou moins obscurs, plus ou moins sensibles ; mais la pensée de tous se rapporte à un Dieu unique[1].

De quelques passages du traité d'Isis et d'Osiris on a induit à tort que Plutarque admettait le principe du dualisme Manichéen[2]. Les développements sur lesquels repose cette conjecture ont un caractère purement historique. Plutarque cherche toutes les explications vraisemblables des mythes égyptiens. L'explication Manichéenne se présentant à son tour à son esprit, il l'expose comme il fait toutes les autres ; puis il passe, et là comme ailleurs c'est à la doctrine de Platon qu'il s'arrête.

Le dogme du *Timée* est son dogme. Au commencement, le mal régnait dans l'univers. Dieu y a introduit le bien, mais il n'a pu complètement en bannir le mal attaché à la matière ; et c'est la puissance aveugle et malfaisante de la matière qui contrarie les effets de sa sagesse et de sa bonté[3].

Cause parfaite, Dieu veille à la perpétuité de l'ordre qu'il a établi. Il ne peut être indifférent à une œuvre à laquelle il a donné la vie. Il ne saurait avoir tiré l'univers du néant pour le détruire, comme un enfant qui s'amuse à tracer sur le sable des figures

---

1. De l'Inscription du temple de Delphes, 20 ; d'Isis et d'Osiris, 67. Cf. De la Cessation des oracles, 29 ; de l'Exil, 5. — 2. D'Isis et d'Osiris, 45 à 48. V. Cudworth, *Intellectual System*, V, 43. — 3. D'Isis et d'Osiris, 48, 56. Cf. De la Création de l'âme, 5, 6, 7 ; du Bonheur dans la doctrine d'Épicure, 21, 22, 25 à 30 ; des Notions du sens commun contre les stoïciens, 11 à 21, 32 à 34 ; des Contradictions des stoïciens, 37 ; des Opinions des philosophes, 3 ; de la Manière d'entendre les poètes, 6, 12 ; Vie de Paul-Émile, 34 à 36, etc.

pour les effacer aussitôt. Créateur et organisateur du monde, Dieu en est le conservateur et le père[1].

Ce monde n'est pas infini. Une matière infinie ne peut coexister à un Dieu infini. Mais rien n'empêche qu'il y ait plusieurs mondes, cinq, dix, cinquante, cent, — sur ce point, Plutarque s'écarte de Platon et se rapproche des Épicuriens, — régis par une seule volonté, dépendant d'un même maître[2]. Cette pluralité des mondes convient à la bonté et à la grandeur de Dieu[3].

Quel que soit le nombre de ces mondes, Dieu les embrasse tous dans son regard. C'est rabaisser sa toute-puissance que de l'enchaîner, comme la reine des abeilles, à un lieu déterminé. Il n'est pas besoin qu'il se transporte là où il lui plaît d'étendre sa main. Castor et Pollux ne s'embarquent point sur chacun des vaisseaux qu'ils veulent sauver de la tempête; du haut des nues, ils les remettent dans leur route. Dieu, du haut de l'éther, préside au gouvernement des mondes et à leurs révolutions[4].

Mais quel est le caractère de ce gouvernement et comment s'exerce-t-il? Quel lien rattache le ciel à la terre, l'homme à Dieu? De quel œil Dieu voit-il les égarements de la superstition et les désordres de l'athéisme? Nous sommes ainsi conduits à l'examen des deux questions qui nous occupent. Et, si pour recueillir les principes qui pouvaient nous éclairer

---

1. De l'Inscription du temple de Delphes, 21. Cf. Propos de table, VIII, 2; de la Face qui paraît dans la lune, 13 à 15. — 2. Questions platoniques, II; Propos de table, VIII, 2; de la Cessation des oracles, 23 à 26, 29, 30; des Opinions des philosophes, 5; du Destin, 9. — 3. De la Cessation des oracles, 24 à 29. — 4. Ibid., 29, 30.

sur le fond de la théodicée de Plutarque nous avons
dû, comme toujours, chercher un peu partout dans
ses œuvres, ici le terrain solide ne nous fait pas défaut. Le traité *de la Superstition* et celui *des Délais
de la justice divine* sont au nombre des meilleurs
ouvrages que l'antiquité nous ait légués.

En rassemblant les traits qui nous ont servi à
marquer l'état du paganisme, nous avons fait de
nombreux emprunts à Sénèque, à Perse, à Juvénal,
à Lucien. Ce qui caractérise les peintures de ces
moralistes, philosophes ou poètes, c'est qu'elles tournent généralement à la satire. Sénèque, comme Lucien,
se raille des faiblesses dégradantes des superstitieux;
c'est par le ridicule qu'il veut les atteindre et qu'il
les frappe. Rien de semblable dans Plutarque. Il ne
s'amuse point des travers de l'humanité; ce n'est
pas la première fois que nous en faisons l'observation. Le spectacle des misères de la superstition le
touche. Il souffre de voir « ces malheureux en proie
à des charlatans qui les ruinent en consultations et
leur font passer des journées entières, la tête couverte de fange, la face prosternée contre terre, le
corps accroupi dans des attitudes honteuses, à célébrer des fêtes lugubres, à observer des sabbats, à
adorer des idoles[1];» il les plaint plus encore qu'il ne
les blâme; il voudrait les soulager. Pour y mieux
arriver, comme le médecin qui ne craint pas d'employer les poisons, faute de remèdes assez actifs, il a
recours à une comparaison entre la superstition et
l'athéisme, dans laquelle il cherche à démontrer au

[1] De la Superstition, 3, 4.

superstitieux d'abord qu'il est plus malheureux et ensuite qu'il est plus coupable que l'athée. Comparaison pleine de vigueur et de hardiesse : il ne se borne pas à découvrir la plaie qu'il veut guérir ; il la sonde, il la presse, il la fait saigner.

Que l'athéisme, dit-il, soit la plus triste des erreurs, qui en doute? Celui qui ne croit pas à l'existence des dieux a une taie sur les yeux de l'âme. L'athée, cependant, est moins malheureux que le superstitieux. Ceux qu'une surdité totale rend insensibles à la musique ne souffrent pas autant que ceux qui n'entendraient que des sons criards et faux. Quand Hercule devint furieux, n'eût-il pas mieux valu qu'il ne reconnût pas ses enfants, plutôt que d'en venir à traiter en ennemi ce qu'il avait de plus cher au monde? Qu'il survienne à un athée quelque épreuve sérieuse, une maladie, un échec auprès du peuple, une disgrâce de la part du chef de l'État, il accusera la fortune, ses amis, tout le monde, lui-même; mais bientôt, reprenant courage, il se remettra au train de la vie. S'il arrive au superstitieux le moindre accident, une indisposition, une mésaventure, le voilà cloué à son siége, abîmé dans les gémissements et dans les larmes, se forgeant toute espèce de terreurs. Ses malheurs sont pour lui autant de traits de la vengeance divine. Laissez, dit-il au philosophe qui cherche à le consoler, laissez souffrir un maudit, objet fatal de la colère des Génies. Et se tenant hors de sa maison, planté comme un poteau, enveloppé d'un sac, la tête couverte de guenilles infectes, il confesse je ne sais quelles fautes, comme d'avoir bu ceci, mangé cela, passé par ce

chemin, sans l'aveu de telle ou telle divinité. Ou
bien il restera chez lui, accumulant victime sur victime, tandis que des charlatans ou des sorcières
viendront suspendre à son cou des amulettes[1]. Il
craint tout, la terre et le ciel, les ténèbres et la lu
mière, le bruit et le silence. Le sommeil même n'es
pas pour lui un temps de trêve; il est poursuivi
par des spectres qui le réveillent en sursaut[2]. La
pensée de la mort, loin de le calmer, ne fait qu'ac-
croître son effroi. Au delà du tombeau, il n'entre-
voit que juges, bourreaux, fleuves enflammés, éternels supplices[3]. Les cérémonies religieuses, ces
fêtes si douces, ne sont pour lui qu'une source de
torture. L'athée du moins rit et plaisante pendant
le sacrifice. Pour le superstitieux, il prie d'une voix
entrecoupée; il offre l'encens d'une main tremblante;
sa pâleur ressort sous sa couronne; démentant cette
belle parole de Pythagore, que nous devenons meilleurs en approchant des dieux, il entre dans les
temples comme s'ils étaient des antres remplis de
serpents[4].

De cette observation Plutarque passe à la seconde
partie de sa thèse. « J'admire, dit-il, que l'on considère
les athées comme des impies, et qu'on ne traite pas
de même les superstitieux. L'homme qui nie l'existence des dieux est-il moins coupable à l'égard de la
Divinité que celui qui les croit tels que la superstition
les figure? Pour moi, certes, ajoute-t-il ingénument,
j'aimerais mieux qu'on dît : Plutarque n'existe point,

1. De la Superstition, 5 à 7. — 2. Ibid., 10. — 3. Ibid., 8. —
4. Ibid., 9.

que d'entendre dire : Plutarque est un homme sans consistance, prompt à la colère, vindicatif; si, ayant invité à souper d'autres amis, vous l'avez oublié; si, faute d'un moment de loisir, vous n'êtes pas allé lui faire visite, il est homme à vous calomnier, à vous ruiner, à vous emporter votre enfant pour le maltraiter, à lâcher sur vos terres quelque bête féroce élevée tout exprès... » Mais il ne s'en tient pas à ces protestations naïves. Il pénètre jusqu'au cœur du mal, il en met à nu le fond. Si le superstitieux avait le choix, dit-il, il serait athée. L'athée professe qu'il n'y a pas de dieux; le superstitieux voudrait qu'il n'y en eût pas; c'est malgré lui qu'il croit à l'existence de la Divinité [1]. Poussant enfin son raisonnement jusqu'à ses dernières conséquences : « L'athéisme n'a jamais produit la superstition, s'écrie-t-il, et c'est la superstition qui a donné naissance à l'athéisme. Tandis que le spectacle de l'harmonie universelle avait fait pénétrer dans le cœur des hommes l'idée d'un Dieu sage et bon, présidant à la direction du monde, ce sont les pratiques de la superstition, avec ses formules, ses contorsions, ses sortiléges, ses charmes, ses courses effrénées, ses roulements de tambour, ses purifications impures, ses pénitences répugnantes, ce sont toutes ces ridicules cérémonies qui ont donné prétexte à l'impie de dire qu'il vaut mieux croire qu'il n'y a pas de dieux que de croire qu'ils sont assez insensés ou assez cruels pour se plaire à de tels hommages [2].

Telle est la substance remarquablement forte [3],

1. De la Superstition, 11. — 2. Ibid., 12, 13. — 3. « Liber verè Plutarcheus, » dit Wytstenbach.

tel est le mouvement passionné du traité de la Superstition ; mouvement si passionné qu'il a presque induit la critique en erreur[1]. Rapprochant le fond du
traité de la Superstition de quelques autres textes
épars dans les œuvres de notre moraliste, on a soupçonné Plutarque d'incliner secrètement à l'athéisme,
les uns s'en applaudissant, comme Bayle, qui, dans
ses *Pensées sur la Comète*[2], reproduit presque
textuellement le premier argument du livre; les autres, en plus grand nombre, s'en affligeant, comme
le bon Amyot[3]. Vivement attaqué, Plutarque n'a pas
été défendu avec moins de zèle[4]; et parmi ses défenseurs il faut compter au premier rang un des plus
savants traducteurs du Traité, Tanneguy Le Febvre,
le père de Mme Dacier[5].

Ni l'attaque ne nous paraît justifiée, ni la défense
nécessaire. Évidemment, dans la pensée de Plutarque,
le rapprochement entre l'athéisme et la superstition
n'est qu'une forme d'argumentation. S'il donne l'a-

---

1. « Plutarchus in atheismum videtur fuisse propensior. Quippe,
libro in eam rem edito, probare conatur atheismum tolerabiliorem
esse superstitione. » Pierre de Molina, *De cognitione Dei*, p. 81.
— 2. §§ 178 et 193. — 3. « Ce Traité est dangereux à lire et
contient une doctrine fausse ; — car il est certain que la superstition est moins mauvaise et approche plus près du milieu de la vraie
religion que ne fait l'impiété et l'athéisme. » Amyot. Cf. *les Observations de Clavier*, éd. de 1819. — 4. Voir particulièrement Buddée,
Theses theologicæ de atheismo et superstitione (1716) (traduit en
français, 1740), chap. xxxii, § 21, p. 90 ; Reimann, *Historia atheis-
mi* (1725), cap. XXXII, § 52, p. 223 et suiv. ; de Mosheim, traduction latine du Traité de Cudworth, *Intellectual System* (1738), t. I,
p. 274, 298 et suiv., 649 et suiv.; t. II, p. 235 et suiv , 405, etc. Cf.
Fabricius, *Biblioth. grecq.*, t. V, p. 79, note 63. — 5. Traité de la Superstition, composé par Plutarque et traduit par M. Le Febvre ; à
Saumur, 1666.

vantage à l'athéisme sur la superstition, c'est uniquement dans le but de mettre en lumière avec plus
d'évidence les dangers de la superstition. Comment
en douter, quand on voit avec quelle énergie heureuse
il caractérise l'athéisme, cette cécité de l'âme[1], par
opposition à la   superstition qu'il compare à une
simple tache dans la vue[2]?

Ce qu'il poursuit d'ailleurs, c'est seulement le
« superstitieux outré, comme dit Le Febvre, c'est-
à-dire celui dont l'âme ne considère en Dieu ny
amour, ny bonté, ny tendresse, et n'y voit que
frayeur, que terreur, que chagrin, qu'ennui. » — Il
y a, en effet, une sorte de superstition aimable et
douce, qui n'est qu'un tendre acquiescement de
l'âme aux pratiques de la foi; et un peu de passion,
un peu d'exaltation même, ne messied pas au sentiment religieux dirigé par l'amour de Dieu; le mysticisme n'est pas un danger vulgaire. Mais, quand
c'est de la crainte de Dieu que la superstition s'inspire, au lieu de favoriser l'essor de l'âme, elle l'a-
baisse et la dégrade. « Dieu est amour[3], dit
St-Jean; et y a-t-il un homme sur la terre qui voulût
être craint par ses enfants, sans en être aimé?
ajoute Fénelon, commentant les paroles de l'A-
pôtre. Dieu mérite, sans doute, d'être craint;
mais il n'est à craindre que pour ceux qui refusent
de l'aimer et de se familiariser avec lui. Les païens
offraient de l'encens et des victimes à certaines divinités malfaisantes et terribles pour les apaiser. Ce

1. Συμφορά μεγάλη ψυχῆς, ὥσπερ ὀμμάτων πολλῶν τὸ φανότατον καὶ
κυριώτατον ἀπεσβεσμένης. De la Superstition, 5. Cf. 2, 3, 6, 11. —
2. ὥσπερ ὄψεως λήμην. Du Bonheur dans la doctrine d'Épicure, 21.
— 3. Épître de St-Jean, I, 4. Cf. Saint Paul à Timothée, II, 7.

n'est point là l'idée que je dois avoir de Dieu créateur[1]. » Telle n'est point non plus celle qu'en veut donner Plutarque ; et c'est précisément la crainte de ces divinités malfaisantes et terribles dont parle Fénelon qu'il cherche à arracher du cœur de ses contemporains[2]. Nulle part dans ses autres œuvres il ne flétrit les désordres de la superstition, sans leur opposer les satisfactions généreuses de la piété véritable[3]. Dans ce Traité même, « à chaque fois qu'il parle contre cette frayeur esperdue que les superstitieux ont de Dieu, » remarque Le Febvre avec beaucoup de sens, « il oste du même coup tout le venin qui se pourroit rencontrer dans ses paroles, en nous élevant à l'amour de Dieu[4]. » Soutenir la piété jusqu'à la superstition, disait Pascal, c'est la détruire[5]. Telle est l'épigraphe que nous placerions volontiers en tête de l'argumentation de Plutarque. N'est-ce pas la pensée qu'il exprime lui-même, par une image familière, quand il appelle le sage sur « ce terrain solide et sain, situé à égale distance des marais de la superstition et des fondrières de l'athéisme ?[6] »

---

1. Lettres sur la religion. — 2. « J'aimerais mieux, dit Jean Paul, vivre dans le brouillard le plus épais de la superstition que sous la machine pneumatique de l'athéisme : là on respire difficilement ; ici on étouffe. » — 3. Du Bonheur dans la doctrine d'Épicure, 21. Cf. De la Colère, 9, 14 ; Propos de table, IV, 5 ; d'Isis et d'Osiris, 75 ; de la Manière d'écouter les poëtes, 4, 13 ; de la Manière d'écouter, 12 ; de la Tranquillité de l'âme, 2 ; du Flatteur et de l'Ami, 9, 10, 22 ; du Vice et de la Vertu ; Vie de Paul-Émile, 1 ; de Nicias, 1 ; de Périclès, 6 ; d'Aristide, 10, etc. — 4. Le Febvre, *Préface.* Voir les §§ 1, 3, 5, 6, 9, 12 du Traité. — 5. Pascal, *Pensées,* art. xiii, édit. Havet, p. 185. Cf. Cicéron, qui a dit presque dans les mêmes termes : Détruire la superstition, ce n'est pas détruire la religion (De la Divination, II, 72). Voir aussi Sénèque, *Épîtres,* 123. — 6. De la Superstition, 14. Cf. D'Isis et d'Osiris, 67 ; Vie d'Alexandre, 75.

Au reste, Plutarque a explicitement déposé de ses
sentiments sur l'action providentielle de Dieu, dans
celle de ses œuvres qui forme comme la contre-
partie du traité de la Superstition. Après avoir rappris
aux uns, par le tableau des hontes et des misères de
la superstition, à honorer la Divinité avec amour et
sans vaine terreur, il fallait, tirant les autres de leur
indifférence, les ramener, par le spectacle des arrêts
de la toute-puissance de Dieu, au sentiment de la
crainte salutaire et du respect. C'est le sujet du
Dialogue *des Délais de la justice divine.*

Deux voies s'offrent au moraliste pour démontrer
la justice de la Providence dans la distribution des
biens et des maux d'ici-bas. Il peut chercher pourquoi le malheur est si souvent le partage des bons
ou pourquoi le bonheur est si souvent le lot des méchants; pourquoi la vertu n'est pas toujours récom-
pensée, ou pourquoi le vice n'est pas toujours puni.

De ces deux points de vue, Sénèque a préféré le
premier[1]. Il était le plus conforme à l'esprit de la
doctrine stoïcienne. Mais était-il le plus utile à considérer? A vrai dire, l'honnête homme n'est jamais tout
à fait malheureux : la conscience du bien accompli
n'est pas seulement une force; c'est aussi la plus
pure des jouissances. D'autre part, si l'on regarde
au jugement de la foule, le malheur immérité la
touche d'abord, mais la pitié est une émotion sur laquelle on n'aime point à s'appesantir, et la malignité,
venant en aide à l'égoïsme, nous fournit bientôt,
hélas ! des raisons de ne pas entretenir longtemps un

1. De la Providence, 7.

sentiment toujours mêlé de peine : après tout, on
n'est jamais malheureux que par sa faute. disent
volontiers les heureux du monde. De tous les spec-
tacles de la vie, au contraire, il n'en est pas qu'on
aime plus à se remettre sous les yeux, pour s'en indigner, que celui du vice impuni ou récompensé.
Chacun se regarde, en quelque sorte, comme frustré
par la fortune du méchant de la part de bonheur
qu'il se croit due. Ajoutez que l'exemple de l'impu-
nité du vice est une tentation pour les âmes faibles,
qui sont les plus nombreuses. Enfin, tandis que les
souffrances de l'homme de bien ne sont qu'un objet
d'étonnement, les succès du méchant sont un sujet
de scandale, et de la terre les imprécations remontent jusqu'au ciel : après avoir condamné la justice
des hommes, on accuse celle de Dieu[1].

Plutarque nous semble donc avoir été bien inspiré
en prenant la question en sens inverse de Sénèque[2].
Mieux posée, plus accessible, plus utile, la thèse lui
a fourni des arguments plus solides et plus touchants.
Les beaux développements de Sénèque sur l'excellence
de la loi[3], les exemples de martyre patriotique dont
il les appuie[4], n'ont tout leur prix que pour le stoïcien qu'ils affermissent dans les principes de l'école.
Trop souvent, d'ailleurs, ces raisonnements et ces
exemples aboutissent à des exagérations contre nature[5]. « Les idées de Plutarque, empreintes d'une
rigueur et d'une sagesse remarquables, n'ont pas la

---

1. V. Platon, *des Lois*, X. — 2. De la Providence, 1 : « Quæsisti a
me, Lucili, quid ita, si Providentia mundus ageretur, multa bonis
viris acciderent... » — 3. De la Providence, 5. — 4. Ibid., 2, 3. —
5. Ibid., 6.

plus légère couleur de secte et de localité, » dit
J. de Maistre; « elles appartiennent à tous les temps
et à tous les hommes. »

Je viens de citer J. de Maistre. En effet, attiré par
le traité *des Délais de la justice divine*, J. de Maistre
avait d'abord conçu le dessein d'en prendre le cadre,
se réservant de refaire le tableau. Puis, une lecture
réitérée du Dialogue l'ayant convaincu qu'il avait
affaire à une « production excellente entre toutes
celles de l'antiquité et digne des plus belles inspi-
rations de la métaphysique chrétienne, » il résolut
simplement de le traduire[1]. Malheureusement, en
mettant la main à l'œuvre, les idées de remaniement
lui revinrent en tête. Au lieu de se borner à rendre,
dans sa langue vigoureuse, les simples et mâles
beautés du texte de Plutarque, il développa, retran-
cha, corrigea, prenant dans son interprétation toutes les libertés du commentaire. « Ce sont des
boutons que je fais éclore, dit-il, pour justifier ses
développements; je n'apporte aucune feuille, mais
je les montre toutes. » Ailleurs, il se disculpe d'avoir
fait disparaître la forme du dialogue, « qui le gênait
en pure perte; » enfin, le début du Traité lui semblant « abrupt et sans grâce, » il a cru devoir
« donner à ce bel édifice un portail qui fît une
entrée naturelle. » C'est trop de licence. Plutarque
n'est pas un de ces écrivains qui laissent leurs pensées en bouton. D'autre part, la forme du dialogue
qu'il avait donnée à son Traité est utile au jeu du

1. Sur les délais de la justice divine dans la punition des coupables,
ouvrage de Plutarque nouvellement traduit, avec des additions et
des notes, par M. le comte de Maistre. *Préface*.

discours et concourt à la clarté du raisonnement. Quant au portail que Joseph de Maistre a cru devoir ajouter à l'édifice, l'idée n'en est vraiment pas heureuse : on dirait une lourde construction du moyen âge appliquée à un léger monument de l'art grec. Quoi qu'il en soit de ces erreurs de goût, c'est une bonne fortune de rencontrer un tel commentateur sur un tel sujet. Entrons donc avec lui dans le fond du Traité.

Un entretien était engagé sous le portique du temple de Delphes entre Plutarque, Timon, son frère, Patrocléas, un ami nommé Olympicus et un épicurien ; il roulait sur les lenteurs de la justice divine. L'épicurien avait la parole. Tout à coup, en sceptique qui ne se soucie point des objections qu'on peut lui opposer, sa phrase achevée, il tourne le dos à ses interlocuteurs et disparaît. Ceux-ci, étourdis d'un si brusque procédé, s'arrêtent court, se regardent sans mot dire ; et ce n'est qu'après un moment de réflexion qu'ils se décident à reprendre la promenade et l'entretien.

Patrocléas, qui, le premier, recouvre la parole, ne dissimule point qu'il est encore ému des arguments qu'il vient d'entendre ; peu s'en faut qu'il n'y adhère. « Oui, s'écrie-t-il avec vivacité, il est certain que de toutes les dettes de la justice divine, la punition des crimes est celle dont il importerait le plus que le payement fût fait à point nommé : tout retard a le double inconvénient d'enhardir les coupables et de décourager les victimes... Aristocrate avait trahi les Messéniens et acheté par cette trahison un pouvoir qu'il conserva pendant vingt ans. Sa perfidie en-

fin découverte, il fut puni de mort. Mais qu'y gagnè-
rent les malheureux Messéniens qu'il avait trahis?
Pour la plupart, ils n'existaient plus[1]... » — « Ajoutez, continue Olympicus, qui a peine aussi à retrouver le sang-froid, que le châtiment différé ne paraît
même plus un châtiment. Quand un cheval a fait un
faux pas et qu'on le corrige sur-le-champ, il comprend
sa faute et se surveille; mais que la correction tarde,
le fouet ne fait plus que l'irriter. Ainsi en est-il du
méchant. Si la main divine le frappe au moment où
il fait mal, il rentre en lui-même et tremble; mais,
si le coup vient à se faire attendre, il n'y voit plus
qu'un accident. Mauvaise est la meule qui moud lentement[2]. » — « Dirai-je à mon tour, reprend Timon... » — « Assez! interrompt Plutarque : pourquoi ajouter un flot nouveau aux flots qui menacent
de nous engloutir? Il suffit pour le moment de deux
objections; nous allons les combattre. Toutefois
prenons bien garde de paraître nous immiscer aux
conseils de la Providence. Il serait téméraire à
un homme qui n'aurait aucune notion de la mé-
decine de demander pourquoi le médecin n'a pas
ordonné l'amputation plus tôt, pourquoi il a prescrit le bain demain, et non aujourd'hui. A plus
forte raison est-il dangereux pour des êtres mortels
de rien affirmer sur les jugements de Dieu, sinon
qu'il connaît les temps les plus propices pour appliquer les châtiments aux crimes, de même que le médecin éclairé sait distribuer les remèdes, en variant,
suivant les circonstances, la dose et le moment[3]! »

1. Des Délais de la justice divine, 2. — 2. Ibid., 3. — 3. Ibid 4.

A ce langage si résolûment discret on a reconnu le sectateur de l'Académie. Mais la vivacité même de cette réserve met la curiosité en éveil en même temps qu'elle garantit la sincérité de la discussion. En voici le résumé.

1° Si Dieu punit lentement et, pour ainsi parler, à loisir, c'est qu'il veut nous apprendre à ne jamais user de violence et à ne point châtier dans l'effervescence de la passion[1].

2° La justice humaine ne sait que punir. Les hommes s'élancent sur la trace du criminel et le poursuivent, aboyant après lui comme des chiens après leur proie, jusqu'à ce qu'ils l'aient saisi : maîtres de lui, ils le frappent; cela fait, ils ont atteint leur but. Dieu, qui voit dans l'âme du coupable, estime sa faute avant de le châtier, et lui donne, s'il n'est pas incorrigible, le temps de s'amender[2].

3° Quelquefois Dieu se sert des méchants pour exécuter les arrêts de sa justice. Le coupable puni, il brise l'instrument de sa vengeance[3].

4° Ce qui importe, ce n'est pas que la justice soit faite sur-le-champ, c'est qu'elle soit faite à propos. Dieu ne détruit pas la race avant qu'elle ait produit l'heureux rejeton qui doit en sortir[4].

5° Longtemps est un mot qui n'a de sens que par rapport à l'homme. A l'égard des dieux, la durée de la vie humaine n'est rien. Qu'un coupable soit puni sur l'heure ou trente ans après sa faute, il n'y a pas de différence : c'est comme s'il était pendu le soir, au lieu du matin[5].

1. Des Délais de la justice divine, 5. — 2. Ibid., 6 et 7. — 3. Ibid., 7. — 4. Ibid., 8. — 5. Ibid., 9.

6° Enfin, comme le criminel marchant à la mort porte la croix sur laquelle il doit être attaché, de même le méchant livré à sa conscience, que le remords agite, porte en lui-même l'instrument de son supplice. Quand les enfants voient sur la scène un misérable, vêtu de pourpre et d'or, le front ceint de la couronne, ils s'extasient sur sa félicité, jusqu'à ce qu'ils le revoient frappé de verges, percé de coups ou brûlé vif dans sa royale parure. Ainsi jugent la plupart des hommes. Tant que les coupables leur apparaissent dans l'éclat de leur pouvoir, ils s'étonnent, ils s'indignent; pour eux, le châtiment ne se produit qu'au moment où la pointe du poignard les touche. Mais c'est moins là le commencement que la fin de la punition. Le méchant est la proie du remords qui le dévore. Les criminels qui semblent échapper à leur peine la subissent, non plus tardive, mais plus longue. Ils sont moins châtiés dans leur vieillesse qu'ils ne vieillissent dans le châtiment. Tout coupable est prisonnier de la justice divine. La vie est son cachot[1]. Affaires ou fêtes, en vain il cherche à se distraire. Il est comme le condamné à mort qui s'amuserait à jouer aux dés, tandis que la corde qui doit l'étrangler serait suspendue au-dessus de sa tête. Aussi pourrait-on presque dire qu'il n'est besoin pour punir, ni de la justice divine, ni de la justice humaine; dès que le coupable a été touché par le remords, sa vie suffit à son supplice : sa conscience le traîne

---

1. Φρουρούμενον ἐν τῷ βίῳ, καθάπερ ἐν εἱρκτῇ, § 9. Cf. Pascal, Pensées, article IX.

douloureusement, comme le poisson, saisi par l'hameçon, qui se débat sous la main qui l'attire[1].

Patrocléas et Olympicus se rendent à ces raisonnements[2]. La réponse de Plutarque est, en effet, une interprétation saisissante des lois de la vie, telles qu'elles nous apparaissent dans le développement de l'histoire des peuples et des individus. « La richesse qui vient de Jupiter, disait Théognis, demeure et prospère. Quant à celle qu'on a acquise injustement, elle peut bien, sur l'heure même, paraître apporter quelque avantage; mais elle finit par devenir un malheur, et la volonté des dieux prévaut toujours[3]. » Tel est le thème dans sa brièveté sèche. Plutarque le développe avec une puissance et un éclat incomparables. Tous ses arguments portent. Son dernier mot seul manque d'habileté. Il combat un épicurien, et il conclut que la morale peut se passer d'une sanction divine. C'est ébranler inconsidérément la clef de voûte de l'édifice, au moment de retirer l'échafaudage. Aussi de Maistre supprime-t-il cette conclusion[4]. Mais, dans tout le reste, il s'attache au texte, il le presse, il l'amplifie. Deux arguments l'ont frappé entre tous : celui où Plutarque nous montre le coupable livré au remords[5], et celui dans lequel il transforme les tyrans en fléaux suscités par la justice divine. A sa traduction il joint un commentaire; et la main de l'auteur des soirées de Saint-Pétersbourg s'y révèle par la vigueur de l'expression.[6] Mais le commentaire exposait à l'emphase; de Maistre n'y échappe pas. Plus

1. Des Délais, etc., 9, 10, 11. — 2. Ibid., 7. — 3. Théognis, *Sentences.* — 4. Voir sa traduction, 23. — 5. Des Délais de la justice divine, §§ 13, 17, 20 — 6. Voir sa traduction, 15, 21.

sobre, moins tendu, Plutarque rencontre naturellement des tours et des images qui rappellent la mâle
simplicité de Pascal ; mais sa force consiste surtout
dans la justesse frappante des exemples et dans la
gradation des raisonnements.

Ainsi en jugeait une des lumières les plus pures
du néoplatonisme alexandrin. Proclus, dans son dixième Doute sur la Providence[1]. se demandant à son
tour pourquoi la punition ne suit pas immédiatement le crime, ne fait que reproduire l'argumentation de Plutarque. En plus d'un passage on croirait
lire, dans le latin barbare de la traduction qui nous
a conservé sa dissertation, le traité des *Délais de
la justice divine*. C'est avec plus de précision dans
le détail peut-être, mais aussi avec plus d'aridité,
le même enchaînement de raisons, ce sont les mêmes
développements, les mêmes traits.

De Théognis à Proclus, M. Ch. Lévêque l'a remarqué
avec autorité[2], nul parmi les maîtres de la philosophie ancienne n'a poussé plus loin que Plutarque
l'analyse des phénomènes psychologiques du remords.
Nous avons déjà montré avec quelle énergie il en
indique les effets. C'est avec la même force qu'il en
dépeint la marche envahissante et le progrès fatal.
« Rien ne manque à ce tableau des phases diverses que
traverse la conscience du scélérat sous l'empire
d'une loi inévitable, d'une justice infaillible, dit
M. Ch. Lévêque. La première phase est celle de l'exal-

---

1. Proclus, édit. de M. Cousin. Cf. Vacherot, *Hist. critique de l'École
d'Alexandrie*, t. II, II° partie, liv. III, p. 264 et suiv. — 2. Mémoire
cité.

tation fiévreuse. La pétulance et l'audace du crime se conservent dans leur force et dans leur activité jusqu'à la consommation du forfait. Dès que la victime a succombé, aussitôt la réaction s'opère. Alors sa passion amortie, comme un vent qui tombe peu à peu, se dissipe insensiblement, et l'âme reste en proie aux terreurs de la vengeance divine. Ces terreurs ne sont d'abord que des troubles intérieurs, des craintes, l'appréhension du supplice; mais elle deviennent de plus en plus violentes : ce sont des rêves effrayants. Bientôt aux visions du songe succèdent les hallucinations de la veille. En plein jour, on voit des spectres et l'on entend des voix accusatrices. Bessus avait tué son père, et ce parricide resta longtemps ignoré. Un jour enfin qu'il était allé souper chez un de ses amis, il abattit de sa pique un nid d'hirondelles et tua les petits. Tous les convives s'exclamèrent. « Ne les entendez-vous pas, dit-il, crier depuis longtemps contre moi, et m'accuser d'avoir tué mon père? » Même chez les modernes, chez les poètes, sans excepter Shakespeare, ce vertige qui suit toujours, comme il précède le plus souvent les grands crimes, a-t-il été décrit avec une science psychologique plus profonde et plus sûre? Quel cri que celui du coupable trahissant son crime et se désignant lui-même au châtiment!

Cependant Timon tenait en réserve, on se le rappelle, une troisième objection. Il la produit. « Le reproche qu'Euripide ose adresser ouvertement aux dieux de faire retomber sur les enfants le châtiment des fautes de leurs pères, je le leur adresse aussi à part moi, dit-il. En effet, c'est une injustice à tous égards ; injustice, s'ils punissent deux fois une même faute ; injustice, si, après avoir épargné un coupable, ils frappent un innocent. Ainsi serait-il juste qu'Apollon inondât aujourd'hui le pays des Phénéates, sous le prétexte qu'Hercule enleva, il y a plus de mille ans, le trépied du temple de Delphes, pour le transporter à Phénée? Serait-il juste.. . » Et il cite plusieurs autres exemples[1].

Plutarque l'arrête en souriant ; de tels exemples ne sont pas sérieux. Timon défend ses exemples. « N'y en eût-il qu'un seul, l'objection demeurerait dans toute sa force. » « Peut-être, réplique Plutarque : dans une fièvre ardente, c'est soulager d'autant le malade, que de diminuer le nombre des couvertures qui lui pèsent[2]. » Mais il reconnaît que la question est délicate. Ce n'est plus seulement la justice de Dieu qui est mise en cause, c'est sa bonté. Il ne s'agit plus de montrer comment Dieu est toujours assez sévère, mais comment il ne l'est jamais trop. Après avoir expliqué son apparente indulgence, il faut justifier ses rigueurs. Plutarque sent toute la gravité de l'objection ; elle le trouble ; et il ne se décide à en aborder l'examen qu'après avoir modestement renouvelé ses protestations de s'attacher seulement à la vraisemblance, comme au fil conducteur qui peut le guider[3].

Toute cette scène, très rapide d'ailleurs, n'eût-elle d'autre mérite que de reposer l'attention, serait, par là même, agréable ; elle fait mieux, elle l'excite ; et l'on regrette, en vérité, que de Maistre

1. Des Délais de la justice divine, 12.— 2. Ibid.,13.— 3. Ibid.,14.

en ait, sans raison, enlevé le bénéfice à sa traduction. La transition par laquelle il y supplée est mala-
droite et obscure[1].

Son parti pris de répondre, Plutarque entre vivement en matière. Nous ne pouvons qu'indiquer la
succession de ses arguments.

Rappelez-vous, répond-il à Timon, la fête que
nous avons vu célébrer, il y a peu de jours, et cette
part de mets qu'on a réservée aux descendants de
Pindare, pour lui faire honneur, ainsi que le héraut
l'a proclamé à haute voix : combien ce spectacle vous
parut noble et touchant! Or, si vous admettez qu'il
soit juste d'étendre jusqu'aux dernières générations
d'une famille la récompense méritée par la vertu de
ses ancêtres, pourquoi le serait-il moins de prolonger
la punition du crime? Se féliciter que les descendants
de Cimon continuent à être honorés à Athènes, et
s'indigner que ceux de Lacharès en soient à jamais
bannis, c'est le fait de l'inconséquence ou de la mauvaise foi[2].

Il en est des maladies morales comme des maladies physiques; elles se transmettent par héritage.
Le bien et le mal passent de l'âme à l'âme, comme
du corps au corps; et le mal se perpétuant dans une
famille, il est naturel que le châtiment se perpétue
avec lui[3].

Une famille est semblable à une cité. Tous les
membres en sont solidaires. Tant que l'identité de la
cité ou de la famille subsiste, quoi de plus juste

1. V. sa traduction, 24 et 25. — 2. Des Délais de la justice divine, 13. — 3. Ibid., 14, 15.

qu'elle subisse la peine, comme elle reçoit la récompense pour ses mérites passés[1]?

Le coupable, au surplus, est atteint par la peine
infligée à sa race. Est-il, en effet, un supplice plus
douloureux que celui d'assister au châtiment de ses
descendants punis des fautes qu'on a soi-même com-
mises? Représentez-vous l'âme d'un criminel voyant,
après sa mort, non pas ses statues détruites ou ses
honneurs abolis, mais ses amis, ses parents, ses enfants, plongés à cause de lui dans des tourments
affreux[2]!

Enfin, pour les descendants eux-mêmes, le châtiment qu'ils souffrent sans l'avoir mérité est un
avertissement salutaire. Bion prétend qu'un dieu qui
punirait les enfants pour les fautes de leurs aïeux
serait plus ridicule qu'un médecin qui administre-
rait un remède au petit-fils pour guérir le grand-
père. Bion se laisse abuser par un raisonnement spé-
cieux. Jamais homme, sans doute, ne fut soulagé
d'une ophthalmie parce qu'on a appliqué un em-
plâtre à son voisin. Mais autre chose est un traitement qui ne guérit que celui qui s'y soumet; autre
chose, un châtiment qui profite à tous ceux qui le
voient subir. D'ailleurs la comparaison de Bion prouve
justement ce qu'il cherche à nier. N'arrive-t-il pas
tous les jours qu'un médecin assujettisse un jeune
homme à un traitement pénible, pour le préserver
d'un mal héréditaire? On ne le traite pas parce qu'il
est malade, mais de peur qu'il le devienne. Or il
serait raisonnable de médicamenter un corps, uni-

---

1. Des Délais, etc., 16, 21. — 2. Ibid, 18.

quement parce qu'il provient d'un corps vicié; et lorsqu'il s'agit d'une âme remplie de mauvais germes, il faudrait attendre que le malade, devenu incurable, découvrît à tous les yeux le fruit honteux mûri, comme dit Pindare! Pour l'homme, sans doute, il est difficile de connaître l'âme de l'homme, avant qu'elle se révèle. Personne, toutefois, n'est assez simple pour croire que le scorpion ne reçoit son dard de la nature qu'à l'instant où il pique: ainsi le méchant porte en lui le principe de sa méchanceté. Dieu donc, qui connaît le fond des âmes, applique à chacun par anticipation le régime qui lui convient; il n'attend pas que l'épileptique ait un accès, pour entreprendre de le guérir[1].

Cette seconde argumentation, soutenue d'une grande variété d'exemples, a, comme la première, emporté, chemin faisant, l'assentiment des interlocuteurs de Plutarque[2]. Ai-je besoin d'ajouter que de Maistre n'y contredit point? Sauf quelques transitions qu'il ajoute[3], et deux ou trois passages qu'il renforce de l'autorité de Platon, il se borne à traduire. Ce fonds d'idées est le sien[4]. Nous ne saurions, pour nous, complètement y souscrire. Le système de l'hérédité des peines nous paraît inconciliable avec les progrès de la morale. Certes, nous aimons à voir les grands noms honorés dans la personne de ceux qui en ont reçu la noble succession; les grands noms sont le commun patrimoine de gloire d'une nation. Mais, s'il ne nous déplaît point qu'on attribue aux descendants de Pindare et de Cimon leur part de pri-

1. Des Délais, etc., 19 à 21. — 2. Ibid., 17, 19. — 3. Voir les p. 29 et 31 de la traduction. — 4. Voir les notes 18 et 20

vilèges, nous nous refusons à faire peser sur la postérité de Lacharès le poids d'un éternel héritage d'infamie. Nos meilleurs instincts répugnent à cette iniquité; le principe en est effacé de nos lois; le préjugé seul semble la soutenir encore dans les mœurs. Mais il n'est pas de préjugé qui résiste longtemps au progrès de la conscience publique mieux éclairée. Nous nous séparons donc de Plutarque sur ce point de sa thèse. Cette réserve faite, nous n'avons qu'à nous associer à l'admiration de Joseph de Maistre. L'argument de la solidarité des familles et des cités, renouvelé d'Aristote et de Platon, est développé avec force; Proclus se l'est approprié dans son neuvième Doute, où il reprend l'objection de Timon[1], comme il a repris, dans le dixième, celle de Patrocléas. La conception d'un Dieu frappant les hommes pour les avertir et leur appliquant un traitement préventif qui les sauve est d'une élévation supérieure. Et quel tableau que celui des coupables, témoins du châtiment de leurs descendants punis pour leurs propres fautes[2]! Penser à la souffrance de ceux auxquels on voudrait épargner toute souffrance, quoi de plus cruel? Qu'est-ce donc de les voir souffrir et de s'en savoir la cause? Est-il rien de plus saisissant enfin que le récit de la vision de Thespesius qui couronne le Dialogue, — que cette description des tourments de l'enfer, digne de la plume de Dante et des pinceaux de Michel-Ange, qui nous met sous les yeux le spectacle des coupables

1. Cf. Vacherot (ouv. et passag. cités), et le jugement qu'il porte sur cette « remarquable » argumentation. — 2. Cf. Aristote, *Morale à Nicomaque*, I, 7, § 16; 9, § 6.

écorchés, mis à nu, contraints de tourner au dehors l'intérieur de leur âme viciée, comme ce poisson de la fable qui retournait son estomac pour se débarrasser de l'hameçon, plongés dans des étangs bouillants ou plus froids que la glace, un moment relâchés, puis ressaisis par les Génies qui président à leur supplice[1].

Toutefois, ce n'est pas vers ces idées de châtiment qu'inclinait naturellement l'imagination de Plutarque. S'il aime à suivre la destinée de l'homme au delà de la terre, c'est surtout pour lui en montrer l'accomplissement dans la réalisation du bonheur qu'il rêve ici-bas. Aussi ne serais-je pas éloigné de croire que le dialogue sur l'*Immortalité de l'âme*, dont nous ne possédons qu'un fragment, fût une suite de l'entretien sur les *Délais de la justice divine*. Ce sont les mêmes personnages qui conduisent la discussion; et comme par une opposition calculée, tandis que le terrifiant tableau des peines du méchant était la conclusion du traité des *Délais de la justice divine*, ce sont ici les jouissances du juste dont Timon nous trace, en terminant, une description qui rappelle les pages les plus suaves des Champs-Élysées de Fénelon[2].

Il n'est pas impossible, d'ailleurs, de suppléer aux arguments qui devaient préparer cette description.

Bien qu'il repousse formellement la pensée de l'immortalité des corps[3], Plutarque paraît parfois con-

---

1. Des Délais, etc, 22. — 2. Dialogue d'Isis et d'Osiris, § 44. « Après la destruction du mauvais principe, les hommes n'auront plus besoin de nourriture ; ils ne donneront plus d'ombre. » — 3. Vie de Romulus, 28.

fondre l'identité du corps avec l'identité de l'âme[1] ; parfois aussi, l'immortalité à terme des Stoïciens semble lui suffire[2]. Au fond, sur ce point comme sur tous les autres, sa religion est celle de Platon. L'amour de l'infini et de la perfection, le goût de la félicité, de la vérité, de la justice absolues, inné dans le cœur de l'homme et incomplètement satisfait sur la terre, lui semble témoigner invinciblement de la nécessité d'une seconde existence[3] ; il y trouve comme une promesse de Dieu[4]. Les preuves dussent-elles lui manquer, l'immortalité de l'âme est un espoir dont il ne laisserait pas de charmer sa pensée. « Malheureux, s'écrie-t-il en s'adressant aux Épicuriens, celui qui se ferme les portes d'une autre vie ! il est comme le passager qui, battu par la tempête, dirait à ses compagnons de voyage : Nous n'avons ni pilote pour nous conduire, ni étoile pour nous guider ; mais qu'importe ? nous serons bientôt brisés contre les écueils et engloutis dans l'abîme[5]. »

Quel que fût le lien du traité sur l'*Immortalité de l'âme* avec celui des *Délais de la justice divine*, la doctrine que Plutarque y défendait achève de mettre en lumière les idées qui le conduisent. Plutarque s'était proposé de faire rentrer dans la conscience de ses contemporains, entraînés vers l'athéisme et la superstition, la croyance au Dieu de Platon, au

1. De l'Inscription du temple de Delphes, 18. — 2. Du Bonheur dans la doctrine d'Epicure, 31. — 3. Ibid., 26 et suiv.: de l'Exil, 17; Consol. à Apollonius, 36; d'Isis et d'Osiris, 1 ; De la Tranquillité de l'âme, 20. — 4. Des Délais de la justice divine, 17. — 5. Du Bonheur dans la doctrine d'Épicure, 23. Cf. 28, 29.

Dieu juste et bon du *Timée*. L'entreprise n'était pas, à ce qu'il semble, au-dessus de ses forces. Adversaire décidé et de ceux qui niaient Dieu et de ceux qui le dénaturaient [1], c'est avec une remarquable solidité d'arguments et une vigueur éloquente qu'il soutient la cause d'une Providence rémunératrice et vengeresse, punissant tôt ou tard le coupable, récompensant assurément le juste, commandant le respect et digne d'amour. Que ces idées ne fussent point absolument nouvelles, il n'importe. Le mérite des idées ne doit pas être mesuré seulement à la part de vérité ou de vraisemblance qu'elles renferment; elles valent aussi par le tour qu'on leur donne. Ni la superstition n'a trouvé dans l'antiquité un adversaire plus sensé que Plutarque, ni la justice divine un défenseur plus chaleureux.

Mais, le Dieu de Platon rétabli dans les âmes, quel était le culte qu'il convenait de lui rendre? dans quelle mesure fallait-il admettre la réalité de son action sur le monde, par la divination, les oracles et les autres intermédiaires que les traditions du paganisme avaient consacrés? C'est ce que nous avons maintenant à étudier.

1. Quid enim interest utrùm Deos neges au infames? Sénèque, *Épit.* 123.

II

Plutarque philosophe et ministre d'Apollon; difficultés de | son rôle.
— La philosophie et la religion nationale. — Les Épicuriens et les
Stoïciens; comment Plutarque les combat. — Dans quels sentiments il cherche ses appuis. — Sa doctrine théologique : les Génies,
leur nature, leur rôle, leur action : 1° sur les pratiques du culte ;
2° sur les oracles. — De la crédulité de Plutarque. — Conclusion

C'est surtout au sujet de la partie théologique de
son œuvre qu'on a essayé de mettre Plutarque en
contradiction avec lui-même : était-il possible de
concilier le ministère des autels d'Apollon avec le
rôle de disciple de Platon ? Mais il n'est pas si aisé
qu'il semble de trouver en défaut le sage de Chéronée.
S'il s'éprend de toutes les causes qu'il plaide, jamais
il ne se laisse entraîner plus loin qu'il n'a dessein
d'aller. En même temps qu'une âme sincère, c'est un
esprit délié, nullement enclin à la chimère, toujours
préoccupé des applications pratiques, et tenant
compte en toute chose du temps dans lequel il vit,
des hommes auxquels il s'adresse. Tel nous l'avons
vu dans ses conseils de morale politique, tel il
nous apparaît dans ses prescriptions de morale religieuse. Il y a donc un intérêt sérieux et digne à
saisir, sur ce sujet comme sur les autres, sa pensée
dans la mesure exacte, à montrer le serviteur du
dieu de Delphes à côté du philosophe, à marquer le
point où les deux hommes se rapprochent, celui où
ils se séparent ; à examiner enfin dans quels senti-

ments il cherche ses appuis, et par quelles interprétations il justifie les institutions dont il voulait relever
le caractère.

La direction générale de sa doctrine morale fait
assez pressentir sur quel terrain il se place pour les
défendre.

La philosophie ancienne, en combattant le polythéisme, n'avait jamais cherché à le détruire. Elle en
discutait l'esprit ; elle en respectait les formes [1]. La
légende racontait que Pythagore avait vu, dans les
enfers, Homère et Hésiode punis de leurs blasphèmes
envers les Dieux [2]. Dans la réalité, l'exil de Protagoras
et de Diagoras et la mort de Socrate avaient, de bonne
heure, rendu circonspects les novateurs les plus har-
dis [3]. En creusant un abîme entre le ciel et la terre,
Épicure laissait subsister le culte des habitants du
ciel comme un hommage dû à des êtres supérieurs,
et ses disciples ne manquaient pas de se retrancher
derrière les ouvrages qu'il avait composés sur la
piété [4]. Les Stoïciens ne se défendaient pas moins de
toute intention de porter le trouble dans l'Olympe [5].
Nul, aussi bien, parmi les philosophes, n'avait ja-

1 Varron, dans St Augustin, *Cité de Dieu*, IV, 27, 31. Cicéron
cité par Lactance, *Inst. div.*, II, 3. « Non sunt ista vulgo disputanda,
ne susceptas publice religiones disputatio talis extinguat. » Cf. id., *de
la Divination*, II, 12. — 2. Diogène Laerce, VIII, 1, 19. — 3. Id., II,
101, 116 ; V, 5, 6, 37, 38 : VIII, 1. 19 ; Athénée, XIII, 92 ; XV, 52 ;
Élien, *Hist. var.*, II, 23, 81 ; III, 36 ; Diod., *Hist.*, XIII, 6 ; XIV, 37 ;
Josèphe, *contre Appion*, II, 37 ; Plutarque, *Vie de Périclès*, 32 ; *des
Opinions des philosophes*, I, 7. Cf. Maury, *Histoire des religions*, etc.,
t. III, p. 402 et suiv. — Aristote avait dû fuir, pour épargner à la
philosophie une condamnation nouvelle. Aristoteles, ne damnaretur,
fugit. Sénèque, *du Loisir du Sage*, 32. Cf. *Quest. nat.*, VII, 30. — 4.
Cicéron, *de la Nature des Dieux*, I, 41, 44. — 5. Id., ibid., II, 23,
III, 16.

mais fait difficulté de se conformer aux pratiques
du culte. Socrate honorait publiquement les dieux
d'Athènes[1] ; il n'était pas de statuette, disait-on, devant laquelle ne s'inclinassent certains Épicuriens[2];
les Stoïciens offraient des sacrifices sur tous les autels[3].

Ce respect est la règle de Plutarque. Il s'y tient
et il entend qu'on s'y tienne. A ses yeux, les pratiques du culte sont sacrées ; il ne veut pas qu'on les
viole, il défend même qu'on les discute. Sa maxime
est celle d'Hérodote ; là-dessus, bouche close[4]. S'il
se laisse entraîner à analyser les mythes étrangers,
c'est pour absorber les religions que ces mythes représentent dans le sein de la religion grecque. C'est
ainsi qu'il s'exercera à comparer les Typhons avec les
Titans, Isis avec Proserpine, Osiris avec Bacchus, les
Lévites avec les prêtres de Lysius, les fêtes du Sabbat
avec les usages des Sabbes, non pour chercher la parenté philosophique des cultes de l'Égypte et de la
Judée avec les cultes de la Grèce, mais pour en rapporter à la Grèce la commune origine[5]. Quant à l'examen des cultes de la Grèce, il ne l'accepte à aucun
degré. Malgré le voile dont s'enveloppaient les Stoïciens et les Épicuriens, l'esprit de leurs doctrines

1. Xénophon, *Mém.*, IV. 3, § 15; I, 3, § 1 à 3; Cf. Apulée, *des
Dogmes de Platon*, 16. — 2. Cicéron, *de la Nature des Dieux*, 1, 31.
— 3. Plutarque, *des Contradictions des Stoïciens*, 6. Pyrrhon avait
rempli les fonctions de grand prêtre à Élis, sa patrie. — 4. De la
Cessation des oracles, 14; Propos de table, 11, 3; de l'Exil, 17; Vie de
Paul-Émile, 5; Parallèle de Crassus et de Nicias, 5; Vie de Camille,
6; de Coriolan, 32; de Numa, 4. — 5. D'Isis et d'Osiris, 25, 27 à
29. Propos de table, IV, 6; de la Malignité d'Hérodote, 11, 13, 14.
Cf. Vacherot, ouvrage cité, tome I, Introduction, liv. III, p. 315
à 117; tome II, 2ᵉ partie, liv. II, p. 104.

s'était répandu dans la foule. Plutarque ne compose pas avec leurs explications, il les repousse.

Les rois sont des rois, dit-il aux Épicuriens, condamnant d'un mot leur système d'interprétation historique[1] ; nous connaissons tous Sésostris, Cyrus, Alexandre. Si, enflés d'un vain orgueil, certains rois ont usurpé le titre de dieu et se sont fait ériger des temples, à peine morts, qui ne le sait ? leurs autels ont été renversés, leur culte est tombé dans l'oubli. Est-il bienséant, d'ailleurs, d'attribuer aux dieux des crimes qu'on rougirait de trouver dans sa famille[2] ? « Je n'ignore pas, écrivait Denys d'Halicarnasse, comment plusieurs philosophes expliquent la plupart des fables impures ; mais cette licence ne convient qu'au petit nombre: la foule prend toujours les fables dans le sens le plus infime; et alors, ou elle méprise les dieux dont la conduite a été si dépravée, ou bien elle arrive à ne pas reculer devant les actions les plus coupables, sous le prétexte que les dieux ne s'en abstiennent pas. » C'est le sentiment profond de ce danger qui émeut Plutarque. Il ne proteste pas avec moins d'énergie contre le système d'interprétation allégorique des Stoïciens[3]. Identifier les dieux avec les vents, les rivières, les semences, les saisons, Bacchus avec le vin et Vulcain avec le feu, Proserpine avec l'air et Cérès avec les moissons, est-ce

1. Contre Colotès, 31. Cf. Des oracles en vers, 18. Sur Évehmère et le système des épicuriens, V. Cicéron, De la Nat. des Dieux, I, 42; Polybe, XXXIII, 12, XXIV, 5; Diodore, V, 40; Pline, Hist. nat., II, 7; St-Augustin, Cité de Dieu, VII, 18, 26. — 2. Denys d'Halicarnasse, Antiq. romain., II, 69. — 3. D'Isis et d'Osiris, 23, 24. Sur le système des Stoïciens, voir Cicéron, De la Nature des Dieux, II, 25 à 25, 60, 62 à 64; III, 16.

autre chose que confondre les voiles, les cordages et
les ancres d'un navire avec le pilote, les fils et la
trame d'une toile avec le tisserand, les émulsions et
les boissons purgatives avec le médecin? Comment
regarder comme des dieux des choses privées de,
sens et incessamment détruites par l'usage que les
hommes en font pour leurs besoins[1]? — Épicuriens
ou Stoïciens, il ne fait pas de différence; il les
réunit dans les mêmes invectives. C'est vous, s'écrie-
t-il, qui, dépouillant les noms des dieux des titres
qui y sont joints, avez du même coup aboli les
cérémonies, les mystères, les fêtes! Et à qui voulez-
vous que nous fassions les offrandes pour une heureuse culture? comment célébrerons-nous les Phos-
phories ou les Bacchanales, dès le moment que vous
supprimez les bacchantes, les prêtres qui portent les
torches, ceux qui président aux sacrifices pour les
travaux de la terre? Pourquoi attaquer ce qui est
universellement établi, et travailler à détruire les
opinions que chaque peuple a reçues de ses ancêtres
sur la nature des dieux? Vous voulez vous rendre
compte de toutes les croyances; vous cherchez des
motifs, des preuves... Ah! prenez garde de remuer
ce qui ne doit pas être touché[2]. Si vous portez la
main sur chaque autel, rien n'échappera à l'impiété.

Mais comment préserver la religion nationale de
ces atteintes? Comment rendre à la croyance religieuse la base qui lui manquait?

C'est dans le sentiment du patriotisme que Plutarque cherche son principal appui.

1. D'Isis et d'Osiris, 40. — 2. Μεγάλου μοι δοκεῖς ἅπτεσθαι . . μᾶλλον
δὲ ὅλως, τὰ ἀκίνητα κινεῖν. De l'amour, 13.

La religion fut le dernier asile du patriotisme dans la société païenne. Ce n'est point au moment où les barbares entrèrent dans Rome, c'est du jour où la foi chrétienne s'assit, avec Constantin, sur le trône des Césars, que fut consommée la ruine de l'empire romain. Les barbares brisèrent le moule du monde antique; le christianisme seul en changea l'âme. Si, au premier siècle de l'ère chrétienne, le paganisme avait perdu la pureté de son prestige, il conservait encore en partie la force qu'il tenait d'une longue possession. L'immixtion des cultes de tous les pays en avait brouillé les usages, sans les détruire. Les sanctuaires s'étaient multipliés dans les villes, les divinités s'étaient accumulées dans les temples; mais aucun autel étranger n'avait remplacé un autel ancien. Moins on refusait à l'esprit nouveau, plus on se tenait aux règles du vieux paganisme[1]. Les cérémonies de la religion traditionnelle étaient célébrées suivant les rites; on chantait, aux jours de fête, des vers dont on ne comprenait plus le sens[2]. Le monde païen, sentant confusément le sol trembler sous ses pas, s'attachait à ce qu'il regardait comme le fondement de sa grandeur et la garantie de sa perpétuité. Lisez dans les *Histoires* de Tacite la description de l'inauguration du Capitole brûlé sous Vespasien. Avec quelle piété fière le grave patricien s'incline devant ces divinités dégradées par la superstition! Il semble que le souffle de son patriotisme, en passant sur ces ruines, les puri-

---

1. Plutarque, *Préceptes du mariage*, I; *Consolation à sa femme*, 10. Cf. 4; *contre Colotès*, 22, 31. — 2. Quintilien, *Institut. orat.* 1, 6. Cf. Cicéron, *des Lois*, II, 13.

fie ; le génie religieux de la vieille Rome revit tout
entier dans cet imposant tableau[1]. Noble illusion de
l'orgueil national, les destinées de Rome sont fixées
par l'historien, comme par le poète, à « ce roc immobile. » Le temple de Delphes est, pour Plutarque, ce
qu'était pour Tacite le Capitole. Et Plutarque ne se
borne pas, comme l'historien latin, à célébrer avec
majesté les traditions du culte national. Époux, père,
citoyen, il les observe. Ce sont les femmes qui, d'ordinaire, ouvrent la porte du foyer domestique aux
superstitions étrangères[2]. Comme lui, Timoxène
honore les dieux de son pays. Ils sont initiés aux
mêmes mystères, ils sacrifient sur les mêmes autels ;
ils élèvent ensemble leurs enfants dans l'observation
des rites béotiens[3]. Plutarque est lui-même enfin le
ministre du dieu de Delphes, l'interprète de ses
mystères, le gardien de son culte. « La foi que nos
pères nous ont transmise depuis tant de siècles est
un patrimoine public, disait-il ; son ancienneté est la
preuve de sa divinité ; notre devoir est de la conserver à nos descendants sans mélange ni souillure[4]. »

A cette pensée patriotique Plutarque aurait voulu
rattacher un autre sentiment. Lorsque Pline le Jeune
nous raconte qu'il a été élevé à l'augurat, la joie qu'il
fait éclater est toute politique. S'il relève dans ses

1. Tacite, *Histoires*, IV, 53. Cf. *Annales*, XI, 15 ; Valère Maxime, I ;
Pline, *Lettres*, X, 97. Tite Live, *Préface ;* Horace, *Odes*, III, 6 ; Varron,
dans saint Augustin, *Cité de Dieu*, VI, 2. — 2. Préceptes de mariage,
19. — 3. Consolation à sa femme, 10 ; Dialogue de l'amour, 2 ; Consolation à sa femme, 11. — 4. Dialogue de l'amour, 13, 14 ; Des
oracles en vers, 18 ; Des Notions du sens commun contre les
Stoïciens, 51 ; d'Isis et d'Osiris, 23 ; De la face qui paraît dans la
lune, 1 ; De la superstition, 2.

domaines un temple consacré à Cérès, c'est afin qu'on
parle de son zèle pour la religion nationale[1]. Les
jouissances que procure à Plutarque la pratique de
son ministère sont naïves et sincères. Il aime à se
représenter, dans son rôle d'exégète[2], guidant les
pèlerins dans l'enceinte sacrée du temple d'Apollon,
montrant les trophées, les lampes, les vases, les
statues accumulées par la piété des dévots, expliquant
les emblèmes et les inscriptions; il prend plaisir à
voir fumer l'encens, à diriger les chœurs aux robes
blanches, à encourager les jeux sacrés, à distribuer
les couronnes. Les visites qu'il reçoit, les discours qu'il
tient sous les portiques de marbre du sanctuaire de
Delphes, à l'ombre des rochers ou sous les bosquets de
myrte, enchantent son imagination, enivrent son cœur.
Les pieux souvenirs qui débordent de sa mémoire re-
constituent dans sa pensée tout l'appareil des solenni-
tés antiques. « S'il y a dans le sacerdoce des devoirs
pénibles, il en est de si doux! » Le charme qu'il
trouvait à les remplir lui rendait la vie plus aimable[3].
« L'administration du temple du dieu de Delphes était
devenue la compagne inséparable et nécessaire de
sa vieillesse[4]; » la mort seule dut l'en détacher.

C'est ce charme qu'il s'efforce de faire partager
autour de lui. Il est utile de croire, disaient jadis
les politiques; il est si doux de croire! répète incessamment le grand prêtre d'Apollon[5]. Et il exalte la

. 1. Épîtres, IV, 8; IX, 39. — 2. Sur le rôle des exégètes, voir
Boucher-Leclercq, *Histoire de la divination dans l'antiquité*, II,
liv. Ier, ch. III. — 3. Quelle part le vieillard doit prendre aux affaires
de l'État, 6. — 4. Cicéron, *Des Lois*, II, 7 suiv.; Diodore, I, 2. Cf.
Virgile, *Géorgiques*, II, 490. — 5. Du Bonheur dans la doctrine d'Épicure, 21 à 23, 26, 28 à 30; De la Superstition, 9.

sérénité des fêtes religieuses, comme un avant-goût
de la félicité suprême; il se plaît à faire voir l'image
souriante de la Divinité planant au-dessus des statues
aux pieds desquelles s'entassent les parfums et les
guirlandes; il montre la Divinité elle-même descendant au milieu des fidèles pour prendre place au
banquet[1]. « Pour l'impie, dit-il, la cérémonie la plus
auguste est une pompe dénuée de sens, la prière
une vaine formule, le sacrificateur un cuisinier qui
égorge un animal sans défense; mais pour celui
qu'une pensée religieuse conduit dans les temples
et qui assiste avec recueillement à la célébration des
mystères, il n'est pas de spectacle plus touchant, et
qui bannisse plus infailliblement toutes les tristesses,
tous les découragements, tous les ennuis. » La piété
était un instrument de politique usé; il en fait le
plus séduisant des moyens de bonheur.

Toutefois le patriotisme ne suffisait pas à expliquer
les pratiques du culte, et ce bonheur si gracieusement
dépeint, il fallait le faire accepter à la raison; il fallait, interprétant les croyances du paganisme, justifier les hommages rendus à tant de divinités enne-
mies ou bienfaisantes, sans se mettre en désaccord
avec l'idée d'une Divinité unique et providentielle.
Tels étaient les termes du problème. Plutarque ne
s'y dérobe point; et, toujours fidèle à ce sens pratique qui est sa lumière propre, c'est la société, dans
laquelle il avait étudié le mal, qui lui fournit le
remède.

Nous avons vu que, dans le désorientement produit

1. Du Bonheur dans la doctrine d'Épicure, 21.

par la corruption des idées religieuses, le monde
païen se rejetait vers tout ce qui pouvait offrir une
prise à son imagination, un aliment à son cœur[1].
De là le crédit des cultes mystérieux et le succès des
thaumaturges[2]. On se convertissait à tout par fatigue,
dit énergiquement Plutarque[3]. La foi au merveilleux
n'est pas seulement le premier essor des sociétés
naissantes; elle est aussi parfois le refuge des sociétés
vieillies.

Or, après avoir passé par des phases diverses, le
merveilleux païen s'était, au premier siècle de l'ère
chrétienne, particulièrement fixé et, pour ainsi dire,
personnifié dans les Génies.

De tout temps, les Génies avaient occupé une place
considérable dans les conceptions cosmogoniques des
poètes et des philosophes de la Grèce. Homère, Hésiode, Pindare, Pythagore, Platon, Xénocrate, Chrysippe, en avaient à l'envi poétisé l'existence et l'action[4]; les Génies étaient la chaîne d'or qui relie la
terre au ciel. Au temps de Plutarque, ces rêves et ces
hypothèses avaient revêtu dans les esprits une forme
réelle, un corps.

Sous le règne de Tibère, raconte-t-il[5], un vaisseau

1. Tacite, *Annales*, XIII, 32. — 2. Plutarque, *Consolation à sa femme*, 10; des *Délais de la justice divine*, 22; Cf. Heuzey, *Mission de Macédoine*, p. 128; *Revue archéologique*, août 1864, p. 182. — 3. Plutarque, *De la Cessation des oracles*, 45. — 4. De la Cessation des
oracles, 10, 11, 17, 20; D'Isis et d'Osiris, 25, 26; De la Tranquillité de
l'âme, 15, 26; Contre Colotès, 30. Cf. Henri Martin, *Études sur le
Timée*, t. II, p. 144 et suiv.; Plotin, traduct. de M. Bouillet, t. II, p.
92 et 530; Maury, *Hist. des relig. de l'antiq.*, t. III, p. 421 et suiv. On
peut consulter aussi Binet, *Traité historique des dieux et des démons
du paganisme;* Bayle, *OEuvr. diverses,* t. III, p. 42 et suiv.; Benjamin
Constant, *De la religion,* ouvr. cité, t. IV, liv. X. — 5. De la Cessation des oracles, 17.

égyptien, chargé de passagers, avait été arrêté soudain par un calme plat auprès des îles Échinades, et
le courant l'avait porté vers les îles de Paxos. Tous
les voyageurs étaient éveillés; plusieurs passaient le
temps à boire, lorsque tout à coup on entendit une
voix qui venait du côté des îles. Cette voix appelait
Thamus avec tant de force, que tout le monde en fut
saisi d'effroi. Thamus était un pilote égyptien, dont
très peu d'entre les passagers connaissaient le nom.
Il s'était laissé appeler deux fois sans paraître entendre : à la troisième fois, il répondit. Alors la voix qui
l'appelait dit : « Lorsque tu seras à la hauteur de
Palodès, annonce que le grand Pan est mort. » Les
voyageurs s'étaient demandé s'il fallait obéir à cette
injonction. Quant à Thamus, il avait déclaré que, si
le vent soufflait lorsqu'il serait à la hauteur indiquée,
il passerait ; mais que, si le calme les arrêtait, il exé-
cuterait l'ordre qu'il avait reçu. Arrivés au pied de
Palodès, le vent étant tombé de nouveau, Thamus était
monté sur la poupe, et, le visage tourné vers la terre,
il avait crié que le grand Pan était mort. A peine
prononçait-il ces mots, qu'on avait entendu des gémissements, comme de plusieurs personnes surprises
et affligées. Tibère avait mandé Thamus, et, convaincu
de la vérité de son récit, il avait fait procéder à des
recherches. Les savants, interrogés, avaient répondu
que le grand Pan était un Génie, fils de Mercure et
de Pénélope.

Dans le même Traité [1], Plutarque nous apprend que
les îles semées dans la mer de la Grande-Bretagne

1. De la Cessation des oracles, 18.

passaient pour être la demeure d'un grand nombre de ces personnages surnaturels : d'où elles avaient reçu le nom d'îles des Génies. D'autres vivaient sur les bords de la mer Rouge, et avec eux un être singulier qui tenait de leur nature et partageait leur existence. On allait le voir, le consulter. Il parlait plus particulièrement le grec, mais il était expert en toutes les langues. La difficulté était de le joindre. Une fois qu'on était parvenu jusqu'à lui, il ne se refusait à aucune question[1].

Ces étranges personnifications avaient si bien pris consistance dans l'imagination populaire, qu'à la moindre apparence d'un spectacle inaccoutumé on voyait partout des Génies. Sous Néron, un acteur tragique, faisant une tournée en Espagne, s'était arrêté dans la petite ville d'Hisposa. A peine les pauvres habitants l'avaient-ils vu se dresser sur ses cothurnes, ouvrir une large bouche et se draper en marchant à grands pas, qu'ils avaient été saisis d'effroi; et, dès qu'il s'était mis à déclamer, ils s'étaient enfuis, criant que c'était un Génie qui hurlait à leurs oreilles[2]. A Rome même, et dans le palais des Césars, Apollonius de Tyane, quoiqu'il se défendît de toute action surnaturelle, n'avait pu prévenir les effets de la terreur produite par son nom. Quand les vicissitudes de sa destinée l'avaient amené devant le tribunal de Domitien : « C'est un Génie, s'était écrié le prince, que vous introduisez là. Pour toi, sache-le bien, avait-il dit à Apollonius, je ne te lâcherai pas avant que tu te sois changé, sous mes

1. De la Cessation des oracles, 17, 18. — 2. Philostrate, *Vie d'Apollonius*, V, 9.

yeux, en eau, en arbre ou en bête féroce. » Et il l'a-
vait condamné comme Génie[1].

Bien plus, on ne faisait point difficulté de croire
que les Génies étaient mêlés à tous les détails de la
vie journalière. Un père avait perdu un fils chéri et
demeurait inconsolable, à la pensée que ce fils avait
pu être empoisonné : le Génie de l'enfant lui apparaissait en songe et le rassurait. Un homme était atteint d'un mal soudain; une ville était en proie à un
fléau : c'était le fait d'un Génie. Deux voyageurs rencontraient un serpent qui leur barrait le passage :
c'était un Génie. Des Génies présidaient à la maladie
et à la santé, à la paix et à la guerre, à la vie des familles et à la vie des États, aux occupations domestiques et aux voyages; des Génies inspiraient l'artiste,
éclairaient le sage, donnaient des conseils aux malheureux que tourmentait l'incertitude de l'avenir,
réglaient la destinée des hommes avant la naissance,
participaient à leur jugement après la mort. On les
comptait par milliers[2].

L'idée de l'influence des Génies, autorisée par la
tradition, était donc acceptée par la croyance générale. Elle paraissait offrir une prise satisfaisante aux
esprits; Plutarque s'y attacha.

C'est surtout en telle matière qu'on serait heureux

---

1. Philostrate, *Vie d'Apollonius*. Cf. IV, 44. Voir Proclus, *De De-
cem dubitationibus circa Providentiam*, 9. — 2. Plutarque, *Du Génie
de Socrate*, 22 à 24. Cf. 13 ; *Des Délais de la justice divine*, 22; *De
l'Amour*, 12, 15 ; *Consolation à Apollonius*, 14; Maxime de Tyr,
Dissert., 14, 15, 25, 26 ; Dion Chrysostome, *Disc.*, 25; Pline, *Hist.
nat.*, II, 7; Lucain, *Pharsal.*, IX, 6 et suiv.; Apulée, *Du Génie de
Socrate*; Philostrate, *Vie d'Apollonius*; etc. Cf. Maury, *Des Relig. de
l'antiq.*, t. III, p. 427 et suiv.

de pouvoir s'appuyer sur l'exposé méthodique d'une sorte de doctrine. Quelques-uns des Dialogues de Plutarque ont, il est vrai, pour objet les questions spéciales de la *Cessation des oracles*, des *Oracles en vers*, de l'*Inscription du temple de Delphes*, du *Génie de Socrate;* mais il n'est pas facile de le suivre dans l'agréable dédale de sa composition. Il laisse si librement se développer les opinions contraires ; à la question principale il mêle tant de questions accessoires, qu'il faut serrer de très-près le texte de la discussion pour n'en pas perdre le fil. Avec lui, d'ailleurs, on peut toujours craindre de paraître déterminer trop nettement ce qu'il a voulu laisser dans le vague. Toutefois il a ses procédés, que l'on arrive à connaître. D'ordinaire ils consistent à accorder successivement la parole aux défenseurs des systèmes extrêmes et à réserver la conclusion au principal personnage du dialogue. Or ce personnage est presque toujours celui qui a posé la thèse ; et le plus souvent il se trouve avoir avec Plutarque lui-même un lien de parenté. Dans les Dialogues sur les oracles et sur l'inscription du temple de Delphes, par exemple, c'est son maître Ammonius, son frère Lamprias et son fidèle condisciple Théon qui, après avoir commencé par définir la question, prononcent le dernier mot. Nous nous croyons donc fondé à croire que ce sont les principes qu'ils défendent qui expriment la vraie pensée de Plutarque, et nous essayerons d'en rendre compte.

Comme la terre se change en eau, l'eau en air et l'air en feu, la matière tendant toujours à s'élever, de même, dit-il, parmi les âmes humaines, celles qui ont été les plus vertueuses deviennent des héros, et les héros, des Démons ou Génies[1]. Êtres intermédiaires, réunissant les sensations corporelles aux perceptions intellectuelles, les Génies sont aux dieux et aux hommes ce qu'est au triangle équilatéral, dont les trois côtés sont parfaitement égaux, et au triangle scalène, dont les trois côtés sont inégaux, le triangle isocèle, dont deux côtés sont égaux et le troisième inégal ; ce qu'est au soleil, qui ne doit qu'à lui-même son éclat permanent, la lune avec sa lumière empruntée et ses phases diverses. Inférieurs aux dieux, supérieurs à l'homme, mais doués de passions comme l'homme, les Génies sont, comme l'homme aussi, plus ou moins vertueux, selon qu'ils dominent leurs passions ou qu'ils en sont dominés. Il y a donc de bons et de mauvais Génies. De là leur rôle et leur destinée. Chargés de veiller à l'exécution des arrêts de la providence divine, attachés à la direction des hommes, préposés à la garde des villes, présidant aux cérémonies religieuses et à l'accomplissement des mystères, ils remplissent ces fonctions sous l'œil du Dieu souverain qui les récompense ou les punit, suivant leurs mérites. Les bons sont transportés dans

---

1. Οὐδὲν δεῖ τὰ σώματα τῶν ἀγαθῶν συναπέμπειν παρὰ φύσιν εἰς οὐρανὸν, ἀλλὰ τὰς ἀρετὰς καὶ τὰς ψυχὰς παντάπασιν οἴεσθαι κατὰ φύσιν καὶ δίκην θείαν ἐκ μὲν ἀνθρώπων εἰς ἥρωας, ἐκ δ'ἡρώω, εἰς δαίμονας, ἐκ δὲ δαιμόνων, ἂν τέλεον ὥσπερ ἐν τελετῇ καθαρθῶσι καὶ ὁσιωθῶσιν. ἅπαν ἀποφυγοῦσαι τὸ θνητὸν καὶ παθητικὸν οὐ νόμῳ πόλεως, ἀλλ' ἀληθείᾳ καὶ κατὰ τὸν εἰκότα λόγον εἰς θεοὺς ἀναφέρεσθαι τὸ κάλλιστον καὶ μακαριώτατον τέλος ἀπολαβούσας. *Vie de Romulus*, 28. Cf. Maury, *Hist. des relig.*, t. 1, ch. vi, p. 535. Sur l'étymologie du mot Génie ou Démon, voir Creuzer, *Religion de l'antiquité*, trad. Guigniaut, t. III, part. I, p. 2.

les régions supérieures, où leur âme se dépouille des restes de son enveloppe terrestre ; les mauvais, c'est-à-dire ceux qui, dans l'exercice de leur rôle, se sont rendus coupables de colère, d'envie, de faveur injuste, sont exilés sur la terre et précipités dans des corps d'hommes ou d'animaux, d'où ils ne remontent qu'après une longue et pénible expiation ; parfois même ils meurent[1].

Telle est l'idée que Plutarque nous donne de l'origine et de la fonction des Génies. Je laisse de côté les fables que les interlocuteurs de ses dialogues brodent plus ou moins ingénieusement sur ce fond[2]. Que les Génies, répandus dans les régions éthérées, habitent plus particulièrement la lune ; qu'il y ait, du côté de l'Occident, à cinq journées de navigation de la Grande-Bretagne, parmi trois îles à égale distance les unes des autres, une île plus grande, nommée Ogygie, où, sous la garde de Briarée, réside le vieux Saturne, servi par un peuple de Génies qui, de ce commun séjour, se transportent sur les divers points de la terre, ce n'est là qu'un mythe imité de celui de Platon ou opposé à celui d'Évhémère, et dont le seul but était de donner satisfaction aux besoins de l'imagination populaire, toujours jalouse, même dans le merveilleux, d'une

1. De la Cessation des oracles, 10 à 18 ; D'Isis et d'Osiris, 25 à 27 ; Contre Colotès, 30 ; Vie de Romulus, 28 ; Des Moyens de réprimer la colère, 9 ; De la Tranquillité de l'âme, 15 ; De l'Usure, 7 ; Des Délais de la justice divine, 4, 22 ; De l'Amour, 15 ; Des Opinions des philosophes, I, 8. Cf. Eusèbe, *Prépar. évang.*, V, 43 ; Saint Augustin, *De la Cité de Dieu*, VIII, 14. — 2. De la face qui paraît dans la lune, 26 ; Cf. 25. D'Isis et d'Osiris, 23. Voir Chassang, *Histoire du Roman dans l'antiquité*, p. 187 à 189.

certaine précision. Mais le seul principe de l'immixtion des Génies dans la conduite du monde suffisait, aux yeux de Plutarque, pour lever les difficultés dont il cherchait la solution.

Dès lors, en effet, ce n'était plus la Divinité qui voyait avec complaisance les hommes déchirer des victimes, observer des jeûnes contre nature, se livrer à des lamentations bruyantes, à des propos obscènes, à des transports furieux : ces cérémonies n'avaient été établies que pour apaiser les mauvais Génies. Si autrefois l'on avait vu des immolations humaines, ce n'était pas que la Divinité suprême eût jamais demandé de tels sacrifices ; ces sacrifices avaient pour but de calmer le ressentiment de quelques Génies malfaisants. C'étaient ces Génies qui, pour assouvir leurs passions, avaient jadis frappé les villes et les campagnes des fléaux dont parlaient les poètes ; c'est à eux que se rapportaient les rapts, les voyages, les exils et toutes les aventures que la Fable mettait sur le compte des dieux. D'autre part, tandis que l'existence des mauvais Génies déchargeait la Divinité de la responsabilité du mal, l'intermédiaire des bons Génies permettait de faire remonter jusqu'à elle la source du bien. Aux bons Génies appartenait le devoir de diriger les astres dans leurs phases bienfaisantes et la terre dans ses révolutions fécondes ; de faire pousser les plantes nourricières et de présider au rôle utile des animaux. A eux surtout revenait le soin d'éclairer l'homme par les avis de la divination[1]. La divination, en effet, était le lien du

---

1. D la Cessation des oracles, 14, 15.

ciel et de la terre. Les diverses pratiques du culte
n'étaient que l'expression des hommages rendus
par l'homme à la Divinité : mais qui garantissait à
l'homme que ses hommages avaient été accueillis?
L'oracle était la réponse de la Divinité.

Ici toutefois se présentait une autre difficulté. Si
l'existence des Génies était une croyance volontiers
admise, l'oracle, au contraire, était le point de
mire du scepticisme. La supercherie s'étant toujours
aisément introduite dans le sanctuaire, l'attaque
était facile. Quelle chose si étonnante, disait-on,
peut-il arriver sur la terre, sur la mer, aux villes et
aux hommes, que quelqu'un ne puisse avoir prédite?
Ce n'est même pas là ce qu'on appelle prédire, c'est
prononcer, ou plutôt, c'est jeter dans l'espace des
propos vagues qui, flottant à l'aventure, se trouvent justifiés, plus ou moins, par le hasard. Autre
chose est que ce qui a été dit arrive, autre chose est
de prévoir sûrement ce qui doit arriver. De ce que
l'événement a vérifié quelques oracles, il ne résulte
pas qu'ils fussent vrais, au moment où ils ont été
rendus. Le devin a été heureux ce jour-là : voilà
tout[1]. Le devin cependant avait ses défenseurs. On
se réunissait des points les plus éloignés de la terre
pour se communiquer ce qu'on avait pu apprendre
au sujet de tel ou tel oracle[2]. On arrêtait les voyageurs, pour les interroger sur les différents procédés
de consultation[3]. Dès l'origine, la source de l'enthou-

---

1. Des Oracles en vers, 10. — 2. De la Cessation des oracles, 2 ; des
Oracles en vers, 1, 2, 4, 8, 17, 38 ; De l'inscription du temple de Delphes, 1 ; Du Génie de Socrate, 1. — 3. De la Cessation des oracles, 50,
51 Cf. Scholiaste d'Aristophane, *Plutus*, 39 ; Strabon, IX, 3 ; Longin,
Traité du sublime, XIII, 2 ; Justin, *Histoir.*, 6 ; Aristote, *Du Monde*, 4.

siasme de la Pythie avait été, dans les écoles, un objet
de controverse. C'était un point acquis à la science
que de l'antre de Delphes sortait un souffle qui
produisait l'extase et le délire. Mais, suivant les uns,
ce délire s'expliquait par une action sur le système
nerveux[1]; les autres en rapportaient la cause première à une intervention directe de la Divinité. On
reprenait toutes ces questions. On se demandait,
en outre, pourquoi la Pythie ne parlait plus en vers,
pourquoi les oracles avaient cessé, quel était le
sens des vieilles inscriptions gravées sur le fron-
tispice du temple de Delphes. Si l'on avait pu pénétrer le secret de l'antre de Trophonius[2]!

Plutarque n'en souhaitait pas tant. Il ne voulait
que rendre acceptable le principe même des oracles,
et, par une explication raisonnable de la divination,
conserver à l'homme, pour ainsi dire, une porte
ouverte vers le ciel.

L'existence et l'action des Génies semblaient y suffire. Sur l'une, il établit le principe de la puissance
divinatrice; par l'autre, il en expliqua les effets.

L'âme humaine porte en soi, disait-il, le germe
de la puissance divinatrice.... Le soleil ne devient
pas lumineux lorsqu'il sort d'un nuage, mais, brillant de sa nature, il ne paraît obscurci qu'à cause
du brouillard qui le couvre. De même, l'âme n'ac-
quiert pas la faculté de la divination quand elle est
sortie du corps : elle la possède. Seulement, d'ordinaire, tant qu'elle y est enfermée, le grossier
élément auquel elle est unie en amortit l'ac-

1. Aristote, *Problèmes choisis*, 509, n° 1. — 2. Du Génie de Socrate, 21.

tivité[1]. Mais il est des personnes en qui la puissance divinatrice se développe dès la vie terrestre, sous une influence favorable; c'est-à-dire, quand leur âme purifiée se trouve en rapport avec les Génies qui président à leur destinée, ou qui sont spécialement préposés à la garde de certains lieux et à la direction de certaines fonctions[2]. Telle cette puissance s'était jadis produite chez Socrate; telle elle se produisait, chaque jour chez la Pythie. Le Démon de Socrate n'était point une vision, une voix, un phénomène quelconque; l'âme du philosophe, pure de toute passion, n'ayant de commerce avec le corps que pour les besoins indispensables de l'existence, était en rapport intime avec son Génie, dont la pensée lui apparaissait comme une brillante lumière[3]. De même, l'enthousiasme de la Pythie tenait à l'effet de certaines vapeurs qui, purifiant son âme, lui permettaient d'entrer en intelligence avec le Génie spécial à l'oracle de Delphes, lequel lui faisait percevoir la vérité[4].

Ces principes établis, si l'on demandait pourquoi le don de la divination était si rare chez les hommes,

1. De la Cessation des oracles, 39. Cf. Cicéron, *De la Divination*, I, 31 : « Inest in animis præsagitio extrinsecus injecta atque inclusa divinitus. » Voir aussi Platon, *Phèdre*, §§ 47, 108 ; *Timée*, § 47 ; *Ion*, § 5, et Diodore de Sicile, liv. XXXVIII, fragm. 15 ; liv. XVIII, ch. i. — 2. De la Cessation de oracles, 40. — 3. Du Génie de Socrate, 20 ; Vie de Nicias, 13 ; Vie de Coriolan, 52 ; Vie de Numa, 4. Cf. Cicéron, *De la Divination*, I, 54 et suiv. ; Aulu Gelle, *Nuits attiques*, II, 1 ; Maxime de Tyr, *Dissertations*, 14 et 15 ; Origène, *Contre Celse*, VI, 8 ; Eusèbe, *Préparation évangélique*, XIII, 8. Voir aussi Garnier, *De la morale de l'antiquité*, p. 109 ; Lélut, *Du Démon de Socrate*, part. I, ch. iv, p. 220. — 4. De la Cessation des oracles, 40 à 45. Schraiter, déjà cité, explique ainsi le système de Plutarque : « Est quidem animus humanus tanquam instrumentum quiddam potestatis divinæ, quod vim divinam non reddit puram nec integram, sed quatenus nativa humana patitur ».

et d'où venait que les oracles de la Grèce avaient dégénéré, Plutarque n'était pas embarrassé de trouver une réponse. Combien y a-t-il d'hommes, disait-il, même de sages, chez lesquels la faculté divinatrice puisse librement s'exercer, c'est-à-dire dont l'esprit soit ouvert à l'influence des Génies[1]? D'un autre côté, alors que tout, en ce monde, se modifie, comment les oracles auraient-ils échappé à la loi commune[2]? — Mais ils ont cessé; c'est preuve d'abandon. — Cessé? non pas : le nombre en a seulement diminué, et c'est preuve de sagesse. Plus éclairés, les hommes ont moins recours aux lumières de la divination, et Dieu mesure le secours aux besoins. Ce dont bien plutôt il y aurait lieu d'être surpris, ce serait que la Providence prodiguât inutilement ses avis, qu'elle les laissât s'écouler comme les eaux qui se perdent dans des fuites souterraines, ou se dissiper dans les airs, comme les échos qui renvoient les cris des pâtres et des troupeaux à travers les déserts[3]. D'ailleurs, la vertu fatidique d'un lieu tenant à deux causes, une cause occasionnelle et une cause efficiente, — les vapeurs ou émanations du sol qui purifient l'âme de la Pythie et la présence des Génies qui l'illuminent, — cette vertu perd ou gagne en intensité, selon l'action plus ou moins intense de ces deux causes. Or, d'une part, les vapeurs d'un sol s'épuisent et se perdent, comme les mines, les carrières et les sources[4]. D'autre part, les Génies, dans le rôle providentiel qui leur est confié, se transportant d'un pays à un autre et dispa-

1. Du Génie de Socrate, 20. — 2. De la Cessation des oracles, 7. — 3. Ibid., 8. — 4. Ibid., 43, 44.

raissant après une certaine durée, selon qu'ils ont mérité une peine ou une récompense, il arrive que les oracles disparaissent avec eux, « semblables à des instruments de musique, qui ne résonnent plus, dès que le musicien cesse d'en jouer[1]. »

Se plaignait-on que la Pythie ne parlât plus en vers : Quoi donc! répliquait Plutarque, estime-t-on que le crédit de la philosophie soit compromis, parce qu'après s'être exprimée en vers par la bouche des Orphée, des Hésiode, des Parménide et des Xénophane, elle ne rend plus maintenant ses oracles qu'en prose[2]? Est-il juste de demander à une femme qui n'a pour elle que sa vertu d'emprunter un langage qu'elle ne comprendrait pas? La trompette ne peut rendre le son de la guitare ; et l'on n'exige pas des hérons, des roitelets et des corbeaux, que l'on croit les messagers des dieux, qu'ils s'énoncent avec l'éloquence des hommes[3]. — Mais autrefois? — Autrefois, d'abord, il y eut bon nombre d'oracles qui s'exprimaient en prose[4]. Ensuite, c'était le temps où les vers étaient, pour ainsi dire, la monnaie courante du langage[5]. De plus, à cette époque, la langue poétique, étant moins claire, convenait mieux à la gravité des questions faites à l'oracle et au caractère des personnages qui les lui adressaient. En outre, pour protéger les jours de ceux qui lui servaient d'interprètes contre des hommes toujours prêts à abuser de la force, il fallait que le dieu enveloppât ses réponses

1. De la Cessation des oracles, 38. — Voir, sur les changements des oracles, Boucher-Leclerc déjà cité, t. II, liv. II. — 2. Des Oracles en vers, 18. — 3. Ibid., 22. Cf 21. — 4. Ibid., 23. Cf. 19, 20. — 5. Ibid., 24.

de quelque obscurité ; non qu'il songeât à étouffer la
vérité, mais en la faisant passer à travers le voile
du langage poétique il divisait, pour ainsi dire, les
rayons d'une lumière trop vive, et lui ôtait ce qu'elle
aurait eu de blessant[1]. Enfin, dans le temps où les
hommes, manquant des ressources de l'écriture,
avaient tant de choses à se mettre dans la tête, la
forme du vers était un soulagement pour la mémoire[2]. Aujourd'hui les esprits sont tranquilles ; les
questions qu'on pose à l'oracle ont moins d'importance ; nous disposons de toute espèce de moyens
pour fixer les souvenirs : à quoi bon les figures de la
poésie? elles seraient un non-sens, une vaine dépense d'imagination. Au surplus, la Pythie, en montant sur le trépied, est plus occupée de l'exactitude
de ses révélations que de la gloire qu'elle peut en
tirer, et elle a raison. C'est à nous d'avoir le même
respect pour les communications divines dont elle
est l'organe[3].

Plutarque croyait avoir ainsi réponse à tout. Dans
sa pensée, de même que les sacrifices, les cérémonies
et les fêtes du polythéisme s'arrêtaient, pour ainsi
dire, aux autels des Génies, sans remonter jusqu'à la
Divinité suprême, de même les défaillances et les vicissitudes des oracles, effets inévitables de l'intervention variable des Génies, n'en altéraient pas le
principe surnaturel. Toutes les fables se trouvaient
donc expliquées, sans que la bonté de Dieu en reçût
aucune atteinte ; toutes les pratiques paraissaient
justifiées, sans que la majesté de sa puissance en fût

1. Des Oracles en vers, 25, 26. — 2. Ibid., 27. — 3. Ibid., 28, 29.

amoindrie. Les Génies étant les intermédiaires de la
Divinité souveraine, quoi de plus naturel que de les
apaiser ou de les remercier ; quoi de plus raisonnable
que de s'en rapporter à leurs avis, comme émanant
du ciel?

C'est en conciliant dans cette mesure les doctrines de la théodicée spiritualiste de ses maîtres et les
traditions de la religion nationale, Homère et Platon,
que le sage de Chéronée aurait voulu ramener la foule
au pied des autels du paganisme.

À quel point le philosophe était-il engagé dans
cet effort de restauration religieuse? C'est ce qu'on
peut maintenant se demander.

Nous l'avons vu flétrir les désordres de la superstition jusqu'à se faire suspecter d'athéisme : était-il,
au contraire, ainsi que d'autres l'ont prétendu [1], cré-
dule jusqu'à la superstition?

Telle paraît être notamment l'opinion d'Emerson.
« Plutarque, dit-il agréablement, se laisse séduire
à tous les mirages. Les crépuscules, les ombres, les
spectres, ont pour lui du charme. Il croit au sorti-
lège et au mauvais œil, aux démons et aux revenants ;
et il préfère, s'il vous plaît, en parler le matin. »
Emerson se laisse emporter lui-même par sa verve
humoristique. Plutarque, sans doute, est de son
temps, de ce temps où Tacite écrivait en tête de
ses *Histoires :* « Je croirais manquer à la gravité de
mon rôle en recherchant, pour plaire au lecteur,
les agréments de la fiction; toutefois je n'oserais
ébranler la foi acquise à des traditions accréditées [2]. »

---

1. Hume, *Essays*, London, 1748, in-4°, p. 251. — 2. Histoires, II, 50.

Les présages, les oracles, les songes, les accidents
extraordinaires, occupent dans ses ouvrages une
place considérable. Il a naturellement l'imagination
ouverte au merveilleux. En outre, le don supérieur
qu'il possède de se transporter tout entier, pour ainsi
dire, dans le passé, et de pénétrer au cœur des personnages dont il retrace la vie, lui fait trouver un
naïf et puissant intérêt dans les prodiges que l'admiration populaire a attachés au souvenir de leurs actions. Mais ce charme qu'il éprouve à se laisser
émouvoir par tout ce qu'il raconte ne l'égare point ;
et il nous semble que Montaigne n'était pas mal inspiré par ses sympathies, quand il répondait à Jean
Bodin qu'à « le charger d'avoir prins pour argent
comptant des choses incroyables et impossibles, c'é-
toit accuser de faulte de jugement le plus judicieux
aucteur du monde [1]. » Généralement en effet, si,
après avoir laborieusement recueilli toutes les traditions plus ou moins vraisemblables de l'histoire,
Plutarque se fait un plaisir de les citer, bien loin de
se méprendre sur leur valeur, il se tient en garde et
il prévient. A côté de l'interprétation merveilleuse des
choses, il présente une explication naturelle [2], ou, si
celle-ci lui échappe, « pour nous advertir et tenir en
bride notre créance », comme dit encore Montaigne,
il ajoute, mettant à couvert son propre sentiment :
on prétend, on assure, la tradition rapporte [3]. Il ne
fronde point les croyances, mais il les juge. Il n'est

1. Essais, II, 32. — 2. Vie de Thémistocle, 25, 32 ; Vie de Timoléon,
27 ; de Marius, 17, 26 ; de César, 66 ; de Lucullus, 24 ; de Cicéron,
2, etc. — 3. Vie de César, 63 ; de Lysandre, 11 ; de Sylla, 11 ; de
Numa, 12, etc.

point dupe des complaisantes supercheries des Mages [1], il accuse clairement les rois de Sparte d'ajouter aux paroles de l'oracle [2], et Alcibiade d'avoir à ses ordres des devins [3]; une éclipse pour lui est une éclipse ; si les oies du Capitole ont crié, c'est, dit-il, qu'elles avaient faim [4]. Dans les songes, il ne voit communément que les indices d'une préoccupation fixe, d'une pensée tendue [5]. Ce n'est pas sans un sourire de bonhomie intelligente qu'il fait raconter par les exégètes du temple de Delphes les prodiges plus ou moins bizarres accrédités au sujet des divers objets du culte d'Apollon [6]. S'il expose avec respect les interprétations symboliques des habitudes religieuses des différents peuples, il n'engage pas son opinion personnelle dans la discussion [7]. Que dans la fameuse inscription du temple de Delphes le mathématicien cherche la consécration de l'importance du rôle du nombre cinq appliqué au système du monde, le dialecticien la glorification de la formule de la démonstration, il laisse librement éprouver toutes les conjectures, « comme une monnaie [8]». Pour lui, ce ne sont là que des exercices de raisonnement ; sa pensée est plus haut.

Adversaire, au même degré, de la superstition et de l'athéisme, trop Grec, trop patriote, pour renier aucune des traditions de l'hellénisme, païen sincèrement sensible aux pompes du paganisme, mais cher-

1. Vie d'Alexandre, 18. — 2. Vie de Lycurgue, 6. — 3. Vie de Nicias, 13. Cf. Vie d'Alexandre, 25. — 4. Vie de Camille, 27. — 5. Du Progrès dans la vertu, 12; De la Superstition, 3, 8; Des Opinions des philosophes, V, 2. — 6. Des Oracles en vers, 2 à 5, 13, 17; De la Cessation des Oracles, 3. — 7. De l'Inscription du temple de Delphes, 4 à 17. — 8. De la Cessation des Oracles, 21.

chant la justification des usages du culte qu'il professe dans les phénomènes naturels, esprit philosophique, âme religieuse, Plutarque se plaît à recueillir les éléments d'un système de croyances dont
l'absence de toute orthodoxie dans la religion hellénique rendait l'acceptation possible, et qu'il lui
suffisait que la raison ne désavouât pas. Mais sous
ces mystères transparents qu'il donne l'exemple de
respecter, sa religion, — celle qu'il s'efforce de faire
rentrer dans l'âme de ses contemporains, — poursuit
manifestement un plus digne objet. L'unité et la
grandeur du Dieu de Platon, voilà les principes que
le sage de Chéronée voudrait avant tout dérober à la
controverse. Au-dessus de cette foule de Génies répandus entre le ciel et la terre, plane, dans sa pensée,
l'Être unique et souverain devant lequel il s'incline
avec amour. Ce polythéisme pratique, auquel il cherchait à rendre une âme, avait, au fond de son intelligence, le monothéisme pour point de départ comme
pour but[1].

C'est à ce titre que ses Traités de morale religieuse
méritent une place dans l'histoire de la philosophie
Platonicienne. Quant à la tentative de restauration
païenne à laquelle ils se rattachent, elle n'est qu'un
touchant épisode des dernières transformations du
polythéisme.

« Je ne puis me défendre d'une sympathie invo-
lontaire pour ces dieux qu'adoraient encore des
hommes tels que Plutarque, — a dit un critique

---

1. Des Oracles en vers, 20 ; de la Cessation des Oracles, 2, 8. Cf.
de l'Inscription du temple de Delphes, 17 et suivants, d'Isis et d'Osiris, 2, 3, 4, 7, 11, 20, 45, 58, 64, 67.

chrétien de nos jours, avec cette franchise de sentiment qui, des points les plus opposés de l'horizon philosophique, rassemble et rapproche les âmes
sincères[1], — pour ces autels où tant de héros avaient
sacrifié, pour ces fables gracieuses auxquelles la
poésie, l'éloquence et les arts, avaient emprunté tant
d'inspiration, et qu'essayait de rajeunir et de purifier
une philosophie mourante elle-même. Le philosophe
de Chéronée m'intéresse et m'émeut. Par la grâce de
Dieu, j'aurais été chrétien dans ces temps-là, je l'espère, et même jusqu'au martyre, malgré mon peu
de vocation pour les roues et pour les chevalets. Par
moi-même, et livré au simple penchant de mon cœur,
j'aurais brûlé de l'encens avec le bon Plutarque
sur l'autel d'Apollon et des Muses, j'en ai peur! »
Plutarque, en effet, n'a rien des emportements de
prosélytisme des Hiéroclès et des Porphyre. Jamais
propagande religieuse n'a été faite avec une grâce
plus souriante, avec une intelligence plus délicate des
besoins éternels du cœur humain. Mais, quand,
pour se soutenir, une religion en est réduite à
faire appel au patriotisme de l'homme, quand
elle n'a plus à lui montrer dans l'observation des
usages du culte qu'un aimable moyen de tranquillité, tout effort pour l'étayer est impuissant; sa
base est ruineuse. L'exaltation la plus généreuse de
l'orgueil national, les pompes du cérémonial le plus
doux, les arguments du sens pratique le plus ingénieux, ne sauraient suffire pour reconstituer dans
les âmes les antiques croyances. C'est en vain que

1. S. de Sacy.

Plutarque, se drapant dans son costume de grand prêtre et ceignant de fleurs ses cheveux blancs, entonnait dans le temple du dieu de Delphes, en présence du peuple assemblé, un hymne de reconnaissance et de foi. Tout autour de lui, les échos répétaient, comme jadis les rivages de Palodès : « le grand Pan est mort. » Et la lumière nouvelle s'était levée de l'Orient.

CHAPITRE III

DE L'EFFICACITÉ DE LA MORALE DE PLUTARQUE

De la perpétuité des œuvres de morale. — De la popularité des œuvres
de Plutarque et des causes de cette popularité. — L'analyse théorique des passions et l'exemple. — Des difficultés de l'enseignement
de la morale pratique. — I. La méthode de Plutarque. — Du rôle de
l'imagination dans ses œuvres. — Rabaisse-t-il les grands hommes ? —
Quelle part il fait à la peinture du vice. — Sa conception de la
nature humaine. — II. Esprit de sa doctrine. — Sénèque : sa vie et
ses ouvrages, sa grandeur ; le stoïcisme et ses maximes. — Caractère
pratique des préceptes de Plutarque ; l'effort de tous les jours. —
III. Plutarque écrivain. — Ses traducteurs : Amyot. — Les inégalités
de la langue de Plutarque. — Les mérites et les défauts de son style ;
les pages de génie. — Conclusion. — Ce qu'on a reproché à la
morale de Plutarque. — Ce qui lui manque.

Des réformes auxquelles Plutarque travailla, aucune n'aboutit. On ne refait pas le passé ; on ne
remonte pas le cours des temps ; on n'arrête pas une
décadence qui se précipite. Mais c'est le privilège du
moraliste que ses œuvres exercent par delà le temps
qui les a vues naître leur plus féconde influence. Les
autres productions du génie humain ont, pour ainsi
dire, leur destinée. Après avoir plus ou moins longtemps brillé d'un vif éclat, un jour vient où cet éclat
pâlit ; mortes à la popularité, elles ne vivent plus que

dans l'éternelle admiration des hommes de goût. Poésie, drame, histoire, critique, toutes les formes de la pensée passent par ces vicissitudes de faveur et d'oubli. L'œuvre du moraliste a cet avantage qu'elle se transmet d'un siècle à l'autre, grandissant ou se soutenant à travers les âges, pour peu qu'elle réponde aux besoins permanents de l'humanité. Ce n'est donc pas seulement de ses contemporains que le moraliste est justiciable; c'est à la postérité, sous les yeux de laquelle se sont développés les effets de son œuvre, qu'il appartient de le juger.

Plutarque n'a rien à redouter de cette épreuve. Une légende raconte que quelques jours avant sa mort il rêva qu'il montait au ciel, conduit par Mercure; et dans un second songe un inconnu lui expliqua que cette ascension signifiait un grand bonheur[1]. Obscur, en effet, ou peu connu pendant sa vie, Plutarque est à peine mort, que sa gloire commence. De toute part, on invoque son témoignage, on cite ses œuvres, on les imite, on les copie[2]. Les plus fervents défenseurs de l'Église le disputent aux auteurs profanes dans l'expression de leur confiance[3]. Aucun hommage n'étonne. Au

---

1. Artémidore, *Traité des Songes*, IV, 47. Cf. Boissonade, *Notice sur Plutarque*, édition de M. Colincamp, t. II, p. 240 et suiv.— 2. D. Wyttenbach (Préface des Œuvres morales, chap. III, sect. I), a recueilli les textes de ces témoignages et les indications de ces emprunts. — 3. « Les écrits moraux de Plutarque, dit Trench (pag. 134 et 135), sont un riche grenier d'abondance où les écrivains chrétiens de tous les siècles ont largement puisé, en oubliant parfois d'indiquer la source d'où provenaient leurs richesses... Si je ne me trompe, Lily dans son Euphues s'est servi de Plutarque plus qu'il ne s'est soucié de le dire, à supposer même qu'il ait reconnu son obligation. La table des matières des œuvres de Jeremy Taylor (édition d'Eden) ne contient pas moins de 256 références directes faites par

moyen âge, il suffit, nous l'avons vu, de l'allégation sans preuve de deux compilateurs et de quelques lignes d'une traduction sans authenticité, pour transformer, dans les imaginations toutes prêtes, l'humble sage de Chéronée en personnage romain, précepteur, puis conseiller de Trajan, et investi dans sa vieillesse, à titre de proconsul d'Illyrie, d'un souverain pouvoir sur la Grèce. Ses œuvres remises en lumière par les travaux de la Renaissance, l'enthousiasme éclate dans tous les pays à la fois. Les Parallèles sont imprimés, réimprimés en latin et traduits en diverses langues d'après le latin, avant d'avoir pu être imprimés en grec. Les premières éditions grecques trouvent des interprètes chez les savants d'Allemagne, d'Espagne et d'Italie. « Nous aultres ignorants, estions perdus, s'écrie Montaigne au sujet de la traduction d'Amyot, si ce livre ne nous eust relevés du bourbier : sa mercy, nous osons à cett' heure et parler et escrire[1]... »

notre divin Anglais aux écrits de notre moraliste et beaucoup d'autres sans doute ont échappé à l'éditeur. De nos jours l'évêque d'Orléans, dans ses admirables *Lettres sur l'éducation des filles,* fait plus d'une fois allusion avec respect aux œuvres de Plutarque, comme contenant en cette matière des indications qui sont précieuses pour toutes les époques. »

1. *Essais*, II, 4. — 3. « Vive Dieu, m'amie, écrivait Henri IV à sa femme, — dans un billet devenu presque aussi célèbre que les mots populaires du roi Béarnais, et qui, bien que reconnu apocryphe, mérite encore d'être cité — vous ne m'auriez rien sçu mander qui me fût plus agréable que la nouvelle du plaisir de la lecture qui vous a prise. Plutarque me sourit toujours d'une fraîche nouveauté. L'aimer, c'est m'aimer ; car il a été l'instituteur de mon bas âge ; ma bonne mère à qui je dois tant et qui avait une affection si grande de veiller à mes bons déportements, et ne voulait pas, ce disait-elle, voir en son fils un illustre ignorant, me mit ce livre entre les mains, encore que je fusse à peine plus un enfant à la mammelle. »

Bientôt, sous le couvert d'Amyot, « en aiant esté sa version assez bien reçue partout où la langue française est entendue, » Plutarque pénètre en Angleterre et en Hollande ; il fournit à Shakespeare la matière de ses plus beaux drames[1]; il alimente les discussions des érudits. Quatre éditions savantes, publiées en moins d'un siècle, et l'active reproduction des traductions latines ou françaises, poursuivie en même temps à Genève et à Paris, ne parviennent pas à épuiser la curiosité des lecteurs ; certains Traités reparaissent d'année en année, souvent en plusieurs langues à la fois, et partout, c'est le même concert de louanges presque sans réserve[2].

Cet élan d'admiration semble un instant arrêté, au seuil du grand siècle, par les observations critiques de Mériziac et de Tallemant. Mais c'est à la version du bon Amyot qu'en réalité ces observations s'adressent ; le crédit de Plutarque n'en est pas ébranlé. Le célèbre traducteur du dix-septième siècle, Perrot d'Ablancourt[3], et l'un des pères de l'érudition moderne, Tanneguy Lefebvre[4], s'honorent de lui consacrer leur plume. Bossuet le traite de philosophe grave[5], Bayle, de grand homme[6].

---

1. « Je ne crois pas trop affirmer, dit Trench (pag. 65) en disant que les trois grandes pièces romaines de Shakespeare — Coriolan, Jules César, Antoine et Cléopâtre, — n'auraient jamais existé si Plutarque n'avait pas écrit, et si sir Thomas North ou quelque autre n'avait pas traduit ce que Plutarque avait écrit. » Cf. pag. 78. — 2. Voir Aug. de Blignières, *Essai sur Amyot et les traducteurs français au seizième siècle*. Notes et éclaircissements L et M. — 3. Traduction des Apophthegmes, 1664. — 4. Traduction du Traité de la Superstition, 1666. Voir plus haut, chap. ii, § 3. — 5. De la connaissance de Dieu et de soi-même, ch. v, § 1. — 6. Œuvres diverses, t. II, Lettres sur la Comète, ch. cxcii.

Il fait partie de la bibliothèque intime de Molière [1]; Boileau s'inspire de ses maximes [2]; La Fontaine en est charmé à l'égal de Platon. Saint-Évremond le lisait au grand Condé, sous la tente [3]; Racine apprend à Louis XIV à le goûter [4]. Les esprits les plus opposés mettent diversement à profit ses peintures et ses leçons. C'est l'exemple de la fortune des chefs de parti dont il a raconté les aventures qui excite les rêves ambitieux du cardinal de Retz [5], et il convertirait presque à la religion du devoir les sceptiques et les épicuriens. Montaigne le plaçait sur le même rang que Sénèque [6]; Saint-Évremond l'élève au-dessus [7], et son jugement trouve en Angleterre l'assentiment passionné de Dryden [8].

Le dix-huitième siècle ne lui est pas moins favorable. Rollin [9], l'abbé de Saint-Pierre [10], Vauvenargues [11], Montesquieu [12], Voltaire [13], J.-J. Rousseau [14], Marmontel [15], Grimm [16], Bernardin de Saint-

---

1. E. Soulié : *Recherches sur Molière et sa famille*, 1863, Cf. *Revue de l'Instruction publique*, 12 mai 1864. — 2. Épîtres, VII, Sur l'utilité des Ennemis. — 3. Saint-Évremond, Œuvres diverses, *Du choix des lectures*, t. III. éd. 1753. Hamilton le prend pour modèle (mémoire de Grammont, 1). — 4. Sainte-Beuve, *Poésie française au seizième siècle*, p. 491. — 5. Sainte-Beuve, *Causeries du lundi*, 2e éd., t. V, p. 42. — 6. *Essais*, II, 10, 32. — 7. Saint-Évremond, Œuvres diverses, t. III, *Du choix des lectures*. — 8. Vie de Plutarque, insérée dans un recueil de pièces d'histoire et de littérature, par l'abbé Granet et le P... Paris, 1731. — 9. Traité des études, *passim*. — 10 .L'abbé de Saint-Pierre fait un parallèle de Thémistocle et d'Aristide, pour « perfectionner » ceux de Plutarque. Voir Sainte-Beuve, *Causeries du lundi*, t. XV, p. 262. — 11. Lettre au marquis de Mirabeau, 22 mars 1740, édit. Gilbert, t. II, p. 192. — 12. Esprit des Lois, liv. I, ch. I, et Défense de l'Esprit des Lois ; Cf. Pensées. — 13. Siècle de Louis XIV, chap. xxv ; Dictionnaire philosophique, art. Superstition. — 14. Les Rêveries d'un promeneur solitaire ; 4e Promenade ; *Émile, passim*. — 15. Éléments de littérature : Histoire. — 16. Correspondance ; Jugement sur Montaigne, mai 1774.

Pierre [1], Thomas [2], la Harpe [3], témoignent de sa per-
sistante influence, et entretiennent le culte de son
nom. Il concourt à l'éducation de la grande Catherine
et de Franklin [4]. On reprend en divers pays la publi-
cation ou la traduction de ses œuvres [5]. On réimprime
Amyot [6] ; et, après Amyot, après Dacier [7], Ricard
cherche à son tour, dans une interprétation nouvelle,
une immortalité dont ses amis flattent sa pensée [8].
Les émotions de la Révolution française ravivent encore cette popularité. « J'étais fou de Plutarque à
vingt ans ; je pleurais de joie en le lisant, » écrivait
Vauvenargues à Mirabeau, le terrible *ami des hommes*.
« Je crains pour moi ces lectures-là comme la fou-
dre, » lui répondait Mirabeau, à la veille de donner
sa démission d'officier, et craignant de se laisser
ressaisir par l'enthousiasme de l'action. Les jours de
péril national venus, Plutarque devient la « pâture
des grandes âmes [9], le livre de chevet des capitaines [10]. »

Aujourd'hui nous l'étudions plus froidement. La
critique est moins indulgente à ses défauts. C'est de

1. Lettres inédites à M. Duval : lettre 9, 6 décembre 1768. — 2. Essai
sur les Éloges. — 3. Lycée, liv. II, ch. ii, sect. ii. — 4. Sainte-Beuve,
Causeries du lundi, t. VII, p. 102 ; *Nouveaux lundis*, t. II, p. 185 et 222.
— 5. Reiske, Leyde, 1756 ; Corsini, Florence, 1750, etc. ; Traduction
anglaise, 1718, 1758 ; allemande (Kaltwasser), 1783, 1806, etc. Voir
Hoffmann, *Lexicon bibliographicum*, t. III, p. 558 et suiv., édit. 1836.
— 6. Sur les réimpressions d'Amyot, par Bastien (1784), Brotier,
Vauvilliers (1783, 1777) et Clavier (1804, 1806), etc., voir Brunet. —
7. La traduction des Vies qui avait paru de 1721 à 1734 et réimprimée
en 1735, 1762, 1778, 1803. — 8. Lettres de Dussaulx à Ricard, 1783.
— 9. Mémoires de Madame Roland, t. II, p. 20. Édition Faugère. —
10. Thiers · *Révolution française*, liv. XIX, 43. Voir Napoléon 1er,
Correspondance, t. IX, p. 34. *Lettre au citoyen J.-B. Say, homme de
lettres*, 28 mai 1798.

la plume mordante de P.-L. Courier qu'est parti le premier coup porté à son autorité[1]. Toutefois le suffrage des juges les plus délicats lui est resté fidèle. Tandis qu'un monument digne des travaux de la Renaissance lui était élevé, en Hollande, par Wyttenbach; chez nous, les Notices de Boissonade et de Villemain, de nombreuses traductions, nouvelles ou renouvelées[2], et une étude trois fois reproduite en Sorbonne, pendant une période de moins de vingt ans, avec un succès chaque fois croissant[3], l'ont maintenu au rang des maîtres toujours utiles à relire et à consulter. Si l'éclat de son nom a pâli, ses œuvres n'ont rien perdu de de leur prestige aimable. On le prend encore volontiers pour point de comparaison et pour exemple[4]. On s'exalte même parfois, comme aux plus beaux jours du seizième siècle, aux portraits de ses héros[5].

1. P.-L. Courier, *Lettre à Mme Thomassin* (25 août 1809); *Lettre à M. de Sacy* (3 octobre 1810). Cf. *Lettre à M. de Sainte-Croix*, 12 septembre 1806. — 2. Traduction de Ricard revue par A. Pierron; traduction de MM. Dauban, Talbot, etc. — 3. Voir les Leçons de M. Egger, *Revue des cours publics*, 10 juin 1855; 5 juin et 9 septembre 1865. Cf. du même auteur *Examen des historiens anciens de la vie et du règne d'Auguste*, p. 230 et 267, et *Essai sur la critique chez les Grecs*, p. 265 et suiv. — 4. D. Nisard, *Études critiques*, article sur M. Saint-Marc Girardin; Sainte-Beuve, *Causeries du lundi*, t. X, *le Président Jeannin*, p. 144. Cf. t. XV, p. 280. Voir aussi la préface de la traduction du Traité sur les *Délais de la justice divine*, par Joseph de Maistre, 1816.— 5. Tocqueville, *Correspondance*, 1858. « Il y a dans Plutarque des sources d'inspiration que les siècles n'ont ni formées, ni épuisées. » Trench, pag. 76. — 5. La popularité de Plutarque, dit Emerson, reviendra périodiquement à brefs intervalles. Il a été tant et tant lu, que ses anecdotes et ses idées sont passées dans le domaine public, et l'amour du changement fait rechercher la nouveauté. Mais sa valeur incomparable ramènera toujours l'attention des meilleurs esprits. Ses ouvrages seront imprimés, lus et relus par les générations à venir comme ils l'ont été dans le passé. Aussi longtemps qu'il existera des livres, on découvrira de nouveau Plutarque de temps en temps.

A quel titre Plutarque a-t-il donc obtenu cette faveur presque sans égale ? Quelle est la raison de cette prise si puissante sur les meilleurs esprits de tous les pays et de tous les temps, ou, pour parler comme Amyot, « de cette efficace universelle? »

Étudier théoriquement les lois des passions, ou en montrer les effets par des exemples, telles sont les deux voies qui s'offrent au moraliste pour exposer les vérités morales. La recherche des lois est plus particulièrement le domaine du philosophe. Quel plus noble exercice pour l'esprit que d'approfondir, dans le silence de la méditation, l'analyse des penchants du cœur humain, d'en chercher le germe en soi ou chez les autres, et d'en suivre par la pensée tous les développements! Après l'ivresse du poète, qui voit la passion à laquelle il veut communiquer le souffle de la vie, prendre peu à peu dans son imagination une forme concrète, un corps, est-il rien de comparable à la satisfaction du psychologue qui, arrivant par la réflexion jusqu'à la racine des vices et des vertus, en saisit et en amène au jour les ramifications infinies? Et qu'il porte dans sa méditation la froide raison d'un Aristote ou la logique ardente d'un Pascal, ses observations sont une source profonde de vérités ouverte à l'humanité. Mais si profonde est la source, que tous n'y peuvent puiser. Fruit du travail de quelques intelligences d'élite, l'étude métaphysique de l'homme reste la jouissance d'une élite. Combien est-il de pages du philosophe de Stagire qui soient populaires et qui puissent le devenir?

Bien autrement général est l'effet de l'exemple.

Non-seulement l'exemple place la vérité à la portée de la foule; mais par la forme même qu'il donne à la leçon, il la rend plus saisissante et plus douce. Il y a toujours dans la leçon, si habilement qu'on la présente, quelque chose d'inquiétant pour notre amour-propre ; et bien qu'il nous reste la ressource de ne l'accepter que pour le compte d'autrui, nous la souffrons impatiemment, par cela seul qu'elle est une leçon. L'exemple, ne blesse personne. La leçon, d'ailleurs, n'est qu'un avis ; l'exemple est un modèle. « J'aime les exemples, disait Amyot, pour ce qu'ils sont plus aptes à esmouvoir et à enseigner que ne sont les arguments et les preuves de raison ; je les aime surtout, pour ce qu'ils ne monstrent pas seulement comme il fault faire, mais aussi impriment affection de le vouloir faire, tant pour une inclination naturelle que tous les hommes ont à imiter, que pour la beauté de la vertu qui a telle force, que partout où elle se voit, elle se fait désirer et aimer [1]. »

C'est à propos des Parallèles qu'Amyot fait cette réflexion ; mais c'est au génie de Plutarque qu'il l'applique. L'exemple est par excellence la forme qui convenait à son tour d'esprit et à son genre d'action. Chercher les grandes lois du monde moral est le plaisir austère des esprits plus curieux de se donner à eux-mêmes le spectacle des choses, que de le tourner à l'instruction d'autrui. Il est tout à la fois plus facile et plus immédiatement utile de relever dans le vaste champ des passions humaines les observations fon-

1. Amyot, *Préface des Vies parallèles.* Cf. les Préfaces de Creuzer et de Xylander.

damentales établies par les maîtres, d'y ajouter, che
min faisant, quelques vérités de détail, et de seme
à pleine main les preuves. Ajoutons qu'en même
temps qu'elle répondait au génie de Plutarque, cette
nature d'enseignement était celle qui se prêtait le
mieux aux goûts et aux besoins de ceux qui recher-
chaient ses leçons. Le maître de philosophie, disait-il,
ne doit pas chercher hors de la vérité l'attrait de ses
conseils ; et conformément à ce principe, il se défendait de toute préoccupation de parer sa parole. Cependant il fallait plaire et retenir la foule. Les anecdotes,
les traits d'héroïsme des siècles passés, toutes ces
surprises de rapprochements et de citations, qui ne
coûtaient rien à sa riche mémoire, étaient, en quelque
sorte, l'appât qu'il offrait à ces auditoires plus ou
moins blasés. « J'ai joint, suivant le désir que vous
m'avez exprimé, un grand nombre d'exemples à mes
préceptes, » écrivait-il à Ménémachus, un de ses
clients [1]. Ménémachus ne s'en lasse point, et l'on
doit supposer que nul ne s'en lassait, bien que Plutarque les multiplie parfois jusqu'à satiété.

Une inspiration plus élevée avait aussi, sans doute,
poussé notre moraliste dans cette voie. La littérature grecque était riche en fonds moral. Poëtes et
prosateurs avaient tour à tour, depuis Homère, ap-
porté leur tribut au trésor commun. Mais ces richesses n'avaient pas également cours. La morale
gnomique était trop nue, la morale de l'école trop
raisonneuse, pour donner satisfaction à un peuple
qui avait toujours préféré les Alcibiade aux Nicias, et

[1]. Préceptes politiques, 1.

dont on ne se rendait maître qu'en le charmant.
Même après l'enseignement de Socrate, d'Aristote et de
Platon, Homère et les poètes étaient demeurés les
interprètes populaires des règles de la vie. Il en était
comme de la religion, qui s'était fixée dans l'esprit
de la foule sous les images des dieux de l'Iliade. Quels
pouvaient être, pour la jeunesse, les inconvénients de
la morale uniquement puisée à cette source? Plutarque nous l'apprend dans ses traités d'éducation : les
exemples du bien et du mal y étaient trop souvent
confondus. Mais elle avait l'avantage de personnifier
les idées abstraites du vice et de la vertu. Or n'était-
il pas possible de lui conserver cette forme saisissante, en la transportant dans le domaine plus solide de l'histoire? On peut se figurer que cette idée
ne fut pas étrangère au dessein de Plutarque, bien
qu'il faille se garder, en toute chose, de lui prêter un
système préconçu.

Qu'elle se rattache à une vue supérieure, ou qu'elle
soit simplement l'expression d'une pensée se réglant
sur les besoins qu'elle voulait servir, la morale de
Plutarque est, à proprement parler, une morale en
action. Le sage de Chéronée n'est pas un métaphysicien qui scrute le fond de l'âme humaine.
Il se borne à en expliquer les manifestations vi-
vantes, pour en tirer une leçon. Tâche non moins
délicate, au surplus, par l'objet qu'elle se propose. Sur
le terrain de la métaphysique, en effet, nous accep-
tons volontiers un guide. Mais dès qu'il s'agit de préceptes d'une application journalière, chacun se fait
juge et pose ses conditions. Il faut qu'on nous montre
l'homme, sans parti pris d'admiration, encore

moins sans esprit de dénigrement systématique;
car si la contemplation de la beauté idéale risque de
nous lasser, la vue prolongée de la laideur nous
blesse. D'autre part, nous ne voulons ni d'une sagesse âpre et hautaine, ni d'une sagesse molle et
complaisante : l'une nous effraie, l'autre nous séduit
un instant, mais bientôt elle nous répugne, parce
qu'elle nous abaisse. Nous ne supportons enfin, dans
le ton de la leçon, ni la gravité tendue, ni la légèreté.
Vérité d'observation plus inclinée à la bienveillance
qu'à la critique, mais avant tout conforme à la réalité
ondoyante et diverse de la nature humaine ; simplicité de préceptes tout à la fois encourageante et
virile ; grâce aimable et solide d'exposition : il ne faut
rien moins que ces qualités de méthode, de doctrine
et de style, pour gagner notre confiance. Tel est, du
moins, l'ensemble des mérites auxquels la morale de
Plutarque nous paraît devoir son efficace universelle. Nous allons les examiner.

Nul ne conteste à Plutarque sa place parmi les
maîtres en l'art de peindre l'homme. Au sens rigoureux du mot, cependant, il n'a pas de méthode. Dans
toutes ses œuvres, il va, vient, embarrasse comme à
plaisir sa marche ; on s'y retrouve, et non sans
charme ; mais il faut chercher. La critique en a fait,
au nom de l'histoire, un reproche sévère à l'auteur
des Parallèles. Mais, ni dans ses Traités, ni dans ses
Parallèles, Plutarque ne songe à faire œuvre d'historien. « J'écris des Vies, non des Histoires, » dit-il[1].

---

1. Vie d'Alexandre, 1 ; de Nicias, 1. Cf. Vie de Caton d'Utique, 24,
37, etc. Voir Schœmann, Prolégomènes à l'édition de la Vie d'Agis et
de Cléomène, 1859, p. 24.

C'est la vérité morale, non la vérité historique qu'il poursuit. L'une n'est pour lui que le moyen, l'autre est le but ; et pour atteindre ce but, qu'importe au fond, un peu plus ou un peu moins d'ordre et de lien dans l'exposition des faits ? Toutefois c'est moins encore, semble-t-il, dans l'objet de ses écrits, que dans le caractère même de son génie qu'il faut chercher l'explication de ses procédés.

L'imagination, telle est la faculté qui nous paraît rendre compte à la fois des qualités et des défauts de Plutarque. Que le mot n'étonne point. Si l'imagination consistait uniquement, comme a dit un poète, à créer ce qui n'existe pas, aucun don ne serait, à coup sûr, plus funeste au moraliste, dont le seul rôle est d'observer ce qui existe. Mais si l'imagination est, en général, la faculté qui saisit les rapports des choses et qui communique une âme à tout ce qu'elle touche, quelle faculté sera plus nécessaire à l'écrivain qui, étudiant les passions des hommes, se propose de les corriger, en les dépeignant ?

Tout dut contribuer à développer chez Plutarque cette faculté. Les entretiens de table, les leçons d'école, où l'art suprême était de grouper les faits et les exemples mettaient en jeu les forces de l'imagination. Il est vrai que ces exercices n'étaient guère moins propres à en fausser qu'à en exciter le ressort ; et Plutarque n'a pas échappé à ce danger. On sent qu'il a été rhéteur dans sa jeunesse. Excepté les Dialogues sur l'*Amour*, sur les *Délais de la justice divine* et sur l'*Intelligence des animaux*, qui, par le tour original, l'ampleur gracieuse, la verve piquante rappellent, non sans bonheur, la manière de Platon

ou celle de Lucien, le plan de ses Traités est générale-
lement subtil et quelquefois bizarre. Le plus souvent, ses entretiens, après l'échange de quelques
questions insignifiantes, tournent au monologue. Il
ne sait ni commencer ni finir ; il languit et coupe
court. Ses cadres, en un mot, sont des cadres de convention. Ainsi en est-il de la forme des Parallèles qui
terminent chaque couple de biographies. L'admiration d'Amyot, de Montaigne, de Saint-Évremond, de
Dacier, de la Harpe [1], s'appliquait évidemment au
moraliste, qui de la comparaison fait jaillir la leçon ;
pris en eux-mêmes, les Parallèles sont des morceaux
bien froids [2]. Et pourquoi, sinon parce que le rhéteur
y prend la place du moraliste. Le sentiment de la
réalité qui animait le peintre dans les biographies l'a-
bandonnant dès qu'il arrive au parallèle, il ne tire
plus ses arguments que de son imagination artificiel-
lement excitée. Mais lorsque cette imagination s'attache à l'expression de la vie, avec quel charme pénétrant elle la fait sentir! Quelle simplicité de moyens,
et quelle puissance d'action!

Suétone, dans ses portraits des douze Césars, observe un plan uniforme et constant [3]. On ne saurait
plus régulièrement classer les faits. Mais ce n'est pas
ainsi qu'on fait revivre les hommes. Parmi les biographies de Plutarque, il n'y en a pas deux peut-être

---

1. Amyot, *Préface des Vies parallèles* ; Montaigne, *Essais*, II, 51 ;
St-Évremond, *Du Choix des lectures* ; Dacier, *Comparaison de Romulus et de Thésée* (note) ; La Harpe, *Lycée*, III, chap. II, sect. 2. Cf.
Trench, p. 83. Je me sépare complètement, dit-il, de Montaigne sur
ce point. — Voir notamment les Parallèles de Pélopidas et de Marcellus, d'Alcibiade et de Coriolan. — 3. Voir Egger, *Examen des
historiens anciens de la vie et du règne d'Auguste*, p. 267-8.

qui soient jetées dans le même moule[1]. Tour à tour, il raconte les incidents de la vie privée et les évènements de la vie publique de son héros, selon que le moment lui paraît favorable pour en éclairer la physionomie de telle ou telle lumière ; il rapproche les actes des discours, les habitudes familières des hauts faits : cependant l'homme se lève sous nos yeux, s'anime, se meut ; et quand sur le drame paisible ou troublé de sa vie le rideau tombe, l'image de sa physionomie demeure gravée dans notre souvenir avec une netteté que rien ne détruit ni ne remplace. On a pu recomposer tant bien que mal quelques parallèles perdus ; mais les biographies mêmes, nul n'y aurait touché sans les gâter, nul n'est par-

1. C'est le jugement, on le sait, que porte Hamilton dans cette page pleine de grâce légère et de verve : « Dans le dessein de donner une idée de celui pour qui j'écris, les choses qui le distinguent auront place dans ces fragments, selon qu'elles s'offriront à mon imagination, sans égard à leur rang. Qu'importe, après tout, par où l'on commence un portrait, pourvu que l'assemblage des parties forme un tout qui rende parfaitement l'original ? Le fameux Plutarque, qui traite ses héros comme ses lecteurs, commence la vie des uns comme bon lui semble, et promène l'attention des autres sur de curieuses antiquités, ou d'agréables traités d'érudition, qui n'ont pas toujours rapport à son sujet. Démétrius, le preneur de villes, n'était pas, à beaucoup près, si grand que son père Antigonus, à ce qu'il nous a dit ; en récompense, il nous apprend que son père Antigonus n'était que son oncle ; mais tout cela n'est qu'après avoir commencé sa vie par un abrégé de sa mort. Dans sa Vie de Numa Pompilius, il entre en matière par une dissertation sur son précepteur Pythagore ; et comme il croit qu'on est fort en peine de savoir si c'est l'ancien philosophe ou bien un certain Pythagore qui, après avoir gagné le jeu de la course aux jeux Olympiques, vint à toutes jambes trouver Numa pour lui enseigner la philosophie et lui aider à gouverner son royaume, il se tourmente beaucoup pour éclaircir cette difficulté, qu'il laisse enfin là. Ce que j'en dis n'est pas pour reprocher quelque chose à l'historien de toute l'antiquité auquel on doit le plus ; c'est seulement pour autoriser la manière dont j'écris une vie plus extraordinaire que toutes celles qu'il nous a laissées. » (Mémoires de Grammont, p. 1).

venu à les refaire ; on n'a point dérobé au moraliste son secret.

Son secret, c'est de vivre de la vie des hommes et des choses qu'il décrit. Tandis que Salluste, Tite-Live, Tacite, reprenant la méthode de Thucydide, composent, en quelque sorte, le portrait de leurs personnages en vue de la place qu'ils doivent tenir au milieu de leur récit, Plutarque laisse simplement les siens se faire connaître. Si quelquefois il commence par tracer une esquisse de leur caractère, ce premier crayon dessiné en quelques traits, il retire sa main. Il les a posés, il s'écarte, les livrant au cours des évènements qui découvriront les diverses faces de leur âme. Il n'est jamais bien loin ; on s'en aperçoit aux digressions d'érudition qu'il ne peut retenir. Mais il se tient à côté de ses héros, non devant eux. Il n'arrête point le développement des faits pour prendre la parole à leur place dans un discours de convention ; il n'explique pas, il n'interprète pas, il raconte. Ce n'est point sa pensée qui s'impose à leur pensée ; c'est leur âme qui a pénétré son âme ; et telles son imagination a reçu les impressions, telles elle les réfléchit. Saisissant les choses d'un sûr et clair regard, il n'a besoin de rien inventer, de rien combiner pour les faire sentir, pour les faire voir : il les exprime. Si, par exemple, il laisse à d'autres le soin de raisonner didactiquement sur la marche d'Alexandre[1], qui nous représente sous une plus vive image la confiance chevaleresque, la passion désintéressée de la

1. Voir Sainte-Croix, *Examen critique des anciens historiens d'Alexandre le Grand*. — Le faible des Vies, dit Trench, est la partie politique, le fort la partie éthique, p. 89.

gloire qui préside aux apprêts de la conquête du fils
de Philippe ; ces premières batailles dans lesquelles
le jeune guerrier apparaît au premier rang de la mêlée, « reconnaissable entre tous à l'éclat de son casque
surmonté de deux grandes ailes d'une blancheur
éblouissante [1] ; » ces nobles lendemains de la victoire,
où le disciple d'Aristote éclipse le roi de Macédoine [2] ;
toute cette fleur de grâce, de vaillance et de vertu,
qui donne aux débuts de cette vie de héros consommée en dix ans tant de poésie et de grandeur? Ne lui
demandez pas un jugement politique sur l'état du
monde après la mort du conquérant ; mais lisez la
description du combat singulier d'Eumène et de
Néoptolème; voyez Démétrius et Pyrrhus entrant en
Épire, chacun de son côté, comme deux paladins en
lice, et dans leur fougue aveugle passant l'un auprès
de l'autre sans s'apercevoir qu'ils se manquent ;
suivez-les dans les vicissitudes de leur fortune : celui-ci rêvant, en face des espaces de la mer, aux horizons lointains qui semblent l'appeler, pleurant de
regret à la pensée des champs de bataille qu'il laisse,
montant le premier à l'assaut de toutes les places,
s'élançant au milieu de la mêlée, la figure souillée de
sang, fendant en deux d'un coup de sabre l'adversaire qu'il a choisi, promenant enfin de rivage en
rivage sa valeur stérile, pour aller mourir au détour
d'une rue du coup d'une tuile lancée par la main
d'une vieille femme; celui-là faisant la guerre et rui-
nant les peuples pour payer les robes et les poudres

---

1. Vie d'Alexandre, 16. — 2. Jouffroy, Mélanges philosophiques, *Du
rôle de la Grèce dans le développement de l'humanité.*

de ses maîtresses, lassant par les extravagances de
son luxe et de ses débauches le dévouement de ses
partisans et la patience de ses sujets, réduit à chercher un asile sur les âpres sommets de quelques
montagnes désertes, finalement enfermé entre les
quatre murailles d'un parc comme une bête dangereuse, et consumant dans les grossiers plaisirs de la
table et de la chasse le reste d'une vigueur que vingt
ans de folies sans exemple n'ont pas épuisée : jamais le caractère de ces aventuriers de génie, de ces
soldats-rois qui des leçons du maître n'avaient conservé que le goût des témérités aveugles, a-t-il été
décrit avec plus de force et de vie ? Plutarque entre
en plein dans les sentiments de ses personnages. Ses
portraits et ses récits font illusion, parce qu'il est lui-
même sous le charme. Même alors que quelque di-
gression savante l'entraîne, l'image du temps et de
l'homme qu'il peint ne s'écarte point de son regard ;
dès qu'il s'y reporte, il en reprend possession, ou
plutôt, elle le ressaisit[1].

C'est ce même talent, qui, dans les Traités, donne
aux originaux dont il trace le portrait un relief si
agréable. Le bavard, le curieux, l'ambitieux de la
petite ville, le superstitieux et l'incrédule qu'il nous
peint, ne sont pas dessinés d'après les préceptes de
l'art. Quand Aristote étudie un caractère, d'un premier coup d'œil, comme d'un coup de sonde, il pénètre jusqu'au fond ; et de là, portant en tous sens
sa vue puissante, il le décrit avec une précision sans

---

1. Jean-Paul appelle Plutarque le « Shakespeare biographique
de l'histoire du monde. »

égale. Plutarque n'entend rien à cette rigueur de méthode. C'est par esquisses multipliées qu'il procède. Il s'aide tour à tour de la comparaison et de l'exemple. Il s'étend plutôt qu'il ne creuse. Sa description est entremêlée de conseils ; elle commence souvent par où elle devrait finir ; l'enchaînement logique des causes et des effets y est interverti. Il n'a, en un mot, aucun souci des règles du genre. Mais quel art profond d'analyse dans cette analyse sans art, où les types des faiblesses humaines sont simplement reproduits. Comme ils ont été surpris, dans le détail saisissant de l'action ! Quel naturel dans ces personnages innomés ! Comme ils vivent, comme on sent qu'ils ont existé !

Rares et admirables effets d'une imagination sans égale, d'autant plus admirable que les procédés sont plus modestes ! Que Plutarque, en effet, tire de l'histoire les personnages qu'il prend pour modèles dans ses biographies, ou qu'il emprunte à la vie de tous les jours les exemples dont il a besoin pour justifier les préceptes de ses traités, c'est des révélations les plus imprévues, des traits les plus ordinaires, des incidents qui font connaître « quelque vertu coustumière, » comme dit Montaigne, qu'il fait sortir ses principales lumières. « De même que le peintre cherche surtout la ressemblance dans l'expression du visage et dans les yeux où se manifeste le plus sensiblement le naturel, » de même Plutarque étudie plus particulièrement « les signes distinctifs de l'âme dans les petits faits, dans les propos, dans les simples badinages, qui souvent mettent mieux en son jour un caractère que des combats meurtriers, de grandes batailles et des prises de villes[1]. » J.-J. Rousseau relève ce procédé comme un mérite[2]; Voltaire lui en fait un reproche[3], et cette critique a été renouvelée de nos jours[4]. On accuse Plutarque d'abaisser le caractère des grands hommes et de faire injure à l'humanité, en attribuant à des circonstances fortuites ou à des motifs puérils ce qui a été le fruit des combinaisons lentement mûries de la sagesse et du génie. L'observation serait juste, si les choses humaines se conduisaient toujours d'après les règles de la logique ou suivant les intuitions du génie. Mais les circonstances les plus inattendues ne viennent-elles pas rompre le cours des plus fermes desseins, et est-ce la logique absolue qui gouverne le monde[5]? Est-il vrai, d'autre part, que la recherche du détail familier détourne la vue de l'écrivain, des grands évènements ou le rende incapable d'en saisir la portée?

1. Vie d'Alexandre, I. Cf. Vie de Nicias, 1. Il avait fait un livre aujourd'hui perdu, « sur les faits négligés dans l'histoire. ». — 2 Émile, l. IV. Cf. I, I. — 3. Siècle de Louis XIV, 25. — 4. Napoléon III, *Histoire de Jules César*, Préface, IV et V. Cf. Niébuhr qui traite les anecdotes de Plutarque « de misérables contes. » — 5. Fontenelle met agréablement en lumière un exemple de l'honnête sagacité de Plutarque. « Quelques historiens disent nettement qu'Alexandre voulut, d'autorité absolue, être fils de Jupiter Ammon... On y ajoute qu'avant d'aller au temple, il fit avertir le dieu de sa volonté, et que le dieu s'exécuta de fort bonne grâce... Il n'y a que Plutarque qui fonde toute cette divinité d'Alexandre sur une méprise du prêtre Ammon, qui, en saluant ce roi et lui voulant dire en grec : O mon fils! prononça dans ces mots un *s*, au lieu d'un *n*, parce qu'étant Libyen, il ne savait pas trop bien prononcer le grec ; et ces mots, sans ce changement, signifiaient : ô fils de Jupiter! Toute la cour ne manqua pas de révéler cette faute du prêtre, et le prêtre lui-même la fit passer pour une inspiration de Dieu, qui avait conduit sa langue, et confirmé par des oracles sa mauvaise prononciation. Cette dernière façon de conter l'histoire est peut-être la meilleure ; les petites origines conviennent aux grandes choses... » (Histoire des Oracles, 1re Dissertation, X). « Je n'aime de l'histoire que les anecdotes, disait Prosper Mérimée.

Comparer sous ce rapport Plutarque à Suétone [1], c'est mal connaître Plutarque. Suétone n'a que le goût de l'exactitude ; Plutarque a de plus et par-dessus tout le sens de l'histoire. Rien ne lui échappe des moindres incidents qui ont signalé le passage du Rubicon : en comprend-il moins l'importance de la révolution qui suivit ce passage? Quel tableau que celui qu'il nous fait de Rome à ce solennel moment [2]! A la curiosité du détail, il unit où il le faut la profondeur des vues. Il y a, écrivait Saint-Évremond, une force naturelle dans les discours de Plutarque, qui égale les plus belles actions [3].

Bien plus, loin de « guetter l'homme aux petites choses et aux hasards du destin, » le trait caractéristique de toutes ses œuvres, Traités et Parallèles, et l'une des règles fondamentales de sa critique, c'est qu'il ne faut rien imputer à la fortune de ce qui peut être attribué à la vertu. Sans doute, tandis qu'avant tout il cherche à représenter l'homme dans la réalité de sa nature, il ne le montre ni tout bon, ni tout mauvais. Caton ne souffrait pas qu'on parlât des méchants à sa table [4]. Telle n'est pas la règle que s'est faite le moraliste de Chéronée. Parmi ses Parallèles, il en est dont le but est de placer sous nos yeux les déplorables effets du vice [5], et, dans ceux

---

1. Napoléon III, *Vie de Jules César*, II, 1. — 2. Vie de César, 32 et suiv. Voir également le tableau de la mort de Pompée, « le plus beau morceau de Plutarque, » disait Chateaubriand, la bataille des Cimbres, etc. — 3. Jugement sur Sénèque et Plutarque, déjà cité. « Plutarque sympathise naturellement avec le génie, dit Emerson. » Voir le jugement contraire de Macaulay (*History Edinburgh Review*, 1828), qui traite Plutarque de déclamateur et déclare qu'il a pour lui et les écrivains de son école une aversion particulière. — 4. Vie de Caton, 25. — 5. Vie de Démétrius, 2.

mêmes où il nous propose des exemples de vertu,
ses sympathies ne font jamais fléchir la rectitude de
son jugement. Il portera parfois les coups les plus
rudes à ses héros de prédilection : ainsi, tandis
que la plupart des historiens d'Alexandre jettent, par
respect pour sa mémoire, une sorte de voile sur les
causes de sa mort, il nous le représentera, sur la fin
de sa vie, enclin à l'intempérance [1]. Mais ce n'est pas
de ce côté que l'incline la pente de son esprit, ni
qu'il voit l'utilité de son rôle. En effet, si c'est le
devoir du métaphysicien d'analyser froidement les
vices et les vertus, comme le savant qui éprouve
dans le même creuset les plantes salutaires et les
poisons, autre est la tâche du moraliste qui doit
s'attacher à faire aimer ses leçons. Ainsi, du moins,
l'entendait Plutarque. « Épargnons, disait-il, la
faiblesse humaine ; prenons garde de représenter les fautes ou les taches dont les passions ou les
complications des affaires parsèment la plus belle
vie, moins comme des vices véritables que comme des
imperfections de vertu [2]. » Et il est piquant de suivre
ses efforts pour concilier la vérité historique à laquelle il veut rester fidèle avec l'enseignement moral
qu'il se propose.

Aucun écrivain peut-être ne donne, par son
érudition, une idée plus large de l'essor qu'avait
pris la littérature historique sous les Flaviens et les
premiers Antonins [3]. On l'a accusé d'accumuler in-

---

1. Vie d'Alexandre, 75, 76. Cf. Vie de Thémistocle, 27 à 31 ; de
Caton, 6, 10 ; de Nicias, 14, 16, 19, 21 à 25 ; d'Agésilas, 5, 10, 55,
56, etc. — 2. Vie de Cimon, 2. — 3. Voir Heeren, *De fontibus et aucto-*
ritate Vitarum Plutarchi Commentationes quatuor, Götting , 1820.

discrètement les témoignages. L'accusation n'est pas
fondée ; sur toutes les questions de quelque intérêt,
il confronte les autorités, il pèse les traditions[1], il
repousse ce qui lui paraît artificiel et mensonger[2]. Ce
qui est vrai, c'est que ni l'étendue de sa science ni
la sagacité de sa critique ne lui font perdre de vue
le but qu'il envisage. Sa science et sa critique, par
exemple, ne lui permettant pas de mettre d'accord
l'entrevue de Crésus et de Solon avec les données
exactes de la chronologie, il commence par établir la
difficulté ; puis il se rattache à la tradition. « Pourquoi, dit-il, un fait si généralement répandu, rapporté par un si grand nombre de témoins, conforme
d'ailleurs aux mœurs de Solon et si digne de sa sagesse, serait-il rejeté, sous le prétexte qu'il ne cadre
pas avec quelques tables que les savants ont entrepris
de réformer sans succès[3] ? » Se servir, dans une narration, d'expressions dures et offensantes, quand on
en pourrait employer de douces ; se lancer dans des
digressions pour amener le récit d'un malheur ou
d'une faute ; passer sous silence à dessein de sages
discours ou de nobles actions ; entre plusieurs traditions accréditées choisir la moins honorable ; à
propos d'un fait constant, mais dont la cause est demeurée secrète, former des conjectures fâcheuses ;
tout cela, à ses yeux, constitue autant d'atteintes à la
vérité et à la justice[4]. Pour atténuer les torts de ses
personnages, il a recours à tous les subterfuges honnêtes. Il n'accuse pas, il regrette ; il ménage le cou-

1. Vie d'Alexandre, 46. — 2. Vie de Lysandre, 14 ; de Thémistocle,
25, etc. — 3. Vie de Solon, 27. Cf. Vie d'Alexandre, 26. — 4. De la
Malignité d'Hérodote, 2 à 9.

pable en flétrissant l'action; il partage la responsabilité entre l'auteur et les victimes. On sent que c'est
pour lui un soulagement, lorsque, dans la biographie
d'un grand homme, le cours des évènements amène
à son tribunal quelque personnage secondaire, auquel
il peut imputer la plus grande partie du mal commis.
Il distingue les moyens des résultats. Les moyens et
les résultats sont-ils évidemment répréhensibles, il
se rejette sur les intentions : en entrant à Sparte, Philopœmen, sans doute, violait la justice, mais c'était
une entreprise d'un si grand courage! Comme s'il
craignait de donner plus de gravité aux fautes, en se
faisant juge, il laisse, toutes les fois qu'il le peut,
l'appréciation aux contemporains, à la foule dont la
mobilité passe aisément du blâme à l'éloge. En un
mot, tout personnage dont il s'occupe lui est, sur le
moment, un hôte sacré[1]. S'il l'introduit à notre foyer,
c'est dans le but de nous faire imiter ses vertus en
nous les faisant aimer. Le mépris de la nature humaine est trop souvent le dernier mot de la science
des moralistes. Ce n'est point l'idée que Plutarque
a conçue de l'homme. Il le ménage dans ses défaillances, il l'honore dans ses grandeurs. Il a le respect
et l'amour de l'humanité.

C'est ainsi qu'en peignant l'homme « vif et entier, sans arrogance ni bassesse » suivant l'expression de Montaigne, il nous porte à l'admiration
éclairée de la vertu. Comparés à la méthode des
purs philosophes, ses procédés d'investigation morale paraissent d'un ordre inférieur; mais ils sont

---

1. Vie de Paul-Émile, 1. Cf. Trench, p. 86.

merveilleusement appropriés à la fin qu'il veut atteindre. Éloquentes ou familières, toujours exactes et saisissantes, préconisant le bien, sans dissimuler le mal, ses peintures exercent sur les esprits un attrait généreux.

Mais l'efficacité de l'enseignement du moraliste se mesure surtout à la valeur pratique de la doctrine.

Toute étude sur Plutarque a longtemps abouti, comme par une conclusion obligée, à une comparaison avec Sénèque ; et ces sortes de comparaisons ont cela de dangereux, qu'une fois inclinée en un sens, la balance trop souvent cède de plus en plus à son propre poids. C'est ce qui est arrivé pour Sénèque et Plutarque, au détriment de Sénèque. Il fut un temps où l'équilibre était si bien rompu en faveur de Plutarque, qu'on s'étonnait, on s'indignait presque à la pensée d'un rapprochement entre les deux moralistes. Oser mettre de front Sénèque et Plutarque, y pense-t-on? s'écrie Dryden : Sénèque n'a pas à se plaindre !

Sénèque n'a pas toujours été étudié comme il mérite de l'être. Il n'est pas d'écrivain qu'on ait plus séparé de ses écrits, et qu'il soit plus nécessaire d'y faire rentrer pour le bien comprendre. Une confrontation approfondie de sa vie et de ses œuvres ne conduit pas, sans doute, à la solennelle absolution que lui accorde Diderot ; mais elle attache singulièrement au spectacle de la lutte qu'il soutient contre lui-même. Sénèque, en effet, se rend compte de ses faiblesses. Je ne suis, répète-t-il sans cesse, qu'un élève en sagesse, et quel élève ! passable tout au

plus, et qui désespère d'arriver à la perfection[1].
Quelques-uns de ses Traités et certaines Épîtres ne
sont qu'une sorte de méditation sur les épreuves
qu'il voit venir ou qu'il subit[2]. On en dénature le
sentiment en les traitant comme des déclamations
d'école ; c'est avec recueillement qu'il convient
de les lire, comme une confession. On lui fait un
crime d'avoir écrit de fastueuses professions de mépris pour les richesses, alors qu'il recevait sa part
de la dépouille toute sanglante des victimes de Néron. Mais il est des heures où, semblables à la robe
de Nessus, ces dépouilles le dévorent[3] ; et un jour,
n'osa-t-il pas résigner publiquement les présents dont
il avait été comblé? ce qui était un acte de courage,
car c'était presque un reproche. Au moins ne peut-
on douter qu'il fût sincère dans ses efforts pour se
détacher de la vie, lorsqu'on voit, dans Tacite, de
quel regard, un peu tendu peut-être, mais digne et
ferme, il envisagea la mort[4]. C'est la dernière heure,
disait-il, qui révèle l'homme. Il a prouvé, à ce moment suprême, que s'il n'avait pas toujours ac-
cordé sa conduite avec son langage, son cœur pouvait, lorsqu'il le fallait, s'élever à la hauteur de sa
pensée. Aussi, quand du fond de cette âme troublée
qui, après être tombée si bas, remonte si haut, on
considère la sérénité du sage de Chéronée, tout au
contraire de Dryden, c'est le sage de Chéronée qu'on
craindrait d'exposer au parallèle.

1. Épît., 57 ; Cf Ibid., 52; de la Vie heureuse, 18 ; Consolation à
Helvie, 5. Il se traite lui-même de grand enfant. « Quod vides acci-
dere pueris, hoc nobis quoque, majusculis pueris, evenit. » Épît., 24.
— 2. Épît., 27, 61. — 3. Des Bienfaits, II, 18; de la Vie heureuse, 22.
— 4. Tacite, Annales, XIV, 53, 56.

Mais en est-il de même de la doctrine?

Les sentiments et le langage du moraliste ne peuvent être les mêmes au sein d'une cour criminelle qu'au milieu des passions inoffensives d'une petite ville, à Rome qu'à Chéronée, dans le palais des Césars que sous les portiques du temple d'Apollon. Mais la première condition de tout enseignement moral, quel qu'il soit, c'est d'être praticable. Or parfois, sans doute, Sénèque fait ce qu'il peut pour rendre ses préceptes accessibles ; mais l'esprit général de sa doctrine dépasse la mesure. Du vice à la vertu, du bien au mal, à ses yeux, il n'existe point de degré ; quiconque n'est pas bon d'une bonté parfaite est méchant[1]. Ne se rien pardonner, étouffer en soi le germe de toutes les passions, tel est le fond de l'examen de conscience qu'il préconise d'après l'exemple de Sextius[2] ; telle est, pour lui, la loi du sage[3]. La vertu de Sénèque fait peur, disait Saint-Évremond[4]. Il est vrai qu'il fallait peu de chose pour effrayer le voluptueux épicurien. Reconnaissons, du moins, que cette morale n'est point faite pour attirer le commun des âmes. Même alors que Sénèque semble descendre des hauteurs où d'ordinaire il plane, la distance demeure. Il voudrait parler en ami ; il conserve le ton du maître. Parvient-il à émouvoir, l'émotion qu'il produit n'est qu'une secousse. « Il vous eslance en sursault, dit Montaigne, et vous abandonne en chemin[5].

1. Épit., 9, 31, 42, 59, 74, 73, 75, 85, 87, 92, 98, 99, 104, 107, 116, 119, 124; des Bienfaits, VII, 1, 22 ; de la Colère, II, 13 ; de la Constance du sage, 1, 3; Questions naturelles, II, 36; De la Brièveté de la vie, 15. — 2. De la Colère, III, 36. Cf. I, 7 ; Épit., 116. — 5 Épit., 16. — 4. Jugement sur Sénèque et sur Plutarque, déjà cité. — 5. Essais, II, 10; III, 12.

Plutarque met la vertu à la portée de tout le monde ; et ces durs sentiers où Sénèque « pousse » si péniblement le sage deviennent, chez lui, des chemins « droits et unis ». S'il ne va pas jusqu'à dire que « le bien devient vicieux lorsqu'on l'embrasse d'un désir trop âpre et violent[1] », — nous continuons d'emprunter la langue si expressive de Montaigne, — sa maxime est « que le prix de l'âme consiste moins à aller haut, qu'à aller ordonnément[2]. » Se laisse-t-il entraîner par un exemple à quelque exagération, c'est une surprise et comme une trahison de sa mémoire ; ce n'est point une faute de jugement. Cette loi morale du retour sur soi-même dont le stoïcisme se fait honneur, il la recommande, lui aussi. Un de ses meilleurs Traités a pour objet, nous l'avons vu, de faire apprécier au jeune homme qui est entré dans les voies de la vertu le moindre des progrès qu'il accomplit. Mais tandis que les plus fermes courages sont exposés à fléchir sous l'examen que le stoïcisme fait subir à la conscience, avec quel tact Plutarque en manie les délicats ressorts[3] ! On s'est demandé pourquoi il donne, dans ses écrits, si peu de place au souvenir de certains stoïciens, ses contemporains[4] ; on s'en étonne surtout, quand on voit

---

1. *Essais.* II, 10, 1, 29. — 2. Ibid., III, 2. Cf. Trench, p. 130. — 3. Du Progrès dans la vertu, 18. Cf. 1, 2. Voir plus haut, chap. II, § 1, p. 148 et suiv. — 4. Il ne cite que deux fois Sénèque et Musonius Rufus, et trois fois Thraséas. Il fait allusion, à propos d'un incident de ses leçons, à Arulenus Rusticus. Je n'ai pas même rencontré dans ses œuvres le nom d'Épictète. Avait-il lu Tacite ? Il ne se réfère nulle part à ses ouvrages. Les rapprochements qu'on a établis entre les *Vies* de Galba et d'Othon, et les *Histoires*, ne seraient pas une preuve qu'il les connût, l'authenticité de ces Vies étant très contestable.

qu'au fond des plus obscures provinces on s'inquiétait de savoir ce que pensait Thraséas[1]. Ce n'est pas
certes que la sympathie lui manquât pour ces nobles
caractères. Sossius Sénécion était, nous le savons,
un de ses amis. Mais la vertu du Stoïcien se promenant sur la place publique, tête haute, sans souliers ni ceinture, avec une simplicité orgueilleuse,
importunait son bon sens. Dans un moment d'impatience, ne va-t-il pas jusqu'à traiter Caton de phénomène inutile? Les personnages illustres qu'il nous
propose comme modèles, il se plaît à les montrer
« menez et ramenez par les mêmes ressorts que
nous[2] » : admirables par les hauts faits que la fortune
leur a donné l'occasion d'accomplir, mais n'ayant,
par leurs sentiments, rien que d'humain; pères de
famille honnêtes, époux aimables, citoyens dévoués
à leur patrie et respectueux envers leurs dieux. Son
objet est de former non des héros, mais des hommes ; d'enseigner, non les vertus des grands jours,
mais les vertus « coustumières. » Ajoutez que, si
mesurées que soient toujours ses leçons, jamais il
ne les impose. Nous sommes tous, plus ou moins,
comme Louis XIV : nous voulons bien prendre notre
part du sermon, nous n'aimons pas qu'on nous la
fasse. Nous n'aimons même pas, disciples en cela de
Montaigne, « qu'on nous plante les choses comme
évidentes. » Plutarque avertit, conseille, recommande ; il ne parle point d'autorité. Si, çà et là, il se

---

1. « Diurna populi Romani per provincias, per exercitus curatius
leguntur, ut noscatur quid Thrasea non fecerit. » Tacite, *Annales*, XVI,
22. Cf. Des Journaux chez les Romains, par J.-V. Le Clerc, p. 415. —
2. *Essais*, I, 22, 25.

cite en exemple, comment ne pas écouter un maître qui vous dit moins souvent encore qu'il n'aurait le droit de le dire : « ce que je vous invite à faire, je fais ? »

Sagesse simple et engageante, aussi éloignée toutefois de la mollesse corruptrice de l'épicuréisme, que de l'âpre vertu des Stoïciens. En tenant compte à l'âme humaine de sa faiblesse, l'honnête moraliste songe aussi à sa dignité. Il ne veut ni d'une vertu achetée par le sacrifice du bonheur, ni d'un bonheur qui ne coûte aucun effort de vertu. « Sans doute, disait Montaigne, il y a des âmes réglées d'elles-mêmes et bien nées qui suivent même train et représentent en leur action même vitesse que les vertueuses ; mais la vertu donne je ne sais quoi de plus grand et de plus actif que de se laisser, par une heureuse complexion, doucement et paisiblement conduire à la suite de la raison. La vertu refuse la facilité pour compagne, et cette aisée, douce et penchante voie par où se conduisent les pas réglés d'une bonne inclination de nature n'est pas celle de la vraie vertu [1]. » Montaigne ne fait ici que traduire Plutarque. Pour Plutarque, en effet, la vertu suppose l'effort. Il ne demande rien qui excède nos forces ; point de « boutées ni de saillies [2] ; » mais une attention persévérante, laquelle transforme peu à peu en habitude la pratique toujours plus ou moins pénible du bien. Discipline et constance, voilà à quels caractères il reconnaît la vertu [3]. « Travaillez sans relâche, ré-

---

1. Montaigne, *Essais*, II, 11. — 2. Ibid., II, 29. Cf. Pascal, *Pensée* article VII, n° 12. — 3. Cf. Montaigne. *Essais*, II, 29.

pète-t-il sous toutes les formes, à prendre sur vous plus
d'empire. Les astronomes disent des planètes qu'elles
sont stationnaires, lorsqu'elles paraissent s'arrêter ;
l'exercice de la sagesse n'admet point ces sortes de
repos. Qui ne gagne plus commence à perdre. L'important n'est pas de marcher vite, mais de marcher
toujours. Les habitants de Cirrha demandaient à
l'oracle comment ils pourraient vivre en paix chez
eux : « C'est, leur répondit-il, en faisant nuit et jour
« la guerre à vos ennemis. » Ainsi en est-il de la lutte
contre les vices ou les faiblesses de la nature. Le
succès ne répond-il pas d'abord visiblement à la
peine ; redoublez de persévérance et espérez. Il y
avait une ville où les paroles étaient gelées par le
froid, aussitôt qu'elles étaient émises ; puis la chaleur venant à les fondre, on entendait, l'été, ce qui
avait été dit pendant l'hiver. Tels sont parfois les
conseils de la philosophie : ils ne trompent jamais
ceux qui savent attendre[1]. » En résumé, régler ses
passions sans faire violence à la nature, se persuader qu'il n'y a point de petit succès, et que les moindres pratiques, sérieusement poursuivies, produisent
les plus sûrs effets, voilà ce qu'il demande « pour
informer, establir et conforter notre âme[2]. » Le bonheur suivra. La vertu ne doit rien avouer que ce
qui se fait pour elle, et l'intérêt finit toujours par
trouver satisfaction dans l'exercice de la vertu. « Que

1. Du Progrès dans la vertu 3, 4, 7 ; de la Tranquillité de l'âme,
18, 25 ; de la Mauvaise honte, 5, 8 ; de la Curiosité, 11, 12 ; du Babillage, 19 ; de l'Utilité des ennemis, 9 ; de l'Usage des Viandes, 1,
1 ; de la Musique, 31 ; de la Fortune d'Alexandre, 8, etc. — 2. Montaigne ,Essais, III, 12.

si, d'ailleurs, la fortune faut à la vertu, — Montaigne nous servira encore une fois d'interprète, — elle lui échappe ou elle s'en passe, et s'en forge une autre toute sienne, non plus flottante et roulante : son office propre et particulier, c'est savoir user des biens réglément et les savoir perdre constamment[1]. »

C'est par ce caractère de simplicité, tout à la fois « destendue et virile[2] », vraiment humaine, que la doctrine de Plutarque nous paraît soutenir, sans trop de désavantage, la comparaison avec celle de Sénèque. Ainsi s'explique qu'avec moins de pureté idéale elle soit restée plus populaire[3].

L'agrément solide du talent de l'écrivain a aussi contribué à cette popularité. Il ne faut pas juger du style de Plutarque par les traductions qui ont été faites de ses œuvres. Il rapporte, au sujet d'Agésilas, un mot qui ne s'applique à nul mieux qu'à lui. On invitait le roi de Sparte à aller entendre un homme qui imitait la voix du rossignol : « J'ai encore dans l'oreille, dit-il, le chant du rossignol lui-même[4]. » Toute traduction est une œuvre délicate, celle de Plutarque plus que toute autre peut-être. Amyot, Dacier, Ricard s'y sont tour à tour essayés. Rapprochée du texte, la version de Ricard est, dans

---

1. Montaigne, *Essais*, II, 16, I, 25. — 2. Ibid., III, 12. — 3. L'infériorité de Sénèque, dit Emerson qui fait aussi son parallèle, consiste en ce qu'il est moins humain que Plutarque. Il lui manque ce don de sympathie universelle qui est le génie de Plutarque ... Plutarque, qui a tant de vertus, trouvait que la suprême sagesse était d'être sage sans en avoir l'air. Sénèque, philosophe livresque, est ennuyeux par sa didactique perpétuelle.... Avec lui, quand on a fermé le livre, on n'est pas tenté de le rouvrir. Heureusement il n'existe pas. » — Vie d'Agésilas, XXI, 6.

sa teneur générale, d'une élégance superficielle et
d'une fidélité peu approfondie. Celle de Dacier, plus
exacte, est lourde et décolorée. Seule, l'œuvre d'Amyot
est une œuvre originale; c'est sa supériorité incontestable; c'est aussi son défaut[1].

On sait par quelles vicissitudes de fortune a passé
la traduction d'Amyot. Soixante ans après que Montaigne écrivait qu'elle avait tiré le monde du bourbier, un érudit, Bachet de Méziriac, qui avait sur
Montaigne l'avantage de savoir le grec, concluait,
après un long et laborieux examen, que corriger les
impertinences, les perfidies, les faussetés, les extravagances dont elle fourmillait, ne serait rien moins
que nettoyer les écuries d'Augias ; et depuis Méziriac[2], ce n'est que de nos jours qu'Amyot a retrouvé
dans la critique une bienveillance voisine de l'admiration.

Méziriac abusait de ses avantages, quand il comptait, par milliers, les inexactitudes historiques, géo-
graphiques ou mythologiques, d'un travail si consi-

1. Trench signale aussi trois traductions comme ayant particulièrement cours en Angleterre, celle de Thomas North, celle de Phi-
lémon Holland (Œuvres morales) et celle de Dryden (Œuvres morales). « La version de Dryden fut faite par plusieurs mains, dit-il,
les unes fort savantes, d'autres d'une incroyable incapacité. Elle a été
dernièrement remaniée en Amérique par Emerson, qui en a fait
une traduction fort respectable. Néanmoins, je n'ai pas voulu abandonner la version de Holland qui nous ramène à la période où la
langue anglaise était à son apogée » (p. 96). Aux yeux de Trench,
le mérite particulier de la version de Thomas North est « d'avoir
servi de texte de communication entre le génie de Plutarque et celui
de Shakespeare. » (P. 93.) — 2. Bachet de Méziriac, *Discours sur la
traduction* (1635), imprimé dans le Menagiana, t. II, p. 411 et suiv.,
édit. de 1715, et en tête des Commentaires sur Ovide (1716). Cf. Gui
Patin, *Lettre* 74, à Ch. Spon.

dérable. Amyot n'avait même pas besoin d'alléguer à l'avance[1] pour sa décharge que

> En œuvre longue, il n'est pas de merveille,
> Si quelquefois l'entendement sommeille.

C'était assez pour sa gloire d'avoir « corrigé ces livres misérablement corrompuz et dépravéz, et éclairci ces infinis lieux désespérément estropiéz.» «Nul ne peut estimer, disait-il, quel tourment d'esprit et quelle croix d'entendement ç'a esté de faire sortir une telle œuvre ès mains des hommes, au moins en tel estat, que l'on y pust prendre quelque plaisir et prouffit. » « La commune voix », dont il s'inquiétait, a rendu justice, par la bouche des Reiske, des Wyttenbach, des Coray, des Sintenis, à « son incroyable labeur; » et plusieurs de « ses passables conjectures » sont restées attachées au texte de Plutarque[2].

Sur le fond même de la traduction, les remarques de Méziriac, plus mesurées, nous semblent aussi plus justes. Elles reviennent toutes à cette critique qu'Amyot a prêté à Plutarque une naïveté qu'il n'avait pas. L'observation est fondée; toutefois il faut s'entendre. Chateaubriand a écrit : Plutarque n'est qu'un agréable imposteur en tours naïfs[3]. Chateaubriand avait-il bien présent à l'esprit le texte de Plutarque, quand il prononçait si légèrement un jugement si sévère?

Il existait chez le moraliste de Chéronée un fond

---

1. Préface des *Vies*. — 2. « Haud inficiandum, quod usu cognovi, locos corruptos ita versos esse ab Amyoto, ut appareat cum emendatione probabili expressisse. » (Wyttenbach, *Præf.*, p. 5). « Amyotu nusquam negligendus in re critica » (Sintenis, *Vita Plutarchi*. E cursus). — 3. *Génie du Christianisme*, III, iii, 7.

de candeur réelle et de bonhomie sincère. Ce fond
avait été altéré par l'exercice de la rhétorique, mais
non détruit. Sa vie en porte la marque. Moins sensible dans ses œuvres, on la retrouve cependant
dans son style. Tantôt, par exemple, il remontera
dans l'expression de sa pensée jusqu'à ces sous-
entendus qu'on garde d'ordinaire pour soi[1]; tantôt,
s'identifiant avec les clients dont il défend les intérêts, il prendra pour eux fait et cause, jusqu'à
se mettre à la place des dieux[2], ou jusqu'à discuter
avec des mères certains vers de l'Iliade sur les
douleurs de l'enfantement[3]. Que ce ne soit point
la naïveté exubérante des littératures primitives, je
le veux bien. Mais encore moins est-ce la naïveté
artificielle des littératures de décadence. Les tours
naïfs sont, chez Plutarque, le mouvement spontané
d'un esprit qui s'abandonne, non l'effet laborieux de
l'étude : il ne les cherche pas; ils lui échappent[4].
Plutarque, en un mot, est un homme d'école, chez
lequel les habitudes de la profession n'ont pas des-
séché les sources vives du naturel. Sa langue ne
revêt que par instants les formes de la naïveté; mais
on sent qu'il en a l'âme.

C'est cette âme qu'Amyot a fait revivre. « Aiant
profondément planté dans son imagination, par une
longue conversation, une idée générale de celle de
son aucteur[5], » comme disait Montaigne, — qui pour

1. Propos de table, IV, Préface. — Cf. Du progrès dans la vertu, 12;
du Babillage, 3; de la Fortune d'Alexandre, 8, etc. — 2. De la Superstition, 10. — 3. De l'Amour des père et mère pour leur progéniture; du Bavardage, 11. Cf. 13. — 4. Cf. Ampère, article sur Amyot.
Revue des Deux Mondes, juin 1841. — 5. Essais, II, 4.

23

ne rien entendre au grec n'en soupçonnait pas moins
quelque honnête supercherie, — et se complaisant
dans un effort auquel se prêtait merveilleusement la
langue du seizième siècle, il a rendu à Plutarque les
grâces de sa candeur native; il l'a fait, pour ainsi
dire, rentrer dans son génie. Aimable service, mais
qui excède les droits d'un traducteur. User d'une certaine confraternité d'esprit pour ramener au dehors, en
quelque sorte, les qualités qu'un écrivain avait en
partie maintenues comme au dedans de lui, c'est
risquer de tromper la confiance du lecteur; ce n'est
pas tout à fait pour Amyot un éloge qu'on ait pu
dire le Plutarque d'Amyot.

Il est un abus plus grave; je veux parler du vernis de
molle élégance dont le bon Amyot a recouvert le style
de son modèle. Rien ne ferait concevoir, en effet,
une idée moins juste du style de Plutarque que la
forme sous laquelle on se représente d'ordinaire le
style des rhéteurs, travaillé, châtié, fait à souhait
pour le plaisir de l'oreille et des yeux. Tous les genres lui sont familiers. Il parle la langue de l'historien et celle du poète, la langue du naturaliste et
celle du métaphysicien, l'une ou l'autre suivant le
sujet, souvent toutes ensemble dans le même sujet.
C'est ce qui a fait dire que son style n'est qu'une mo-
saïque[1]. L'observation n'est fondée qu'en partie;
car Plutarque a une manière d'écrire qui est bien
à lui. Ce qui est exact, c'est que dans l'abondance
des citations et des exemples qui débordent de sa

1. Boissonade, *Notice sur Plutarque*, t. II, p. 545, édition de M. Colincamp.

mémoire, chacun lui apporte, avec la pensée qu'il
fournit, ses tours et ses expressions. Le tissu de son
discours se tend ou s'assouplit, selon le souvenir
qui y pénètre. Tour à tour, il ceint sa phrase ou la
laisse flotter à longs plis. A des lambeaux d'une
pourpre éclatante il coud des morceaux de la plus
mince étoffe. Les métaphores hardies et serrées se
rencontrent tout près des images familières et dif-
fuses. Les périodes sont chargées de mots avec
une industrie inégalement heureuse. Je ne connais
pas d'écrivain plus bourré, disait Johnson. C'était
aussi, au fond, le sentiment d'Amyot. Avant que
H. Estienne lui eût adressé le reproche d'avoir
changé « la robbe de son aucteur, » il avait lui-
même fait la remarque que « la façon d'escrire de
Plutarque est plus aiguë, plus docte et pressée
que claire et aisée[2]. » Son génie cependant l'avait
emporté. Décomposant les mots et déroulant les figures, du trait légèrement indiqué faisant sortir la
métaphore, atténuant les dissonances et fondant les
couleurs, sur cette langue aiguë et pressée, il a
étendu sa prose malléable, « sursemée d'un certain miel délicieusement coulant[3]; » et le flot lim-
pide et uni de sa phrase a poli la « scabreuse aspé-
rité » de la phrase grecque, tout ainsi, pourrait-on
dire avec lui, que la vague marine, passant et re-

1. Préf. de l'Apologie pour Hérodote. Cf. de Thou, *De Vita sua*, 5 :
« Amyotus... Plutarchum in linguam nostram gallicam verterat ma-
jore elegantia quam fide. » Fed. Morel, *Vie de Plutarque*. Cf. Huet,
De Claris interpretibus, et G. J. Vossius, *De Historicis Græcis*, II,
10 : « Sane fuit Plutarchus vir undecumque doctissimus;... tamen
dissimulare non possum dictionem ejus gravem quidem esse, sed
duriusculam videri. » — 2. Préface des *Vies*. — 3. Expression de Fed.
Morel.

passant sur le sable de la plage, en efface les inégalités[1].

« Si ce bon homme vit, disait Montaigne, je luy
résigne Xénophon pour le repos de sa vieillesse, son
style étant plus chez soy, quand il n'est pas pressé et
qu'il roule à son ayse[2]. » Remontant un peu plus
haut encore dans l'antiquité grecque, jusqu'au berceau des Muses, j'aurais voulu voir l'ampleur et la
souplesse de la phrase tout ionienne d'Amyot appliquée à la prose d'Hérodote. Ou plutôt, puisque nous
en sommes aux vœux et aux conjectures, qu'on nous
permette un instant de supposer Montaigne sachant
le grec et pénétré, comme il était, de la pensée
de Plutarque, repassant sur la traduction d'Amyot,
resserrant les mailles de ce tissu trop lâche, rétablis-
sant de prime-saut dans sa langue pittoresque, in-
ventive, buissonnière, le mélange et l'imprévu des
tours, les disparates même de l'original : quel chef-
d'œuvre !

Quoi qu'il en soit, ces inégalités sont le fond même
de la langue de Plutarque. La faute, sans doute, en
doit être en partie imputée au temps où il a vécu. Il
faut aussi tenir compte de la profession à laquelle il
s'était voué. C'est, en général, la prétention des moralistes de ne point faire état de l'éloquence. Le sage
de Chéronée n'était certes pas insensible au plaisir
de bien dire. Toutefois il était sincère, quand il écri-

1. Voir les observations de Trench (p. 94 et 95) sur la langue de
North et de Holland. Plutarque a eu cette singulière fortune, en Angleterre comme en France, d'exercer sur l'idiome national de ceux
qui l'ont traduit les premiers une sorte d'action rénovatrice. —
2. Essais, II, 4

vait : « Malheureux ceux qui s'attachent, dans les œuvres de Platon, à cette fleur d'atticisme qui brille dans ses écrits, semblable au duvet dont la rosée colore les fruits : tels les insensés qui estimeraient un remède à sa couleur ou à son odeur, sans regarder à son efficacité[1]. » Il est clair que, pour la plupart de ses Traités, il n'a fait que rassembler les notes de ses leçons ; et faute de ce soin scrupuleux qui corrige les négligences de l'improvisation ou en tempère les hardiesses, les imperfections qui dans la chaire pouvaient ne pas déparer sa parole, sont restées dans son style, où elles font tache.

Mais autre chose est le style d'un écrivain étudié dans sa facture, autre chose son talent considéré dans l'action qu'il exerce.

Pris dans le courant de ses œuvres, particulièrement de ses Traités, ce qui nous paraît d'abord caractériser le style de Plutarque, c'est l'ampleur du développement. Une critique sévère lui a appliqué le nom de traînassier. Il est incontestable qu'il ne lui déplaît pas de ralentir, de suspendre sa marche. Chez lui, les citations semblent s'appeler : les noms propres s'attirent ; un exemple ne vient jamais seul. Suivant une de ses métaphores, il verse la semence à plein sac. Pour justifier un détail, il laissera passer, au travers d'un récit ou d'un raisonnement interrompu, tout un flot de souvenirs. Cette abondance l'expose à la diffusion. Mais, si loin qu'il se laisse emporter, jamais il n'oublie son sujet ; et, après un détour plus ou moins long, les sentiers de traverse

---

1. Des Progrès dans la vertu, 8.

dans lesquels il s'est jeté le ramènent en son chemin. C'est ce qui explique que, malgré ses digressions, il ne soit pas impossible de l'analyser. Dans ce développement si large, il n'a même le plus souvent rien d'absolument oiseux. « Les pièces de monnaie qu'on estime le plus, disait-il ingénieusement, sont celles qui présentent le plus de valeur sous le moindre volume : ainsi la force du discours consiste à exprimer beaucoup de choses en peu de mots[1]. » Si, contrairement à ce précepte, il n'a pas le talent, en général, d'exprimer en peu de mots beaucoup de choses, il sait, du moins, choisir entre celles qu'il doit dire, et il ne dit pas tout. Emerson lui reproche agréablement de bavarder de philosophie, d'histoire, d'amour, de vertu, du destin, des empires, de tout. Mais on peut lui appliquer ce qu'il écrit lui-même, dans le traité du Bavardage[2], au sujet des trois sortes de réponses que comporte toute question : « l'une nécessaire, l'autre civile, la tierce superflue. » S'il ne se tient guère à la réponse nécessaire, s'il pousse volontiers jusqu'à la civile, il n'arrive que bien rarement à la superflue. C'est un fleuve au lit plus large que profond, qui décrit dans son cours de nombreux méandres, mais qui ne verse jamais par-dessus ses bords[3].

---

1. Vie de Phocion, 5. — 2. La Bavardage, 21, traduction d'Amyot. — 3. « La citation ! voilà l'infirmité de Plutarque », dit M. P. Albert dans une page charmante. « Que n'a-t-il pas lu? que n'a-t-il pas retenu?... Il ne peut écrire une page sans être assailli de réminiscences.... Comme un moissonneur qui chemine sous une gerbe fraîchement coupée, il laisse glisser à chaque pas quelques fleurs odorantes, et sa route en est embaumée. » (Variétés littéraires art. déjà cité.)

Ce qui fait, en outre, supporter ces longueries,
c'est le charme des comparaisons et des exemples
qui les animent. Çà et là, sans doute, on retrouve dans
le style de Plutarque un certain nombre de ces métaphores dont les sophistes avaient fatigué la langue ;
mais, d'ordinaire, il les renouvelle par le sentiment
qu'il y introduit. Il excelle surtout à personnifier les
idées abstraites. Veut-il signaler, par exemple, les ravages exercés par les flatteurs dans le cœur des hommes
ou des peuples, il les comparera à ces esclaves qui,
non contents de dérober le blé au tas de la provision
du jour, en volent au tas de la réserve[1], ou aux criminels qui versent du poison non dans une simple
coupe, mais dans une fontaine publique[2]. Ailleurs,
il peindra l'eau du Nil pénétrant les sables mous du
désert, comme un sang qui coule dans les chairs et les
nourrit[3]. Ailleurs enfin, au sujet des mauvais désirs
de la curiosité, il dira des sens qu'ils doivent être
comme des serviteurs modestes et bien dressés, qui,
après avoir accompli au dehors la mission dont ils
étaient chargés, rentrent discrètement et se tiennent
aux ordres de la raison[4]. D'un mot, il représente la
phalange macédonienne, semblable à une bête féroce
qui se hérisse pour s'exciter au combat[5] ; les pirates
qui cherchent un refuge dans la Cilicie, ailes dé-
ployées, comme des abeilles dans leurs essaims[6] ;
les soldats de Mithridate murés dans leurs corselets
de fer[7] ; l'infanterie des Cimbres s'avançant par ondu-
lations larges et pressées, comme les vagues d'une

1. Du Flatteur et de l'Ami, 12. — 2. Du Commerce que les philosophes doivent avoir avec les princes, 3. — 3. Propos de table, VIII,
5. — 4. De la Curiosité, 12. — 5. Vie d'Aristide, 18. — 6. Vie de
Pompée, 26. — 7. Vie de Lucullus, 28.

mer immense[1]; l'armée de César prenant sa place à
Pharsale avec autant d'ordre et de tranquillité qu'un
chœur de tragédie sur le théâtre[2]; César lui-même
commandant à Rome et à l'Italie, dans son gouvernement des Gaules, comme du haut d'une citadelle[3].
Il captive l'attention par le charme ou le piquant de
l'image, il la réveille par l'imprévu. Une métaphore
lui en suggère une autre, et dans cette série d'images
reliées avec art il n'en est pas une qui n'apporte sa
lumière ou qui n'ait son agrément[4]. La grâce y domine, mais la force n'en est pas exclue. Parfois
cette richesse de comparaisons fatigue. On éprouve le
besoin de se détacher du livre. Mais on y revient
après intervalle; et cette sensation de « fraîche nouveauté, » dont parle la lettre attribuée à Henri IV,
est, en dernière analyse, l'impression qui reste. La
raison, c'est que, chez Plutarque, les broderies du
style n'ôtent rien à la solidité de la trame, ou plutôt
que ces broderies ne se distinguent pas de la trame.
D'ordinaire, les comparaisons refroidissent le discours, parce qu'elles y paraissent de purs ornements.
Celles de Plutarque, faisant corps avec le sujet, con-
tribuent à éclaircir le développement, en même temps
qu'à le parer[5].

Les exemples ne lui sont pas d'une moins heureuse
ressource. « Un trait d'histoire ne prouve pas, disait
Malebranche, au sujet de Montaigne; un conte ne dé-

---

1. Vie de Marius, 26. — 2. Vie de Pompée, 68. — 3. Vie de Crassus, 14. — 4. De la Superstition, 1; de l'Amour des père et mère
pour leur progéniture, 1 et 2, etc. — 5. Le style de Plutarque, dit
Emerson, est pittoresque et réaliste. Il n'y a pas de poète qui puisse
illustrer sa pensée avec un tel luxe d'images, de comparaisons et
d'anecdotes.

montre pas ; deux vers d'Horace, un apophthegme de
Cléomène ou de César, ne doivent pas persuader des
gens raisonnables[1]. » Malebranche se montrait trop
rigoureux pour ces jeux charmants d'une imagination ornée. L'avantage de l'exemple bien employé,
c'est de reposer l'esprit des abstractions de l'analyse
et de rompre la monotonie de l'amplification, ce défaut
commun des moralistes de l'école. Généralement, on
n'éprouve pas ce soulagement dans les Traités de Sénèque, parce que les exemples de Sénèque manquent
de variété. Quand il a cité Socrate, Régulus, Rutilius
et Caton, son fonds, pour ainsi dire, est épuisé. De
plus, ses exemples sont si bien enchâssés dans le développement de sa pensée, qu'ils traversent l'esprit
avec elle sans le distraire. Les exemples de Plutarque
sont si nombreux, si divers, ils éveillent tant de souvenirs, qu'alors même qu'ils ne font pas avancer la
question d'un pas, ils donnent l'illusion du mouvement et de la marche. De même que pour les comparaisons, cette profusion, sans doute, est un défaut.
On s'impatiente parfois ; on voudrait porter la hache
dans ces lianes qui s'entre-croisent et barrent le chemin. Mais on finit par s'habituer à cette sorte de
gêne, et dans les moments de loisir on y trouve un
charme infini, parce qu'à la justesse du fond ces
exemples joignent le plus souvent l'attrait de la
forme. Un exemple entre mille autres. « Arcésilas
avait, dit Sénèque, un ami pauvre. Cet ami tomba
malade, et il n'avouait même pas qu'il lui manquait
de quoi pourvoir aux dépenses indispensables. Arcé-

1. De la Recherche de la vérité, II, III, 5.

silas crut devoir lui venir en aide à son insu, et sans qu'il s'en doutât : il glissa sous son chevet un sac d'argent, afin qu'en dépit d'un scrupule déplacé son ami trouvât plutôt qu'il ne reçût ce dont il avait besoin[1]. » Voilà toute l'anecdote. Encore n'ai-je pu, en traduisant le passage, éviter d'en assouplir la forme ; la phrase du texte est raide et serrée, tout d'une venue. C'est une démonstration d'une sécheresse mathématique. Quelle grâce, au contraire, dans la petite narration de Plutarque[2] ! « Ayant un jour trouvé Apelle de Chio malade et dénué de tout, Arcésilas vint aussitôt le revoir, portant avec lui vingt drachmes ; et s'étant assis auprès de son lit : Je ne vois ici, dit-il, que les quatre éléments d'Empédocle, le feu, la terre, l'eau, l'éther pur et léger ; et vous n'êtes même pas trop bien couché. En même temps, remuant l'oreiller, il glissa dessous sa bourse, sans qu'on le vit. La femme qui servait Apelle ayant trouvé la bourse et s'étant récriée de surprise : C'est, dit Apelle en souriant, un tour d'Arcésilas. » Certes on ne saurait dire que le petit conte, suivant l'expression de Malebranche, ne démontre pas ; et il ne sert pas uniquement à la preuve ; il fait tableau.

Mais ce n'est là qu'un des côtés de la physionomie, ou plutôt c'est la physionomie générale du talent de Plutarque. A ces mérites mêlés de faiblesses il faut joindre les mérites purs de tous défauts. Si Plutarque n'a pas d'œuvre parfaite, il a des pages supérieurement heureuses, des pages de génie. Ses Traités offrent des morceaux serrés, élevés, graves,

1. Des Bienfaits, II, 10, — 2. Du Flatteur et de l'Ami, 22.

éloquents, piquants, qui rappellent Aristote[1], Platon[2], Thucydide[3], Marc-Aurèle[4], Lucien[5]. On peut lui appliquer ce qu'il dit de Ménandre[6] : il a une merveilleuse souplesse à prendre tous les tons; son talent revêt avec aisance les formes les plus diverses de la pensée.

Cette magie d'imagination éclate particulièrement avec toute sa richesse dans les pages de description et de récit. La critique cite à l'envi, parmi les grandes descriptions des Parallèles, les adieux de Brutus et de Porcie, le triomphe de Paul-Émile, la navigation de Cléopâtre sur le Cydnus, les funérailles de Phocion, la mort de Philopœmen, la veillée de Philippes. C'est avec la même exactitude expressive que le génie de Plutarque se prête dans les Traités aux scènes les plus simples. Comme il s'élève sans emphase, il descend sans bassesse. Qu'on me permette de citer une anecdote du traité du Bavardage[7]. J'en emprunterai la traduction à Amyot, dont la langue s'y déploie, comme sur son vrai terrain, dans toute sa grâce :

« Le sénat romain feut une fois, par plusieurs jours, en conseil estroict sur quelque matière secrette et estant la chose d'autant plus enquise et soupçonnée, que moins elle estoit apparente et cogneue. Une dame romaine, sage au demeurant, mais femme pourtant, importuna son mary et le pria très instam-

1. De la Cessation des oracles, 26 à 29. — 2. De l'Inscription du temple de Delphes, 18 à 20. — 3. Voir les Vies de Nicias et d'Alcibiade. — 4. Des Notions du sens commun contre les stoïciens, 14; Du bonheur dans la doctrine d'Épicure, 28. — 5. Voir le Dialogue sur l'intelligence des animaux. — 6. Comparaison d'Aristophane et de Ménandre. — 7. Du Bavardage, 11; trad. d'Amyot, 16.

ment de luy dire quelle estoit cette matière secrette,
avecques grands serments et grands exécrations qu'elle
ne le révèleroit jamais à personne, et quand larmes
à commandement, disant qu'elle estoit bien malheureuse de ce que son mary n'avoit austrement fiancé
en elle. Tu me contraincts, dit-il, m'amye, et suis
forcé de te découvrir une chose horrible et espouvan-
table : c'est que les presbtres nous ont rapporté que
l'on a veu voler en l'air une alouette avecques un
armet doré et une picque; et pour ce, nous sommes
en peine de sçavoir si ce prodige est bon ou maulvais
pour la chose publique, et en conférons avecques les
devins qui sçavent que signifie le vol des oiseaux ;
mais garde-toi bien de le dire. Après qu'il luy eust
dit cela, il s'en alla au palais, et sa femme, inconti-
nant, tirant à part la première des chambrières qu'elle
rencontre, commence à battre son estomach et arracher ses cheveulx, criant : Hélas ! mon pauvre mary,
ma pauvre patrie, hélas ! que ferons-nous ! ensei-
gnant et conviant sa chambrière à lui demander :
Qu'y a-t-il ? Après que doncques la servante luy eust
demandé, et elle luy eust le tout conté, y ajoustant
le commun refrein de tous les babillards : Mais don-
nez-vous bien guarde de le dire, tenez-le bien secret;
à grand peine feut la servante despartie d'avecques
sa maîtresse, qu'elle s'en alla decliquer tout ce qu'elle
luy avoit dict à une sienne compaigne qu'elle trouva
la moins embesognée, et elle, d'autre costé, à un sien
amy qui l'estoit venu voir, de sorte que ce bruict
feut semé et sçu par tout le palais, avant que celuy
qui l'avoit controuvé y feust arrivé. Aussy quelqu'un
de ses familiers le rencontrant : Comment ! dict-il.

Ne faictes vous que d'arriver maintenant de vostre maison ?—Non, répondit-il. —Vous n'avez doncques rien ouy de nouveau ? — Comment, dict-il, est-il survenu quelque chose nouvelle? — L'on a veu, répondict l'autre, une allouette volant avecques un armet doré et une picque ; et doibvent les consuls tenir conseil sur cela. Lors le Romain, en se soubriant : Vrayment, dict-il à part soy, ma femme, tu n'as pas beaucoup attendu, quand la parole que je t'ay naguères dictée a esté devant moy au palais : et de là. s'en alla parler aux consuls, pour les oster de trouble. Et pour chastier sa femme, incontinent qu'il feust de retour en sa maison : Ma femme, dict-il, tu m'as destruict, car il s'est trouvé que le secret du conseil a esté découvert et publié de ma maison; et, pour tant, ta langue effrenée est cause qu'il me faust abandonner mon païs et m'en aller en exil. Et comme elle le voulust nier, et dict pour sa défense : N'y a-t-il pas trois cents sénateurs qui l'ont ouy comme toi? — Quels trois cents, dict-il : c'estoit une bourde que j'avois controuvée pour t'esprouver. Le sénateur feut homme sage et bien advisé, qui, pour essayer sa femme, comme un vaisseau mal relié, ne versa pas du vin ny de l'huile dedans, ains seulement de l'eau.

Y a-t-il, dans la littérature grecque, beaucoup de morceaux d'un naturel aussi charmant? La fable que la Fontaine a composée sur le même sujet [1] est assurément d'un tour agréable; mais certains détails paraissent bien forcés : ses femmes, en vérité, sont par trop neuves. Ici rien qui excède la vraisemblance ; le

1. Livre VII, fable vi.

trait pourrait être historique. En même temps le ton
demi-sérieux, demi-plaisant, de la leçon, est, d'un bout
à l'autre, habilement soutenu, et la scène est complète : on n'y pourrait rien ajouter, rien retrancher.

Ces pages de génie rachètent bien des inégalités.
Après avoir fait dans la fortune du moraliste la part de
la méthode et de la doctrine, il n'est donc que juste
de reconnaître celle qui revient à l'écrivain. Cette
sagesse à laquelle Plutarque nous invite par l'attrait
de sa méthode et par la simplicité virile de sa doctrine, le charme inimitable de son talent la fait aimer.

Toutefois cette doctrine a-t-elle une égale action sur
toutes les âmes ? et la morale du sage de Chéronée
répond-elle complètement à l'idée que nous nous
faisons aujourd'hui du devoir ?

On a dit que ses Traités n'étaient qu'un manuel de
lieux communs, un bréviaire de petites vertus. Cette
critique ne nous paraît pas l'atteindre sérieusement.
Il n'y a de juste, en morale, que ce qui a mérité de
devenir commun. Les lieux communs, en effet, sont-
ils autre chose que « les vérités de pratique, suivant
l'expression de Bossuet, qui ont besoin d'être toujours
remuées et amenées à notre vue, pour ne pas perdre
l'habitude de se présenter et cesser d'éclairer ? » Ces
vérités ne suffisent pas, sans doute, à la nourriture
de l'âme, mais elles en sont le premier aliment. Il
ne profite à personne de les dédaigner. Pour ne pas
sortir de l'antiquité contemporaine de Plutarque,
si Sénèque les avait aussi bien comprises qu'il les
a célébrées, il aurait laissé moins de beaux ouvrages peut-être et plus de bons exemples. Si Marc-Aurèle avait été mieux pénétré de leur importance, il

n'aurait pas associé Verus à l'Empire, divinisé Faus-
tine et livré le pouvoir à Commode; l'exacte notion de
'a réalité avertissant son âme abusée par une fausse
idée du devoir, il aurait épargné à la philosophie le
triste exemple d'un grand homme de bien s'appuyant
sur le vice, honorant la débauche, et léguant le monde
à un second Néron. Les vérités de pratique n'inspirent guère, il est vrai, que les vertus de tous les
jours. Mais quoi! ne sont-ce pas les plus nécessaires? Sous le coup des événements, l'âme trouve
dans la grandeur du péril la force dont elle a besoin.
Pour se soutenir contre les obscures épreuves de chaque jour, elle n'a que le modeste sentiment du bien. Ce
n'est rien, en apparence, que cette vertu de détails ;
en réalité, c'est tout, c'est la vie même. L'exaltation
d'un moment peut faire des héros. L'effort persévérant fait seul les sages et les saints. Ne rabaissons
donc pas « ces prescheurs de communes. » Ils sont
les maîtres de la vie. Blâmer, dans Plutarque, la
simplicité familière de ses préceptes, c'est, à notre
avis, lui faire un reproche de ce qui a le plus contribué peut-être à sa popularité. C'est par là qu'il
partage avec les grands esprits ce privilège qu'on ne
l'approche pas sans l'aimer. Ceux dont il a servi à
former la jeunesse recourent à lui dans les défaillances de la vie comme au plus éclairé des guides,
comme au meilleur des appuis[1].

Hâtons-nous d'ajouter que cette simplicité n'est pas
incompatible avec l'élévation. Plutarque atteint la
grandeur sans y viser, par le mouvement naturel

1. Voir la préface des éditions de Xylander et de Creuzer.

d'un esprit que le sentiment moral a pénétré profondément. On l'a souvent comparé à Montaigne : Montaigne ne fait si souvent que le traduire! Nous avons eu nous-même plus d'une fois l'occasion de le prendre pour interprète[1]. Mais ce rapprochement ne saurait être conduit trop loin sans injustice pour le sage de Chéronée. « Se tenir dans la commune mesure de l'humanité, a dit excellemment un moraliste d'une exquise finesse; user des plaisirs sans en abuser ; donner le moins de prise possible sur nous à la fortune et aux hommes ; et, ramené à soi-même, se prendre comme on est, vivre doucement avec le monde et avec soi, telle est la pensée de Montaigne[2]. » Rien ne donne moins l'idée d'une morale d'abnégation, de dévouement, et, pour tout dire en un mot, de la morale du devoir. Montaigne disserte très honorablement sur les obligations de l'homme; il ne croit pas nécessaire de pousser les choses au delà du discours. On peut lui appliquer, en le modifiant un peu, ce qu'il a dit de Dion : il a, non le sentiment malade, mais le cœur froid aux affaires publiques[3]. « Il était préparé, nous dit-il, à s'embesogner plus rudement un peu pour le service du peuple, s'il en eût été grand besoin[4]. » Il ne paraît pas que ce besoin se soit jamais bien im-

---

1. « Le lien qui unit les noms de Plutarque et de Montaigne à travers quatorze siècles, dit Émerson avec une grâce toute française, est un des bonheurs de l'histoire littéraire. Montaigne, tandis qu'il serre Étienne de la Boétie d'une main, tend en arrière l'autre à Plutarque. Ces amitiés à distance sont le meilleur exemple du droit de cité universel et de la fraternité de l'esprit humain. » — 2. E. Bersot, *Rapport à l'Académie des sciences morales et politiques*, t. XII. — 3. *Essais*, II, 32 — 4. *Ibid.*, III, 10.

périeusement imposé à sa conscience. Si des découvertes récentes ont prouvé qu'il n'a manqué, comme maire de Bordeaux, ni d'activité, ni de vigilance, il est constant que, pendant la durée d'une épidémie épouvantable, il n'a pas cru devoir, étant à la campagne, se rapprocher de la ville dont il avait la garde[1]. Conçus dans des temps de trouble par un esprit qui se tenait soigneusement à l'abri de toutes les causes de trouble, les *Essais* conviennent surtout, par un singulier contraste, aux temps de loisir et de calme, de discret examen, de scepticisme sans péril. C'est ce qui explique que leur popularité, combattue avec courtoisie par l'école cartésienne, ranimée, au dix-huitième siècle, par la libre philosophie, semble sombrer au milieu des grandes émotions de 1789[2]. Tel n'est point le caractère de la morale de Plutarque. Le sage de Chéronée n'est pas de ceux dont Montaigne disait qu'il « fault considérer le presche à part, et le prescheur à part[3]. » On peut lui appliquer la pierre de touche de Sainte-Beuve, le voir « par l'endroit et par l'envers », sans craindre que le relâchement de sa conduite compromette l'autorité de sa doctrine. En même temps que le précepte, il donne l'exemple. Ce qu'il n'a pas eu occasion de faire lui-même dans son humble carrière, il inspire la généreuse ambition de le tenter. Aussi, contrairement aux Essais de Montaigne, ses Traités, composés dans la paix de la retraite, aux plus beaux jours du règne des

---

1. Grun, *Montaigne, maire de Bordeaux*, part. 255 ; Payen, *Recherches sur Montaigne, Documents inédits*, n° 4. — 2. Albert Desjardins, *Les moralistes français du seizième siècle*, 2ᵉ partie, 3. 8 ; 5ᵉ partie, 1 et 2. — 3. Essais, II, 3i.

24

Antonins, n'ont-ils jamais été plus en faveur qu'aux époques d'ébranlement social. C'est au milieu des guerres de religion qu'Amyot l'introduit en France, et aucun nom de l'antiquité n'a plus d'autorité pendant la Révolution. En un mot, si son action s'est particulièrement exercée sur les vertus coutumières, son souffle, ce souffle puissant, qui avait ranimé de leurs cendres les grands hommes de Rome et de Grèce, a produit aussi d'héroïques vertus.

Ce n'est donc pas la modeste familiarité de ses préceptes qu'on est en droit, à notre avis, de reprocher à Plutarque. Elle est le charme de ses écrits; et où le sujet le comporte il s'élève; la sympathie qu'il inspire se transforme en admiration. Ce que nous concevons sans peine, c'est que la base sur laquelle repose sa doctrine paraisse trop étroite. Ramenée à l'idée du bonheur qu'elle se propose d'atteindre par la sagesse, la morale de Plutarque se réduit à cette règle, qu'il faut développer en soi le sentiment des biens qu'on a reçus en partage et affaiblir celui des maux dont on est affligé; d'autre part, elle rapporte tout à l'éducation de l'individu. Ces principes nous semblent manquer de largeur. Plutarque ne fait pas la part de certaines faiblesses supérieures de l'âme, ni des besoins les plus élevés de l'humanité; il ne tient pas assez de compte surtout de ce tendre sentiment d'amour du prochain que le Christianisme avait déjà de son temps introduit dans le monde.

En effet, sans sortir ici du domaine des choses de l'intelligence et du cœur, est-il si rare de rencontrer des natures délicates qui, moins sensibles à la jouissance de ce qu'elles possèdent qu'à la privation de ce qui leur manque, tourmentées du besoin d'une certaine perfection et impuissantes à la réaliser, se consument en luttes secrètes et en douloureux efforts : natures inquiètes, défiantes, maladives, si l'on veut, mais sincères avec elles-mêmes, et dignes, par la bonne foi de leurs désirs, de trouver chez le moraliste assistance et sympathie? Or ces sortes de natures, non seulement Plutarque ne leur vient pas en aide, mais le plus souvent il les blesse. L'uniformité d'une règle qui, courbant tous les esprits sous le même niveau, ne fait pas de différence entre les faiblesses coupables et les défaillances généreuses, froisse leur légitime fierté; et elles se réfugient dans le sentiment de leurs souffrances qui, du moins, les élève. D'un autre côté, toutes les âmes sauraient-elles se résigner à placer la vertu dans l'esprit de conduite, le bonheur dans le contentement de soi? Les luttes du devoir, inséparables des épreuves de la vie, ont aussi leur âpre satisfaction. Heureusement, a-t-on dit avec autant de profondeur que de justesse, il y a autre chose en ce monde que le bonheur[1]. Après avoir longtemps pratiqué les œuvres du sage de Chéronée, on éprouve une sorte de soulagement à relire quelques pages de Pascal, de La Bruyère ou de Vauvenargues.

Ce sentiment de satisfaction incomplète subsiste surtout après l'étude des Traités où Plutarque effleure

1. Ampère, *Lettre* citée par Prevost-Paradol, Discours de réception à l'Académie française.

les questions de métaphysique. On sent qu'il a mis
à part un certain nombre d'idées : elles ont été
enseignées par les anciens ; elles sont conformes à
la vraisemblance ; une tradition plusieurs fois séculaire les a consacrées ; il les rappelle, il s'y appuie ;
mais il ne croit pas nécessaire d'en reprendre l'examen ; il s'interdit même de les sonder. A cette
quiétude de parti pris combien l'on préférerait les
anxiétés, le trouble d'un homme descendant jusqu'au
fond de sa pensée, et cherchant virilement la lumière !

Mais le défaut le plus grave, à nos yeux, des principes de la morale de Plutarque, c'est qu'il a trop
exclusivement en vue le perfectionnement de l'individu. Des quatre vertus fondamentales de la morale
platonicienne, les trois premières, la tempérance, la
prudence et le courage, étaient des vertus purement
personnelles ; la justice seule mettait l'homme en
rapport avec l'homme. Toutefois, dès la plus haute
antiquité, l'idée de la compassion et de la bienfai-
sance était entrée dans le domaine moral du
monde païen ; Homère, les tragiques, Aristote, en
avaient exprimé avec grâce ou profondeur les plus
pures émotions[1]. Cinquante ans avant l'avénement
du Christianisme, le sentiment de la charité avait,

---

1. Homère, *Odyssée*, VI, 207, Euripide, *Suppliantes*, vers 775 et
suiv.; Aristote, *Rhétorique*, II, 8; Morale à Nicomaque, VIII, 4; IX,
10; fragment de Ménandre. — Voir Egger, *Mémoires d'hist. anc. et
de philologie*, IX; Denis, ouv. c., t. II, p. 55 et suiv.; Maury, ouv.
cité, t. III, ch. xiv, p. 11; Janet, ouv. cité, I, 4. Cf. Inscriptions de
Mommsen, n°ˢ 1431, 1564, 4880, et le papyrus du Louvre, n° 37 (col.
I, lig. 21), où l'on voit que le Serapéum de Memphis contenait, dans
un de ses temples, une sorte de caisse des pauvres.

avec Cicéron, trouvé sa place dans le code de la sagesse, et son expression dans le langage de la philosophie [1]. Enfin, au premier siècle de l'ère chrétienne,
le principe de la fraternité universelle, dérivé de ce
sentiment de charité, était accepté par la morale du
paganisme. « Le sage, dit Sénèque, essuiera les larmes
de l'affligé, tendra la main au naufragé, ouvrira sa
maison à l'exilé, sa bourse au nécessiteux, en homme
qui partage son bien avec un homme. » Il est vrai
qu'il ajoutait aussitôt : « Mais en secourant le malheureux, le sage se gardera de s'affliger sur son
sort ; son âme doit rester insensible aux maux
qu'il soulage : la pitié est une faiblesse, une maladie [2]. » Et là était l'abîme. Cette émotion interdite
au sage païen, c'est le baume que la charité chrétienne devait répandre sur les blessures de l'humanité ; ces larmes de compassion, dont la source était
fermée au stoïcien, c'est la rosée céleste dont le Christianisme devait rafraîchir les âmes souffrantes. Tandis
que le sage ne se refuse point à partager tout ce qu'il
possède, tout, excepté lui-même, le chrétien donne
tout avec effusion et surtout lui-même [3]. Au deuxième
siècle, la société païenne ne comprenait pas encore,
que dis-je ! elle raillait ces insensés qui cherchaient
les déshérités du monde, pour se consacrer, corps et
âme, à les consoler, à les guérir [4]. Cependant, si

1. Des vrais biens et des vrais maux, V, 23. Cf. Isocrate, *Discours
à Nicoclès*, 61. Un contemporain de Plutarque, Philon, avait composé
un traité περὶ φιλανθρωπίας. — 2. De la Clémence, II, 5 et 6. Cf.
Cicéron, *Tusculanes*, IV, 8, et Aristote, *Rhétorique*, II, 8. Voir aussi
Virgile, *Géorgiques*, II, 449. — 3. Voir sur le sentiment de l'abnégation chrétienne Prevost-Paradol, *Nouveaux Essais de politique et
de littérature*, XIX. — 4. Lucien, *la Mort de Peregrinus*, 12 et suiv.

l'Évangile devait seul accomplir dans les cœurs le miracle du renoncement, on ne peut méconnaître que la philosophie l'avait préparé dans les esprits par l'enseignement des Sénèque, des Musonius, des Epictète et des Marc-Aurèle. Plutarque n'a point part à cet honneur. Égal, souvent même supérieur, par la douceur de ses sentiments, aux plus grands de ses contemporains, il est, relativement à eux, par le caractère fondamental de sa doctrine, de plusieurs siècles en arrière. Sa sagesse est toute païenne. Tandis que la morale évangélique donnait au monde pour loi unique la parole de l'Apôtre : « Aimez-vous les uns les autres », l'inscription du temple de Delphes : « Connais-toi toi-même », est demeurée la règle suprême de Plutarque[1] : il ne va pas au delà.

1. Du Flatteur et de l'Ami. 25. Cf. 1.

CONCLUSION

Parvenu au terme de cette étude, il nous reste à en résumer brièvement les résultats.

Elle avait un double objet. Dégageant de l'ensemble des œuvres de Plutarque le fond moral auquel est attachée sa renommée, nous nous étions proposé de considérer en lui, d'une part, le représentant de la morale de son temps, et d'autre part l'interprète de la morale universelle. Nous avons d'abord cherché dans la vie de l'homme des lumières sur sa doctrine ; le caractère de cette doctrine établi, nous l'avons fait connaître dans le détail de ses applications ; nous avons enfin examiné les raisons de son efficacité.

Comme s'il eût pressenti l'épreuve à laquelle devait l'exposer le zèle d'une admiration mal entendue Plutarque se raille ingénieusement de ces artistes ignorants qui, donnant à leurs statues des bases disproportionnées, risquent de les livrer à la risée[1]. Nous avons essayé de faire rentrer son image dans le cadre

1. De la Fortune d'Alexandre, 4.

où il nous semble qu'il eût aimé lui-même à la voir
placée. Nous avons retracé l'histoire de la tradition
qui en fait le précepteur, puis le conseiller de Trajan, récompensé, dans sa vieillesse, par le proconsu-
lat d'Illyrie; et nous espérons avoir prouvé que, fondée sur des textes sans authenticité et sur des allégations sans preuves, respectée plutôt que défendue
par ceux-là mêmes qui se faisaient une religion de
la maintenir, cette tradition ne résiste pas à l'examen. A différentes reprises, Plutarque a, pour un
temps, quitté Chéronée, qui l'avait vu naître. Il a
séjourné à Athènes, à Alexandrie, à Rome. Mais
c'est à Chéronée qu'il s'est fait un devoir de revenir,
jeune encore, consacrer le plus pur de son expérience
et de son talent. Tandis que les philosophes, ses contemporains, se vantent d'avoir répandu dans l'univers les conseils de leur sagesse, son honneur, à ses
propres yeux, c'est d'avoir été, à Chéronée, magistrat
de simple police, puis archonte et grand prêtre d'A-
pollon, durant de longues années : il a voulu vivre
et mourir dans sa « petite patrie ».

Là est l'unité de son œuvre morale, comme de sa
vie. Son œuvre est supérieure à sa vie, et son esprit
supérieur à son œuvre. Si le titre de philosophe suppose nécessairement une certaine puissance métaphysique, nul n'y saurait moins prétendre que le moraliste de Chéronée : Plutarque n'a point le goût de la
spéculation. Considérant les passions dans leurs effets, tel le spectacle du monde et de l'histoire lui
découvre le jeu mobile du cœur humain, tel il l'é-
tudie, pour en tirer le sujet d'une leçon ; l'observation de la vie est son point de départ, l'application à

la vie, son but. Mais, si l'analyse savante et fine des ressorts de l'âme, si la connaissance exacte de la discipline qui en règle les mouvements, sont du domaine de la philosophie, Plutarque mérite le nom de philosophe, et il en est peu qui l'aient plus honoré que lui. Observateur sagace, psychologue délicat et ferme, — bien que nulle part, à proprement parler, il ne traite de psychologie, — il a par excellence le tempérament et l'autorité du moraliste.

On a étudié dans les Épîtres de Sénèque et dans les Discours de Dion Chrysostome les procédés de l'enseignement de la morale pratique, tel qu'il s'était répandu dans la société païenne au premier siècle de l'ère chrétienne. On l'a montré pénétrant, avec l'un, dans les secrets les plus subtils de l'art de la direction, s'élevant, chez l'autre, aux effets passionnés de la prédication populaire[1]. Les œuvres de Plutarque nous en découvrent un autre aspect. Elles nous révèlent l'action du moraliste s'exerçant, non plus sur quelques esprits d'élite dans le commerce d'une correspondance intime, ou sur la foule dans les exhortations d'une éloquence militante, mais sur le commun des esprits éclairés, sur la jeunesse, dans des leçons publiques suivies de consultations privées ; elles nous font voir le philosophe tenant école de sagesse, sollicitant la confiance et provoquant les aveux, s'attaquant tour à tour aux plus dangereuses passions et aux simples travers, s'inspirant, avant toute chose, des besoins et des intérêts immédiats de ceux qui l'écoutent, et les suivant dans

---

1. Martha, *les Moralistes sous l'Empire romain*, déjà cité.

le cours de leur vie, soit pour leur frayer la voie,
soit, aux heures de défaillance, pour leur tendre la
main.

C'est l'avantage de la morale pratique de ne point
faire acception de sectes. Comme les plus grands de
ses contemporains, Plutarque reprend volontiers son
bien où il le trouve. Platon est son maître. Il professe sa doctrine, il la défend contre les stoïciens
et les épicuriens. Toutefois, ne répugnant, suivant
la maxime de l'Académie, à aucune opinion autorisée par la vraisemblance, il accepte et comprend
dans son enseignement tout ce qu'avant lui la sagesse grecque avait mis en lumière de vérités
utiles [1]. Suivant le mot ingénieux d'un poëte, si sa
morale a pour père Esprit pratique ou Usage, Mémoire est sa mère [2]. Mais on peut s'abandonner, sans
crainte, au large courant de ses discours. Il a sa direction et son but. S'il emprunte à tout le monde, il
s'approprie tout ce qu'il emprunte. Mythologie, poésie, histoire, il transforme et fond dans sa doctrine
les matériaux de toute provenance que lui fournissent ses souvenirs.

Envisagée dans son ensemble, sa doctrine a trop
exclusivement en vue le perfectionnement de l'individu. Plutarque est païen d'esprit et de cœur; aucun
moraliste de son temps n'est plus éloigné, par le
cacactère général de son enseignement, des principes

1. « Les trésors que les anciens Sages nous ont laissés dans leurs
livres, je les parcours avec mes amis, dit Socrate, et nous recueillons
tout ce qui s'y trouve d'excellent. » Xénophon, *Mémor.*, I, 6, § 14. —
2. Aulu-Gelle, *Nuits attiques*, XIII, 8. « Eximie hoc atque verissime
Afranius poeta de gignenda comparandaque sapientia opinatus est,

de la morale chrétienne. On voudrait aussi que le pur esprit de conduite tînt dans ses Traités moins de place, et que, sur les grands problèmes de la destinée humaine, le travail de la pensée personnelle s'y montrât plus ferme. Mais cette morale, insuffisante et courte, n'en constitue pas moins un trésor de sagesse incomparable; les Pères de l'Église y ont abondamment puisé. Étudiant l'homme, non d'après un idéal préconçu, mais d'après la réalité ondoyante et diverse de la nature, profondément pénétré de la nécessité de la coexistence des trois forces, à la fois solidaires et distinctes, qui forment l'unité vivante de l'âme, — intelligence, sensibilité, volonté, — ne proscrivant pas les passions, s'en remettant pour les discipliner à l'habitude, c'est-à-dire à l'effort persévérant de la volonté réglée par la raison, s'appuyant particulièrement sur l'exemple, comme sur le moyen d'éducation le plus général et le plus saisissant, Plutarque fait de la pratique de la vertu le plus accessible en même temps que le plus digne et le plus sûr des moyens de bonheur. Si l'objet qu'il se propose est moins « l'affinement que l'assagissement des esprits, » comme disait Montaigne, il ne manque ni d'élévation ni de force; il a plus d'une fois suscité les grandes vertus; et dans la sphère plus humble des vertus de tous les jours, la morale universelle n'a pas trouvé d'interprète plus judicieux. On peut dire de ses préceptes ce qu'il disait des

quod eam filiam esse Usus et Memoriæ dixit.. Versus Afranii, sunt in togata cui *Sella* nomen est.

« Usus me genuit, mater peperit Memoria.
« Sophiam vocant me Graii..... »

discours de Phocion : ils sont trempés dans le bon
sens [1].

Le talent de l'écrivain achève l'effet de la doctrine. Plutarque a commencé par exercer le métier
de sophiste, et l'on ne fréquente pas impunément
l'école. Il n'a pas de composition régulière; il
abuse des images, des citations et des exemples ; sa
langue manque de pureté. Mais il a son art à lui,
l'art toujours saisissant d'une âme sincère. Partout
où son imagination est émue d'un digne objet, nul
n'en a égalé la magie. Son style se prête tour à tour
avec le même bonheur aux sujets les plus différents;
il vivifie tout ce qu'il touche. La philosophie, disait
Voltaire, se compose de choses que tout le monde
sait et de choses que personne ne saura jamais.
Plutarque donne du prix aux choses que tout le
monde sait par l'agrément de l'expression. Sur les
observations les plus vulgaires il répand ce charme
qu'il décrit si bien, quand il parle du doux éclat
dont les rayons du soleil naissant revêtent les plus
tristes aspects de la nature [2]. Comme les grands
hommes qu'il introduit à notre foyer, il devient lui-
même, par sa familiarité engageante, un hôte et
un ami. Ce qu'on serait tenté parfois de contes-
ter à son jugement un peu étroit, on l'accorde à sa
bonne grâce. La place qu'il a gagnée par la rectitude de sa raison, l'attrait de son commerce la lui
conserve.

Ainsi s'explique sa renommée, sans qu'il soit besoin de lui prêter l'importance d'un rôle politique

---

1. Vie de Phocion, 5. — 2. Il faut qu'un prince soit instruit, 3.

qu'il n'a pas pu et qu'il n'eût jamais voulu jouer.
C'est assez pour sa gloire d'avoir rempli de son esprit, de son imagination, de son cœur, l'esprit de
Montaigne, le cœur de Rollin, l'imagination de Rousseau. Par eux autant que par lui-même il a travaillé
à l'éducation de la France, et, avec elle, à l'éducation
du monde entier.

Pour lui, il avait placé ailleurs le but de sa modeste
ambition. Les leçons dont le monde a profité, c'est
à son pays qu'il les avait réservées. Attaché à tous
les glorieux souvenirs de la Grèce, Plutarque eût
voulu faire refleurir, dans les mœurs, dans les institutions, dans les croyances, l'esprit de l'antique
tradition.

Cette fidélité à la tradition est l'explication des
erreurs mêlées à ses idées, si justes d'ordinaire et si
délicates, sur les devoirs et les affections de la vie
domestique. Aucun philosophe de l'antiquité n'a parlé
de la famille avec plus de charme. Il en élargit le cercle; il y donne à la femme un rôle plein de grâce et de
dignité ; il y fait entrer les esclaves et jusqu'aux
animaux. Mais cette place qu'il accorde aux esclaves
est une place de sympathie toute personnelle; et sur
ce grand problème de la fraternité humaine, si gé-
néreusement agité par la philosophie stoïcienne de
son temps, il en reste aux principes d'Aristote et
de Platon.

Le respect de la tradition l'inspire mieux en politique. Par-dessus les passions de la petite ville qu'il
dépeint avec finesse, un autre intérêt le touche.
Jouissant avec une reconnaissance sincère des bienfaits de la paix romaine, étranger à tout esprit de

faction et de violence, mais sentant les dangers de
l'oppression dissolvante de l'administration impériale, il adjure ses concitoyens d'user de leurs droits
dans le cercle des libertés municipales qui leur
sont laissées ; et il ne tint pas à lui qu'une plus
saine intelligence de leurs mutuels devoirs n'arrêtât
les maîtres et les sujets sur le penchant d'une
ruine commune.

C'est dans le même esprit que sont conçus ses
Traités de morale religieuse. Frapper du même coup
la superstition et l'athéisme, rendre un sens raisonnable et un pieux attrait aux pratiques du paganisme, en relevant au-dessus des autels purifiés de
l'Olympe d'Homère l'image du Dieu de Platon : tel
est le rêve qu'il caresse.

Ajoutons que ce respect de la tradition qu'il professe, il donne l'exemple de le pratiquer. Socrate, dit
Xénophon, aimait encore mieux définir la justice par
ses actions que par ses discours[1]. Plutarque a droit
au même témoignage. Partout, dans la famille, dans
la cité, dans le temple, il est le premier à observer
les devoirs qu'il prescrit. Il élève ses enfants comme
il a été lui-même élevé ; il donne à sa ville natale le
meilleur de ses forces, de son activité, de son âme ;
il meurt grand prêtre d'Apollon : sa vie est le commentaire touchant de ses écrits.

On l'a souvent opposé à Lucien. Le contraste achève,
en effet, de faire comprendre l'esprit de sa morale.
L'année que ses biographes assignent communément à sa mort est celle-là même où Lucien est né ;

----

1. Mémor., IV, 4, § 10. Cf. Cicéron, *Tusculanes*, II, 4.

et il semble qu'il se soit écoulé entre eux plusieurs siècles de controverse et de critique. Mythologie, histoire, philosophie, religion, Lucien, comme Plutarque, touche aux sujets les plus divers; mais tous les souvenirs, tous les restes de ce monde que Plutarque cherche respectueusement à relever, Lucien les mine sourdement et les précipite. Le souffle d'un esprit nouveau anime les écrits du satirique de Samosate; l'âme de l'antiquité respire dans les ouvrages du sage de Chéronée : il est le défenseur à la fois candide et résolu, parfois volontairement aveugle, du passé.

Dans un Traité compris parmi ses œuvres [1], les sept Sages de la Grèce se trouvent, par un ingénieux anachronisme, réunis à Corinthe, autour de Périandre. Le repas est simple et frugal : les convives sont assis sans distinction ni rang ; des femmes ont place à la table. La religion, la politique, la famille, fournissent la matière de l'entretien. De la discussion d'une maxime philosophique on passe à l'explication d'une énigme, de l'énigme au conte, non sans s'arrêter, chemin faisant, à quelques sophismes ; Apollon, Homère, Platon, Euripide, les animaux, sont tour à tour appelés en témoignage; la parole passe avec la coupe. Le roi du festin s'est effacé ; ou plutôt le roi du festin, c'est l'auteur qui, d'un air demi-grave, demi-souriant, met doucement les convives aux prises et dirige le chœur.

Que Plutarque soit lui-même l'auteur de ce Traité, ou qu'il faille l'attribuer, comme il paraît plus vrai-

1. Le Banquet des sept Sages.

semblable, à l'un de ses disciples, — qui, avec plus
de bonne volonté que de talent, aura entrepris de
replacer le maître parmi ses pairs, — c'est ainsi que
le moraliste de Chéronée nous apparaît, sur la
limite extrême du monde antique : il est le dernier,
le plus aimable et le plus grand des Sages de la
Grèce.

FIN

TABLE DES MATIÈRES

CHAPITRE PREMIER

LÉGENDE ET VIE DE PLUTARQUE. — PRINCIPES ET CARACTÈRE DE SA MORALE.

§ I. — LÉGENDE ET VIE DE PLUTARQUE.

§ II. — PRINCIPES ET CARACTÈRE DE LA MORALE DE PLUTARQUE.

CHAPITRE II

EXPOSITION CRITIQUE DE LA MORALE DE PLUTARQUE.

§ I. — LA MAISON DOMESTIQUE.

§ II. — LA CITÉ. — CHÉRONÉE: LA PETITE VILLE; LE MUNICIPE.

§ III. — LE TEMPLE. — LA CRISE DU PAGANISME.

CHAPITRE III

DE L'EFFICACITÉ DE LA MORALE DE PLUTARQUE.

FIN DE LA TABLE DES MATIÈRES.

24400 — Imprimerie E. Lahure, rue de Fleurus, 9, à Paris

www.ingramcontent.com/pod-product-compliance
Lightning Source LLC
Chambersburg PA
CBHW050740030726
47505CB00002B/336